북한문학의 이해 2

엮은이 **김종회**

경남 고성 출생. 경희대 국문과 및 동 대학원 졸업, 문학박사. 『문학사상』으로 문단에 데뷔, 문학평론가. 평론집 『위기의 시대와 문학』, 『문학과 전환기의 시대정신』 등과 저서 『한국 소설의 낙원의식 연구』, 『문학과 사회』 등 출간. 한국문학평론가협회상, 경희문학상 수상. 현재 경희대 국문과 교수로 재직중.

필자 소개(원고 게재순)

김종회: 문학평론가, 경희대 교수
홍용희: 문학평론가
김병진: 경희대 강사
이정재: 경희대 교수
고인환: 문학평론가
안영훈: 동의대 교수
노희준: 소설가
노귀남: 문학평론가
박주택: 시인, 경희사이버대 교수
고봉준: 문학평론가
문흥술: 문학평론가, 서울여대 교수

박덕규: 소설가, 협성대 교수
이봉일: 경희대 강사
오태호: 문학평론가
이선이: 시인, 문학평론가
유진월: 희곡작가, 한서대 교수
이성천: 경희대 강사
강정구: 경희대 강사
김수이: 문학평론가
김주성: 소설가
백지연: 문학평론가
김종성: 소설가, 장안대학 겸임교수
강웅식: 문학평론가, 고려대 연구교수

청동거울 문화점검 ⓯

북한문학의 이해 2

2002년 1월 6일 1판 1쇄 인쇄 / 2002년 1월 10일 1판 1쇄 발행

엮은이 김종회 / 펴낸이 임은주 / 펴낸곳 도서출판 청동거울 / 출판등록 1998년 5월 14일 제13-532호
주소 (135-080)서울 강남구 역삼동 832-52 상봉빌딩 301호 / 전화 564-1091~2
팩스 569-9889 / 전자우편 cheong21@freechal.com

편집장 조태림/ 편집 조은정/ 북디자인 우성남/ 영업관리 정재훈

값 15,000원

ISBN 89-88286-59-6

청동거울 문화점검 ⑮

북한 문학의 이해 2

김종회 편

청동거울

21세기에 접어든 오늘날에도 우리에게 민족 통일은 여전히 머나먼 여정으로 남아 있다. 이토록 절박한 과제가 멀리 있는 고통스러운 현실이 너무도 엄연하다. 20세기 중반, 한반도 전체를 포화의 소용돌이로 몰아넣으며 분단을 고착화시켰던 전쟁의 상처가 아직도 지속되고 있는 형편이다.

20세기의 인류사는 세기말에 즈음하여 자신의 연대에 저지른 이데올로기적 반목과 갈등의 냉전체제를 해체하고 상호 의존과 경쟁의 새로운 공동체를 형성해 왔다. 그러나 한반도는 아직* 이러한 시대사적 변화의 기류에 동참하지 못한 예외적 공간으로 남아 있다. 민족 분단의 규정력으로 작용했던 한반도를 둘러싼 국제 질서는 변화했지만 아직 우리에게 통일의 가능성과 열정은 구체적으로 가시화되지 않고 있다. 우리 주변의 국제적 환경이 이미 세계화 시대에 돌입한 오늘날, 구태의연한 냉전적 사고와 그 삶의 형식에서 탈피하기 위한 우리의 노력은 어느 때보다 더욱 시급하고 절실한 요청이 되고 있다.

진정한 민족적 통합은 위로부터의 정치 제도적 차원보다 아래로부터의 일상생활적 차원에서 이루어질 때 가능하다. 따라서 오랜 분단의 역사가 침전시킨 이질성을 정확하게 인식하고, 이를 바탕으로 민족적 동질성과 연대감을 적극적으로 발견하며 창출해 나가는 일이 요구되는 때이다. 북한문학에 대한 섬세하고 깊이 있는 탐구도 이러한 맥락에서 더욱 중요한 의미를 지닌다. 문학은 다른 어떤 분야보다 우리 삶의 곡진한 풍경과 생활 감각이 섬세하게 투영되는 속성을 지니기 때문이다.

이 책에서의 북한문학 연구는 이러한 문제의식을 토대로 모두 3부에 걸쳐 이루어진다. 동시에 지난 1999년에 발간된 『북한문학의 이해』의 성과와 방향성을 계승하는 연구서로서의 의미를 갖고 있다.

제1부 '해방 이후 북한문학의 사적 탐색'은 북한문학에 대한 통시적 관점에서 시, 소설, 비평 및 문학사의 방법론 등을 살펴보고 있다. 이러한 글들은 최근의 문단 현황과 문학에 초점을 두고 시대사적 연속성을 검토하고 있다는 점에서, 지금까지 논의된 통시적 관점에서의 북한문학 연구와 변별되는 의미를 지닌다. 특히 1990년대에 간행된 『주체문학론』과 『조선문학사』의 서술 체계와 방법론적 특성에 대한 논의는 오늘날 북한문학의 변화 양상과 앞으로의 전망을 진단하는 데 큰 도움이 될 것이다.

제2부 '최근 북한문학의 경향과 방향성'은 근자의 북한문학의 성격을 다양한 시각에서 미시적으로 고찰하고 있다. 이러한 다양한 방법론적 접근은 북한문학을 좀더 심도 있게 입체적으로 이해할 수 있는 길을 열어 놓고 있다는 점에서 적잖은 의미를 지닌다고 본다.

제3부 '북한문학의 주요 작가와 작품의 실상'은 북한식 사회주의 체제에서 문학활동을 하는 주요 작가들의 문학적 삶과 작품들을 근거리에서 고찰하고, 그 특징적인 성격과 가능성 및 한계를 분석적으로 살펴보고 있

다. 이러한 작업은 북한의 문학과 삶의 참모습을 실감 있게 이해하고 인식할 수 있는 계기를 만들어 준다는 점에서 중요한 의미를 지닌다.

이렇게 보면, 이 책의 서술적 특성은 지금까지의 북한문학 연구가 지닌 거시적 관점과 개괄적 논의의 경향에서 한걸음 더 나아가서 미시적 관점에서의 구체적 논의를 지향한 면모를 보인다. 또한 1990년대 이후 당대 북한문학의 현장에 대한 논의가 집중되고 있는 점도 특징적인 양상이다.

이것은 1988년 이른바 해금 조치 이래 전개되어 온 북한문학 연구가 이제 개괄적 이해의 차원에서 분석적 연구의 대상으로 전환되어야 한다는 당위성을 반영하고 있다. 또한 급변하는 오늘날의 문학적 현황에 대한 이해의 중요성, 그리고 통일시대의 문학에 대한 미래지향적인 좌표를 모색해야 한다는 과제의 인식 등을 북한문학 연구에 적용한 사례에 해당한다.

아무쪼록 이 책이 우리에게 북한의 삶과 문학에 대한 이해를 높이고, 아울러 그 이해에서 더 나아가 통일시대를 열어가는 정신적 지표를 제시하는 데 조금이나마 이바지할 수 있기를 바란다. 부족하고 미비한 점들에 대한 독자 제위의 질정을 바라며, 이 책의 간행을 위해 필자로서 많은 애를 쓴 동학의 동료, 후배 여러분과 청동거울 편집부에 고마움을 전한다.

엮은이 김종회

제1부
해방 이후 북한문학의 사적 탐색

제2부
최근 북한문학의 경향과 방향성

제1부
●
해방 이후 북한문학의 사적 탐색

오늘의 북한문학, 어떻게 볼 것인가

김종회

1. 머리말

오늘의 남북 관계는 과거 냉전 시대의 기억을 가지고 있는 사람에게는 그야말로 상전벽해의 변화를 실감하게 한다. 이제는 한반도를 대상으로, 또는 배경으로 한 모든 정치, 경제, 군사, 인적 교류의 연구와 논의 체계에 있어 과거처럼 북한을 도외시하고서는 그 과정을 수행하기 어렵다. 이를테면 이미 북한은 우리의 학문적 영역, 그리고 우리 삶의 중심을 향해 큰 걸음으로 진입해 오고 있다. 이러한 변화는 그간 남북간에 있었던, 여러 방면에 걸친 오랜 교감과 교류의 실행이 없었으면 불가능한 일이었다.

그런데 이 시기에 보다 중요한 것은, 남북간의 이와 같은 상황을 외향적이고 피상적인 관찰로 일관하지 않고 그것을 내포적이고 실체적인 탐색으로 점검해 보는 작업이라 하겠다. 이 모든 현상들이 마침내 안정되고 확정되어서 남북간의 새로운 제도와 관습, 그리고 양자의 서로 다른 인식을 한 방향으로 통합하는 사회·문화적 감응력의 확장으로 나아가야 한다고 본다. 그와 같은 측면에 있어서 분단 체제의 변화와 남북한 문화 통합의 전망, 그리고 남북한 문학의 과제를 살펴보는 것은 매우 의의 있는 일이라 아니할 수 없다.

분단된 조국의 비극을 언급할 때, 우리는 단순히 국토의 분단만을 말하지 않는다. 크게는 민족 동질성의 균열로부터 작게는 일상적 삶의 밑바닥에까지 침투해 있는 쓰라린 고통에 이르기까지 끈질긴 멍에로 남아 있는 분단상황의 극복을 전제하지 않고서는 자유롭고 진취적인 우리 민족의 진로를 그려 보기가 불가능하다. 그럼에도 불구하고 그 극복이 오늘 내일의 일이 아님이 분명한 이상, 우리는 분단의 언덕을 넘어서 통일의 길로 시대사의 물줄기를 전이시켜 갈 정신적 단련을 구체적으로 제시해 보는 데 게을러질 수 없는 처지에 있다. 오늘날 우리 분단시대의 문학이 서 있는 지평은 바로 이와 같은 숙제를 목전에 둔 자리라 해야 옳을 것이다.

이와 같은 특수성이 자체적인 체험과 반응의 양식을 설명하는 데 머물 때에는 한 특정한 문화의 개별성을 드러내는 데 그치겠지만, 문학적 형상력을 통하여 역사적 계기의 의미 공간과 공감의 영역을 넓혀 나갈 때에는 보다 확장된 보편성을 확보하게 된다. 이는 곧 우리 문학의 소재적 측면에서 가장 큰 줄거리를 이루고 있는 분단현실을 어떻게 형상화하여야 세계문학의 무대로 나아갈 발판이 마련될 수 있을 것이며, 그에 앞서 어떻게 특수한 상황의 주변성과 한계성을 극복할 수 있을 것인가라는 커다란 부피의 질문과 관련되어 있다.

기실 분단시대의 삶과 문학적 형상력에 관한 이러한 인식을 바탕으로, 그 동안 우리 문학 내부에서는 많은 논의가 이루어져 왔고 또 구체적인 작품의 생산도 볼 수 있었다. 그런데 1990년대 이후 남북간의 접촉 면적이 여러 방면으로 확대되고 또 활발해짐에 따라, 더 이상 북한

문학을 외면하고서 우리 문학의 장래를 설정하는 것이 불가능하게 되었다. 그것은 단순히 그렇게 되었다고 언급하기에 앞서서, 오히려 우리 문학이 능동적 추동력으로 그것을 촉진하고 담보해 나가야 할 명제로 받아들여지고 있다.

그런 점에서 이 글에서는 해방 후 북한문학의 변화 양상을 전반적으로 검토해 보려고 하며, 우리에게 익숙한 우리 문학의 시각으로 북한문학과 남북한 통합문학의 전망을 내세우는 방식을 지양하고 오히려 북한문학의 시각으로 그 영역을 확보해 보려 시도하게 될 것이다.

2. 북한문학의 영역 · 성격 · 방향성

오늘의 북한문학 또는 북한 문학사를 기술하는 데는 다음과 같은 두 가닥의 시각이 적용되게 마련이다. 하나는 북한문학 그 자체의 문맥 안에서 작품에 대한 해석 및 평가의 논리를 검색하는 일이고, 다른 하나는 남한문학과의 상관성 아래에서 문학을 통하여 제기되는 민족적 문화통합의 장래를 상정하는 일이다.

전자는 이미 발표된 작품이나 자료를 찾아서 일정한 체계를 세워 나가는 한편, 전세대의 문학사와 어떤 의미 구조로 연결되는가를 밝히면 대체로 만족할 만한 결과를 얻을 수 있는 작업이다. 그러나 후자는 이와 같지 않으며, 상당 부분 귀납적이고 결과론적인 논술보다 선험적이고 연역적인 진단의 기능에 의존해야 한다. 문학 외적인 조건이면서 남북한의 문학 모두에 지대한 영향력을 행사하는 남북한 관계의 현황 및 전망이 어떤 행로를 밟아 나갈지 정확한 예측을 불허하기 때문이다.

북한문학 스스로도 문학의 한 영역으로서 독자적인 의의와 가치를 지니지 않는다고 할 수는 없겠지만, 한반도의 특수한 지정학적 상황과 결부해 볼 때는 궁극적으로 남북한간의 문화적 접점이라는 절대명제의 하위 개념으로 종속될 수밖에 없다. 요컨대 오늘의 북한문학을 논의하고 분석하는 일의 끝머리에는 이 엄숙한 명제가 길목을 지키고 있는 것이며, 어떠한 논리로도 이를 우회하거나 무시하고 넘어갈 수 없는 상황인 셈이다. 그러기에 남북한의 문학을 개별적으로 다루는 모든 연구는 이 같은 사실을 하나의 불씨처럼 근본적인 숙제로 안고 나아갈 수밖에 없다.

북한의 문학이 최고 통치자인 김일성·김정일 부자의 교시에 의해 기본방향을 설정했고, 이를 구체적으로 적용한 당의 문예정책에 의해 인도되어 왔다는 특수한 사정에 비추어 보면, 남북간의 대치국면을 포함한 문학 외적 도그마들이 문학의 활동영역을 현저히 제한하고 있음을 쉽사리 알 수 있다.

특히 수령 혹은 지도자라는 호명으로 그 지위를 나타내는 김씨 부자의 경우는, 모든 문학 또는 예술 논의의 시발이면서 스스로 비평 주체가 되기도 하는 보기 드문 면모를 과시한다. 그들의 문학적 시각은 그대로 하나의 전범이 되는 이데올로기로 굳어져서, 그 시각의 창안자 자신이 그것을 변경하지 않는 한 이의나 수정 자체가 불가능하다. 그러므로 북한문학은 문학 자신을 주인으로 한 자발성을 유지하기 어려우며, 자연히 교조적이고 일률적인 색채를 띠고 만다는 한계성을 노정하게 된다.

다만 소련 및 동구 사회주의권의 정치적 붕괴 이후 '우리식 사회주의'를 고집하면서도, 문학과 독자 사이의 지나친 간극을 메우고 문학을 주민 계도의 수단으로 증폭시키기 위해 1980년 이후 부분적인 자생력을 허용하는 경향을 보이고 있다. 주로 시나 소설의 창작과 관련하여 이러한 부분적 개방의 분위기는 비평 영역에도 순차적으로 유입되고 있는 것이 사실이지만, 그것은 결국 북한 통치세력의 문예정책 기조가 변화하지 않는 한 주변부의 움직임으로 그칠 가능성이 크다.

오늘의 북한문학은 물론 동시대의 독자적 소산이 아니다. 북한문학 내부에서 당연히 문학사의 초창기에서부터 현대문학에까지 이르는 문학적 개관의 형틀이 마련되어 있으며, 정홍교·박종원·류만 등 북한의 비중 있는 문학연구가들에 의해 집필된『조선문학개관 1·2』나 사회과학원 문화연구소에서 펴낸『조선문학통사』같은 저술이 대표적인 논의를 담고 있다. 오늘의 북한문학은 이러한 통시적 논의의 후발로 위치하면서, 전시대의 문화적 전통이나 정신적 유산을 거의 그대로 이어받고 있다.

남북한의 문학이 외형적으로 확고하게 분리되기 시작한 것은 1945년 해방과 분단 이후의 일이지만, 우리 문학 전체를 바라보고 분석하는 태도 자체를 달리함으로써 서로 다른 가치관에 의해 독자적인 문학사관을 형성하는 일은 그 파급 효과를 문학사의 초창기 기술에까지 역류시키게 된다. 상기의 문학사들이 한국 문학사라는 표제를 달고 있는 우리의 여러 저술에 견주어, 변별적인 시기 구분은 물론 세부항목의 분류나 소제목의 설정 등에 판이하게 다른 형태를 보이는 것은 바로 그 때문이다.

이 심각한 괴리현상이 더 깊어지기 전에 양자를 접목시키고 발전적 문화통합을 도모해야 한다는 소명이 오늘날 남북한 문학사를 다루는 모든 연구자에게 부여되어 있음을 부인할 이는 아무도 없다. 이는 또한 한반도의 두 정치 체제가 현실적으로 당면하고 있는 비극성의 본질에 대하여 문학이 제기하는 하나의 치유방안이기도 하다.

그러나 그와 같은 작업이 당위론적 전망에 의해서만 시도된다면 그것은 별반 의미를 갖지 못한다. 남북한 사이에서도 그와 같은 사실에 대해 별다른 가시적 조치가 취해진 바 없다. 따라서 오늘의 북한문학에 관한 기술도 당분간은 현재까지 진행되어 온 사실을 바탕으로 정리하는 것이 될 수밖에 없다.

3. 북한 문예이론과 문학작품의 상관관계

북한의 문예이론은 '주체철학을 문예이론에 빛나게 구현'한 것이며 이로써 '인간학으로서의 문학예술에 대한 리론을 확고한 과학적 토대 위에 올려 놓았다'고 설명된다. 즉 북한 문예이론의 토대는 주체사상이며 이로부터 문예이론이 과학적 토대를 갖게 되었다는 주장이다.

북한문학에 있어서 문예이론의 변화는 철저히 당의 정책적 지침에 따르고 있으며, 문학은 그 사회 구성원의 정신적 교양을 위한 도구의 기능을 담당하고 있다. 따라서 주체문학이라는 확고한 문예이론이 정립되기 이전, 곧 1967년 이전의 북한문학은 대체로 고상한 리얼리즘이나 사회주의적 리얼리즘과 관련된 인물 형상을 검증해 볼 수 있고, 1967년 이후의 북한문학은 주체사상 및 주체문학과의 관련 아래 시대 현실의 변화에 맞추어 나타난 교시 또는 지도적 지침을 문학창작의 실제와 대비해 볼 수 있다. 여기에서는 상기 1967년이라는 분기점 이후의 주체문학을 중심으로 살펴보기로 한다.

물론 1967년을 넘겼다고 해서 북한문학의 목적이나 주제가 단번에 큰 차이를 드러내는 것은 아니다. 다만 주체문예이론이라는 범주 안에서 시대 변화에 따라 변화하는 당의 교시와 그에 연동된 북한문학의 부분적인 변화를 포착할 수 있을 뿐이다.

1967년부터 1970년대까지는 수령 형상 창조를 통한 당성의 고취와 민족적 형식의 전범 제시가 주요한 관건으로 떠오른다. 당과 조국과 수령은 동일한 존재로 간주되며, 수령 형상의 창조는 긍정적 주인공과 주체적이고 자주적인 인민의 삶을 그리는 일과 동일시된다.

또한 민족적 문예형식과 항일혁명 전통을 계승하기 위해 항일혁명문학의 발굴과 소개가 이루어지고『꽃파는 처녀』,『한 자위단원의 운명』,『조선의 노래』등 혁명가극을 소설로 옮기는 작업도 진행된다. 이들은 수령 형상의 창조와 당성의 구현을 통해 민족적 형식을 정립하고 인민성을 가장 잘 표현했다는 설명에 이른다.

1980년대는 '숨은 영웅'의 창조와 형식적인 미에 대한 강조가 두드러진 시기이다. 김정일은 1980년 1월 8일 제3차 조선작가동맹대회에 보낸 서한인「현실발전의 요구에 맞게 작가들의 정치적 식견과 기량을 결정적으로 높이자」라는 글에서, '숨은 영웅'의 창조에 대해 고상한 풍모와 아름다운 정신 세계를 형상하도록 당부하였다. 이것이 1980년대 북한의 움직일 수 없는 창작지침이 된 것은 불문가지이다.

이러한 숨은 영웅의 형상화와 지나친 도식주의 및 무갈등의 극복을 향한 노력 등은 1980년대에서 1990년대에 이르는 북한문학 전반에 걸친 미세한, 그러나 분명한 변화에 발판이 된다. 이는 주체문학을 인민대중과 연계하려는 의도를 반영하는 북한문학 내부의 시대적 분위기 판독과 밀접히 연관되어 있다.

1990년대는 대중의 인텔리화와 새 세대 인물의 창조 등의 문제가 문학의 과제로 나타난다. 동시에 1992년 김정일의『주체문학론』에서부터 카프문학과 실학파문학의 재조명, 민요·시조·궁중예술에 대한 재평가가 논의되며 사회주의적 긍정인물론이나 혁명적 낭만주의에 대한 비판도 볼 수 있다. 즉 "소설의 주인공이 현실에 실지 있는 인간이어야 하고 사람들 곁에서 같이 숨쉬고 있는 친근한 모습으로 안겨 와야 한다"는 주장이 등장하는 것이다. 현실주제문학의 이와 같은 흐름은 궁극적으로 1990년대 과학기술 향상을 위한 노력이나 새 세대 인텔리의 양산이라는 목표와도 관련되어 있다.

김일성 사후에도 북한문학은 여전히 혁명문학의 전통성 확보와 그 계승을 위한 강력한 노력을 보이고 있으며, 김일성에 대한 충성 및 계속적인 형상화와 더불어 김정일에 대한 충성의 맹세 및 다짐이 문학의 주제로 드러나고 있다.

이상과 같은 북한문학의 성격은 문학의 계몽성과 효용성에 대한 북한 특유의 인식을 바탕으로 하고 있으며, 이는 남한문학의 실상과 대비해 볼 때 그 간극이 너무도 커서 추후 남북한 문화 통합이나 통합문학사를 염두에 둘 때 그 험난한 앞길을 예고하고 있다 하겠다.

4. 북한문학의 환경과 민족사적 의미

북한문학이 당의 정치·사회적 목표를 반영하고 있고 선전·선동의 도구로 기능하고 있는 만큼, 그 주제에 있어 인민 생활의 진솔한 모습을 반영하고 있다고는 보기 어렵다. 그러나 작품의 구체적 세부를 이루는 소재에 있어서는 인민 생활의 현실을 바탕으로 하지 않을 수 없다. 이러한 측면은 1980년대 이래의 현실주제문학에 있어서 더욱 현저히 드러나는 추세이며, 북한의 문예정책 당국도 문학과 인민의 접촉면적을 확대하기 위해서는 그와 같은 현상을 용인하지 않을 수 없는 형편인 셈이다.

북한 시에 나타난 현실주제의 사회현실은 청춘남녀의 연애나 중매, 여성들의 사회활동, 생활풍습과 민속놀이, 생활 속에서의 통일에 대한 기대 등 점차적으로 다양한 형태를 보이고 있다. 북한 소설에 나타난 사회현실은 혼인과 가족의 형성, 부부관계, 부모와 자녀의 관계, 이혼 문제, 농촌생활, 산업자원과 에너지 문제 등 더 다양한 형태를 보이고 있다. 기본적으로 북한 사회가 역사 이래 보기 드문 폐쇄성을 갖고 있는 만큼 문학작품에 나타난 소재적 차원의 정보를 통해 그 실상을 정확히 추론하기는 어렵다.

그런데 이들 작품을 통해 분명히 드러나는 한 가지는 구체적인 인민 생활에 있어서 김일성과 김정일이 갖는 실제적 위치의 문제이다. 문학 속에서 발생하는 모든 문제의 해결책이 언제나 김씨 부자의 교시와 사랑에 맞닿아 있다는 점이 그것이다. 예컨대 세대간의 갈등이나 부부간의 의견 대립, 농촌을 버리고 도시로 떠나는 자녀들 등이 작품 속에서 서로의 입지를 가지고 맞서 있을 때, 이 구조적 대립을 해소하는 방안은 문학의 내부의 논리와 질서에 의존하는 것이 아니라 문학 밖으로부터 유입되는 수령과 지도자 동지의 은덕으로부터 말미암은 것이다. 이는 북한문학의 한계이며 향후의 과제이기도 한데, 동시에 앞서 언급한 바와 같이 그만큼 남북한 문학의 이질성과 문화 통합의 전망이 험난하다는 사실을 일러 주고 있다.

남북한 통합문학사의 전망이 순탄하지 않는 것은, 북한문학이 남한의 그것에 비해 훨씬 더 체제 종속적이라는 사정, 곧 북한문학만의 문제로 귀일하는 것은 아니다. 이는 공히 남북한 양자간의 문제이며, 따라서 그 문제의 극복을 위한 노력도 양측에서 함께 병행되어야 마땅하다.

그 동안 남북한 통합문학사를 서술하려는 노력이 지속적으로 있었으나, 대개 산발적인 연구의 형태로 끝났으며 그 접근방식 또한 정론화되어 있지 않다. 이제 본격적인 연구가 이루어지면 그 양상이 여러 가지로 나타나겠지만, 남북 양측이 가진 문화적 특수성을 어떻게 조합하여 보편성을 가진 문학 논의의 마당으로 끌어낼 것인가가 궁극적인 관건이 된다 하겠다.

너무도 이질적으로 자기 갈 길을 가 버린 두 문학사의 접점을 찾고 그 통합을 모색하는 일은, 기실 문학적 연구과제로 그치는 것이 아니라 남북 동질성의 회복과 민족화합의 길을 닦는 작업이라는 중차대한 의미를 함께 끌어안게 될 것이다. 그러므로 남북한 통합문학사는 그 자체가 이미 문학의 영역에 국한되지 않고 절실한 민족사적 과제로 떠오를 수밖에 없는 실정에 있다.

남북한 문학의 서로 다른 영역 및 차별성에 대한 인식과 연구가 실질적인 성과를 보이기 시작한 것은 1980년대 중반을 넘어서서의 일이다. 이 시기의 활발한 민족문학 논의가 우리 민족의 또 다른 구성원인 북한과 북한문학에 대한 관심을 촉발하였고, 그것이 진보적인 학계의 연구대상으로 상정되기에 이르렀던 것이다. 북한문학에 대한 실질적 연구는 특히 1988년 7·7 선언에 이어 7월 19일에 이루어진 납·월북 문인에 대한 해금조치 이후 더욱 고무되고 활성화되었다.

그러나 북한문학의 온전한 연구에는 여전히 어려운 문제가 남아 있으며, 그것이 북한문학의 민족사적 의미를 긍정적으로 평가하는 데 적잖은 장애요인이 되고 있는 것이 사실이다. 그것의 주요한 항목 하나는 여전히 북한문학에 가해지고 있는 문학 외적인 힘의 실체이다. 이는 다분히 정치목적을 수반하고 있어서, 문학의 형상이 북한의 정치노선으로부터 직접적인 영향을 받고 있다는 점이다. 문학이 문학의 자기 체계 아래에서 논의와 연구를 수행할 수 없다면, 엄정하고 객관적인 문학사, 즉 민족사적 전망과 활로를 안은 문학사를 기술하기는 어렵다.

우리는 그간의 논자들에 의해 이미 지적된 바와 같이 이미 분단 극복을 역사적 과제로 안고 있는 시대일 뿐 아니라 분단체제를 꾸준히 허물어 가는 다각적인 노력이 진행 중이고, 그것 없이는 통일다운 통일을 생각할 수 없는 그런 시대에 들어서 있으며, 그리고 이런 통일 시대는 주어진 현실을 엄정하게 드러내면서 동시에 그 극복에 일조하는 문학 본연의 변증법적 작업이 요청된다. 이와 같은 시대의 북한문학에 대한 민족사적 요구는 당연히 문학을 정치문제의 기계론적인 예속물로 전락시키는 데 반대할 수밖에 없는 것이다. 다만 아직도 북한이 그것을 수용할 만한 자체의 역량이나 개방화된 인식을 보유하지 못하고 있다는 사실이 더욱 문제의 해결을 요원하게 하는 원인이 되고 있다 하겠다.

물론 북한문학을 바라보는 우리의 시각에도 수정해야 할 부분이 있다. 북한문학을 단순히 이해하는 차원에서 머물지 않고 그것을 우리 문학과의 통합적 관점 아래 포괄하기 위해서는 그것을 자유롭게 수용하고 연구할 수 있도록 하는 환경의 조성이 필요하다. 이제는 더 이상 낡은 논리로 그것을 방어하고 통제할 필요가 없을만큼 우리 민도의 향상이 이루어졌음을 상기해야 할 터이다. 연구자들 또한 북한문학을 우리의 잣대로만 재단할 것이 아니라, 그들의 역사적 관성과 특수성을 충분히 고려하면서 살펴보아야 한다는 점이다.

남북한 양측의 문학 가운데 각기 극복해야 할 문제, 상대방의 문학에 비추어 관점을 조정해야 할 문제, 그리고 문학 외적인 제도와 체제로부터 말미암는 경직성을 넘어서 전민족적인 관심과 협력 아래 문화 통합의 전망을 현실화시켜 나가는 문제 등은, 그 해결이 문학 내부에만 머무는 것이 아니라 마침내 민족적 숙원인 남북의 화해와 평화통일의 길을 닦는 역할을 수행하는 것이므로 가일층 진지한 연구가 요청된다 하겠다.

5. 마무리

근래에 와서 북한문학에서 뚜렷하게 나타나는 한 가지 현상은 남한의 문학에 대한 관심이 점차 확대되고 있다는 점이다. 지금까지의 북한문학에 대한 논의는 기본적으로 북한문학 내부에서 이루어진 성과를 토대로 한 것이지만, 북한문학 내부에서도 동시대의 남한에서 북한문학에 대해 이루어진 연구나 관계 서지를 도외시해 버릴 수는 없을 터이다.

그러한 사정은 남한문학에서도 마찬가지이다. 미상불 1988년 남한에서의 납·월북 문인에 대한 해금조치 이래 북한 현대소설 출간이 하나의 유행성 풍조를 보였으며,『피바다』와『꽃파는 처녀』를 뒤이어 백남룡의『벗』, 김일우의『섬 사람들』등 많은 작품들이 우후죽순처럼 쏟아져 나왔다. 그러나 북한문학에 비해 미학적 가치가 훨씬 앞서는 남한문학에 익숙한 독자들이, 지적 호기심 이외에는 크게 구미가 동하는 요소를 발견할 수 없게 되자 1990년대 초반에 이러한 출간사업이 시들해져 버리고 말았다.

하지만 남한 작가들의 작품 속에 등장하는 북한 현실은 점점 그 농도나 빈도를 더하여서, 이문열이나 김원일 등의 분단문학 이외에도 10여 편의 통일가상소설이 등장한 바 있다. 그런가 하면 남한에서의 문학사 기술에 북한문학을 한 영역으로 편입시키는 사례가 여럿 있고, 학계에서도 이와 관련된 주제로 학술대회를 개최하는 등 북한문학의 연구가 반 세기를 넘어서는 이 분단 시대에 남한의 문학연구자들에게 회피할 수 없는 소명적 과제임을 재인식하게 한다.

앞서 서술한 바와 같이 1980년 이후 오늘의 북한문학은, 1960년대 이래 주체문예이론의 완강한 얼개 아래에서 생활의 다양한 체험이나 창작 방법론의 변화를 부수적으로 수용해 온 외형을 나타내고 있다. 이러한 독특한 성향이 언제까지 유지될지 또는 어떠한 방향으로 발전해 갈지는 예단할 수 없는 일이지만, 한 세대가 넘어가도록 견고한 성채처럼 변동이 없던 주체문학론의 문학현실에 사회주의적 현실주제문학론의 새로운 조류가 시발되기에 이른 것은 결코 간단한 사실이 아니며 또 우연의 소치도 아니다.

궁극적으로 남북한 통합문학사의 전망을 설정하고 조국의 통일이 성취되는 장래와 그것을 문학으로 다루는 작업의 소중함을 말하기는 남북한 문학이 마찬가지인데, 북한의 문학적 현실변화가 그 길의 모색을 예고하는 하나의 시금석이 되어야 한다는 것은 남북한 문학연구자 모두의 작은 소망이 아닐 수 없는 것이다.

급속도로 변화하는 남북 관계의 여러 상황에 견주어 앞으로 남북한 문화와 문학을 근접시키고 마침내 통합하는 문제가 우리의 목전에 다가올 것이다. 이를 위해 미리 준비해야 할 과제가 적지 않으며, 그것은 우선 북한문학의 정체성과 그 사회사적 의미에 대한 정확한 이해에서부터 출발하지 않으면 안 될 터이다. 우리가 분단체제의 변화와 남북한 문학의 과제를 따져 보는 일은, 바로 그러한 노력의 한 유형이라 할 수 있겠다.

그런만큼 우리는 북한문학의 논리와 작품의 실상을 우리 문학의 그것에, 또 우리 문학의 그것을 북한문학에 대비해 보고 그 의미를 규정하며 전망을 확장해 나가는 노력이 구체적 성과를 거둘 수 있도록 예리한 경각심을 가지는 것이 마땅하다. 그것은 곧 남북한 문학의 통합을 넘어서 민족적 통합의 가능성과 미래를 제시할 하나의 길잡이가 될 수 있기 때문이다.

해방 이후 북한 시의 역사적 고찰

홍용희

1. 머리말

북한은 주지하듯 1948년 이래 "조선민주주의인민공화국"을 공식명칭으로 하는 사회주의 국가이며, 이러한 국가이념체계에 상응하는 엄정한 문예정책을 수립하고 있다. 따라서 북한문학의 이해는 당 정책의 특성과 변화 과정에 대한 인식을 떠나서는 불가능하다. 북한에서 문학은 당의 공식적인 지배체제 이데올로기를 재생산하고 교양하는 일종의 공식적인 문화장치이다.

여기에서 우리는 북한문학을 진정한 의미의 문학의 범주에 포함시킬 수 있는가 하는 문제에 부딪히게 된다. 문학과 예술의 발생기반이 현실원칙의 제도 안에서 제도 밖의 세계를 꿈꾸고 노래하는 것이며, 또한 이를 통해 역으로 제도적 질서에 의한 현실의 억압성을 비판적으로 조망하는 것임을 염두해 둘 때, 지배 이데올로기를 더욱 공고히 구축하는 데 기여하는 북한문학은 엄밀한 의미에서 문학예술의 범주에 포함시키기 어렵다고 할 수 있다. 이러한 시각에서 보면, 북한에서는 현실적으로 우리가 접할 수 없는 비공식적인 문학(금서조치를 당한 문예물 또는 그러한 류의 미발표작)이 문학의 본령에 해당된다고 할 수 있다. 북한에서의 공식적인 문예물은 문예정책에 의한 계획, 실천, 평가의 지도와 검열 과정을 거친 이후 발표되기 때문이다. 그러나 북한의 비공식적인 문학창작 활동의 실태에 대한 자료적인 정보가 전혀 없는 형편에서 이러한 논의는 생산적인 성과를 낳을 수 없다. 따라서 우리의 북한문학에 대한 논의는 일단 북한의 문예이론의 관점에 충실하면서 그 전개 양상을 살펴볼 필요가 있다. 이러한 작업은 북한문학의 전모를 평가할 수 없는 제한적인 한계를 지니지만, 북한식 사회주의 제도에서 인식하는 문학의 위상과 그 실제를 이해할 수 있다는 측면에서 의의를 지닌다. 또한 북한의 공식적인 문학에 대한 고찰은 남북한의 문학적 이질성의 배경과 현황을 진단하고, 그 극복의 방안에 대한 논의의 토대를 마련해 준다는 점에서 민족문학사적 의미를 지닌다.

이 글에서는 북한에서 그간에 몇 번에 걸쳐 국책사업의 일환으로 간행한 문예이론서와 문학사 그리고 『조선문학』, 『청년문학』지를 비롯한 문예잡지물을 토대로 하여 해방 이후 전개된 북한 시의 양상을 살펴보기로 한다.

2. 초기 문단 형성 과정

해방 직후 남한에서 조선문학가동맹(1945. 12. 13)과 중앙문화협회(1945. 9. 18) 등의 좌우익 문학단체가 결성될 때, 북한에서는 아직 독자적인 문예활동이 전개되지 않았다. 1945년 10월 이후 이북 5도만의 독자적인 문학운동 단체가 조직되었으나 그 활약상은 뚜렷하게 보이지 않았다. 그러다가 1946년 2월 8일, 북한의 임시정부에 해당하는 "북조선임시인민위원회"가 출범하고 김일성이 위원장을 맡게 되면서 그의 후원에 따라 1946년 3월 20일에 "북조선예술총연맹"이 결성된다. 이 조직의 건설은 김창만에 의해 주도되었으며 이론적 배후에는 소련군정의 문화담당관인 꾸세프 중좌가 있었다. 총연맹의 간부진은 위원장에 이기영, 부위원장에 안막, 서기장에 리찬, 평남도지부장에 김사량이 임명되었다. 또한 한설야는 "북조선공산당"의 문화부장을 거쳐 북조선 임시인민위원회 교육국장을 맡았다. 총연맹의 주동적인 인물이 일제 강점기에 이른바 KAPF 비해소파로서 제1차 월북자들이었음을 알 수 있다. 여기에 소련파 출신의 문인과 문학가동맹측의 제2차 월북문인군(1947~48), 한국전쟁을 전후한 3차 월북문인군이 가세하면서 광범위한 북한 문단군이 형성된다. 1950년 전쟁 당시 북한 문단의 확인된 문인 수는 126명에 이른다. 광복 직후 문단 전체의 인구가 160여 명 정도임을 감안할 때, 상당한 수치임을 알 수 있다.[1] 이들 문인들은 크게 조선문학가동맹측과 북조선예술총동맹측의 노선으로 정치적인 입장은 물론 문예미학적 입장에서도 서로 대립되는 혼란의 양상을 보이고 있었다. 이러한 문단 현실은 김일성이 종파주의라고 비판하면서 "조국의 엄숙한 시기에 모든 힘을 조국전쟁 승리를 위하여 집중하도록"(「로동당의 조직적 사상의 강화는 우리 승리의 기초」, 1952. 12. 15) 할 것을 지적한 내용에서도 잘 드러난다.

오늘날과 같은 북한 문단의 단원적인 통합은 김일성 중심의 체제 정비과정과 상응하여 이루어진다. 1953년 남로당 세력 제거의 일환으로 이루어진 임화, 김남천의 숙청, 1956년의 "반종파 투쟁"(평론가 기석복, 정률 숙청), 1958년 김일성 정적의 완전 제거와 때를 맞춘 "부르주아

---

1) 김인섭, 「분단 후 북한 문단의 동향」, 『숭실어문』 6집(1989. 4).
   권영민, 「문학사의 총체성 회복과 월북문인」, 『문학사상』(문학사상사, 1986. 6) 참조.

잔재와의 투쟁"(안막, 윤두헌, 서만일 숙청) 등을 거치면서 북한의 지배 정책에 완전히 복속된 문단이 형성된다.

이상의 북한 문단 형성 과정을 통해서 볼 수 있듯이 북한에서는 문학과 정치가 일원론적으로 결속관계를 이루고 있기 때문에 문학을 창작하는 행위가 곧바로 정치의 중심부로 나아가는 길이 된다. 이러한 논리는 동시에 북한의 문인들이 정치적 대세에 재빨리 대응하지 못하면 파국을 면할 길이 없음을 내포한다.

3. 시 장르의 범위와 시기 구분

북한 시의 사전적 개념을 살펴보면, 서정시란 "외부 세계에 의하여 환기된 인간의 사상, 감정, 지향 등을 직접 표현하는 서정작품의 한 형태"로서 서정시가 포괄하는 대상은 "사회적·정치적 문제로부터 인간의 일상적인 생활과 자연현상 등에 이르기까지 매우 다양하고 넓다"고 정의하고 있어 남한과 비슷한 면모를 보인다. 그러나 북한 시에서 서정적 주인공의 감정은 주체사상에 입각한 혁명적인 사상감정과 시대정신을 씨앗으로 하기 때문에 남한의 서정시와는 뚜렷하게 변별된다. 또한 북한 시의 갈래는 보편적인 문예이론에서처럼 서정시와 서사시로 크게 구분하고 있으나 가요의 가사를 시의 범주 안에 포함시키는 독특한 면모를 보인다.

한편, 해방 후 북한 시의 시대 구분은 문예정책을 기준으로 할 때 앞에서 살펴본 것처럼 주체문예이론이 확립된 1967년을 기준으로 나누어 볼 수 있다. 그리고 1967년 이른바 주체 시대 이전의 문학도 해방 직후와 전쟁 시기, 천리마운동 시기로 나누어진다. 이러한 시대 구분은 이미 북한 문학사에서 다룬 시대 구분과 합치된다. 따라서 이 글에서는 중요한 역사적 사건의 전개를 기준으로 한 북한 문학사의 시대 구분을 바탕으로 하고, 1980·90년대와 1990년대 후반부터 지금까지 는 각각 김일성·김정일 통치 시대와 김정일 통치 시대로 항목화하여 살펴보기로 한다.

이를 정리하면 다음과 같다.

① 평화적 민주건설 시기
② 조국해방전쟁 시기
③ 전후문학 및 천리마문학 시기
④ 유일주체사상 시기
⑤ 김일성·김정일 통치 시기
⑥ 김정일 통치 시기

4. 북한 시의 역사적 이해

1) "평화적 민주건설 시기"의 시

해방 직후의 시기에 속하는 평화적 건설 시기 북한 사회는 사회주의 체제의 성립이라는 근본적인 변화를 겪게 된다. 소련군을 배후로 하는 김일성이 강력한 새로운 지도자로 등장하면서, 북한 사회는 봉건주의 청산과 더불어 무상몰수·무상분배를 단행한 토지개혁(1946. 3. 5), 조선노동당 결성(1946. 8. 28), 인민공화국 수립(1948. 9. 9) 등 일련의 역사적 사건이 급진적으로 단행된다. 이 시기 북한 시편들은 사회주의 체제의 나라 만들기에 복무하는 내용들이 중심이 된다.

주요 시적 내용을 유형화하면 ①해방의 감격을 노래한 시, ②토지개혁에 대한 찬탄의 시, ③조·소 친선의 시, ④김일성 우상화시, ⑤남조선 해방의 시 등으로 정리된다.

①압제에서 벗어난 해방된 인민들/거리 집집마다 펄럭이는/무수한 국기와 붉은 기/오오 자유! 자유에 빛나는/우리 동포들의 얼굴/나의 눈에서는 기쁨의 뜨거운 눈물이 흐른다 —박팔양, 「평양을 노래함」(1948) 부분

②땅은 밭갈이하는 농민에게—/토지개혁의 우렁찬 환성은/등을 넘고 비탈길을 감돌아 두메산골에까지 산울림해 왔다./——나라를 찾은 것만 해두 고마운데/땅까지 차지하게 되다니—/—이거 꿈인가 생시인가/눈을 뜨이고 귀는 열리여 —김우철, 「농촌위원회의 밤」(1946) 부분

위의 ①시는 카프 출신인 박팔양이 일제에서 해방된 감격을 노래한 작품이다. 넘쳐 흐르는 자유에 빛나는 동포들의 얼굴이 흥분된 어조로 그려지고 있다. 일제의 압제로부터의 해방은 누구에게나 가슴속 깊이에서부터 솟구쳐 오르는 환희였던 것이다.

②시는 일제로부터 해방에 버금가는 지주의 착취와 압박으로부터의 해방을 가져다 준 토지개혁에 대한 감격을 직정적인 어조로 그리고 있다. 무상몰수·무상분배로 이루어진 북한의 토지개혁은 봉건사회의 사회경제적 토대를 전면적으로 개혁한 혁명적인 사건이었다. 토지개혁으로 인해 계급모순이 해소됨으로서, 가난과 굴종 속에서 살던 인민대중들이 새 사회 건설의 주인공으로 전면에 등장하게 된다. 북한에서 노동계급을 영도적 계급으로 강조할 수 있는 토대가 토지개혁을 통해 마련된 것이다. 평화적 건설 시기에 많은 시작품들이 토지개혁의 성과와 의의를 노래하고 있는데, 『새소식』(리찬, 1946), 『푸르른 벌로 간다』(정문향, 1946), 『지경돌』(리호남, 1946), 『감자현물세』(김광섭, 1947),

『돌아온 보금자리』(한명천, 1947), 『밭갈이 노래』(집체작, 1947) 등이 주목된다.

한편, 해방 후 북한 시에는 김일성의 배후 역할을 했던 사회주의 종주국인 소련에 대한 강한 친근감과 동질성을 강조하여 사회주의 국가에 대한 국제적 연대감을 도모하는 시편이 자주 등장한다.

비록 보지는 못했으나/건강한 네 몸과 네 마음을/항상 굳게 믿고 있던 우리들/이제 한자리에 마주 앉고 보니/안다까움다. 언어불통이여/너와 나는 온갖 시늉을 해 가면서/생각과 뜻의 같음을 전하고 있구나

—리경구, 「영원한 악수」 부분

이 시는 두 나라 인민의 첫 상봉에서 느끼는 우의를 매우 소박한 어조로 표현하고 있다. 소련은 북한의 사회주의 건설의 지원세력이면서 동시에 사상적·제도적 모델이기도 하였다. 그래서 소련에 대한 칭송의 시는 북한 정치의 전략적 측면에서 매우 중요한 주제였다. 이 외에도 조·소 친선을 테마로 한 시로, 「쏘련 군대는 오는가」(박세영, 1946), 「니꼴라이 붉은 군대에 드리는 노래」(백인준, 1947), 「첫눈」(김상오, 1948) 등이 있다.

주지하듯이 해방 후 북한 사회주의 건설의 주역은 김일성이었다. 항일빨치산 출신인 그는 군대식의 과감한 권력투쟁의 과정을 통해 인민공화국의 초대 수상이 된다. 당시 김창만이 중심이 되어 창설한 북조선예술총연맹 역시 김일성의 북로당의 직접적인 영향권 안에 있었다. 1947년 김일성에 의해 '고상한 문학'이 제기되면서 문예이론으로 "고상한 사실주의"가 정립된 과정은 그 구체적인 실례이다. "고상한 사실주의" 문학은 영웅적인 투쟁의 전범을 그려 대중들을 긍정적으로 교양하는 것이 주내용이다. 조기천의 서사시 『백두산』은 그 전범에 해당한

다. 장대한 형식의 이 서사시는 보천보 전투를 중심으로 한 김일성의 항일빨치산 투쟁을 중심 소재로 하고 있다. 이 작품에서 김일성은 혁명적 애국자들의 가장 우수한 덕성을 종합한 살아 있는 인민영웅의 표상으로 묘사되고 있다. 김일성에 대한 흠모와 칭송의 내용은 이 외에도 「승리의 선언」(정문향, 1948), 「빛나는 조국」(박세영, 1948), 「당의 기발밑에」(안용만, 1948) 등 매우 많은 작품에 걸쳐 나타난다.

한편, 이 시기에 발표된 제주도 4·3 사건을 소재로 한 강승한의 「한나산」 등은 「백두산」과 더불어 북한의 서사시의 원형성을 뚜렷하게 보여준 주목되는 작품이다.

이상에서 보듯 평화적 건설 시기의 북한 시는 김일성을 구심점으로 하는 사회주의체제 건설의 지배전략을 반영하고 재생산하는 공식적인 문화장치의 기능을 수행한 것으로 파악된다.

2) "조국해방전쟁 시기"의 시

북한은 한국전쟁을 "조국해방전쟁"으로 명시한다. 북한은 전쟁의 성격에 대해 "미제와 그 앞잡이들의 무력침공을 반대하고 조국의 자유와 독립을 고수하기 위한 정의의 조국해방전쟁이었으며 조국통일 위업을 완수하고 전국적 범위에서 민족자주권을 확립하기 위한 혁명전쟁"[2]으로 규정한다.

이러한 전쟁인식에 바탕하여 김일성은 문학예술의 창작방향에 대한 공식적인 교시를 내린다. 1951년 6월 30일 발표된 「우리 문학예술의 몇 가지 문제에 대하여」가 바로 그것이다.

---

2) 과학원력사연구소, 『조선통사 (하)』(오월, 1988), 388쪽.

(……)우리의 작가, 예술가들은 인간정신의 기사로서 자기들의 작품에 우리 인민의 숭고한 애국심과 견결한 투지와 종국적 승리에 대한 확고한 신심을 뚜렷이 표현하여야 하며 그들을 최후의 승리에로 고무하는 거대한 힘으로 되게 하여야 합니다.[3]

위의 전제에 이어 작품활동의 구체적인 실행방법이 몇 개의 항목에 걸쳐 제시되었다. 이를 요약 정리하면 다음과 같다. 1)인민의 숭고한 애국심을 표현할 것, 2)인민군의 영웅성을 묘사할 것, 3)적에 대한 불붙는 증오심과 애국심을 고취할 것, 미제국주의자들은 교활할 뿐 아니라 가장 포악하고 추악한 현대의 야만인이라는 걸 폭로시킬 것, 4)소련을 위시한 여러 인민민주주의 나라와의 유대감, 단결심 고취와 그 수용을 통한 민족문학의 건설을 시도할 것 등이다.

이상에서 보듯 한국전쟁 시기 당의 문예정책은 전쟁 이데올로기의 선전과 선동, 그리고 투쟁의 무기화로 집중됨을 알 수 있다.

전쟁 시기 북한의 시작활동은 주로 종군작가단을 통해 이루어진다. 1차 종군작가단은 전쟁이 일어난 이튿날인 1950년 6월 26일 파견되었는데, 그 구성원에는 김사량, 김조규, 한태천, 전재경, 박세영, 이동규, 김북원 등 20여 명의 문인들이 포함되었다. 6월 27일에는 2차 종군 문인들이 평양을 떠났는데, 임화, 김남천, 이원조, 안회남, 조벽암, 이서향, 신불출, 함세덕, 조령출 등의 20여 명으로 구성되었다. 이들 부류는 대체로 전선의 이동과 함께 전진하지 않고, 과거 조선문학활동 문학본부가 위치했던 종로 한청빌딩에 '문학예술총동맹지부' 간판을 내걸고 문학활동을 전개한 문인들이다. 1차 종군작가들과 2차 종군작가들이 파견된 후 후방에 남아서 '문예총'의 일을 보고 있던 문인들로는

---

3) 로동신문, 1951. 6. 30.

이기영, 한설야, 이찬, 안함광, 한효, 엄호석, 홍순철 등이 있었다. 주로 북조선 문예총의 간부였던 이들은 평양을 중심으로 한 지역에서 "조국해방의 당위성과 승리에의 믿음을 고무시키는 활동"을 수행하였다.

전쟁 시기에 발표된 대표적인 시작품을 내용별로 유형화하면 '반제반미시', '소·중공군에 대한 헌사시', '인민군 찬양시', '인민영웅시', '김일성 우상화시'로 정리할 수 있다. 여기에 해당하는 중요 작품을 들어 그 실체를 살펴보기로 한다.

①딸라로 빚어진 월가의 네거리에/넥타이를 맨 식인종/실크햇트를 쓴 사람 버러지/자동차에 올라 앉은 인간 부스러기/성경을 든 도적놈/온갖 잡색/력사의 저주스런 추물들이/ 〔…중략…〕 오늘도 누구누구/몇백 몇천의 아메리카 청년이/산설고 물설은 조선땅/이름도 없는 돌바위 밑에/청춘을 구겨 박고 개죽음을 했느냐?/죽고도 영원히 벗지는 못할/침략자의 락인을 이마에 찍고 (……)   —백인준, 「얼굴을 붉히라 아메리카여」(1951)

②조선땅을 내 고향처럼 사랑하라!/한 가지의 꽃도 열매도 따지말라!/인민을 위한 싸움 길에서/한 알의 보수도 먹지말라!/ 〔…중략…〕 /지원군 전사들은/예 저기 흩어져 구르는/붉은 능금알들을 모아/적은 탑을 쌓는다.

—민병찬, 「과수원에서」(1952)

시 ①은 원색적 어투로 미국에 대한 극도의 저주와 분노를 표출하고 있다. 미국은 전쟁이 발발하자 28일 출격명령의 의회 승인을 얻어 유엔군의 자격으로 참전한다. 미국의 참전은 트루만 독트린 선포 이래 추구해 온 냉전의 상징적 행위였다.[4] 전쟁이 전개되면서 한반도는 미국의 화력에 의해 초토화되어 가게 되자, 북한은 전쟁의 성격을 내전,

계급투쟁에서 미제국주의와 한국 민중과의 대결구조로 뚜렷하게 규정한다. '반제반미시'는 이러한 전쟁의 성격을 인민군들에게 투철하게 인식시킴과 아울러 미국에 대한 적개심을 강도 높게 고취시키는 역할을 수행한 것이다.

시 ②는 전쟁에 참여한 중국 인민지원군의 인민해방군으로서의 도덕성을 예찬하고 있다. 시적 내용이 미국에 대한 적개심과는 뚜렷하게 대별되는 특성을 보인다. 이들 시편들은 사회주의 동맹국으로서의 친화력과 상호결속 관계를 배가시키려는 의도의 산물이다. 김일성은 문학에 대한 교시에서 '고상한 국제주의 정신'을 강조하고 있는데, 이는 마르크스—레닌주의에서 말하는 '전세계의 프롤레타리아 계급의 연대'라는 기치에 닿아 있는 것이다. 그러나 50년대 후반에 이르러서 소련과 중공의 관계가 미묘해지면서부터는 이들 민족이나 국가에 대한 무조건적인 찬양은 사라진다.

북한의 문학은 '적아'와 '선악'이 확연히 구분되는 특성을 보인다. 이러한 이항 대립적인 사고는 공산주의의 국제적 연대와 반미·반제국주의 사상을 지배이념으로 내면화하는 과정이기도 하다. 또한, 북한시의 상투적이고 기계적인 지배담론체계는 사회체제구조가 이미 경직된 사물화의 길로 들어섰음을 추론할 수 있게 한다.

한편, 국내의 전쟁참여 주체자들을 중심으로 형상화한 작품들을 살펴보면 다음과 같다.

　①나의 따바리!가자./대구 진주를 거쳐/려수, 목포, 부산으로/아니 제주도 끝까지/가자, 나의 따바리!　―안용만, 「나의 따발총」(1950) 부분

---

4) 한국정치연구회, 「한국전쟁」, 『북한정치론』(백산서당, 1990), 195쪽.

②하늘에 명식이 산에 은식이/바다에 원철이 벌에 운전이/백만의 이삭이
나래쳐 합창하며/조국의 장엄한 노래소리 들으며/만옥은 다만/기쁨과 사랑
과 충성으로/가슴 다시 충만해 오는/한없는 전진과 투쟁의 맹세를/조선의
태양이며/아버지이신/수령께 오래 고개 숙여 드리는 것이다.

—민병균, 「어러리 벌」(1951)

③당신께서 계심으로 하여 저희는/5각별 찬란한 조국의 깃발과 더불어/
자유로운 하늘과 기름진 땅을 가진/자유조선의 공민으로 되였습니다.//당
신의 슬기로운 가르침받아 저희는/삶의 보람과 귀중함을 배웠고/자기 힘
의 굳세임을 깨달은/새 조선의 주인으로 되였습니다.

—김우철, 「수령」(1952)

시 ①은 인민영웅시이다. 이 시의 상황적 배경은 한국전쟁 중 대구,
부산을 제외하고 인민군이 모두 점령했던 '북한 인민군의 공세기' 때
로 여겨진다. 이 시는 "더욱게 단 총구멍 식히울 사이도 없"이 진격해
나가는 열혈한 전투에의 의지가 단조로우면서도 생동감 있게 표현되
고 있어 인상적이다. 전쟁 시기에 인민군의 숭고한 애국주의 정신과
영웅성, 용감성을 그린 이른바 인민군 찬양시는 가장 많은 분량을 차
지한다. 인민군들이야말로 전쟁의 가장 실질적인 수행 주체이기 때문
이다.

시 ②는 서사시 「어러리 벌」의 결말 부분이다. 이 시는 전 3부로 구
성되어 있는데 서사적 웅혼함과 그것을 관류하는 직절적 투쟁성의 면
모가 격동적으로 어우러진 민중서사시이다. 이 작품의 내용은 남편도
어린아이도 전쟁터에서 잃은 여 주인공 유만옥이 험난한 고난을 이겨
내고 점차 철저한 공산주의 사상으로 무장되면서 결국에는 식량증산
에 탁월한 다수확을 거둔 위대한 인민으로 성장하게 되는 과정이다.

후방인민들의 노력투쟁을 찬양한 시로 이 외에도 박상규 「우리 님 영웅되셨네」, 박원출 「뽕 따러 가세」, 조령출 「압록강 2천리」 등이 있다.

전쟁 시기 인민 영웅시는 북한 사회에서 공유될 도덕적 가치를 창출하고 확립시키는 지배적 담론으로 규정할 수 있다. 그러나 어떠한 갈등도 없이 희생적인 삶의 모습을 감수하는 등장인물의 모습은 이미 이들 시편들이 구체적인 삶의 현실과는 단절된 지배 이념의 투사체일뿐임을 알 수 있게 한다.

시 ③은 김일성 우상화의 시편 중 하나이다. 북한에서 김일성은 신화적인 상징적 인물로서 사회 구성의 가장 정점에 놓인다. 북한 사회에서 인민들의 삶의 의미는 김일성과의 관계에 의해 결정되고 부여된다. 이러한 사회 구성원리가 인민들에게 권력을 사랑과 자애로, 통제를 귀속감으로, 권력자의 의지를 정당한 공권력으로 인식시키는 통치 양식을 가능하게 하는 것이다.

아직 북한 사회의 권력체계가 확고하게 정립되지 않은 전쟁 시기에 김일성을 전 인민의 정점에 놓고 신격화하는 작업은 한국전쟁을 김일성 중심의 북한형 사회주의의 체제 구축을 완성시키는 과정으로 삼겠다는 의도가 내재된 것으로 풀이된다.

1950년대 전쟁에 대응한 북한 시의 성격과 특징은 분단문학의 원형성을 지닌다는 점에서 오늘날 민족문학사의 중심과제로 떠오른 분단극복문학 내지 통일지향의 문학을 향한 길찾기의 가장 중요하고도 근본적인 시금석에 놓인다.

3) "전후복구건설" 및 "천리마운동 시기"의 시

북한에서 이른바 "전후복구건설" 시기는 물리적인 전쟁의 폐허를 복원하는 과정이면서 동시에 김일성을 정점으로 하는 사회주의의 기초를 세워 나가는 이념적인 과도기였다. 김일성은 이 시기에 그의 최대 정적인 남로당을 비롯한 반대파를 완전히 제거한다. 이러한 사정이 문학에서는 종파투쟁과 수정주의에 대한 비판의 형식으로 문인 숙청을 감행하고 당과 일원론적 결속관계를 지닌 문단의 재편성으로 나타난다. "천리마운동"은 1956년 "북한 노동당 중앙위원회 12월 총회"에서 결정된 것으로 경제·문화 건설의 집단적 혁신을 이루고, 주민을 공산주의적 인간형으로 개조함으로써 사회주의의 완전 승리를 이루기 위한 일대 혁명운동이자 대중적 선동사업이다.

이 시기의 시적 유형을 살펴보면, "전후복구건설의 고취시", "전쟁영웅 회상시", "천리마운동 고취시", "항일혁명을 형상화한 시", "김일성 우상화시", "남조선 해방 및 반미의식의 시" 등으로 정리된다.

①우리 다시는/다시는 전등불을 가리우게 하지 않을테다/우리의 집과 우리의 거리에서//우리 이제 한 사람처럼/수령님께서 가리키시는 길/복구건설이 우리를 부르는/공장으로 탄광으로 나아가리니

—김경일, 「전등불이 켜졌다」(1953) 부분

②아아, 불뿜는 원쑤의 화구앞으로/가슴을 내대인 영웅의 나이는/그때 열아홉/지금도 열아홉/〔…중략…〕 /오오, 크나큰 공훈을 청사에 남긴/영웅은 영원히 제대하지 않노라/젊음을 누구보다 귀중하게 여길줄 안/영웅은 나이를 먹지 않노라! (……)

—전동우, 「전사의 노래」(1965) 부분

시 ①은 전후복구건설에 대한 의지를 노래하고 있는 작품이다. 이 시는 전쟁에서 승리한 기세를 가속화시켜 이 땅에 인민의 낙원을 세우

자는 열정을 담고 있다. 전후복구건설의 노력투쟁을 호소한 작품은 이외에도 「전등불이 켜졌다」(김경일, 1953), 「굴착기」(김우철, 1958), 가사 「우리는 승리했네」(석팔봉, 1954), 「건설의 노래」(김북원, 1954) 등의 주목되는 작품이 있다.

시 ②는 전쟁 당시 열아홉 어린 나이로 큰 공훈을 세운 영웅적인 인민군을 송축하고 있다. 전후에 천쟁영웅을 회상하고 찬양하는 것은 이를 교훈으로 삼아 전후복구사업을 추동시키고 사회주의 기초건설의 완성을 성취하기 위한 의도이다. 「네 사람 남아」(리봉재, 1960), 「군복을 입은 곳」(오영환, 1964), 「고향집」(방금숙, 1966) 등의 많은 작품이 있다.

북한은 전후복구건설과 사회주의 기초건설의 완료를 선언한 이후인 1960년에서 1967년까지를 "사회주의의 전면적 건설과 완전 승리를 앞당기기 위한 투쟁 시기"[5]로 정한다. 이때부터 천리마운동은 더욱 가속화되어 "천리마 작업반 운동", "3대 혁명 붉은기 쟁취운동" 등으로 발전되어 나간다. 문학에서는 김일성의 담화 "천리마 시대에 맞는 문학예술을 창조하자"에서 드러나듯 "천리마 기수들의 전형을 창조"하고 "새로운 기대의 생활과 사상적 정서와 풍모"[6]를 드러내는 내용으로 드러난다.

조국이여!/더빨리 다우쳐 내닫기 위해/네 굽을 안으며 갈기를 날리며/먼 앞날을 주름잡아 나래치는/천리마로 내닫자 또 내닫자!/우리의 길 〔…중략…〕 주체의 큰 길로/젊음과 삶의 상상봉인/공산주의 위대한 봉우리를 향하여 ─「천리마로!」 부분

5) 박종원·류만, 『조선문학개관』(사회과학출판사, 1986).
6) 김일성, 『천리마운동과 사회주의 건설의 대고조에 대하여』(조선로동당출판사, 1958. 11. 20).

위 시는 경제발전 추동을 핵심으로 하는 천리마운동을 통해 "공산주의 위대한 봉우리"에 도달해 나가자는 전투적 호소를 담고 있다. 북한은 천리마운동을 통해 정치적으로는 종파와 수정주의 등을 숙청하고 "주체의 큰 길"을 향한 초석을 마련해 갔다. 북한의 주체사상은 1955년 김일성의 「사상사업에 있어서 교조주의와 형식주의를 퇴치하고 주체를 확립하는 데 대하여」라는 발표에서부터 형성된다. 따라서 "천리마운동"은 주체 시대를 맞이하기 위한 준비단계에 해당되는 것으로 이해된다.

또한 이 시기 가장 주목되는 특징으로는 항일혁명투쟁을 형상화한 작품이 두드러지게 증가되었다는 점이다. 북한문학에서 1958년까지는 카프문학만이 정통으로 여겨졌으나 1959년 이후부터는 점차 카프문학보다 항일혁명문학이 우위를 점하면서 정통으로 자리잡아 간다. 특히 1959년에는 1953년에 이어 제2차 항일혁명전적지 답사단이 대대적으로 구성되어 파견된다.

> 이밤 이 언덕에서/그 밤의 그 위대한 시각을 맞고 싶어서이노라/암흑을 깨며 3천만의 심장을 울리던/그 위대한 총소리를 마음에 깊이 안고 싶어서이노라/ 〔…중략…〕 /그날 밤 수령님께서 자리잡으셨던 곳/바로 그 황철나무 밑에 오래오래 서서/아, 그이의 위대한 영상을 삼가 그리며/내 뜨겁게, 가슴 뜨겁게 생각하노니 (……)
>
> —최영화, 「가람천 기슭에서」(1964) 부분

위 시는 보천보 전투 승리의 그날을 기리며 김일성에 대한 흠모와 존경의 마음을 노래하고 있다. 항일혁명투쟁의 시적 형상화의 소재는 대부분이 김일성 빨치산 항쟁을 대상으로 하고 있다. 따라서 항일혁명문학의 강조는 곧바로 김일성의 신격화로 연결된다. 이 시기의 항일혁명을 소재로 한 시는 서정시 「우리 당의 행군로」(이용악, 1961), 「당」(김순석, 1965), 「유격대와 농민」(김북원, 1959년), 「눈자국」(조벽암, 1959) 등을 비롯하여 가사작품에 이르기까지 매우 많은 작품이 발표된다.

이 시기 역시 김일성 우상화시는 시사의 주류를 형성한다. 김일성은 혁명사의 불멸의 업적, 숭고한 혁명가적 풍모를 지닌 인물로서 모든 인민들이 경배의 대상으로 형상화되고 있다.

한편, 남한 해방과 반미의식을 형상화한 시들도 창작되었는데 대부분의 시편들이 욕설에 가까운 극한적 어조로 남한 정권과 미제국주의자를 직접적으로 비방하는 내용들이다. 여기서 가장 주목되는 것은 1960년 남한에서 일어난 4·19를 소재로 하여 남한의 민중봉기를 선동하는 작품들이다.

①일어선 마산은 행진한다/오빠의 시체를 안은/어린 누이 앞장 세우고/부산에서 서울에서/대구에서 인천에서/남조선 모든 도시/모든 농촌들에서/마산은 행진한다 〔…중략…〕 행진한다 ─신진순, 「마산은 행진한다」(1960) 부분

②형제들이여! 아직도 막아서는/원쑤의 총부리들을 꺽어던지라!/무기고를 산산이 들부시라!/원쑤들 머리우에 화약통을 터치라!/기울어진 경무대 기둥을 단김에 처넘기라!

─정서촌, 「원쑤들이 바리케이트를 쌓고 있다」(1960) 부분

남한의 4·19를 시적 소재로 하는 위의 시편들의 실질적인 창작의도는 북한 주민들에게 남한의 현실을 왜곡되게 인식시키고, 북한의 체제가 우월한 것으로 교양 선전하기 위한 전략의 일환으로 파악된다. 이러한 남한에 대한 왜곡과 미국에 대한 적개심은 민족통일의 당위성과 결부시키면서 1990년대까지 일관되게 흐르는 북한 시의 한 부류를 형

성한다. 북한 사회는 남한 사회와의 대타적 관계를 통해 내부적 통제와 연대를 이루어 나가기 때문에 남한 당국에 대한 비방시는 북한 사회의 내부적 통합을 위해서도 요구되는 것이다.

이상에서 보듯 전후복구 및 천리마운동 시기 북한 시는 김일성 중심의 주체 시대를 앞당겨 맞이하기 위한 전령사로서의 의미를 지닌다.

4) "주체사상 시기"의 시

1955년 이래 형성되어 왔던 주체사상은 1967년부터 공식화되기 시작하여, 1970년에는 마르크스—레닌주의와 더불어 당의 공식적인 지도이념으로 채택되었고, 1972년에는 북한 사회의 모든 부분을 총괄적으로 지도하는 최고의 가치체계로 부상된다.

1967년 이후 북한문학의 성격은 김일성의 다음 교시에서 선명하게 드러난다.

"당의 문예정책이 훌륭히 관철됨으로써 문학예술분야에서 나타났던 수정주의적 요소와 복고주의적 경향이 없어지고 작가, 예술인들 속에서 로동계급전선이 똑똑히 선 혁명적 문학예술작품들을 창작하기 위한 투쟁이 강화되었으며 〔…중략…〕 우리의 문학예술은 참말로 당적이고 혁명적이며 인민적인 문학예술로 되였으며 근로자들을 공산주의적으로 교양하는 힘 있는 수단으로 되고 있습니다."[7]

위의 인용문에서 "참말로 당적이고 혁명적이며 인민적인 문학예술로 되였다는" 강조는 1967년 이후부터 북한문학이 다른 어떤 문학논

---

7) 『김일성저작선집』 5권, 430쪽.

의나 창작행위도 배제되고 오직 당성, 노동계급성, 인민성을 핵심 미학으로 하는 주체문예이론에 입각하여 본격적으로 창작되기 시작했다는 점을 가리킨다.

이 시기 북한 시를 내용에 따라 유형화하면 "김일성 가족사의 신성화", "김일성 우상화", "김정일 예찬", "항일무장투쟁의 형상화", "남조선 해방과 조국통일 투쟁의 반영" 등으로 정리된다. 이들 항목 중에서 "김정일 예찬", "김일성 가족사의 신성화"가 시적 주제로 부각되고 있는 점은 종전과 변별되는 가장 특징적인 점이다. 김일성의 환갑이 있던 1972년부터 김정일은 이미 후계자로 묵인되고 있었던 것이다.

①아, 시대와 시대를 그렇듯 떳떳이 사시는/력사의 가장 영광스러운 자리들에,/인민들의 투쟁을 이끄시는/참으로 힘겨운 앞장마다에/스스로 한몸 들을 바쳐오신 혁명일가여!/혁명가정의 모범으로 온 세상에 빛나는 집이여! —「위대한 혁명일가」(집체작, 1972) 부분

②아 항일의 그 나날/사령부 천막의 흔들리는 등잔불 아래/광복의 붉은 서광 펼쳐 주시던/위대한 수령님의 젊으신 그 모습으로/우리 앞길 밝히시는 지도자 동지이시여 —차승수, 「새날이 동튼다」(1974)

시 ①은 김일성의 "만경대 고향집"을 혁명의 요람이며 역사적 터전으로 노래하고 있다. 김일성의 고향집에 대한 예찬은 이 외에도 가사 「수령님의 혁명일가 길이 받드세」 등 여러 작품에 걸쳐 선명하게 그려진다. 김일성 가계의 신성화는 김일성의 부모 김형석과 강반석은 물론이고, 조선 후기 미국의 "샤만호" 침투 사건(1866) 때 앞장서서 불을 질렀다는 증조할아버지부터 삼촌 김형권 등에 이르기까지 집안 식구 모두를 불멸의 업적을 남긴 조선민족해방운동의 탁월한 지도자로 형

상화한다.

시 ②는 김정일을 칭송한 첫시집 『2월의 송가』에 실린 22편 중 하나
이다. 여기에서 시인은 김일성이 조국 광복을 이룬 것처럼 김정일이
공산주의의 완성을 이루어낼 것이라는 믿음과 기대가 스며 있다. 이
밖에도 최초의 김정일 예찬 서사시집 『향도의 해발은 누리에 빛난다』
(1977. 2. 16), 첫 충성의 송가 「대를 이어 충성을 다하렵니다」 등을 비
롯한 많은 작품이 발표되었다.

한편, 이 시기의 작품은 위의 시편들처럼 집체 창작이 많이 등장하는
것을 볼 수 있다. 그것은 이 시기 김정일 주도하에 4·15 창작단(1967.
6. 28)을 비롯한 여러 창작단이 만들어진 것과 직접 관련된다.

1967년 이후는 항일문학만이 정통으로 계승되면서 항일빨치산 투쟁
이 시적 소재로 대폭 늘어나고, "김일성 우상화"시 역시 김일성의 항일
투쟁 과정이 중심소재로 등장하는 경향을 보인다.

> 일찍기 10대의 어리신 나이에/조선의 슬픔, 조선의 고통을 한 가슴에 다
> 안으시고/눈보라 우는 천리징강을 건느시였고,/20대 청년장군으로 백두밀
> 림에서/일본제국주의 백만대군을 때려부시고/30대 그 젊으신 나이에/피바
> 다에 잠긴 이 나라를 구원하시어/ 〔…중략…〕 //아, 김일성동지의 혁명사
> 상!/이 위대한 사상이//제국주의 마지막 생명선을 끊어버리며/혁명의 폭풍
> 으로 온 지구를 휩쓸며/세계를 움직여 나가는 이 시대를/력사는 영원히 영
> 원히 주체시대라고/노래할 것입니다!
>
> ─정서촌, 「어버이수령님께 드리는 헌시」(1974) 부분

위 시는 항일빨치산투쟁으로부터 시작되는 지금까지의 김일성의 일
대기와 그에 대한 미래의 평가까지 송축적 어조로 노래하고 있다. 김
일성의 일대기는 바로 북한의 역사이며, 인민의 삶의 원형성에 해당한

다. 이러한 점은 북한의 인민군 창설 기념일을 비롯한 국경일의 제정을 통해서도 뚜렷하게 드러난다. 그러나 북한문학에 나오는 김일성 항일혁명투쟁과정이 실제의 역사적 사실과는 상당한 편차를 드러내는 날조된 것이라는 점에서 북한 지배 이데올로기의 상징 조작의 허구성을 새삼 환기하게 된다.

주체사상 시기에 발표된 남조선 해방과 관련된 작품은 종전의 원색적인 남한 실상의 왜곡과 반미의식과 동일한 양상으로 나타난다.

이상에서 살펴보듯 주체사상 시기는 김일성 집권체제의 공고화에 해당함을 알 수 있다. 북한의 시 역시 김일성 중심의 체제를 완성하고 견고화하는 데 기여하는 상징적 지배담론체계의 응집형태로서의 양상을 지닌 것이었다.

5) "김일성·김정일 통치 시기"의 시

1980년대 이후 북한의 문예정책의 실질적인 주도자는 김정일이다. 이 점은 종전의 모든 문예지침이 김일성의 교시에 대부분 의존하던 양상과는 크게 변모된 모습이다. 김정일이 정치 실력자로 떠오르기 시작한 것은 1973년 9월 당중앙위원회 전원회의에서 "조직 및 선전담당비서"로 선출되면서부터였으나, 당의 제2인자로 확정된 것은 1980년 10월에 열린 조선노동당 제6차 대회에서였다. 김정일의 역할이 확대되면서 북한문학에도 상당한 변모가 나타난다. 1980년 1월 제3차 조선작가동맹대회에서 김정일은 80년대 문학예술이 나아가야 할 길에 대한 지침을 다음과 같이 제시한다.

현실은 작가들에게 있어서 창작활동의 기본 무대이다. 모든 작가들은 들끓는 현실 속에 깊이 들어가 생활 체험을 쌓는 한편 대중 속에서 배출된 주체형의 공산주의자의 참된 전형을, 당과 혁명, 조국과 인민에게 끝없이 충직한 숨은 영웅들을 널리 찾아내어 그들의 고상한 풍모와 아름다운 정신세계를 훌륭히 형상화 함으로써 〔…중략…〕 모든 작가들은 당이 제시한 주체적인 창조 체계와 창작 원칙을 철저히 구현하며 자연주의·도식주의를 비롯한 온갖 그릇된 경향을 극복하고 창작에서 노동 계급적 선을 확고히 세우는 동시에 개성적 특성을 옳게 살리며 철학적 심도를 보장함으로써 사상 예술성이 높은 우수한 작품들을 더 많이 창작하여야 한다.

위의 인용문에서 가장 주목되는 것은 먼저, 숨은 영웅의 형상화이다. 숨은 영웅에 관한 문제제기는 지금까지 역사적인 사건 속의 비범한 인물을 도식적으로 신격화하던 방식에서 탈피하여 일상생활 속의 평범한 인물들 속에서 긍정적 인물의 전범을 제시하는 방식으로의 변화를 추구하는 것이다. 이러한 변모는 북한문학이 모범적인 인물을 종전의 관념 속에서 만들어진 비현실적인 인물에서 살아 있는 현실적인 인물로 대폭 교체시킨다는 점에서 매우 긍정적인 의미를 지닌다.

다음으로는 도식주의의 극복과 작가의 개성적 특성을 살리는 점에 대한 강조이다. 물론 이러한 주장은 "당이 제시한 주체적인 창조 체계와 창작 원칙을 철저히 구현하는 것"의 범주 안에서이다. 그러나 해방 직후부터 지속된 북한문학의 상투성과 도식성을 감안할 때, 작가의 개성적 특성을 살리는 문제에 대한 언급은 그 자체로도 획기적인 사건이다.

실제로 80년대 이후 발표된 북한 시들은 많은 경우가 종전의 관행화된 경직성과는 변별되는 예술적 심미성과 탄력성을 어느 정도 확보하고 있는 특성을 보인다.

이 시기 발표된 대표적인 시편들을 내용별로 유형화하면 "숨은 영웅의 형상화", "김정일 우상화", "김일성 우상화", "남한 혁명의 고취와 조국통일의 과제", "삶의 서정성의 노래" 등으로 정리된다.

①탄부와 처녀/그 어느 곳인가/반짝이는 저 별밑/태여난 곳만 정든 고향이더냐/우리 나란히 걸으면/돌뿌리 거친 막장길로/우리에겐 억만보석 빛을 뿌려주는 길/우리함께 맞으면/떨어진 석수도 달디단 봄비!/탄전이랴 간석지랴 건설장이랴/당의 부름을 안고/우리함께 가는 곳은/어데나 그 어데나 정다운 고향! ―송명근, 「탄부와 고향처녀」(1985) 부분

②무엇이 다르랴/가렬한 전쟁의 그날엔/수령님 받들어 싸운 전사/오늘은 당의 뜻 받들어/갑문 언제를 세워가는 전사//불굴의 용맹/영생하는 삶을 안고/그날의 그 신념 그 의리로/50년대와 80년대를 이으며/두 기슭을 하나로 이어가거니/오, 서해갑문 언제여/너는 솟아오르고 있어라/바쳐도 바쳐도 전할줄 모르는 ―구희철, 「영옥의 몫까지-서해갑문 건설장에서」(1983) 부분

위의 시편에 등장하는 서정적 주인공은 공통적으로 당의 교시를 일상생활에서 충실히 실천하며 살아가는 평범한 인물들이다. 이러한 숨은 영웅의 형상화는 이제 주체사상이 구체적인 현실 속에 성공적으로 실현되고 있음을 표면적으로 드러내는 것이기도 하다.

또한 80년대 들어 김정일이 2인자로 등장하면서 그의 우상화 작업이 본격화되는 특성을 보인다.

조선의 의지/혁명의 억센 뿌리를/이 땅우에 더 깊이 내리우며/자주의 봄을 꽃피우는 향도의 빛발이/여기서 시작되였구나//오직 여기에/천만운명의 숨결이 닿아있어/그 언제 그 어느 곳에 있어도/우리의 혈맥은 하나로 고동쳐라//누리를 향해/힘껏 소리쳐 자랑하노라/영광의 봉우리/위대한 그 존함으로 불리우는/백두의 정일봉 ―전병구, 「아! 정일봉이여」(1989. 1)

위 시는 김정일에 대한 우상화가 김일성의 경우와 대등한 차원에 이르렀음을 반증하는 작품이다. 북한이 혁명 사적지로 여기는 백두산의 한 봉우리에 명칭을 붙이고 성소로 만든 정일봉을 "천만운명의 숨결이 닿아 있는" 미래 역사의 고동치는 "혈맥"이라고 노래하고 있다. 이 시기 김정일 우상화는 김일성과 유사하게 그의 일대기에 이르기까지 추앙의 대상으로 노래된다. 「위대한 탄생」(오영재, 1984), 「위대한 날에」(최영화, 1982), 「백두의 새 날」(김철, 1982), 「조선의 영광」(정서촌, 1983) 등 매우 많은 작품들이 김정일의 절대적 우상화에 바쳐진다. 물론 이 시기에도 김일성의 우상화는 종전과 같이 지속된다.

이 시기 남조선 혁명을 주제로 한 시는 광주항쟁과 방북 인사, 남한의 억압적인 정권에 대항하다 목숨을 잃은 운동권 학생들 등이 중심소재로 자주 등장한다.

①아 하늘에 해가 있으면/봄싹 어김없이 돋아나듯/진정한 자유의 봄 통일의 봄/아름다운 그 봄그려 불타는/광주의 5월/파쑈의 광풍에/아깝게도 진 꽃 그 향기 —문성락, 「광주의 오월」(1991. 5) 부분

②무시무시한 총구 가슴을 겨눈/분계선 우에서도 피고/햇빛 한점 없는 캄캄한 감방/차디찬 세멘트바닥 우에서도/소담하게 피여 향기 풍기는구나/통일의 꽃 림수경/아, 통일의 꽃은/꽃피는 봄철만이 아닌/눈오는 겨울에도 불이 일게/겨레의 가슴에 뜨거움을 주며/투사의 향기를 뿌리고 있어라
—조병석, 「언제 어디서나 피는 꽃」(1991) 부분

③바라고 바라며 한 생을 살다/통일아, 너를 못보고간 이 그 얼마인고/오늘도 한 장 남편의 사진에 얼굴 묻고/오열을 터뜨리는 녀인이 있음을 너 아느냐/ […중략…] /다시 손을 뻗치면 잡힐듯/저 지평선 우에 아침해처럼/

불쑥 나타날것만같은 통일!/아, 뛰며 달리며 너를 위해 다 바칠/나의 삶, 민족의 삶 통일!/ 〔…중략…〕 /민족이 몸부림치기에는/너무도 많은 대가를 치렀다/억울한 반세기가 흘렀다/살아있는 아버지도 못보고/살아있는 남편도 못만나고// 조국통일이/민족 숙원으로만 남는다면/꽃피는 봄은 있어 무엇하며/열매 맺는 가을은 있어 무엇하랴 —황명성, 「조국 통일」(1986) 부분

80년대 이후 북한 시는 남한의 반정권 투쟁을 찬양하고 고무하는 작품이 자주 등장한다. 시 ①은 광주 민중항쟁을 시회하고 있다. 동일한 소재를 다룬 남한에서 발표된 작품과 내용과 형상화의 측면에서 대등한 시적 위의를 갖추고 있다. 이 정도의 높은 시적 완성도는 80년대에 와서 북한 시에 나타나는 한 특징이다. 시 ②는 평양에서 열린 제13차 세계청년학생축전에 남한 학생대표로 참가했던 "통일의 꽃" 임수경을 시화하고 있다. 임수경의 방북은 80년대 후반에서 최근까지 시적 소재로 자주 등장하는데, 북한 주민들에게 잠재되어 있던 통일의 갈망을 증폭시킨 계기가 되었던 것으로 여겨진다. 시 ③은 "민족적 숙원"인 통일에 대한 갈망을 이산가족의 비극성을 매개로 하여 심화시키고 있다. 통일의 당위성을 소재로 한 종전의 시편에서는 남한 정권과 미국에 대한 저주와 비방이 전면에 드러났으나 80년대부터는 심정적인 차원에서 분단 비극과 통일의 당위성에 대해서만 강조하는 경우가 자주 보인다. 이러한 시편들은 남한의 이산가족들에게도 동일한 공감을 줄 수 있다는 측면에서 주목된다.

한편, 1994년 7월이 되면 북한 사회에는 충격적인 역사적 사건이 발생한다. 해방 이후 북한 사회의 모든 삶의 토대와 성격을 결정한 장본인이었던 김일성이 사망한 것이다. 북한에서 초국가적인 신적 존재로 군림했던 그의 사망에 대해 문학은 먼저 "피눈물나는" 애도와 추모의 내용이 압도적인 주류를 이룬다. 그리고 이에 연이어 이제부터 김정일

의 지도하에 김일성이 창건한 위대한 혁명위업을 완성해 나가자는 결의가 등장한다.

사실이였구나/수령님 돌아가신 것 사실이였구나/엄연한 현실이 번개같이 내리를 칠 때/눈물도 순식간에 마르고 오열도 뚝 멎으며—/ 〔…중략…〕 / 약해지는 마음 체념의 밑바닥으로 주저 앉으려 할 때/문득 벽에 모신 초상화 우러러보니/"나 여기 있소. 김정일 동지와 함께/내 어디로 가겠소. 동무들을 두고—"/그렇다! 명백해졌다 모든 것!/김정일 동지 높이 모시고 나가는 길에/수령님은 언제나 우리와 함께 계신다!—지그시 지그시 굳어져 오르는 새로운 맹세여! —백인준, 「새로운 맹세」(1994. 8) 부분

위 시는 김일성이 김정일을 통해 우리들 곁에 다시 살아 있다고 노래하고 있다. 그리하여 김일성 수령을 대하듯 김정일을 모시고 혁명과업을 수행해 나가야겠다는 것이 자연스럽게 새로운 맹세로 굳어진다. 이러한 내용구조는 김일성 사후의 북한 시의 주류를 형성한다. 김일성의 위업은 김정일을 통해 지속된다.

5. '김정일 통치 시기'의 시

김정일 시대는 식량난으로부터 시작된다. 1980년대 후반부터 식량 부족, 외화 부족, 생필품 부족 등 이른바 3부족 현상에 시달리던 북한은 1995년 홍수 피해를 입으면서 기아의 땅으로 전락되어 간다. 이러한 위기에 대한 타개책으로 북한은 '생산도 학습도 생활도 항일유격대 식으로' 하자는 취지의 '고난의 행군'을 제시한다. 고난의 행군의 사상적 배경은 붉은기 운동이다. 붉은기 사상의 핵심은 "수령이 높이 치켜

들었던 붉은기를 지켜 혁명 위업을 끝까지 완성하려는 강인한 신념과 의지가 혁명의 핏줄기처럼 맥맥히 흐르는 것"으로 요약된다.

북한의 경제 위기는 1998년에 이르러 어느 정도 회복세로 전환한다. 이러한 전환기에 북한은 강성대국론을 사회문화의 궁극적인 지표로 내세운다. 강성대국론은 일종의 경제부흥론에 해당한다. 강성대국론을 명분으로 김정일은 1998년 9월 5일 유훈통치를 마감하고 국방위원장에 취임함으로써 권력승계를 마무리한다. 같은 해에 역시 남한에서도 50년 만에 여야 정권교체가 실현되면서, 이른바 '햇볕정책'과 '강성대국론'이 만나게 되는 새로운 국면이 열리게 된다. 2000년 6월 남북 정상회담은 그 구체적인 결정체이다.

이상에서 본 것처럼 김정일 통치 시기를 이해하는 열쇠어는 '고난의 행군'과 '붉은기 사상', '강성대국론', '통일 시대의 모색' 등으로 요약된다. 따라서 근자의 북한 시의 중심 항목은 주체문예이론에 입각한 북한식 사회주의 혁명위업의 예찬과 고취, 김일성과 혁명일가에 대한 송가를 중심으로 하면서 당대의 요구 사항인 위의 주요 항목이 새롭게 추가되고 있다.

①김정일 장군님을 모시고 발걸음 뗀/이 영광 이 자랑을 안고/무적필승의 대오/일심단결의 대오/붉은기의 노래로 번개를 부르며/김일성 민족의 기상을 세계에 떨치자! —홍현양, 「붉은기 찬가」(1996. 10) 부분

②뜨겁다, 불탄다/조국의 숨결은/제철소와 발전소/감자 풍년을 안고 부푸는 농장벌에/강성대국 건설의 발자욱이 찍힌다

—진춘근, 「나의 출근길」(2000. 5)

③이제 통일의 날이 오면/온 민족이 서로 얼싸안고/심장으로 뜨겁게 말

하리라 지금처럼/세상에서 오직 우리만이 통하는 뜨거운 말//—반갑습니다
/—반갑습니다 —리명근, 「뜨거운 말」(1999. 8)

시 ①은 고난의 행군과 붉은기 사상이 중심 소재이다. 고난의 행군
이란 김일성이 이끄는 항일유격대가 일제의 대규모 공격에 맞서 1938
년 11월부터 1939년 2월까지 몽강현 남패자에서 장백현 북대정자까지
1주일 간의 행군 거리를 무려 1백일이나 걸려 행군했던 역사적 사건을
가리킨다. 1990년대 중반에 이 고난의 행군을 환기시키는 것은 이 시
기 북한 사회의 경제적 어려움을 반증하는 것이기도 하다. 시 ②는 강
성대국 건설의 설레임이, 시 ③은 통일의 열망이 절도 있는 어조로 그
려지고 있다.

이천년대 북한 시 역시 아직 종전과 다른 뚜렷한 변별적 층위를 드러
내지 않는다. 그것은 아직 북한 사회가 새로운 국제 질서에 대응하는
과도기적 모색기에 있기 때문이다. 남북 관계와 경제 개방을 비롯한
당면한 중요 사안들에 대한 해결책의 방향과 실현 과정에 따라 앞으로
북한 시의 향방도 구체적으로 변화될 것이다.

6. 맺음말

지금까지 해방 이후 북한 시의 전개 양상을 살펴보았다. 해방 이후
북한 시는 지속적으로 공식적인 지배 이데올로기의 반영과 재생산의
문화적 장치로서의 역할을 충실하게 수행해 왔다. 따라서 북한 시의
양상은 역사적 상황에 따른 지배정책에 의해 직접적으로 결정되는 것
이었다. 앞으로 전개될 북한문학의 성격에 대한 논의 역시 북한 사회
의 정치경제적 변화 양상에 대한 구체적인 전망을 바탕으로 할 때 가

능할 것이다. 앞으로 북한의 역사는 지금까지 지속화해 온 주체사상에 기초한 사회주의 국가로서의 견실한 내부적 통합의 필요성과 동시에 전지구적 시장화의 세계사적 대세에 따른 개방화의 요구라는 서로 상충되는 모순명제를 어떻게 풀어 나가느냐에 따라 결정적으로 좌우될 것이다.

오늘날 민족문학사적 과제로 대두되고 있는 통일문학의 길찾기도 이러한 사회·역사적인 상황적 특성의 인식 속에서 가능하다. 다시 말해서 통일의 방식과 성격에 따라 통일문학의 지향성이 결정될 것이다. 이렇게 볼 때 통일문학을 논의하기 위해서는 먼저 민족사적인 차원의 바람직한 통일철학을 세우는 일의 선행이 요구된다. 이러한 통일철학에 입각하여 남북한의 문학적 동질성을 찾고 화해의 장을 만들어 나가는 것이 현단계에서의 통일문학의 당위적 과제에 해당한다고 여겨진다.

이 글에서 살펴본 해방 이후 북한 시의 전개 양상에 대한 역사적 이해 역시 민족사적인 통일철학에 입각한 통일문학의 정립의 한 시금석이 될 수 있다는 측면에서 궁극적인 의미를 찾을 수 있다.

해방 이후 북한 소설사

김병진

1. 머리말

분단 이후 북한문학의 성격은 1967년 '조선로동당 제4기 15차 전원대회'를 분기점으로 크게 둘로 나뉜다.[1] 이 분기점을 특징짓는 개념이 이른바 주체사상과 주체사관에 바탕을 둔 주체문학이다.[2] 간략히 말한다면 1967년 이전까지는 사회주의 문학이, 1967년 이후에는 주체문학

---

[1] 북한문학의 진로는 조선로동당의 지도 지침에 의해서 규정된다. 따라서 북한 문학사 연구를 위해서 조선로동당의 역사에 대한 이해가 전제됨은 물론이다. 북한 문학사의 다음과 같은 서술은 조선로동당과 북한문학의 관계를 여실히 보여준다. "해방 후 우리 문학은 조선 인민의 지도적·향도적 역량인 조선로동당의 직접적이며, 구체적인 지도하에 육성·발전된 문학이다. 조선로동당은 창건 첫날부터 혁명사업의 한 부분으로서 문학사업에 커다란 의의를 부여하고 자기의 정확한 문예정책에 의하여 우리 문학 발전을 지도하였는바, 당은 우선 우리 문학예술이 철두철미 조국과 인민을 위하여 복무하며 인민 자신이 창조자로 되어 있는 인민의 문학으로 되어야 한다는 데에 그 기본 원칙을 두었다." 사회과학원 문학연구소,『조선문학통사 — 현대문학편』(1959, 인동판, 1988), 178쪽. 이하『통사』로 약칭한다.

[2] 김종회, 「해방 후 북한문학의 전개와 실증적 연구 방향」(김종회 편,『북한문학의 이해』(청동거울, 1999), 16쪽. 이종석은 1967년을 기준으로 변동된 북한 사회의 모습을 다음과 같이 기술한다. 1인 절대권력체제의 전면화와 개인 숭배구조의 정착, 그리고 사회의 기계적 집단화의 진행이 1967년 이전에는 비공식적·비분절적으로 드러났으나, 1967년 이후에는 공식적·연속적으로 드러났다. 이종석,『조선노동당 연구 — 지도사상과 구조변화를 중심으로』(역사비평사, 1995), 311쪽.

이 주류를 이룬다.

1967년 이전의 북한문학은 정치사회적 변화 과정과 연관되어 크게 네 단계로 구별된다. 즉 1967년 이전의 북한문학은 1945~50년의 '평화적 민주건설 시기', 1950~53년의 '조국해방전쟁 시기', 1953~60년의 '전후복구건설과 사회주의 기초건설을 앞당기기 위한 투쟁 시기', 1960년대 이후의 '사회주의의 전면적 건설과 사회주의 완전 승리를 앞당기기 위한 투쟁 시기' 등의 4단계로 구별된다.[3] 1967년 이전 시기의 북한문학은 마르크스—레닌주의의 일반론에 입각한 '문학의 유일한 최고의 창작 방법'[4]이라는 '사회주의적 사실주의' 미학이 문학실천의 중심을 이루었고, 그 이후에는 김일성의 '영생불멸의 주체사상을 구현하고 있는 가장 혁명적이며 과학적인 문예이론'[5]이라는 주체문예가 창작과 비평의 중심을 이루게 되었던 것이다. 이러한 시기적 변별성에도 불구하고 북한문학의 불변하는 원칙은 당과 노동계급과 인민에 복무하는 정치적 무기로서의 당 문학이라는 성격이다. 이른바 '인민성, 로동계급성, 당성'의 3대 원칙하에 있는 북한문학은 조선로동당의 지침에 따라 북한 인민들을 동원·통제하는 사상과 이념을 위한 선전·계몽의 도구인 것이다.

이 글에서는 북한 소설의 해방 이후부터 지금까지 전개 과정을 앞에서 언급한 것처럼 1967년을 기준으로 크게 둘로 나누고, 각각의 시기적 특징을 북한 역사의 전개 과정과 더불어 개략적으로 살펴보겠다.

---

3) 이상의 시대 구별과 용어는 박종원·류만의 『조선문학개관 2』(사회과학출판사, 1986, 인동판, 1988)에 따랐다. 이하 시기 구분 및 용어는 『조선문학개관 2』에 따른다. 이하 『개관』으로 약칭한다.
4) 『통사』, 180쪽.
5) 사회과학원 문학연구소, 『북한의 문예이론—주체사상에 기초한 문예이론』(1975, 인동판, 1989), 8쪽.

2. 1967년 이전까지의 북한 소설 : 주체문학 이전

1) '평화적 민주건설 시기'의 소설 : 1945. 8~1950. 6

이 시기 북한 내의 주요한 역사적 사건은 소련군의 진주에 의한 1945년 8·15의 해방과 1948년 9월의 조선민주주의인민공화국의 수립이다. 사회과학적 용어로 '반제반봉건·인민민주주의 혁명'의 시기라고도 표현된다. 이 시기를 북한 문학사에는 친일파와 '제국주의적 요소'의 제거, 토지개혁과 제반 민주개혁으로 상징될 '봉건적 요소'의 척결을 통해[6] 이른바 '혁명적 민주 기지'를 건설했다고 기술하고 있다. '민주 기지'라는 새 국가 건설을 위한 사상 개조와 통일을 요구한 '건국사상총동원 운동' 시기의 북한문학의 성격은 1947년 3월 당 중앙상무위원회의 결정서인 『북조선에 있어서의 민주주의의 민족문화 건설에 관하여』에 집약되어 있다. 여기서 천명된 '고상한 사실주의'는 '민주기지' 건설을 위한 '인민'들의 노력과 투쟁을 요구하는 혁명적 낭만주의를 핵심으로 하는 '교조적·사회주의적 리얼리즘'[7]이다. 혁명적 낭만주의는 '현실을 그 객관적인 발전 과정 위에서 반영하기보다는 주관적 지향에 따라 현실을 재단'[8]하는 일종의 주의주의적 경향이다.

이 시기의 북한 소설을 주제에 따라 분류하면 다음과 같다. 첫째, 민주개혁 찬양 소설로 이기영의 「개벽」(1946)과 『땅』(1948~1949), 한설야의 「마을 사람들」(1946) 등이 있다. 둘째, 새 조국 건설의 인민들의 투쟁을 반영한 소설로 한설야의 「탄갱촌」(1946), 이북명의 「노동일가」(1947), 황건의 「탄맥」(1949), 박웅걸의 「류산」(1949), 천세봉 「오월」

6) 이종석, 『새로 쓴 현대 북한의 이해』(역사비평사, 2000), 68쪽.
7) 김재용, 『북한문학의 역사적 이해』(문학과지성사, 1994), 21쪽.
8) 앞의 책, 21쪽.

(1947), 「땅의 서곡」(1948), 윤시철의 「지질기사」, 최명익의 「궁등풀」(1949) 등이 있다. 셋째, 김일성 찬양 소설의 범주에는 한설야의 「혈로」(1946), 「개선」(1948), 강훈 「장군님을 맞는 날」(1948), 천전송의 「유격대」(1948), 박웅걸의 「압록강」(1948) 등이 있다. 넷째, 북한지역의 실질적인 해방자였던 소련에 대한 찬양과 소조친선을 목표로 한 소설로 한설야의 「남매」(1948), 이춘진의 「안나」(1949), 김사량의 「칠현금」(1949) 등이 있다. 마지막으로 남조선 인민의 혁명투쟁을 다룬 소설로 이갑기의 「요원」(1949), 이동규의 「그 전날 밤」(1945), 박태빈의 「제2전구」(1949), 현경준의 「불사조」(1949) 등이 있다.

이 시기의 대표적 소설로 꼽을 수 있는 것은 이기영의 장편소설 『땅』이다. 『땅』은 당대 북한문학에 요구되던 '고상한 사실주의'의 대표적 작품이다. 민주개혁을 통해 해방된 인민들이 민주기지라는 국가에 자발적 헌신을 바치기를 요구하는 조선노동당의 요구를 충실히 반영하는 작품이 『땅』이다. 소설 내에서 주인공인 곽바위는 과거 머슴의 신분에서 토지개혁을 통해 토지를 분배받고 밝은 미래를 확신하며 개간사업에 헌신한다. 곽바위 주변의 인물들도 그처럼 국가에 헌신하는 '긍정적 인물'로 변신한다. 더불어 곽바위의 긍정적 인물로의 변신을 매개하는 면당 위원장 강균의 설정을 통해 당의 '조직자적, 고무자적 역할'[9]을 제시하고 있어, 이 소설은 당대 북한 소설의 한 전범이라 할 것이다.

2) '조국해방전쟁 시기'의 소설 : 1950. 6~1953. 7

북한은 한국전쟁을 '조국해방전쟁'이라고 명명한다. 이와 같은 명명

---

9) 『통사』, 198쪽.

에는 체제 정당성 논리가 전제된 것임은 물론이다. 즉 남한은 '미제와 이승만 괴뢰 집단의 식민지'였으며, 이를 '민주기지'인 북한이 해방시키려 했다는 것이다. 당시 북한문학에 주어진 임무는 '조선 인민의 이 위대한 영웅적 투쟁 현실을 진실하게 반영하고 전선과 후방에서 발휘되는 우리 인민의 대중적 영웅주의와 애국적 헌신성을 정당히 표현하는 우수한 예술적 전형을 창조하며, 또한 야수적인 적들의 만행을 철저히 폭로 규탄함으로써 인민과 군대를 승리에로 고무 추동하며 그들을 원쑤에 대한 열화 같은 증오심과 애국주의와 영웅상으로 교양[10]시키는 '가장 강력하고도 예리한 무기'[11]로서의 역할이었다.

따라서 북한의 이 시기의 소설은 단시간에 창작될 수 있는 단편소설 위주이며, 주제상 두 가지의 소설군으로 나뉘게 된다.[12] 첫째, 북한 인민의 애국심과 투지, 헌신에의 동참을 요구하는 소설군이다. 이것은 전선과 후방이라는 공간적 배경으로 다시 둘로 나뉘어진다. 전선에서의 인민들의 모습을 형상화한 것은 황건의 「불타는 섬」(1950), 박웅걸의 「상급 전화수」(1952), 한설야의 「황초령」(1952), 윤세중의 「신대원과 구대원」(1952) 등이 있다. 전선 후방을 주목한 작품으로는 한설야의 3부작 『대동강』 제1부(1952), 천세봉의 중편소설 「싸우는 사람들」(1953), 황건의 「안해」(1951), 이종만의 「궤도 우에서」(1951), 류근순의 「화신 속에서」(1951), 박웅걸의 「나루터」(1952), 변희근의 「첫눈」(1952), 천세봉의 「흰 구름 피는 땅」(1952) 등이 있다.

둘째, '미제국주의'와 '이승만 괴뢰 도당'을 회화화함으로서 폭로, 규탄하는 소설군이다. 이 범주에 묶일 작품으로는 한설야의 「승냥이」

---

10) 『통사』, 238쪽.
11) 앞의 책, 239쪽.
12) 소설 이전에 일종의 종군기라 할 전선기록물('전선 오체르크')이 발표되었다. 이 범주에 포함되는 작품으로는 박웅걸의 「락동강반에서」(1950), 김사량의 「바다가 보인다」(1950), 한설야의 「격침」(1950), 박웅걸의 「보병 중대장 장계근」(1950) 등이 있다.

(1951)와 이북명의 「악마」(1951) 등이 있다. 그 외에 중공군 참전으로 표현되는 국제주의 또는 사회주의적 애국주의 소설로 윤시철의 「나의 옛 친우」(1951)가 발표되었다. 북한문학에서 지속적으로 창작되는 김일성 찬양 소설로 한설야의 『역사』(1953)가 있다.

황건의 「불타는 섬」은 대중적 영웅주의와 애국적 헌신성이라는 당시의 요구를 전형적으로 제시한 작품이다. 이 소설은 월미도 전투의 실화를 바탕으로 하고 있다. 작품의 내용은 주인공 리대훈 중대장과 통신수 김명희가 보여주는 애국심의 고귀한 가치를 형상화한 것이다. '미제'라는 적의 압도적인 물리적 군사력을 극복·승리할 수 있는 길은 오로지 적에 대한 불타는 증오심과 조국/당에 대한 헌신적 사랑에 있음을 제시하는 이 소설은 이 시기 북한 소설의 제반 가치, 즉 '영웅정신의 고결성과 불멸성, 혁명적 낭만성과 승리자로서의 자랑스러운 모습'[13]을 구현한 전범적 작품이다. 고귀한 애국심의 배면은 적들에 대한 분노와 증오다. 이를 주제로 한 대표적 작품이 한설야의 「승냥이」이다. 「승냥이」에서 미국 선교사의 아들인 시몬은 죄 없는 어린이 수길이를 구타하여 죽이고 전염병에 걸린 것으로 위장한다. 시몬은 양심이 없는 동물, 즉 승냥이에 불과하다. 결국 「승냥이」는 시몬을 '미제'의 상징적 인물로 설정하여 '미제'에 대한 불타는 증오심을 형상화한 작품이다.

3) '전후문학' 시기 : 1953. 7~1960.

한국전쟁 후 북한 정권의 목표는 '모든 것을 민주기지 강화를 위한 전후 인민경제 복구 발전에로' 란 슬로건에 집약되어 있다. 당 중앙위 6차 전원회의는 전후 복구를 위해 3단계 '인민경제계획'을 제시하였다.

---

13) 『통사』, 253쪽.

먼저 1년간의 준비 및 정리사업을 통해 인민경제를 복구하고, 인민경제 3개년 계획을 통해 경제의 모든 수준을 전전(戰前) 수준으로 회복하고, 마지막으로 국가의 전반적 공업화를 위한 5개년 계획에 들어간다. 이를 통해 통일되고 부강한 민주주의적 자주독립국가로 발전시킨다는 것이다.[14] 이를 위해 6차 전원회의는 '중공업 우선의 경공업, 농업의 동시 발전' 노선을 채택했다. 더불어 사회주의 사회 건설을 위한 한 방법으로 개별 농민이 소유하고 있던 토지를 점차 협동화시킨다는 방침을 내렸다.[15] 6차 회의 때 특기할 만한 또 다른 사실은 박헌영을 비롯한 남로당 계열의 숙청이다. 이것은 '자유주의적 경향들과 종파주의 잔재들과의 투쟁'의 일환이라고 선전되었으나, 실상 전쟁 패배의 합리화를 위한 정치적 조치였다.[16] '반종파투쟁'은 문학 내에도 직접적인 영향을 미쳤다. 1953년 9월 제1차 전국 작가 예술가 대회를 통해 임화를 비롯한 남로당 계열의 작가와 비평가들은 '부르조아적 혹은 종파주의적 경향'의 표본으로 숙청당하였다. 한편 북한은 스탈린 사후 소련공산당 제20차 당대회(1956)에서 논의된 사회주의적 사실주의의 도식주의에 대한 비판을 수정주의로 매도한다. 이것은 1958년 김일성을 중심으로 한 단일 지도체제의 확립이 문학 내에서 반영된 것이다.

이 시기의 북한 소설은 주제에 따라 다음과 같이 분류된다. 첫째, 선진 노동자의 헌신과 창조적 노력 앞에서의 난관의 극복을 다룬 노력주제소설이다. 이북명의 「제5브리가다」(1954), 「맹세」(1954), 유항림의 「직맹반장」(1954), 변희근의 「빛나는 전망」(1954), 「겨울밤 이야기」(1955), 윤세중의 『시련 속에서』(1957) 등이 이에 속한다. 둘째, 농업 협동화에 관계된 소설로 강형구의 「출발」(1954), 김만선의 「태봉 영감」

---

14) 『통사』, 297쪽.
15) 이종석, 『새로 쓴 현대 북한의 이해』, 75~76쪽.
16) 이종석, 『조선노동당 연구』, 250~255쪽.

(1956), 천세봉의『석개울의 새봄』제1부(1958) 등이 있다. 셋째, 일종의 전후문학이라 할 조국해방전쟁소설로 이춘진의 중편「고지의 영웅들」(1953), 김영석의 중편「젊은 용사들」(1954), 윤세중의 중편「도성 소대장과 그의 전우들」(1655), 석윤기의『전사들』(1960) 등이 있다. 넷째, 계급교양소설로 한설야의『대동강』, 박웅걸의『조국』(1956), 황건의『개마고원』(1956) 등이 있다. 다섯째, 봉건과 반봉건, 외세와 반외세의 대립과 투쟁이라는 구도하에서 서사화되는 역사소설로 이기영의『두만강』1부(1954), 2부(1957), 3부(1961), 한설야의『설봉산』, 최명익의『서산대사』(1956) 등이 있다. 마지막으로 남조선 인민의 투쟁을 다룬 소설로 이근영의「그들은 굴하지 않았다」(1955), 한설야의 중편「길은 하나이다」(1958), 엄흥섭의『동틀 무렵』(1958) 등이 있다.

이 시기의 북한문학의 주제가 전후 복구를 위해 헌신하는 혁신자와 선진노동자에 관계된 것이라면, 윤세중의『시련 속에서』는 그것의 대표적 소설이다.『시련 속에서』는 전쟁으로 파괴된 용광로를 단시일 내에 복구 건설하는 노동계급과 전문기술자의 투쟁과 헌신을 형상화했다. 주인공 림태운은 대학 야금과 교원 자리를 자발적으로 버리고 제철소 복구 현장 건설로 나가는 새로운 지식인이다. 그는 공장 당위원장 박창민, 노동자 김유상, 유갑섭 등과 더불어 파괴된 50톤짜리 용광로를 100톤짜리 용광로로 개조하는 데 성공할 뿐만 아니라, 새로운 기술을 도입함으로써 '놀라운 기적'을 쟁취하는 인물이다. 이들과 대립·갈등하는 김대준과 박봉서는 부정적 인물의 전형으로서, 대준은 친일 매판층의 후예이며 봉서는 자신의 경험과 기술만을 고집하는 인물로서 이른바 '낡은 것'의 표상이다. 이들의 방해과 음모를 물리치고 승리하는 임태운의 모습은 당대 북한문학의 전범이라 할 수 있다.

농업 협동화 문제는 농민 특유의 소유자적 본성과 국가의 사회주의적 개조 의도 사이에 날카로운 계급갈등을 불러일으킬 문제이다. 천세봉의 『석개울의 새봄』은 협동화 과정이라는 농촌 변혁 과정을 비교적 사실적으로 묘사하고 있다. 제대군인인 창혁은 관리위원장으로 석개울에 농업 협동화의 필연성과 정당성을 입증하는 긍정적 인물이다. 창혁의 노력과 헌신에 감화된 농민들이 협동화라는 사회주의 건설의 필연성을 수락하고 사회주의 의식을 자기 것으로 의식하는 과정을 그린 이 소설은, 대풍작이라는 행복한 결말의 제시를 통해 '협동화의 길만이 농촌경리발전과 농촌문제의 해결의 유일하게 올바른 길'임을 당시 북한 인민에게 인식시키고자 한다.

이기영의 『두만강』은 외세와 매판세력에 맞서 싸운 민중들의 민족해방 투쟁사를 서사화한 작품이다. 1900년대 초 외세와 자본주의 침입에 맞서 의병활동에 나서는 혁명적 농민의 일대기와 그 아들 씨동의 혁명가로의 성장기를 그린 이 작품은 1930년대 초반 씨동이가 김일성의 항일무장유격대에 들어가는 것으로 마무리된다. 『두만강』은 이러한 소설 결말을 통해 진정한 민족해방의 길은 오로지 김일성의 무장투쟁을 통해서 획득된다는 1967년 이후의 주체사상을 예견해 주는 작품이며, 따라서 70년 이후 창작되는 '불멸의 력사' 총서의 선구적 작품으로서 중요하다.

4) '천리마 시기'의 소설 : 1961∼1967

전후복구 시기를 통해 추진되던 농업 부문과 상공업 부문의 협동화 작업이 1958년 완성됨으로써 북한은 사회주의제도가 일단 확립되었다. 1961년 9월의 조선노동당 제4차 당대회는 그 동안의 반종파투쟁과 사회주의적 개조를 총결하고 새로운 사회주의 공업국을 향한 계속적인 혁명을 촉구한다. 이를 위해 무엇보다도 필요한 것은 북한 인민대중을 공산주의 사상으로 무장시키는 것이었다. '인민대중을 공산주의 사상으로 무장시켜야 확립된 사회주의제도를 공고 발전시키고 그에 맞게 사람들의 사상문화수준을 따라 세울 수 있으며 사회주의, 공산주의 건설을 적극 추진'[17]할 수 있기 때문이었다. 이러한 북한 정권의 요구를 대표하는 것이 '천리마운동'이다. 북한문학은 '천리마 시대'를 맞이하여 '자본주의의 반동성과 멸망의 불가피성, 사회주의, 공산주의의 우월성과 승리의 필연성을 힘 있게 확인하며 근로자들 속에서 개인주의, 이기주의를 반대하고 로동을 사랑하는 정신, 계속 혁신, 계속 전진하는 혁명사상을 키우며 공산주의적 풍모를 획립'하는 네 이바지해야 했다.

이 시기의 북한 소설은 주제에 따라 세 가지로 분류될 수 있다. 첫째, 천리마 현실의 반영과 천리마 기수의 전형 창조에 관한 소설로 단편소설이 주류를 이룬다. 그것은 격변하는 현실의 요구에 기동적이고 민감하게 반응하여 창작될 수 있는 것이 단편소설이기 때문이다. 단편소설로는 김병훈의 「해주—하성서 온 편지」(1960), 「길동무들」(1960), 권정웅의 「백일홍」(1961), 김북향의 「당원」(1961), 이윤영의 「진심」(1961), 이병수의 「령북땅」(1964), 최창학의 「애착」(1963), 석윤기의 「행복」(1963)이 있다. 그리고 김홍무의 중편소설 「회답」(1963), 윤시철의 장편소설 『거센 흐름』(1964), 현희균의 중편소설 「청춘의 고향」(1966), 이북명의 중편소설 「당의 아들」(1961) 등이 있다. 둘째, 항일무장투쟁을 형상화한 소설이다. 박한무의 「참외」(1959), 김재규의 「혁명가의 집」(1959)과 체험에 기반한 소설인 임춘추의 장편소설 『청년전위』(1962), 박달의 장편소설 『서광』(1959) 등이 이에 속한다. 셋째, 조국해방전쟁을 다룬 소설로 김재규의 중편소설 「포화 속에서」(1964), 정창윤의 중편소설 「포성」(1966), 석윤기의 장편소설 『시대의 탄생』(제

---

17) 『개관』, 228쪽.

1부, 1966) 등이 있다. 그 외에 '혁명적 대작주의'에 속하는 작품들이 있다. 이기영의 『두만강』과 더불어 1970년대 '불멸의 력사' 총서를 예비하는 이 소설군에 속하는 작품으로는 『고난의 역사』, 박태원의 『계명산천은 밝아오느냐』(1963~67) 등이 이에 속한다.

김병훈의 「해주―하성서 온 편지」는 보통 건설 속도로는 3~4년이 걸리는 해주―하성 간의 철도 개선 공사를 불과 75일 동안 완수한 기적과 같은 일을 해낸 청년 건설노동자의 노력투쟁을 기초로 창작된 소설로, 소설 내에서는 대학입시를 앞두고 자원하여 건설현장으로 달려온 서칠성이라는 평범한 청년이 김일성에 대한 충성심과 혁명적 자각에 의해 진실한 투사가 되어 동료들을 격려해 건설작업을 경이적인 속도로 완수한다는 이야기로 재구성되어 있다. 이 소설은 평범한 인물이 기적의 창조자로 거듭나는 매개고리로 혁명적 자각, 즉 공산주의를 건설하려는 낭만적 지향과 열정의 중요성을 일관되게 강조함으로써, 천리마 시대의 전범을 보여주는 소설이다. 김일성과 김일성 휘하의 유격대원들의 항일무장투쟁을 다룬 이 시기의 소설은 1959년부터 발간되기 시작한 『항일빨찌산 참가자들의 회상기』들과 동궤의 것이다. 김일성에 대한 무조건적 충성을 인민대중에게 수용될 수 있는 심리적 기반을 마련한 이러한 소설과 회상기를 통해 인민대중들은 항일유격대원들을 공산주의자의 전형이자 혁명전통의 체현자로 받아들이기를 강요당한다. 인민대중은 현실에서도 항일유격대원처럼 불가능한 기적적인 사업 성공을 구현해야만 하고, 더불어 항일유격대원처럼 최고 지도자에 대해 무한한 신뢰와 복종을 바쳐야 한다는 것이다.[18] 임춘추의 『청년 전위』는 이러한 '주체형의 혁명가'를 소설화한 점에서 중요하다.

이 외에 북한 문학사에서는 생략되었지만 천세봉의 『안개 흐르는 새

---

18) 이종석, 앞의 책, 291~294쪽.

언덕』(1966)은 당시 공산주의적 인간형을 둘러싼 논의, 목적, 결과를 여실히 보여준다는 점에서 중요하다. 1920년대부터 8·15 해방에 이르기까지 항일혁명운동을 생생하게 그려낸 방대한 분량의 장편소설인 이 소설은 『두만강』으로 대표될 서사 구도 즉 항일민중운동이 김일성의 항일무장투쟁으로 귀결되는 이야기이다. 1966년 북한 조선문학예술총동맹출판사에서 출간되었을 당시 안함광으로부터 '영광스러운 혁명전통에 대한 송가'라는 호평을 받았다. 안함광은 이 소설이 선악의 단순 갈등론에 벗어난 점에 주목하여 작품의 사실주의적 성취를 고평했다. 그러나 1967년 1월 이 작품을 토대로 만든 영화 『내가 찾은 길』을 시사한 뒤 김일성은 영화예술인들을 대상으로 내린 교시 「혁명주제 작품에서의 몇 가지 사상 미학적 문제」(1967. 1. 30)에서 "원작에 결함이 있다 보니 영화가 잘 되지 못했다"고 이 소설의 내용·형식상의 결함을 여러 측면에서 비판했다. 김일성 비판의 요지는 노동계급과 항일혁명가가 잘못 형상화되었다는 점이었다. 부정적인 인물인 순영의 계급적 바탕이 애국적 민족주의자의 딸이라는 것과 강민호와 같은 노동자 계급을 초반부에 '왈패'로 묘사한 것이 계급적 바탕과 어울리지 않다는 점이다.[19]

3. 1967년 이후의 북한 소설 : 주체문학의 시대

1) 1967년~1979년대의 북한 소설

주체사상에 기반한 주체문학의 시대는 1967년 제4기 15차 전원회의

---

19) 김재용, 앞의 책, 221~229쪽.

를 통해 부각된다. 제15차 전원회의의 주요한 정치적 사건은 당내 고위직이면서도 김일성의 유일항일혁명전통에 소극적이던 '조국광복회' 출신의 인물들이 김일성과 김정일에 의해 숙청당한 사건이다.[20] 1970년대에 들어서는 조선로동당은 유일체제 확립에 필요한 이론화와 법적 제도화를 촉진하는데, 이론적 측면에서는 혁명적 수령관의 재수립으로, 제도적 측면에서는 헌법의 개정으로 나타난다.[21] 물론 김일성 유일지도체제의 등장과 지도 이념으로 주체사상의 등장은 외적 요인으로 북한과 중·소 간의 갈등, 내적 요인으로 김정일의 후계자로의 대두라는 세대교체를 역사적 배경으로 하고 있다. 김정일은 1960년대 후반부터 주체사상의 이론화와 체계화 작업의 실질적 주도자였으며, 1970년대의 이른바 '3대 혁명소조' 운동의 총괄 책임자였고, 1979년 10월에는 '숨은 영웅을 따라 배우는 운동'을 발기하는 등 1960년대 후반부터 사상과 문화 운동을 중심으로 자신의 후계자로서의 입지를 다져 왔던 것이다. 특히 김정일은 문학예술 영역 내에는 1967년에 4·15 문학창작단 설립 주도, 1973년에 『영화예술론』을 발표하여 주체문예를 주도해왔다. 특히 4·15 문학창작단 설립을 계기로 북한에서는 집체창작의 방법이 문학창작의 주요한 방법으로 제기되며, 북한의 인민대중을 사회주의 건설에 헌신하는 이른바 '주체형의 공산주의적 인간형'으로 육성하려는 것을 문학의 과제로 가진다. 특히 전형 창조 문제와 관련하여 북한의 문학이 주체형의 공산주의적 인간형의 전형으로 삼은 것이 바로 '노동계급의 수령의 형상'인데, 이에 따라 북한은 '노동계급의 수령의 형상 창조'를 문학의 가장 중요한 과업의 하나로 내세운다.

이 시기의 북한 소설은 주제에 따라 다음과 같이 분류된다. 첫째, 1967년 '유일사상 체제하의 주체문학'의 특징을 뚜렷이 보여주는 '수

---

20) 이종석, 앞의 책, 303~310쪽.
21) 이종석, 『새로 쓴 현대 북한의 이해』, 82쪽.

령 형상화' 소설이다. 이것은 김일성을 형상화한 '불멸의 력사' 총서
와 김일성을 비롯한 수령의 가계(家系)를 형상화하는 소설로 나뉠 수
있다. 김일성의 이른바 뛰어난 전투능력과 인격적인 면에 대한 소설화
작업은 '불멸의 력사' 총서 이전에도 권정웅의 「역사의 자취」(1967),
이영규의 「크나큰 사랑」(1967), 석윤기의 「눈석이」(1968) 등과 같은 작
품이 있었다. 그러나 1970년대에 들어서면서부터 김정일의 주도하에
수령의 형상 창조의 단편적 비체계적 방법을 지양하고,[22] 수령 김일성
의 혁명역사를 일대기 형식으로 간행한다. '불멸의 력사' 총서가 그 대
표적인 예이다.[23] 이 총서는 김일성을 최고의 모범적인 공산주의 인간
형으로 신격화함과 동시에 항일무장투쟁부터 지금에 이르기까지 혁명
의 정통성이 김일성과 그가 이끈 항일유격대에 있음을 제시한다. 김일
성의 가계, 이른바 '수령의 혁명적 가정'을 형상화한 작품으로는 김일

---

22) 『불멸의 역사』 총서의 창작 지침은 다음과 같다. 첫째, 김일성의 위대한 풍모를 형상화한다. 둘째, 혁
명 역사를 생활적으로 진실하게 그린다. 셋째, 김일성뿐만 아니라 김일성이 출생한 가정을 일대기식
이 아닌 역사적 사건을 중심으로 단계별로 창작한다. 넷째, 수령의 형상을 시기적으로 통일시키는 문
제를 제시하고 그 구체적 미학적 실천 방법까지 밝힌다. 이명재, 『북한문학사전』(국학자료원, 1995),
549쪽.

23) 그 작품 목록은 다음과 같다. 1925년에서 1926년 10월 '타도제국주의동맹' 결성까지 작품화한 김정
의 『닻은 올랐다』(1982), 1927년에서 1928년 사이 길림에서의 '공산주의청년동맹'을 비롯한 각종 혁
명조직을 조직하는 것을 작품화한 천세봉의 『혁명의 려명』(1973), 1929년부터 1930년 6월 이른바
'카륜회의'까지 작품화한 천세봉의 『은하수』(1982), '카륜회의' 이후의 모습을 작품화한 석윤기의
『대지는 푸르다』(1981), 1931년 12월 '명월구 회의'에서 1932년 4월 반일인민혁명군 창건까지를 작
품화한 석윤기의 『봄우뢰』(1985), 1932년부터 1933년 1월까지의 남만 원정 과정을 작품화한 권정웅
의 『1932년』(1972), 1933년부터 1934년 두만강 연안 유격 근거지 창설까지를 작품화한 이종렬의
『근거지의 봄』(1981), 1934년부터 1936년 사이의 북만 원정을 작품화한 박유학의 『혈로』(1988),
1936년 3월부터 1936년 5월 '조국광복회' 창립까지를 작품화한 현승걸·최학수의 『백두산 기슭』
(1978), 1936년 8월 무송현성 전투에서 1937년까지를 작품화한 최학수의 『압록강』(1983), 일제의
탄압과 책동으로 부모를 잃은 고아들을 거두는 과정을 작품화한 최창학의 『위대한 사랑』(1988),
1937년 가을부터 1938년까지를 작품화한 진재환의 『잊지 못할 겨울』(1984), 1938년 '남패자 회의'
로부터 1939년 4월 '북대정자 회의'에 이르는 과정을 작품화한 석윤기의 『고난의 행군』(1976), 1939
년 5월부터 '대 부대 선회 작전'이 시작되기 전까지를 작품화한 석윤기의 『두만강지구』(1980), 1939
년 9월부터 1940년 3월 대 부대 선회를 지도하는 과정을 작품화한 김병훈의 『준엄한 전구』(1981),
1945년 해방 직후부터 1946년까지 직품화한 권정웅의 『빛나는 아침』(1988), 해방 직후부터 토지개
혁이 성공하기까지 작품화한 천세봉의 『조선의 봄』(1991), 1950년 '조국해방전쟁'의 발발로부터 '대
전해방 전투'까지 작품화한 안동춘의 『50년 여름』(1990), 서울 방어전투작전을 펼치고 전략적 필요
에서 일시적인 후퇴를 하기까지 작품화한 정기종의 『조선의 힘』(1992), 반공세를 성공시키고 정전 담
판장에서 항복서를 받기까지 작품화한 김수경의 『승리』(1994), 마지막으로 백보흠의 『영생』(1997)
등이다.

성의 부모를 주인공으로 한 이기영의 『역사의 새벽길』(1972), 남효제의 전기소설 『조선의 어머니』(1970) 등이 있다. 이들 작품은 김일성 가계 전체를 신화화함으로써 김일성의 카리스마를 생래적이고 선천적인 것으로 선전하려는 의도에 의해 창작된 것으로 파악된다.

둘째, 주체형의 혁명가의 전형 창조 소설이 있다. 이것은 항일혁명시기의 유격대원들의 성격에서 당시 요청되는 공산주의적 인간형을 찾으려는 북한 정권의 요구가 반영된 소설이다. 주체형의 공산주의자는 '수령 김일성에 대한 신념화된 충실성을 핵'으로 하는 인물들로서, 이런 인물들을 그린 작품들로는 석윤기의 『무성하는 해바라기들』(1970), 김병훈의 『불타는 시절』(1970), 고병삼의 『철쇄를 마스리』(1975), 김수범의 『영원한 미소』(1978), 『충성의 한길에서』 5부작[24] 등이 있다. 이 중 『충성의 한길에서』 5부작은 김정일의 어머니 김정숙의 일대기를 작품화한 것으로서, 1980년대부터 본격화되는 후계자 김정일 형상화 문학의 전조가 된다는 점에서 특기할 만하다.

셋째, '불후의 고전적 명작'이라 평가되는 3대 고전 즉, 『피바다』, 『한 자위단원의 운명』, 『꽃파는 처녀』의 재창작이다. 이 작품들은 항일무장투쟁 시기에 김일성이 직접 창작하거나 그의 지도하에 창작 공연되었으며, 강력한 군중 선동선전 예술의 고전적 모범이라고 북한 문학사에서 주장되고 있다. 1972년 이후 4·15 문학창작단의 집체창작에 의해 재창작된 이 3대 고전은 김일성의 주체사상과 혁명 문예사상이 완벽하게 구현된 고전적 모범으로 평범한 민중적 인물이 어려운 현실 속에서 혁명 의식화해 가는 과정을 그리고 있다. 이 세 작품은 일제 강점기에 우리 민족의 계급적 모순을 폭로하면서 계급혁명과 항일투쟁

---

24) 5부작의 창작자과 작품명, 발표 시기는 다음과 같다. 천세봉의 제1부 『유격대의 기수』(1975), 제2부 『사령부로 가는 길』(1979), 박유학의 제3부 『광복의 해발』(1982), 제4부 『그리운 조국산천』(1985), 이종렬의 제5부 『진달래』(1985).

의 당위성을 강조하고, 인민을 혁명대열에 참여하도록 하는 선동적인 역할을 하고 있다는 점에서 공통된 특징을 보인다.

넷째, 사회주의 건설의 현실 반영소설이 있다. 엄단웅의 「자기 위치 앞으로!」(1974), 성혜랑의 「혁명전위」(1974), 정창윤의 「혁명소조원 김동무」(1975), 이종렬의 「햇빛을 안고 온 청년」(1976), 중편소설 「불바람」, 최학수의 『평양시간』(1976), 변희근의 『생명수』(1978) 등이 있다.

다섯째, 역사소설 또는 혁명적 대작주의에 포함되는 소설이 있다. 북한 문학사에서 역사소설의 중요성은 근로자들에게 계급적 교양을 강화하여 그들로 하여금 착취사회와 착취계급을 간단없이 증오하고 자주성을 위한 지난날의 투쟁의 역사를 인식하고 현 사회주의 제도하의 삶의 보람과 긍지를 느끼도록 하는 데 있다고 한다.[25] 여기에 포함되는 박태원의 『갑오농민전쟁』(제1부 1977, 제2부 1980, 제3부 1986)은 '서사시적 화폭'과 '대중적 영웅주의'를 특징으로 하는 혁명적 대작주의의 전범적 작품이라고 북한에서 고평되는 작품이다. 전시기에 발표된 『계명산천은 밝아오느냐』의 후속편인 이 소설은 부패하고 무능한 봉건지배 세력과 외세에 맞서 싸운 조선 후기 인민들의 항쟁사이다.

2) 1980년대 이후의 북한 소설

1980년대 북한 사회는 김정일 후계체제의 확립과 함께 경제적 침체가 가중되는 시기라는 특징을 지닌다. 1980년대 들어 두드러진 발전 지체 현상은 특히 경제 부분에 심각한 침체국면을 맞이하였으며, 이것은 1980년대 말 사회주의권 개혁으로 더욱 심각해졌다. 한편 김정일은 1980년 10월 제6차 조선로동당대회를 통해 후계자의 위치를 공식화하

25) 『개관』, 319쪽.

였다.[26] 그가 3차 조선작가동맹대회에서(1980)에서 '당중앙'의 이름으로 내린 80년대 문학예술의 지도지침은 80년대 문학의 방향을 결정지었다. 그 방향은 숨은 영웅, 심오한 철학성, 도식주의의 극복 등이다.

물론 1980년 이후의 북한문학은 그 전단계와 같이 철저히 유일주체사상에 입각한 주체문학에 의해 지배되고 있다. 당성을 중심축으로 인민성과 노동계급성이 바탕을 이루고, 이를 통해 인민의 자주성과 애국주의적 내용이 기본 주제가 된다. 따라서 부르주아 문학과 종파주의로부터 북한 특유의 사회주의 이념을 보호하며 반자본주의 및 반제국주의 노선을 견지하면서 통일 시대를 내다보는 문학관을 수립하고 있다. 그런데 1980년대 들어 점진적으로 부각되기 시작한 현실주제문학은, 사회주의적 문예 창작의 지침으로서 확고한 지위를 누리던 영웅적 인물의 형상화로부터 일상 생활 속에서 평범하고 진실한 인물을 그리는 '숨은 영웅' 찾기로 그 방향성의 변화를 노정하였다. 이를 앞선 김정일의 표현으로 말하자면 개성과 철학적 심도를 지닌 '사상예술성'의 창작이 나타나는 것이다.

따라서 1980년 이후 북한 소설은 주제에 따라 크게 두 갈래로 나눌 수 있다. 하나는 주체문학의 큰 흐름이며, 이는 김일성을 대상으로 한 '불멸의 력사' 총서와 김정일을 대상으로 한 '불멸의 향도' 총서가 주축이 된다. 다른 하나는 사회주의 현실주제 문학으로서 세대간의 갈등, 부부간의 갈등 및 여성의 사회 활동을 둘러싼 갈등, 경제 문제와 관련된 갈등, 통일주제문학 등을 대표적인 관심사로 가지는 소설이다.

주체문학에 포함되는 소설을 주제에 따라 세분하면 다음과 같다. 첫째, '수령 형상화' 소설이 있다. 전시기와 연속적으로 보여주는 이 소설군에는 1990년대까지 창작되는 '불멸의 력사' 총서와 후계자로 등

---

26) 이종석, 앞의 책, 83~85쪽.

장한 김정일의 북한 내 지위를 웅변하는 '불멸의 향도' 총서가 포함된다. '불멸의 향도' 총서 이전의 작품으로는 이동후의 「초점」(1982), 최상순의 「아끼시는 심정」(1983), 이종열의 「고요」(1984), 석윤기의 「기억」(1985), 현승길의 『아침해』(1988), 이종렬의 『예지』(1990), 박종현의 『불구름』(1991) 등이 대표작이다. 1990년대 초부터는 김정일의 통치사를 그린 '불멸의 향도' 총서가 쓰여지기 시작한다. 권정웅의 『푸른 하늘』(1992), 백남룡의 『동해천리』(1996), 정기종의 『력사의 대화』(1997), 이종열의 『평양은 선언한다』(1997) 등의 작품이 총서에 포함된다. 「고요」는 북한 문학사에 김정일 형상화의 수작으로 꼽힌다. 만곡역이라는 산골 간이역을 배경으로 김정일의 김일성에 대한 효심과 그에 감복한 인민대중의 모습을 그린 이 작품은 김정일의 김일성에 대한 뜨거운 충성심과 인민대중에 대한 온정, 공산주의적 인간애와 혁명적 의리 등을 구현한 소설로 고평되고 있다. 둘째, 해방 이후 혁명투쟁을 형상화한 소설이다. 이 범주에 묶이는 작품으로 토지개혁을 다룬 고병삼의 『대지의 아침』(1983), 전쟁을 다룬 김보행의 『여당원』(1982) 등이 제시된다. 셋째는 역사소설로서, 중종반정부터 삼포왜란까지의 시기를 통해 일본과 일본에 빌붙은 매판세력에 대한 인민들의 투쟁을 형상화한 홍석중의 『높새바람』(상 1983, 하 1990), 박태민의 『성벽에 비긴 불길』(1983), 이류근의 『홍경래』(1992) 등이 있다.

사회주의 현실주제 문학에 포함되는 소설을 주제에 따라 세분하면 다음과 같다. 첫째, 세대간의 갈등을 다룬 소설이 있다. 세대간의 갈등을 다룬 소설은 80년대 이후 북한문학의 큰 줄기를 형성하고 있는 것으로 이것은 세대간의 갈등이 북한에서 큰 사회적 문제로 대두했음을 시사한다. 세대간의 갈등이 나타난 작품은 어느 세대를 모범으로 제시하는가에 따라 나이 든 세대의 감화가 강조된 작품, 젊은 세대의 가능성이 강조된 작품, 두 세대 모두의 중요성이 강조된 작품으로 나눌 수 있다. 여기서 다수를 차지하는 것은 나이 든 세대의 감화가 강조된 작품이다. 이는 사회주의 혁명과 건설에 일생을 바친 나이 든 세대에 대한 사회적 평가가 반영된 결과로 파악된다. 젊은 세대가 나이 든 세대의 혁명적 열정과 노고를 받아들이고 앞길을 개척하는 작품으로는 신용선의 「나의 선생님」(1982), 김삼복의 「세대」(1985), 백남룡의 「60년 후」(1985), 정현철의 「희열」(1990), 이규택의 「인간의 수업」(1992), 이덕성의 「아들에게 보내는 편지」(1992) 등이 있다. 「세대」는 세대간의 갈등 문제가 치밀하게 묘사되어서 주목을 요하며, 「60년 후」는 늙은 세대의 일꾼이 자신의 현재 처지에 만족하거나 안이하게 생활하지 않고 계속하여 일하고 싸운다는 혁명 정신을 형상화하였다.

둘째, 여성 문제에 관한 소설이다. 이것은 주로 부부간의 갈등이나 여성의 사회 활동에 관하여 다루는 소설로 다시 나뉠 수 있다. 백남룡의 「벗」(1988)은 이혼 문제를 둘러싼 갈등과 그 해소 가능성을 표현한 작품이라면, 김교섭의 『생활의 언덕』(1984)은 부부간의 갈등 과정을 통해서 여성의 사회적 역할에 대해 문제제기하고 있는 작품이다. 즉 「생활의 언덕」은 부부간의 갈등과 여성 문제에 대한 제기가 중첩되어 나타나는 작품이다. 여성 문제를 다룬 작품에는 강복례의 「직장장의 하루」(1992), 이광식의 「벗에 대한 이야기」(1990), 방정강의 「어머니의 마음」 등이 있다. 「직장장의 하루」는 긍정적인 여성 인물형을 부각시킨 작품이고, 「벗에 대한 이야기」는 부정적인 여성 인물형이 어떻게 거듭나는가를 보여준 작품이다. 「어머니의 마음」은 특이하게 고부간의 갈등이라는 구조를 취하면서 나이 든 세대와 젊은 세대의 이해를 강조하는 작품이다. 이 작품들은 여성들이 가사일과 직장일 사이에서 고충을 겪으면서도 자기 몫의 일을 충분히 잘 해내고 있다는 점을 부각시키거나 여성들의 소극적인 사회활동을 비판하는 데 초점이 맞추어져 있다. 이것은 여성 문제의 부각이 생산성 향상이라는 문제와 깊이 연관된 것이지 여성에 대한 사회적 차별이라는 문제와 연관된 것은 아니라는 사실을 나타낸다.

셋째, 무사안일주의, 관료주의를 둘러싼 갈등에 관한 소설이 있다. 백남룡의 「생명」(1985), 안홍윤의 「칼 도마 소리」(1987), 최성진의 「이웃들」(1991), 강수의 「언제나 그날처럼」(1992), 한웅빈의 「행운에 대한 기대」(1993) 등이 대표적 작품이다. 이 작품들은 각기 다른 상황에 처해 있는 사람들이 자신도 모르게 빠져 있는 무사안일주의, 관료주의를 어떻게 극복하고 새롭게 거듭나는가를 보여주고 있다. 무사안일주의, 관료주의에 대한 간접적인 비판이 나수의 작품에 반영되어 있는 현상은 북한 사회 내부에 이런 문제들이 미약한 형태로나마 표현되고 있음을 시사하는 것이다. 그러나 무사안일주의, 관료주의에 대한 비판이 자기 반성을 통해 극복되거나, 긍정적 인물형의 모범을 통해 비판적으로 극복되기 때문에 절실한 문제제기에도 불구하고 그 결말은 피상적이다. 이것은 긍정적 인물형의 부각이라는 당 문예정책의 한계를 노정하는 것이기도 하다.

넷째, 경제 문제와 관련된 갈등을 다룬 소설이다. 이것은 다시 과학기술 주제의 소설과 농촌소설로 다시 세분될 수 있다. 과학기술 주제의 경우 소설에 등장하는 청년 과학자 및 기술자는 당과 수령에 대한 충성심이 강하고 창조적 지혜와 열정의 소유자이다. 허춘식의 「야금기지」(1986), 이회남의 「여덟 시간」(1986) 등은 이 분야의 주제가 잘 그려진 소설로 평가된다.

농촌소설의 경우는 북한 사회의 경제적 낙후성을 드러냄으로써, 농촌의 인텔리화와 혁신과학기술안 도입의 필요성을 제시한다. 창작의 실제에 있어서는 객관적 농촌 현실의 반영이 이루어지지 않고 도식성도 예전과 그대로인 한계점이 드러난다. 그 중에서도 김삼복의 「향토」(1988)와 이명의 「명부암(1994) 등이 비교적 성공한 소설로 꼽힌다.

다섯째, 통일 주제의 소설이다. 전통적으로 통일 주제의 소설은 남한의 비참한 현실과 이를 극복하기 위해 미제에 대항하는 반미 구국투사를 그리는 것이다. 이러한 양상은 '반미 투쟁을 주제로 한 소설을 더 많이 창작하자'는 북한의 평론가(박영태, 『조선문학』, 1986. 3)의 평론에서도 알 수 있듯이 80년대에도 지속된다. 그런데 90년대에 이르러 조국통일 주제 소설의 변화 중 하나는 북한의 인물들이 겪는 분단 현실을 다룬 작품이 나온다는 점이다. 이러한 변화의 움직임은 단편소설을 중심으로 이루어진다. 통일 주제의 소설을 다시 내용에 따라 세분해 보면 다음과 같다. 첫째, 분단된 조국 현실에서 북한 사람이 겪는 고통을 다룬 작품으로 김명익의 「임진강」(1990), 이호의 「옛말처럼」(1990)이 거명된다. 이산가족의 아픔을 다룬 작품으로 유도회의 「열쇠」(1990), 임종상의 「쇠찌르레기」(1990) 등이 대표적이다. 특히 「쇠찌르레기」는 3대에 걸쳐 조류학 연구에 생을 바쳐 온 주인공들이 겪게 되는 이산가족의 아픔을 뛰어나게 표현한 작품으로 평가되고 있다. 둘째, 해외동포의 현실에서 통일을 다룬 작품으로 설진기의 「조국과의 상봉」(1990), 임병순의 「고향」(1990) 등이 있다. 셋째, 남한 내의 반독재 민주화 운동을 다룬 작품으로 김대성의 「상승」(1990), 김오의 『교수의 증언』(1990) 등이 제시된다. 남한 내의 반미투쟁을 광주 민주화운동과 관계지어 다룬 작품들로 남대현의 「광주의 새벽」(1980), 이경숙의 「행진곡」(1988) 등이 있다. 마지막으로 1989년에 있었던 남한 사람들의 방북사건이 북한 인민에게 끼친 영향을 그린 작품으로는 김금녀의 「우리의 소원」(1995), 이종렬의 「산제비」 등이 있다.

4. 맺음말

이 글은 북한문학의 성격을 1967년을 기준으로 대별하여 기술하였다. 북한문학은 1967년 이전까지는 사회주의 문학이, 1967년 이후에는 주체문학이 주류를 이룬다. 1967년 이후의 주체문학이 지금까지 북한문학의 주류로 지속되고 있음은 1992년에 발표된 김정일의 『주체문학론』(조선로동당출판사, 1992)에서도 확인되는 바다.

이 글은 북한 소설사의 전개 과정을 주로 북한 사회의 정치적 변동과 연관시어 개괄하고자 했다. 이것은 북한에서의 문학창작이 앞에서 말한 바와 같이 철저히 당의 지도지침에 종속되어 있다는 사실 때문이다. 이것은 북한에서의 문학사 서술에서도 확인된다. 북한에서의 문학사 서술은 북한 내부의 역사 발전 과정과 문예정책에 밀접하게 상관되어 있다.[27] 그러나 북한 문학사에서 삭제 또는 배제된 작가와 작품들로 표현되는 또 다른 경향이 존재함은 물론이다. 그 또 다른 경향은 '사회주의적 사실주의'가 아닌 '사실주의' 그 자체에 충실한 작가와 작품이다. '사실주의' 그 자체에 충실한 작품으로 북한 소설사를 개괄한다면 무척이나 바람직한 작업일 것이나 역량의 부족과 지면의 한계로 다음 기회에 미루고자 한다.

---

27) "문학의 발생발전의 합법칙성을 밝히며 〔…중략…〕 합법칙성을 옳게 밝히려면 매개문제들을 인민사와의 밀접한 련관 속에서 당대의 사회제도, 계급투쟁, 경제관계, 정치 및 사회적 의식형태들 그리고 다른 예술종류들과의 호상관계 속에서 고찰하여야 한다." 「문학사」, 『문학예술사전』(과학백과사전출판사), 365쪽.

해방 이후 북한 민속학사
—남한의 연구

이정재

1. 머리말

　문화라는 것은 시간의 흐름을 따라 변화하기 마련이다. 그리고 사회적 존재인 인간은 이 변화되는 문화에 적응하며 살아가게 된다. 오늘날 문화는 국가와 민족의 정체성을 적극적으로 대변하며 나아가 한 집단의 중요한 생존 요소로까지 인식이 되고 있다. 문화적 정체성은 바로 그 집단의 구성원이 살아가는 데 필요한 모든 가치관과 세계관을 결정한다. 양분화되어 있는 우리의 문화적 현실은 이런 정체성의 면에서 상당한 고민을 던져 준다. 북한 민속학사를 기술하는 데에도 이 고민은 적용된다.

　오늘날 문화 변동의 양상은 특히 급속도로 진전되어 간다. 그 좋은 예로 냉전체제의 와해를 들 수 있을 것이다. 그 동안 진행된 자본주의와 공산주의의 대립과 그로 인해 초래된 대대적인 문화 변동은 인류가 경험한 가장 짧은 시기의 가장 강력한 것이 되었다. 남한과 북한은 이런 방식으로 도래할 변동의 최전선에 위치해 있는 것이 아닌가 하는 생각을 해본다. 동질의 문화가 반 세기 동안 격리되어 살아왔다는 사실 하나로도 문화적 차이는 심각하기에 충분한데, 여기에 완전히 다른 체제를 기반으로 한 격리와 대치의 상태가 지속되었으니, 앞으로 전개될 문화 충돌의 양상을 결코 가볍게 보아 넘길 일이 아니다.

북한의 인문학 관련 연구는 거의 불모지라 해도 과언이 아닐 정도로 무방비 상태로 방치되어 있었다. 이것만 봐도 문화 충돌은 이미 내재해 있다고 본다. 이 방면 필자도 역시 문외한이기는 마찬가지이다. 모르는 분야지만 중요한 부분이라 생각이 되어 용기를 내었다. 그러나 막상 연구를 어렵게 하는 장애는 곳곳에 도사리고 있다. 이 방면의 척박한 연구 실적이 우선 그렇고, 이보다 더 큰 장애는 그나마 있는 북한의 자료를 자유롭게 접할 수 없다는 데에 있다.

가까스로 구해 본 몇몇 자료를 검토해 볼 때 북한의 민속학사는 남한의 경우와는 다른 노선을 밟으며 독특한 양상을 띠며 발전해 온 것이 분명하다. 이에 대한 본격적인 논의를 전제로 하고, 여기서는 우선 남한에서의 북한 민속학 연구 동향을 알아보기로 한다. 기존의 연구를 검토하고, 그곳에 드러난 문제점을 찾아 올바른 북한 민속학사 기술을 위한 논의를 해보려고 한다.

2. 기존의 연구 검토와 문제점

1) 구비문학 연구

북한의 민속학에 대한 관심은 우선 국문학자들에 의해서 가지게 되었다. 그것도 민속학 전반에 걸친 접근이 아니라, 민속학의 한 분야인 구비문학에 국한된 접근이 소수의 학자들에 의하여 이루어졌다. 최인학은 「북한의 설화」라는 장을 따로 마련하여 그의 책 『구전설화 연구』[1]라는 책에서 임석재가 수집한 북한지방의 자료를 분석하였다. 「30년대 북한의 설화자료 분석」이란 부제를 달고 쓰여진 이 논문은 1994년도에 출간된 것인데, 이것이 그러니까 남한에서는 해방 이후 최초의 북한 민속학 관련 연구가 된 것이다. 임석재는 해방 전에 북한지역을 답사하여 귀중한 구비문학 자료들을 모았다.[2] 그는 평안도, 함경도, 황해도 등의 전 북한지역의 구비전승물을 모았다.

최인학이 다룬 자료는 이 중에 평안북도의 것만을 연구 대상으로 하였기 때문에 북한 설화를 전반적으로 다루었다고 보기는 어렵고, 더구나 이 연구가 북한 설화의 특징을 일반화했다고 보기는 역부족이다. 나아가 이들의 자료가 이미 30년대의 것이기 때문에, 말이 북한이지 오늘의 북한 상황을 고려한 문화적 변별력을 전제로 한 북한 설화는 아닌 것이다. 그러나 북한의 민속 자료를 다룬 최초의 글이라는 점에서 북한의 민속학사 연구의 경우 그 의미를 충분히 부여받을 수 있을 것이다.

1998년에 나온 업적도 역시 구비전승물에 관한 연구였다. 김화경은 『북한 설화 연구』라는 거창한 제목을 가지고 단행본을 내게 된다.[3] 척박한 자료와 연구 상황에서 북한 설화 연구에 대한 단행본이 나왔다는 사실 하나만으로도 충분히 신선한 충격이었다. 이 방면의 자료가 워낙 척박하였고 당시에는 생각하기 어려웠던 주제였기 때문에 더욱 그랬다. 국토통일원이나 정신문화연구원, 문예진흥원 및 국립도서관 그리고 몇몇 대학도서관에 산재해 있는 자료들을 돌아다니며 어렵게 모은

1) 최인학, 『구전설화 연구』, 새문사, 1994.
2) 임석재가 모은 자료는 『한국구전설화』라는 제목으로 출간되었다.
3) 김화경, 『북한 설화 연구』, 영남대학교 출판부, 1998.

자료의 연구업적이었다. 김화경에 따르면 이들 자료는 구하기도 어려웠지만, 그나마 이들 북한 자료는 대부분 중앙정보부에서 관리하는 특수 자료들이어서 접근하기가 까다로웠고, 복사는 더더군다나 극심한 제약이 가해진 상태여서 이쪽의 연구를 하기란 엄두가 안 나는 일이었다. 한편 90년대 초반은 아직 북한의 문제는 어느 것이 되었든지 내놓고 다루기가 꺼려지는 분위기였다. 이런 상황에서 단행본이 나왔다는 사실은 아무튼 이 방면을 연구하는 이들에게 잔잔한 충격이 아닐 수 없었다.

김화경이 다룬 북한 자료는 주로 1964년에 발간된『구전문학자료집(설화편)』[4]에 수록된 것과『조선구전문학연구』[5]와『조선구전문학개요(고대―중세편)』[6]의 자료들을 대상으로 하였다. 그는 이 외에도 당시 한국에서 접할 수 있는 가능한의 북한 설화들을 모아 북한의 설화가 가지는 특징에 대해 구체적인 논의를 이끌어냈다. 그러나 이런 고무적인 연구에도 불구하고 북한 민속자료에 대한 관심은 좀처럼 촉발되지를 않고 있는 상황이 계속되었다. 이 침묵은 2000년이 넘어갈 때까지 계속되다가 이복규에 의하여 재기된다.

경희대학교 민속학연구소에서 발간한 한국문화연구 4집에 보면「북한 설화에 대하여」[7]라는 제목과 '관련 자료집의 현황과 연구 과제를 중심으로' 라는 부제를 가진 소논문이 발표된다. 이복규는 최인학과 김화경의 연구가 가지는 한계를 지적하며, 북한 설화의 본격적인 연구는 자료에 대한 현황을 보다 자세히 파악하는 것이 선행되어야 한다고 했다. 그는 아울러 '앞으로 본격적인 북한 설화 연구를 진행하는 데에서 해결해야 할 과제 몇 가지를 거론하고자 한다'[8]면서 북한 설화의 심한

---

4) 최충배 · 현두천,『구전문학자료집: 설화편』, 사회과학원출판사, 1964.
5) 고정옥,『조선구전문학연구』, 과학원출판사, 1962.
6) 장권표,『조선구전문학개요: 고대―중세편』, 사회과학원출판사, 1990.
7) 이복규,「북한 설화에 대하여」,『한국문화연구』4집, 경희대학교 민속학연구소, 2001.

변개 양상을 특히 유의해야 한다고 지적하였다. 이런 변개 양상은 그 자체가 연구의 대상이 될 수 있겠지만, 이를 위해서는 변개 전의 모본을 입수하는 것이 선행되어야 한다는 지적도 빠트리지 않고 언급하였다. 이복규의 연구는 오랜 침묵을 깨고 북한 설화의 연구에 새로운 활력을 불러일으킨 또 하나의 의미를 더한다고 볼 수 있을 것이다.

2) 민속학 연구

경희대 민속학연구소는 2000년도부터 북한의 인문학에 관심을 가지고 연차적인 학술대회를 가져 오고 있다. 이 방면의 연구가 거의 전무한 상태에서 결행된 작업은 학문 연구의 시대적 소명에도 부응하는 것이어서 큰 의미를 가진다고 할 수 있다. 민속학연구소의 작업이 가지는 또 하나의 의미는 기존의 연구 동향이 구비문학에만 치우친 점을 반성하여 북한의 민속과 문화 전반에 걸친, 말 그대로 북한 인문학의 연구에 초점이 맞추어진 데에 있을 것이다. 예를 들어 2000년도 '북한 민속의 이해'라는 주제를 가지고 열린 추계학술대회에 발표된 제목을 보면 다음과 같다: 1. 북한의 무속(발표자: 양종승), 2. 북한의 설화(발표자: 이복규), 3. 북한의 민속놀이(발표자: 김명자).

여기서 발표된 글은 모두 『한국문화연구』 4집에 수록이 되어 있고, 모두가 여기서 언급되어야 할 귀중한 연구들이다.

황해도 무당을 대상으로 하여 발표를 한 양종승은 「무당 문서를 통해 본 무당 사회의 전통」[9]이란 제목으로 정리를 하였다. 오늘날 북한의 무속은 완전히 고사한 상태로 보인다.[10] 전쟁 이후에 남하한 북한의

---

8) 이복규, 위의 논문, 314쪽.
9) 양종승, 「무당 문서를 통해 본 무당 사회의 전통」, 『한국문화연구』 4집, 경희대 민속학연구소, 2001, 295~311쪽.

무당들을 대상으로 연구할 수밖에 없는 상황이 안타까운데, 심도 있는 연구가 나오지 않는 점을 생각할 때 더욱 그렇다. 무당 문서의 중요성을 강조한 것은 홍기문이 언급한 신화 연구 관련 자료로의 중요성 이외에도 무당 문서는 한국 전통문화의 근간을 알 수 있게 하고, 나아가 한국의 전통사상의 연구에 도움을 주는 중요한 자료임은 두말할 여지가 없는 것이다.

현재 우리 나라의 문화정책은 크게 무형과 유형의 문화재와 천연기념물 등의 보존 육성 정책을 추진하고 있는 중이다. 지금까지 무형문화재로 지정된 건수는 약 130여 종이 되는 것으로 알고 있다. 이 중에는 유구한 전통문화를 자랑하는 무속이 다수 지정이 되고 있다. 내가 하고 싶은 것은 왜 북한의 무속이 여태까지 문화재로 하나도 지정이 되지 않고 있는가 하는 점이다. 물론 황해도 쪽의 무속은 몇몇 무속인이 지정되었지만, 이와 견주어 전혀 손색이 없고, 역사성이나 독자성 그리고 문화적 가치성을 충분히 보유하고 있는 평안도와 함경도의 무속이 왜 여태 지정이 되지 않고 있는지 알 수가 없는 노릇이다. 강원도와 남해안, 내륙과 육지 그리고 제주도 등지의 무속은 그나마 적정의 신도 수를 확보하고 있고, 지방의 문화재로 그 기반을 단단히 가지고 있기 때문에 존속의 여지가 상대적으로 강하다. 그러나 북한 무속의 경우는 현재 한반도에 유일하게 남아 있는 것으로 몇몇 안 되는 무속인들에 의해 그 전통을 근근히 이어가고 있는 중이다. 이는 세계에서도 유일하게 서울의 몇몇 무속인들에 의해 보존되는 희귀한 문화재인

---

10) 홍기문, 『조선신화연구』, 사회과학원 출판사, 1964. 홍기문은 신화 연구의 보조자료로 '구비로 전승되는 전승자료'로 무당소리(무가)를 연구할 필요가 있음을 역설하면서 중요 무가를 꼼꼼하게 소개하고 있다. 이미 60년대에 한국의 신화 연구에 이런 안목을 가지고 있었음에 대해서 필자는 놀라지 않을 수 없다. 여기서 그는 60년대 초에 이미 북한의 무당은 찾기 어려운 지경에 있음을 피력하고 있다. 해당 문의 한 예를 옮겨 본다: '그런데 내가 일찍이 개인적으로 채록을 시도하던 초고는 분실하였음에 따라 이제는 순전히 남의 채록에 의거하는 도리밖에 없다. [⋯중략⋯] 그러므로 문제를 해결함에 있어 여러 무당의 소리를 광범히 채록하고 또 그것을 비교 연구하는 작업이 가장 중요한 것으로 된다. 이러한 작업의 기회를 잃어버린 데 대하여 항상 애석한 마음을 금치 못한다'(222~234쪽).

것이다. 그렇지 않아도 현대화의 물결에 위축되어 가는 굿판의 상황에서 한국에 남아 있는 유일본인 북한의 무속의 보존에 대한 의지를 당국이 가져야 할 필요가 있음을 한번 더 강조하고자 한다. 북한 문화재의 보존은 현재 북한의 정책에 따른 과격한 변개 양상을 생각할 때 더욱 그 요구가 증대된다. 이제 북한 관련의 문화재와 민속은 남의 것이 아니다. 가까운 장래의 우리 것의 되찾음과 보존의 문제와 직결되는 것이리라.

김명자는 북한의 민속놀이를 유형별로 나눈 뒤, 이들 놀이의 성격을 북한의 사회체제와 연결시켜 해석을 하였다. 같은 민속놀이라 하여도 그것이 시대적 상황에 따라 어떻게 변화하고 전승되는지도 꼼꼼하게 정리를 하였다. 그는 북한의 놀이에 대한 시각을 먼저 정리를 하고 이를 적극 수용하는 입장에서 기술하였다. 그가 정리한 시각이란 이미 주강현이 언급한 다음의 네 가지 관점이다.

1. 민족문화의 자주성을 강조하고 있다.
2. 계급 문제에 대한 일관적인 시각이 나타나며 생산자의 낙천적 세계관과 새로운 세계를 염원하는 강고한 계급의식을 담고 있다.
3. 인민들의 이러한 투쟁이 자주적인 반외세 투쟁에서 구체화되고 있음을 보여준다.
4. 아동놀이 부분에는 더욱 집체성을 강조함으로써 집체생활에 대한 교양적 의의를 부여하고 있다.[11]

민속놀이를 이해하는 데 이런 사상적 배경을 전제로 해야 한다는 것이 좀 이상하지만, 우리가 북한 문제를 다루는 한에는 이런 주체사상

---

11) 주강현 해제, 「조선의 민속놀이 그 전통과 변용」, 도유호 외 『북한 학자가 쓴 조선의 민속놀이』, 푸른숲, 1999.

과 혁명사상 그리고 이와 관련된 각 분야별 특수 이론들의 언급이 줄기차게 따라다닐 것이다. 사실 어떻게 보면 북한의 문화를 통째로 이해하기란 단순한 것으로 보인다. 그저 연구라는 것은 북한의 체제와 사상의 또 다른 문화적 다양한 표현이라고 볼 수 있을 것이다. 아마 이는 크게 틀린 말은 아닐 것이다. 그러나 각 분야별, 장르별 연구를 수행하다 보면 여기에는 서로 다른 상이한 특징들이 드러나고 있음을 금방 알 수 있게 된다. 그리고 사상과 철학이 문화 전반의 각 방면에서 어떻게 창조되고 수정되며 또 전승·발전되어 가는가 하는 연구는 그 자체로 이미 큰 의미를 가진다. 이러한 작업을 통해 결국 북한의 이해를 마련하고, 나아가 미래의 통일과 공존의 발판을 마련할 수 있게 되는 것이다.

김명자는 북한의 민속놀이가 반봉건 개혁과 사회주의 집단 격리화 등의 조치로 많은 훼손과 변화가 있었다고 언급하며, 한편으로는 '그런가 하면 옛 모습 그대로의 민속놀이는 변화를 거듭하여 어떤 것은 소멸하였으나, 어떤 것은 무대 형상화되어 예술 창작의 바탕이 되기도 했다. 이를테면 민속무용이라든가 교예 등으로 변용하고, 또한 민속놀이를 민족체육으로 정착시켰다'[12]고 하였다. 소위 도시민속학의 관점을 수용한 발언으로 보인다. 이는 북한 민속학을 다룰 때 대단히 중요한 변수가 된다. 그래서 북한의 민속학을 연구할 때는 바로 이런 새로운 대중민속에 대한 언급이 빠질 수 없다.

3) 북한의 도시민속학

북한의 민속학의 영역은 확장된 개념을 가진다. 북한에서는 민속학

---

12) 김명자, 위의 글, 290쪽.

이 과거의 것만을 다루는 학문이라는 굴레는 이미 극복을 하였다. 사실 이는 일반적이며 세계적인 추세인데 일찍이 구소련의 영향을 받은 결과가 아닌가 하는 생각을 해본다. 기존의 민속학은 '도시민속학'이라는 영역을 새로 성립시켰다. 북한의 민속학은 이 도시민속학의 관점이 많이 적용이 되어야 하는 상황에 있다고 본다. 그러나 북한의 민속학사에 대한 전반적인 검토를 수행한 주강현은 이를 빠트리고 있다. 주강현이 쓴 『북한 민속학사』에 대해서는 뒤에서 상술하겠지만, 그는 이 외에도 민속학사를 구분하는 데 큰 오류를 범하고 있는 듯하다. 이 또한 이와 무관하지 않은 것으로 북한의 민속학을 보는 관점이 다른 데서 기인하는 것이라 생각한다.

도시민속학을 수용한 입장의 북한 민속학 다루기는 그래서 기존에 나와 있는 『북한의 민속예술』,[13] 『북한의 공연예술 1·2』,[14] 『북한의 미술』,[15] 『북한의 문화유산 1·2』 등의 연구가 포함되어 소개되어야 할 것이다. 이들은 소련의 페레스트로이카 직후에 한국문화예술진흥원에 의해 발빠르게 기획된 훌륭한 작업들이었다. 그러나 이 역시 북한 인문 연구의 활성화를 꾀하지는 못했던 것 같다. 왜냐하면 이 기획에 참여했던 연구진들의 계속된 후속 연구가 나오지 못하고 있기 때문이다. 여기서는 도시민속학과 가장 밀접한 관련이 있는 『북한의 민속예술』과 『북한의 공연예술 1·2』 두 부분만을 살펴보기로 한다.

『북한의 민속예술』은 크게 6분야의 구분을 제시하였다. 즉 1. 북한의 가면극, 2. 북한의 인형극, 3. 북한의 민속놀이, 4. 북한의 민요, 5. 북한의 판소리, 6. 북한의 무굿 등이 그것이다.

내용을 보면 알 수 있듯이 5와 6번의 경우는 이들이 고사되는 과정

---

13) 최철·전경욱, 『북한의 민속예술』, 1990, 고려원.
14) 서연호·이강열, 『북한의 공연예술 1·2』, 1989, 고려원.
15) 이일·서성록, 『북한의 미술』, 1990, 고려원.

을 설명하는 것으로 기술되어 있다. 물론 북한의 민속예술이란 부분을 다루면서 북한의 정책을 고려하지 않을 수 없다. 이 책의 48쪽에서 시작되는 '민속예술에 대한 북한의 해석과 평가'의 부분에서 이를 잘 설명해 주고 있다. 여기서도 예외 없이 사회주의적 문학예술의 관점을 들어 기술하고 있다. 그 일단의 예를 인용해둔다. "북한에서 신봉하는 사회주의적 문학예술에 있어서 가장 핵심적인 지표는 당성, 노동계급성, 인민성이다. 이것은 사회주의적 문학예술의 혁명적 본질과 계급적 성격을 특징짓는 뚜렷한 징표가 된다."[16]

이 책의 분류 중 1~4번에 해당하는 내용이 이런 관점에 절대적으로 부응하고 있었던 반면 고사한 5, 6번은 그렇지 못했던 것을 시사하고 있는 것이다.

주강현은 그 동안 시도하지 못했던 북한의 민속학사를 쓰는 용기를 보여주었다. 최초의 작업이라서도 그랬겠지만 앞에서 언급했듯이 그가 나눈 민속학 연구사의 시대 구분에는 약간의 문제가 있는 듯하다. 그가 나눈 민속학사의 시대 구분은 다음과 같다.

1. 북한 민속학 준비기(1945. 8~1953. 7): 평화적 민주건설 시기와 전쟁 시기의 북한 민속학

2. 북한 민속학 발전기(1953. 7~1961. 9): 전후 복구 건설 시기와 사회주의 기초건설 시기의 북한 민속학

3. 주체 민속학으로의 확립기(1961~1969): 사회주의의 전면적 건설과 북한 민속학

4. 주체 민속학으로의 정립기(1970~현재): 사회주의 완전 승리를 앞당기는 시기의 북한 민속학

---

16) 최철·전경욱, 앞의 책, 48쪽.

이러한 구분은 전적으로 북한의 근현대사를 기술할 때 구분한 시기를 기준으로 한 것이다. 주강현은 북한학자 도진순이 쓴 「근현대사 시기 구분 논의」라는 논문을 참조하여 정리를 하였는데, 이를 그대로 북한 민속학사의 시기 구분의 기준으로 사용하였던 것이다. 그는 이 구분법이 민속학사에 그대로 적용해도 무방하다는 입장을 다음과 같이 쓰고 있다.

"물론 이와 같은 시기 구분에는 매시기마다의 역사적 조건과 변화양상을 고려하는 바도 있겠고, 북한 민속학 자체의 연구사적 흐름도 이에 발맞추어 진행되어 왔음을 알 수 있다."

역사적 시기 구분법이 민속학사의 시기 구분법과 아무 조건 없이 일치하리라는 추정을 하기는 일단 무리가 따른다. 전혀 관련이 없을 수는 없겠으나 정책사나 연구사가 언제나 병행해 가는 것은 아니기 때문이다. 특히 민속학은 전통적인 문화 장치이기 때문에 이를 다루는 연구자나 연구소는 다분히 보수적인 자세를 취하기 마련인 것이다. 이런 점이 아무래도 걸렸던지 주강현은 이 부분에 각주를 달고 '시기 구분에 논란이 있을 수 있겠다'는 언급을 빼놓지는 않았다. 그러나 역사의 틀에다 연구사를 맞추는 것은 마치 한국의 삼국, 고려, 조선의 시대 구분에 한국 민속사를 맞추어야 하는 것으로 이미 무리가 내재해 있음을 피할 수는 없었다.

민속학사는 전적으로 북한에서 출간된 연구업적을 기준으로 하여 기술하는 것이 당연하다. 출간된 연구업적을 우리가 현재 모두 구해 볼 수 없는 상황에 있더라도 연구사는 이를 기준으로 해야 한다. 이렇게 정해진 시기 구분은 그 시대적 배경과 각 시기별 논문의 경향과 특징을 분석하는 작업을 그 다음에 기다리게 된다. 그러니까 연구사는 철저한 자료 위주의 구분을 전제로 해야 한다. 시기별로 드러나는 특징은 아마 정책의 변동이나 사회적 여건 등등 여러 가지 변수로 인해 기인되겠는데, 이때 북한의 역사시기 구분과 관련을 가지게 되는 것이다.

3. 북한 민속학의 대전환—1967년

민속학 관련 논저들을 검토해 보건대 북한 민속학의 가장 큰 변화는 1967년에 일어난다. 이를 기점으로 북한 민속학 연구의 양상은 크게 달라지고 있다. 민속학 연구와 민속학 관련 연구소가 대대적인 변화를 겪는데 이후 약 20여 년 간 북한에서는 일체의 연구 업적이 나오지를 않았다. 구체적인 것은 뒤에서 상술되겠지만, 이에 대한 언급을 주강현은 빠트리고 있는데, 이 중요한 시점을 간과한 것은 쉽게 납득이 안 가는 부분이다. 너무 역사적 시기에 집중을 했던 것이 원인이 아니었나 하는 생각을 해본다. 그럼에도 주강현의 연구는 북한의 민속학을 이해하는 데 획기적인 공을 세웠다. 특히 구해 보기 까다로웠던 자료들을 일일이 찾아 풍부한 자료 목록을 제시하기도 했고, 북한 민속학 연표를 만들어 보이기도 했으며 주요 논문을 부록으로 실어 제시하는 등 북한 민속학 연구의 애착을 남달리 보여준 연구자였다. 주강현은 북한 민속학 연구의 사실상의 선봉자이다. 그의 작업은 물론 현장 답사를 통한 것이 아닌 순전한 자료 의존의 연구이기 때문에 한계를 가질 수밖에 없겠지만 그의 자료 정리에 들인 수고와 새로운 편집과 출판[17] 등에 들인 시간은 이 방면의 연구를 위해 기여한 공로라 생각한다.

---

17) 예를 들어 주강현 엮음, 『북한의 민속학—재래농법과 농기구』(1989, 역사비평사)란 제목으로 출간된 책은 홍희유 외 5명의 논문을 선별하여 묶은 책으로 우리에게 농법과 농기구 관련의 지식을 일목요연하게 보여주도록 편집을 하였다.

이제는 어느 정도 드러난 북한의 자료를 가지고 본격적인 분석과 해석의 작업에 돌입할 때이다. 우리는 앞에서 북한 민속학 관련 연구 업적을 정리해 보았고 각각의 경우에 야기되는 문제점과 개선점들을 살펴보았다. 앞에서 제기된 도시민속학의 관점과 북한 민속학의 특수성을 다루는 연구 방법론의 문제, 그리고 이에 맞물린 것으로 사회주의 및 주체사상의 사상성과 관련된 민속학 연구와 민속문화 실천의 문제들은 차츰 풀어내야 할 숙제가 되겠다. 아울러 당국의 문화정책은 앞으로 보다 거시적인 안목으로 북한의 문화재를 끌어안아야 할 필요가 요구된다.

1967년에 있었던 대대적인 변화는 연구의 흐름을 완전히 중단시키기도 했고, 바꾸어 놓기도 했던 것 같다. 도시민속학으로의 개념 확대를 필요로 하는 것도 사실은 사상성에 기반을 둔 정책의 변화와 무관하지 않다. 이들 북한 민속학이 가지는 특수성은 그래서 연구의 방법을 달리 설정할 필요가 있다. 이런 제반의 문제는 결국 북한의 체제를 가능하게 하는 그들의 사상과 정책을 이해하는 것을 전제로 하고 있다. 이에 대한 자세한 설명은 다음 기회로 미루고, 최근에 발표된 논문한 편을 소개하여 왜 사상성과 사회성을 고려해야 하는가 하는 점을 확인해 보자.

아직 논문으로 발표는 되지 않았지만 역시 경희대학교 민속학연구소에서 실시한 2001년 춘계학술대회에서 발표된 발표문은 북한을 연구하는 자세를 새롭게 해야 한다는 당위성을 강조한 중요한 관점을 보여준다. 「북한 구전설화의 특성 연구」라는 제목으로 발표된 글은 연구 대상에의 인식 문제를 회의하는 데서 출발을 한다. 그는 말하기를, 대상의 인식은 절대적인 객관성을 보장하기 어렵다는 점을 강조한다. 즉 '자기식대로 이해'를 하기 마련이라는 것이다. 그는 더욱 논의를 진행시켜 다음과 같은 말을 하였다. '우선 완전한 인식이 가능하다는 생각은 대상에 대한 정복 욕구에서 비롯되는 경우가 많기 때문이다. 거기엔 대상을 인식 주체의 시각과 논리틀 안으로 포섭하여 동일화하려는 의도가 숨어 있다.'

이러한 그의 관점은 결국 북한의 문화를 이해하는 데 작용을 하여 다음과 같은 입장을 고수해야 한다고 말한다. '올바른 이해를 위해서는 우리는 우리 인식의 한계와 오해의 가능성을 인정해야 하며, 우리의 관점과 동시에 북한 사회 내부의 관점을 함께 고려하는 내재적—비판적 관점을 견지할 필요가 있다'고 하였다.[18] 김영희가 결국 주장하려는 것은 북한의 민속을 연구하는 데에 우리의 입장과 기준을 가지고 볼 것이 아니라, 그들의 연구와 분석의 방법을 고려하여 그 입장에서도 연구를 해야 할 필요가 있음을 피력한 것이다. 이런 입장은 북한을 연구하는 데 매우 중요한 요소로 작용을 하리라고 생각한다.

우리는 우리가 가진 자유민주주의의 틀을 가진 상태에서 개발된 연구 방법을 사용하고 있듯이, 그들은 우리와 상이한 체제와 사상을 가진 상태에서 그에 맞게 개발된 방법을 적용하여 연구와 결과물의 사회 실현을 하고 있는 것이다. 예를 들어 어느 한 전설을 채집·정리 및 연구를 할 때 우리는 이를 원형 그대로 놓고 연구를 하고 말지만, 북한은 이를 그들의 사회에 어떻게 효과적으로 이용을 할 것인가를 먼저 생각할 수밖에 없다는 것이다. 이것이 이들의 연구 방법론이 된다면 우리가 이를 무시하고 '왜 저들은 자료를 가만히 놔두지를 못하고 자기의 목적에 맞게 마구 뜯어고치는가?' 하고 만다면 결국 이는 부족한 연구가 되고 말 것이다. 김영희는 이런 관점을 고수하여 북한의 구비 자료를 그것이 아무리 변개, 개작이 되었더라도 자료로 인정해야 한다고 했다. 사실 이런 현상은 이곳에만 적용되는 것은 아니다. 아마 모든 분

---

18) 이 이론에 대한 근거로 김영희는 송두율과 이종석의 연구를 제시하였다.

야에 고루 해당이 되는 양상임에 틀림이 없다. 연구의 방법을 달리해야만 하는 데에는 분명 그 이유가 있을 것이다. 우리가 자유민주주의를 채택했듯이 저들은 사회공산주의를 채택한 것이다. 모든 문제는 바로 이 다른 사상체계에서 비롯되는 것이다. 이에 대한 이해가 최우선의 조건이 된다.

4. 마무리

북한 민속학의 정확한 기술을 위해서는 남한과 북한의 연구업적을 둘로 나누어 접근할 필요가 있었다. 여기서는 남한의 경우에 제한을 두어 그 동안 이루어진 연구들을 살펴보았다. 북한의 민속학은 먼저 구비문학의 연구로 출발을 하였다. 김화경에 이르러 포괄적이고 심도 있는 연구가 이루어지는 성과를 내었다. 그러나 이는 북한의 사회상황을 충분히 고려하여 이루어진 작업이 아니었다. 이에 대한 한계점과 이의 극복을 위한 시도가 근래에 들어서 이루어지고 있음을 살펴보았다. 즉 북한의 구비문학은 구비문학이 가지는 속성을 고려할 때 남한의 입장에서 바라볼 것이 아니라 북한 사회의 입장에서도 접근을 해야 할 필요성이 있음을 제시하였다.

이어서 활기를 띠기 시작한 민속학의 다양한 장르별 연구를 살펴보았다. 북한의 무속과 민속놀이 기타 인문학에 관한 연구가 적극적으로 이루어지기 시작하는 양상도 살펴보았다. 아울러 기존에 남한에서 이루어진 북한의 민속학사를 검토하였다. 여기서 드러나는 문제점을 지적하고 그 원인을 지적하였다. 특히 민속학사를 기술할 때 가장 중요한 시기 구분의 문제는 단순한 사회역사적 시기 구분만으로는 가능하지 않음을 지적하였고 그 대안을 제시하였다. 이러한 몇 가지 결과를 토대로 할 때 우리는 북한의 민속학 연구 자료를 면밀히 검토하여 그것을 기준으로 한 민속사 기술을 해야 할 필요를 느꼈다. 이어서 이루어져야 할 작업에는 이런 문제의식을 가지고 구체적인 배경과 사회사의 양상을 함께 고려해야 할 것이다. 즉 북한 민속관련 자료의 충실한 검토는 북한 학문의 특징을 이해해야 하는데 이를 위해서는 1. 공산주의 혁명이론, 2. 민족주체사상, 3. 북한 민속학 연구의 실체 등을 살펴봐야 하고, 이를 토대로 제시되는 시기 구분을 1. 사회주의 시기: 1945년~1966년, 2. 유일사상 시기: 1967년~김일성 사망, 3. 김정일 체제 ~ 현재 등으로 크게 삼분하여 다루어질 수 있다고 판단된다. 아울러 북한 민속학 연구가 가지는 특징을 소홀히 해서는 안 될 것이다. 이를 위해서는 1. 주요 연구주제가 어떻게 특화되었는가를 알아봐야 하고, 덧붙여 2. 취약한 연구 분야는 무엇이며, 나아가 3. 남한 민속학과 비교하여 전반적인 북한 민속학의 이해를 전망할 수 있어야 올바른 북한의 민속학사를 이해할 수 있을 것이다. 이에 대한 작업은 다음 기회에 다룰 것이다.

『주체문학론』의 서술 체계와 특징

고인환

1. 서론

김정일의 『주체문학론』[1]을 어떻게 볼 것인가? '～하여야 한다', '～
이 중요하다' 등의 당위적 명제에 다소 거부감을 가지면서 읽은 『주체
문학론』은 필자에게 착잡한 느낌을 주었다. 남북 정상의 만남, 이산가
족의 상봉 그리고 정부·민간 차원의 교류가 활발하게 논의되고 있는
지금, 표면적으로는 통일의 분위기가 무르익은 듯이 보인다. 문단 일
각에서는 '분단문학'의 시대가 가고 '통일문학'의 시대가 오고 있다는
흥분을 감추지 않고 있다. 그러나 1992년에 발표된 김정일의 『주체문
학론』은 북한 체제의 근본적인 변화 가능성의 징후를 보여주지 못하고
있다.[2] 당위적 명제에서 한 걸음만 물러선다면 북한의 '주체문예이론'
에 접근하는 것이 그리 간단한 일이 아님을 쉽게 감지할 수 있다. 이미

---

1) 김정일, 『주체문학론』, 조선로동당출판사. 1992.

우리는 주체적 역량으로 이루어내지 못한 해방이 전쟁과 분단으로 이어지는 현대사의 비극적 경험을 갖고 있지 않은가? 『주체문학론』에 접근하는 필자의 마음이 착잡한 이유도 당위와 현실 사이의 거리, 바로 여기에 있다.

해방 이후 북한의 문예학은 1967년을 기점으로 커다란 변화를 보인다. 1967년 이전까지는 마르크스— 레닌주의의 유물론적 문예이론을 당의 공식적인 노선으로 채택하였다. 그러나 1967년을 기점으로 북한은 이전의 문예이론을 주체적으로 계승한 '주체문예이론'을 당의 공식 문예이론으로 삼는다. 이후 지금까지 북한의 문학은 주체문예이론이라는 공식틀을 벗어나지 않고 있다고 해도 과언이 아니다.

북한문학을 바라보는 우리의 시각은 이러한 특수성을 고려하여야 한다. 이에 북한문학에 접근하는 데 있어서 주체문예이론 자체를 비판, 거부하기보다는 주체문예이론 내부의 미세한 균열의 징후를 포착하는 작업이 유효하다. 이러한 관점에서 많은 북한문학 연구자들이 1980년대 북한문학에 주목하였다. 주체문예이론의 틀을 크게 벗어나지 않으면서 다소 유연한 시각을 견지한 작품들이 발표되었기 때문이다. 80년대 현실 주제의 북한 소설은 일상 생활의 '숨은 영웅'을 형상화한다든지, 애정 문제를 본격적으로 다루거나 북한 사회의 관료주의적 속성을 비판하였다. 이는 주체문예이론의 경직성을 내부적으로 반성하는 징표로 해석되기도 하였다.

그러나 1980년대 후반의 국제정세와 뒤이은 내부적인 시련은 1990년대 북한문학에 새로운 영향을 끼쳤다. 동구 사회주의권의 붕괴, 그리고 가뭄과 기근은 북한 체제를 근본적인 위기 상황으로 몰고 갔다.

---

2) 『주체문학론』이 발표된 시기인 1992년과 현재를 비교할 때, 북한은 정치적·경제적·문화적으로 적지 않은 변화를 겪었다. 그러나 북한의 문예정책은 큰 차이를 보여주지 않고 있다. 따라서 『주체문학론』을 통해 북한의 문예정책, 더 나아가 북한 체제의 변화 가능성을 탐색하려는 시도는 여전히 유효한 작업이라 생각된다.

국제적인 고립과 내부적 문제를 해결하기 위해 북한의 문학은 다시 보수적인 경향으로 후퇴하였다. 이에 1990년대 북한문학은 1980년대 문학의 유연성을 확장, 발전시키지 못하고 과거의 주체문예이론을 강화하는 방향으로 나아간다. 그러나 이미 사회주의적 현실 문제를 나름대로 깊이 있게 형상화한 체험을 간직한 북한의 작가들이 주체문예이론의 당위적 명제 앞에 굴복하여 순순히 과거의 작품 경향으로 회귀하지는 않는 듯하다.

김정일의『주체문학론』은 1980년대 문학의 유연성과 1990년대 문학의 경직성 사이의 이러한 딜레마를 반영한다. 이 글은『주체문학론』에 나타난 주체문예이론의 미세한 균열을 이 저작의 서술 체계를 따라가면서 포착하려는 의도에서 쓰여진다. 당위와 개성(욕망), 내용과 형식 그리고 사상과 표현 사이에서 변주하는『주체문학론』의 흐름은 오늘의 북한문학을 이해하는 밑거름이 될 것이다.

2. 본론

1) 새로운 시대와 '주체문예이론' 사이의 미세한 균열
—제1장 시대와 문예관

『주체문학론』의 첫장이 '시대와 문예관'이라는 점은 의미심장하다. '새 시대는 주체의 문예관을 요구한다'로 요약되는 이 장은 새롭게 조성된 정세에 대한 북한식의 대응방안을 잘 보여준다. 이는 1990년대의 시대적 상황이 요구하는 절박한 과제를 스스로 반영하는 것이다. 위기의 시대를 대응하는 북한식의 처방전은 과거의 주체문예이론으로 재무장하라는 것이다. 따라서 이 장을 이해하는 핵심은 주체문예이론 내부의 미세한 균열(새롭게 조성된 시대 상황과 주체문예이론 사이의 불균형)을 포착하는 작업이다. 변화된 시대에 능동적으로 대처하려는 고육지책에서 나왔지만 이러한 균열은 북한문학의 변화 가능성을 보여주는 소중한 지표가 될 수 있다.

'주체적 문예활동방법'이란 '문학예술 창작과 지도에서 나서는 모든 문제를 주체적 립장에서 우리식으로 풀어 나가는 것'을 말한다. 이러한 주체성의 강조는 새롭게 조성된 정세를 돌파하는 데 있어서 '민족적 특성'을 강조하는 방향으로 나아간다. 세계적으로 고립된 스스로의 정치 체제를 유지·보존하기 위해서는 '조선민족제일주의정신'을 발양시킬 필요가 있는 것이다.

하지만 이러한 요구도 그 자체의 당위성만을 강조한다고 해서 이루어지는 것이 아니다. 우리가 주목하는 부분도 바로 여기이다. 구체적으로 어떻게 이러한 요구를 성취할 것인가? 이 점에서 북한문학은 미세한 균열의 징후를 보여준다.

가령, 김정일은 '문학에서 어떤 인물을 전형으로 내세우려면 일반화의 요구와 함께 개성화의 요구'도 실현하여야 하며, '문학에서 사상성이 없으면 예술성이 없고 예술성이 없으면 사상성도 있을 수 없다'고 말하고 있다. 물론 일반화의 요구나 사상성이 개성화의 요구나 예술성을 규정하는 일차적인 요소라는 단서를 달고 있지만, 개성과 예술성의 중요성을 구체적으로 언급하고 있다는 점은 의미심장하다. 보다 구체적으로 이 둘의 조화를 요구하는 방법이 이어서 논의되고 있기 때문이다.

문학의 묘사대상에는 자주성을 위한 인민대중의 투쟁뿐아니라 생활의 모든 분야, 모든 령역이 다 포괄되며 한 작품안에서도 생활분야가 국한되거나 한정되여있지 않고 여러 갈래로 복잡하게 얽혀있다. 문학은 복잡한 인간생활을 그 본래의 모습 그대로 묘사하여야 생활을 다양하고 풍부하게 보여줄 수 있다. —김정일, 『주체문학론』(조선로동당출판사, 1992, 19쪽)[3]

우리 시대 인간의 높은 혁명성과 뜨거운 인간성을 심오하게 그려내여 사람의 문화정서교양에 도움을 주자면 작품에서 딱딱한 정치적인 술어나 구호 같은것을 라렬하지 말고 현실에 있는 산 사람의 사상과 감정, 생활을 구체적인 화폭으로 생동하게 그려야 한다. (20쪽)

위의 인용문은 '자주성을 위한 인민대중의 투쟁'과 구체적인 현실의 다양한 감정을 있는 그대로 포착하여야 함을 강조하고 있다. 이는 '혁명성'과 '인간성' 혹은 정치적인 구호와 '산 사람의 사상과 감정, 생활'을 구체적인 화폭으로 생동하게 그려야 한다는 주장으로 변주된다. 예를 들어, '언어와 구성, 양상과 형태와 같은 일련의 형상수단과 형상수법을 다 동원하여야 내용을 충분히 살릴 수 있다'라든가 '사람의 구체적인 성격과 생활에 파고들어야 하며 그 과정에 정치적 내용이 스스로 우러나오게 작품을 써야 한다' 등의 주장은 앞으로의 북한문학이 이념 중심에서 생활 중심적인 문학으로 나아가는 징후를 보여준다. 철학적인 것과 형상적인 것의 통일을 보장하는 데서 형상보다 결론을 앞세우지 않고 형상에 대한 결론을 독자에게 맡겨야 한다는 주장은 이러한 논의의 연장으로 이해된다.

이렇듯 '제1장 시대와 문예관'은 새롭게 조성된 시대에 대응하는 북한의 수세적 방어 전략을 보여준다. 위기의 시대를 과거의 주체사상에 대한 강조로 극복하려는 의도는 다소 무리한 시도로 보인다. 하지만 이러한 요구를 실현하려는 구체적 방법을 제시하는 부분에서 기존 문

---

3) 이하 인용문은 출전은 생략하고 쪽수만 표시한다. 인용문의 철자법은 원문 그대로 표시하는 것을 원칙으로 한다.

예이론의 경직성을 다소 탈피하고 있다는 점에서 긍정적으로 받아들여진다. 현실과 당위의 불균형을 극복하려는 시도는 '제2장 유산과 전통'에서 보다 구체적이고도 현실적으로 제기되고 있다.

2) 민족문화유산의 확장
—제2장 유산과 전통, 제3장 세계관과 창작방법

김정일은 새롭게 조성된 정세에 대한 대응 방안으로 앞장에서 '우리식 사회주의'와 '조선민족제일주의' 정신을 주창하였다. 이에 대한 후속 방안으로 그는 '민족문화유산'에 대한 새로운 평가를 하고 있다. '제2장 유산과 전통'은 '민족문화유산'을 확장하는 작업으로 이해할 수 있다.

> 혁명적 문학예술전통도 민족문화유산 속에서 보아야 한다 [···중략···] 우리의 혁명선렬들은 공산주의자이기 전에 조선민족의 우수한 아들딸들이다. 공산주의리념은 결코 민족적 리념을 배제하지 않으며 민족적 리념을 떠난 공산주의리념이란 있을수 없다 [···중략···] 혁명적 문학예술전통을 민족문화유산의 중요한 구성부분으로 보아야 그 전통의 력사적 지위와 가치를 전 민족사적인 견지에서 옳게 평가할 수 있으며 민족문화유산의 격도 높일수 있다 [···중략···] 혁명적 문학예술전통은 민족문화유산의 핵이며 중추이다. (60~61쪽)

물론 '혁명적 문학예술전통은 명실공히 모든 내용을 전면적으로 다 계승발전시켜야 한다'는 단서를 달고 있지만, 이러한 민족문화유산의 확장은 변화된 정세에 대처하는 북한 문예정책의 변화를 암시한다. '혁명적 문학예술전통'과 '민족문화유산' 사이의 정확한 궤선 긋기의 어려움, 그리고 이들 사이의 미세한 균열이 예상되기 때문이다.

이에 대한 구체적 예로써 김정일은 카프문학, 신경향파문학, 리광수, 최남선을 비롯한 근대문학, 실학파문학, 최치원, 리규보, 김시습, 정철, 허균, 김만중,『춘향전』,『홍부전』,『심청전』, 민요, 시조, 궁중예술 등의 정확한 평가를 당부하고 있다. 이러한 발언은 '자라나는 새 세대들에게 민족의 긍지와 자부심을 안겨' 주기 위해서이고 또한 '영광스러운 로동당 시대의 문학예술사에 훌륭한 작품'들을 많이 기록하기 위해서이다.

아러한 태도는 의식하든 의식하지 않든 '혁명적 문학예술전통'만으론 새로운 시대의 문예이론을 이끌어 나갈 수 없다는 인식이 깔려 있다고 보아야 한다. 1993년 봄 강동지역에서 출토된 단군릉의 재건을 국가적 사업으로 도모한 예도 이런 입장에서 이해될 수 있다. 물론 이러한 '민족문화유산'에 대한 재평가는 '주체문예이론'의 강화를 목적으로 시도되었다. 하지만 역으로 '민족문화유산'의 확장을 주체문예이론의 미세한 균열, 즉 한계를 암시하는 징후로도 읽을 수 있는 것이다.

'제3장 세계관과 창작방법'에서 김정일은 '주체사실주의'의 세계관과 창작방법에 대해 서술하고 있다. 그는 주체사실주의는 '선행한 시대와 구별되는 새로운 력사적 시대, 억압받고 착취받던 인민대중이 력사의 주인으로 등장하여 자기 운명을 자주적으로 개척해 나가는 자주시대의 요구'를 반영하여 나왔다고 주장한다. 이어 그는 '사회주의적 사실주의'와 '주체사실주의'의 차이점을 분명하게 하고 있다.

사회주의적 사실주의는 유물변증법적 세계관에 기초하고 있지만 주체사실주의는 사람중심의 세계관, 주체의 세계관에 기초하고 있다. 주체의 세계관은 세계의 시원문제가 유물론적으로 해명된 조건에서 세계에서 사람이 차지하는 지위와 역할 문제를 철학의 근본문제로 새롭게 제기하고, 사람이 모든 것의 주인이며 모든 것을 결정한다는 철학적원리를 밝힘으로써 사람 중심의 철학적 세계관을 확립하였다. (95쪽)

김정일은 '주체사실주의'와 선행한 '사회주의적 사실주의'의 관계에서 독창성을 기본으로 하면서 계승성을 결부시켜 보는 것이 중요하다고 주장한다. 주체사실주의는 사회주의적 내용을 민족적 형식에 담을 것을 요구한다. 여기에서 사회주의적 내용은 민족문화유산으로, 민족적 형식은 혁명적 문학예술전통으로 이해할 수 있다. 이에 따르면 주체사실주의는 민족문화유산을 혁명적 문학예술전통의 형식으로 계승하는 것이 된다. 카프와 신경향파 문학에 대한 재평가를 혁명적 문학예술전통의 확장으로 해석할 수 있는 근거도 바로 여기에 있다.

하지만 김정일은 1970년대에 이르러 주체의 문학예술은 선행한 사회주의적 사실주의와 확연히 구별되는 주체적 문학예술로서의 새로운 성격과 체모를 완전히 갖추게 되었으며, 그 독창성과 위력을 온 세상에 남김없이 과시하게 되었다고 주장함으로써, 1970년대와 1990년대 사이의 변화된 정세를 인정하지 않고 있다. '세월이 흐르고 시대가 발전할수록 문학예술에 담아야 할 내용이 더욱 풍부해지고 새로워지는 것만큼 그에 상응하게 끊임없이 새로운 민족적 형식이 탐구되여야 한다'는 발언이 다소 공허하게 들리는 이유도 여기에 있다.

3) '사회정치적 생명체'와 문학의 형상화 문제
— 제4장 사회정치적 생명체와 문학, 제5장 생활과 형상

김정일은 '제4장 사회정치적 생명체와 문학' 첫머리에서 시대를 대표하는 새로운 계급이 출현할 때마다 문학의 기본 형상대상은 바뀌었지만, 자주시대에 이르러 문학은 영원히 변함 없는 복무대상을 갖게

되었다고 선언한다. 그것이 바로 '력사의 자주적인 주체인 사회정치적 생명체'이다. 이는 수령, 당, 대중의 통일체이다.

이어 그는 사회정치적 생명체의 지향과 요구는 수령의 사상에 집대성되어 있다고 주장하면서 수령 형상을 창조하는 것이 문학의 지상 과업이라 말한다. 그는 '수령을 구체적인 인물로 그리면서도 개인으로 형상하지 말아야 한다'는 특수한 사정으로 하여 수령을 형상하는 작품은 자기의 고유한 생리가 있다고 말한다.

수령의 형상과제는 일반주인공의 형상과 다르며 력사에 이름 있는 걸출한 위인이나 영웅의 형상과제와도 다르다. (142쪽)

개별적 사람의 사회적 지위와 역할을 얼마든지 다른 사람이 대신해줄수 있지만 수령의 지위와 역할은 누구도 대신할 수 없다. (143쪽)

문학의 일반적 요구를 철저히 지키면서도 수령을 형상하는 작품에 고유한 생리를 특색 있게 살리는 데 작가의 재능이 있고 형상을 성공에로 이끄는 비결이 있다. (149쪽)

수령 형상을 창조하는 작업에서 나타나는 개성과 전형 사이의 미묘한 긴장은 당의 위대성과 주체형의 인간을 전형화하는 과제에서 보다 구체적으로 제시되고 있다. 당과 당일꾼을 형상하는 데 있어서 김정일은 특히 격식화된 틀을 경계하고 있다. 가령 기념일을 계기로 내보내는 헌시도 시인만큼 거기에는 서정적 주인공의 남다른 얼굴이 있어야 하고 시인만이 노래할 수 있는 독특한 세계가 있어야 한다는 것이다. 또한 당일꾼의 형상은 당일꾼이기 전에 인간으로 그려져야 하며 개성적으로도 다양하고 생신하게 그려야 한다는 것이다.

주인공의 내면세계를 깊이 있게 그려야 세상에서 가장 아름답고 고상한 주체형의 인간전형인 충신의 성격적 특성을 옳게 밝힐수 있고 인간적 풍모를 선명하고 풍만하게 보여줄수 있다. (165쪽)

인물의 내면세계는 생활에 바탕을 두고 있으며 생활을 통하여 발현된다는 것이다. 따라서 '라열식이 아니라 립체적으로', '일면적으로가 아니라 다면적'으로 그려야 한다는 것이다. 숨은 영웅과 숨은 공로자에 대한 형상화는 이러한 요구에 부합한다.

우리 시대의 영웅을 형상화하는데서 그들이 처음부터 영웅적 기질을 타고난 기상천외한 인물이 아니라 평범한 출신의 근로자이며 직장과 가정에서 날마다 사람들과 함께 일하며 살고 있는 보통인간이라는 것을 잘 보여주어야 한다. (170쪽)

이러한 인물을 형상하는 데 있어서 요구되는 것이 개성적 특성을 생동하게 그리는 것, 성격과 생활을 여러 모로 입체적으로 묘사하는 것, 기질적 측면을 무시하여서는 안 된다는 사실이다. 같은 세계관을 가진 사람이라 하여도 그 세계관이 서로 다른 다양한 기질에 굴절되면 성격이 서로 구별될 수 있기 때문이다.

'제5장 생활과 형상'은 '종자'에 대한 올바른 이해를 강조하면서 시작된다. 김정일에 의하면 종자는 '작품의 형상을 이루는 모든 요소를 규제하고 통일시키며 이끌어 나가는 유일한 중심'이다. 이러한 종자, 즉 생활의 사상적 알맹이를 탐구하는 과정은 현상으로부터 본질에로 파고드는 과정이다. 이러한 종자에 대한 강조에 이어 '성격문학이냐 사건문학이냐', '형상의 힘은 진실성과 철학성에 있다', '문학의 지성세계를 높여야 한다', '구성이 좋아야 작품이 산다', '언어형상에 문학

의 비결이 있다' 등의 구체적 문학론을 전개한다. '종자'에 대한 강조
와 일상생활을 반영하는 문학 사이의 미묘한 긴장은 '제5장 생활과 형
상'의 이러한 연역적 추론의 과정을 요구한 것이다.

　작품에 펼쳐진 생활이 현실생활과 같으면 진실한 것이고 다르면 진실하
지 못한 것이다. (196쪽)

　생활을 진실하게 반영하는가 못하는가 하는 문제는 작가의 생활체험이
얼마나 깊은가 하는 데 따라 많이 좌우된다. (197쪽)

　문학작품에서는 생활을 진실하게 그리면 그릴수록 철학성이 더욱 깊어지
며 화폭속에 의의 있고 심오한 사상이 구현되면 될수록 진실성이 더욱 철저
히 보장된다 〔…중략…〕 철학적 깊이가 있는 종자를 골라잡는 것은 작품의
철학성을 담보하는 선결조건이다. (200쪽)

　진실성과 철학성은 현실을 사실적으로 재현하는 데에 달려 있다. 그
러나 철학성은 '철학적 깊이가 있는 종자를 골라잡는 것'에 의해 담보
된다는 발언은 이와 어긋난다. 다시 말하면 현실을 진실하게 반영하는
과정에서 철학성이 담보되는 것이지, 철학적 종자를 골라잡는 행위 그
자체만을 통해 철학성이 보장되지는 않기 때문이다.
　이러한 자체 모순은 '리성적인 것과 감성적인 것의 통일'에서도 그
대로 드러난다.

　지성도가 높다낮다 하는 것은 작품에 보통사람들이 알고 있는 것보다 얼
마나 더 깊고 풍부한 지식이 담겨져 있는가, 사람들이 경탄하고 높이 올려
다볼 만한 고상한 미의 세계가 개척되였는가, 형상기교와 문화수준이 어느

정도인가, 한마디로 말하여 작품의 세계가 높은가 낮은가 하는데 따라 결정된다 [···중략···] 문학작품은 적어도 생활을 그리는 수준이 보통상식에서 훨씬 벗어져야 하며 사상적으로 건전하고 예술적으로 고상하여야 한다. (202~203쪽)

작가는 독자를 가르치는 사람이다. 사람들을 가르치자면 그들보다 아는 것이 많아야 한다. (206쪽)

김정일은 문학작품의 지성도를 높이는 데 있어서 '리성적인 것과 삼성적인 것의 통일이 중요하다'고 강조하면서도, 뒤이어 '감성적인 요소는 리성적인 요소의 주도적 작용을 떠나서는 작품의 사상 예술성을 높이는 데 아무런 기여도 할 수 없다'라고 주장함으로써 스스로 감성적인 요소의 비중을 깎아 내린다. 이는 위의 인용에서 드러나는 바와 같이 그의 문예관이 계몽에 바탕하고 있기 때문이다. '작가가 독자를 가르치는 사람이다'라는 논리는 그가 앞장에서 주장한 '우리 인민들이 최고다' 또는 '인민은 가장 진실한 독자다'라는 주장과 상반된다. 이러한 논리적 모순은 당위적 명제와 구체적 형상 사이의 골 깊은 주체문예이론의 내부적 갈등의 발현이라 할 수 있다.

김정일은 언어 형상의 문제를 언급하는 부분에서도 '작가는 언어문제가 단순히 작품의 형상문제인 것이 아니라 자기 민족, 자기 인민의 자주성과도 관련되는 문제라는 것을 깊이 명심하고 언제나 주체적 립장에서 어휘를 고르고 문장을 다듬어야 한다'고 주장한다. 이러한 당위적 명제를 전제한 후, 그는 '백 마디의 말로도 대신할 수 없는 함축되고 명백한 표현', '개성적이고 참신한 표현의 탐구' 그리고 '자기식의 독특한 문체 확립' 등을 요구한다. '작가는 그 누구도 모방할 수 없는 자기의 얼굴, 자기의 고유한 언어밭을 가지고 문단에 나서야 한다'

는 것이다. 그리고 마지막으로 언어 구사의 비결은 전적으로 작가의 재능에 달려 있다고 말한다. 그러나 이러한 주장이 민족, 인민의 자주성을 발현시키는 주체적 관점(당위적 문제)과 작가 스스로의 독창적이고 개성적인 문체(개인의 욕망) 사이에 가로놓인 심연을 이어 주지는 못하고 있다.

4) 당의 령도와 창작실천
— 제6장 문학형태와 창작실천, 제7장 당의 령도와 문학사업

'제6장 문학형태와 창작실천'에서 김정일은 시, 소설, 아동문학, 극문학 등의 형식과 창작실천에 대해서 구체적으로 언급하고 있다. 시문학에서는 당의 정책적 요구와 서정성을 조화시키는 문제를 주로 논의하고 있다.

시문학의 서정성을 높이자면 시인의 개성적인 얼굴을 뚜렷이 드러내는 것이 필요하다.
시의 서정은 시인 자신의 정서를 직접 표현하는 주정이다. (228쪽)

시에서는 서정적 주인공의 모습이 뚜렷하여야 하며 다른 사람이 대신할 수 없는 독특한 정서세계가 펼쳐져야 한다. (229쪽)

그러나 '다른 사람이 대신할수 없는 독특한 정서세계'와 당의 정책적 요구를 어떻게 조화시킬 것인가, 인간 생활을 떠나 순수 자연을 찬미하는 시와 아름다운 자연을 통하여 거기에 비긴 인간 세계를 깊이 있게 드러내는 작품을 어떻게 구분할 것인가의 문제는 여전히 미해결의 과제로 남는다. 이러한 구체적인 문제를 깊이 있게 천착할 때 북한

의 시문학은 이념과 서정 사이의 간극을 어느 정도 좁힐 수 있을 것이다.

김정일은 소설 속에 형상화된 생활은 '시대와 사회의 본질이 반영된 전형적인 생활이며 작가의 발견이 깃든 새롭고 특색 있는 생활'이라고 주장한다.

도식은 문학과 독자 사이를 갈라놓은 장벽이다. 작가는 온갖 도식에서 벗어나 저마다 새로운 것을 들고나와야 한다. (244쪽)

그러나 이러한 장벽은 주체문예이론 자체의 도식성이 아니라 소설 창작 기법과 관련된 도식성이다. 이어 그는 '다주인공을 설정하는 수법', '주인공을 감추어 놓고 형상하는 수법', '부정적 인물을 중심에 놓고 형상하는 수법', '인물의 심리를 기본으로 펼쳐 나가면서 생활을 묘사하는 수법', '랑만주의 수법' 그리고 '벽소설 같은 짧은 형식, 서한체, 일기체, 추리소설, 탐정소설, 실화소설, 환상소설, 의인화의 수법으로 엮어진 소설, 운문소설, 지능소설' 등 다양한 기법과 형식을 소개하고 있다. 이러한 기법과 형식의 도식 배제가 곧바로 주체소설의 도식성을 극복하는 계기가 될 수는 없다. 하지만 다양한 기법과 형식의 실현이 주체소설의 내부에 조그마한 균열의 징후로 기능할 수는 있다. 이러한 징후에 대한 탐색과 발견이 소중한 이유도 바로 여기에 있다.

『주체문학론』에서 특히 주목하고 있는 영역은 아동문학이다. 아동들은 새 시대를 이끌어 갈 주역이기 때문이다. 이러한 아동문학에 대한 논의에서도 여지없이 내용과 기법 사이의 균열이 감지된다.

작가는 아동문학을 우리 당의 정책과 우리 나라 어린이의 특성에 맞는 우

리식 문학으로 발전시켜야 한다. (254쪽)

이러한 당위적 명제에 이어 김정일은 구체적인 기법 차원에서 아동문학의 형상화 문제를 언급하고 있다. 아동문학은 작품에 재미가 있어야 하며, 사상을 논리적으로 주입하려 하지 말고 흥미 있는 형상 속에서 감성적으로 받아들이게 하여야 하며, 변화무쌍한 행동성과 강한 운동감이 느껴져야 한다는 것이다. 또한 될수록 쉬운 말과 표현을 써야 한다.

아동문학에서는 의인화된 수법과 환상, 과장, 상징을 비롯한 이미 있는 수법을 다양하게 리용하는 한편 새로운 형상 수법과 기교를 대담하게 창조하여야 한다. (256쪽)

이러한 당위와 형상 사이의 괴리는 '주체문예이론'의 미래를 보여주는 징후로 기능할 수 있다. 이어 김정일은 '문학의 모든 형태를 다양하게 발전시켜야 한다'고 주장하고 있다.

김정일은 극문학, '텔레비죤문학', 평론문학 등 다양한 형태의 문학을 언급하면서 '그것을 발전하는 현실의 요구와 인민의 미감에 맞게 끊임없이 혁신해 나가는 것'이 중요하다고 강조한다.

우리는 력사적으로 이루어진 기성형태나 새로 창조하는 형대나 할것없이 모든 형태의 고유한 특성을 뚜렷이 살려 주체문학의 화원을 더욱 풍만하고 다채롭게 장식하여야 한다. (267쪽)

'제7장 당의 령도와 문학사업'에서는 문학에 대한 당의 지도와 문학 조직에 대하여 논의하고 있다. 마지막으로 주체문예론의 정당성을 강조하고 있는 것이다. '문학사업에 대한 정책적 지도와 형상적 지도를 옳게 결합시켜야 한다'는 명제하에 이 장에서 김정일은 '창작지도를 행정실무화하지 말아야 한다'고 강조한다. 행정실무화는 문학사업에서 관료주의, 주관주의를 낳는 주되는 요인이며 문학운동을 억제하는 장애물이라는 것이다.

『주체문예론』의 첫장이 '시대와 문예관'이라는 점을 상기한다면, 이 마지막 장은 주체문예론을 현실 속에서 어떻게 실현시킬 것인가 하는 문제를 구체적으로 강조하고 있다. 이러한 수미쌍관적인 구성은 새롭게 조성된 시대에 대응하는 주체문예론의 자의식을 역설적으로 반영하고 있다고 보인다.

3. 결론

이상으로 김정일의 『주체문학론』을 '주체문예이론' 내부의 미세한 균열에 초점을 맞추어 일별해 보았다. 『주체문학론』은 1960년대 후반에서 1970년대에 걸쳐 확립되어 1980년대 다소 유연하게 전개된 주체문예이론의 1990년대판 중간 결산이라 할 수 있다. 특히 1980년대 북한문학은 전일화된 유일사상체계에 대한 반성으로 전개되었다는 점에서 주목을 요한다. 이에 『주체문학론』은 북한문학 내부의 '변화하고 있는 것'과 '변하지 않는 것' 사이의 미세한 긴장을 보여준다. 이는 당위와 욕망, 혁명과 일상, 이념과 기교, 내용과 형식 등 다양하게 변주되고 있다.

이제 북한문학은 어디로 갈 것인가? 쉽게 예상하기는 어렵지만 이러한 균열은 더욱 심화될 것으로 보인다. '현실'과 '절대정신' 사이의 줄타기로 요약할 수 있는 『주체문학론』은 '주체문예이론'의 자의식, 더 나아가 북한 체제의 자의식을 유추할 수 있는 각주의 역할을 한다.

자의식은 스스로에 대한 객관적 거리를 바탕으로 형성된다. '주체문예이론'의 자의식은 스스로를 타자화하는 아픔, 즉 타자(개방)를 통한 스스로의 위상 정립과 맞물려 있는 절대절명의 과제 속에서 형성될 것으로 보인다. 이러한 자의식의 징후는 『주체문학론』을 통해 암시적으로 드러난다. 예컨대 '민족문화유산'에 대한 재평가는 '혁명적 문화유산'에 대한 타자화에 기여할 것이며, '기질'·'개성'에 대한 강조는 '주체문예이론'의 이념성에 미세한 균열로 작용할 것이다. 이러한 흐름에 대한 지속적인 탐색은 북한문학 내부의 과제일 뿐만 아니라 통일문학을 준비하는 남한문학의 실질적 과제이다.

1990년대 북한의 고전문학사 서술 양상
―신간 『조선문학사』의 특징적 국면을 중심으로

안영훈

1. 머리말

　최근 북한에서는 사회과학원 주체문학연구소 기획으로 총 15권의 방대한 문학사를 출간하였다. 1991년부터 2000년까지 만 10년에 걸친 작업으로 이룩한 『조선문학사』(사회과학출판사·과학백과사전출판사)는 1959년판 『조선문학통사』(전 2권), 1977년판 『조선문학사』(전 5권, 1977~1981)에 이어 북한의 공식 문학사로서는 세 번째가 되며, 현단계 북한의 문학사 연구 성과를 단적으로 드러내는 저작이다.[1]

　특히 1990년대 이후 북한 사회가 국제정세와 내부 사정에 따른 변화를 겪으면서 문예정책상으로도 새로운 변화의 양상을 보이는데, 김정

---

[1] 제1권 머리말에서 "우리 연구소에서는 이미 1950년대에 『조선문학통사』(상, 하)를, 1970년대에 『조선문학사』(전 5권)을 세상에 내놓았으며, 해방 후 우리 문예학이 이룩한 성과와 경험을 토대하여 이번에 전 15권의 『조선문학사』를 집필 출간하게 되었다"고 밝히고 있다. 지금까지 북한에서 출간된 문학사는 약 10종 정도인 것으로 파악된다. 이들의 출간 사항은 김성수, 「북한 학계의 우리 문학사 연구 개관」(민족문학사연구소, 『북한의 우리 문학사 인식』, 창작과비평사, 1991)과 설성경, 「남북한 문학사의 비교」(김열규 외, 『한국 문학사의 현실과 이상』, 새문사, 1996) 참조.

일의 저작 『주체문학론』(1992)으로 표면화된 '주체문학론'은 기존의 '주체적 문예이론'에 토대를 두면서 사회주의적 사실주의를 '주체사실주의'로 대체하고, '조선민족제일주의', '우리식 문학' 등을 강조하면서, 과거 비판의 대상이 되었던 중세·근대문학의 주요 인물들, 그리고 카프 계열의 작가들까지도 적극적으로 수용할 것을 주장하였다. 신간 『조선문학사』는 바로 90년대 북한 사회, 그리고 그 문예정책의 변화가 가져온 산물이라는 점에서 주목을 요하는 것이다.

그렇지만 신간 『조선문학사』에 대한 남한 학계의 평가는 아직 미미한 수준이다. 출간 자체가 10년간 시차를 두고 순서 없이 이루어졌기 때문에 전체적인 분석이나 평가가 이루어지기 어려웠고 다만 특정 시기 또는 갈래에 대한 고찰이 있을 뿐이다.[2]

이 글은 신간 『조선문학사』 중에서도 고전문학사 서술 양상에 국한하여,[3] 종전과 달라진 점을 개관하는 데 목적을 두고 있다. 그것을 위해서는 먼저 1990년대 북한의 문예정책 지침서인 『주체문학론』에 대한 검토가, 다음으로 신·구간 『조선문학사』의 상호 대비 고찰이 필요하다. 그러나 여기에서 그러한 작업 전반을 감당하기는 벅찬 노릇이므로, 다시 전자는 고전문학사 서술에 직접 영향을 끼친 부분에 한정하고, 후자의 경우 종전 문학사에 대한 논의는 기존의 성과[4]에 미루기로 한다.

---

2) 최두식, 「고려시가 연구의 남북한 비교 고찰」(『국어국문학』 119, 국어국문학회, 1997), 임완혁, 「'역옹패설류 양식'에 대한 북한에서의 연구 동향—북한의 문학사를 중심으로」(『대동한문학』 제12집, 대동한문학회, 2000), 장효현, 「남북한 고전소설 연구의 쟁점과 전망」(『민족문화연구』 33, 고려대학교 민족문화연구원, 2000), 김재용, 「남북의 근대문학사 서술과 프로문학의 평가」(『민족문화연구』 33, 고려대학교 민족문화연구원, 2000) 등.
3) 15권 중 1~6권이 고전문학 시기에 해당하나 제6권(19세기)을 구득할 수 없어 여기서는 제5권(18세기)까지만 다룬다.

2. 유산과 전통에 대한 시각

1990년대 북한의 역사는 중대한 위기의식에서부터 출발한다. 독일의 흡수통일, 공산주의 종주국인 소련의 해체, 중국과 베트남의 적극적인 시장 경제원리의 수용 그리고 루마니아의 장기 독재자 차우세스쿠 부부의 민중에 의한 처형 등 세계사적 전환기의 사건은 북한 지배체제에 상당한 위기감과 아울러 새로운 통치 전략의 수립을 요구하였다. 이와 같은 탈이념 시대의 국제정세에 대한 북한의 대응은 종전보다 더욱 견고한 내부적 통합을 이루어내면서 이를 토대로 외부적 개방을 모색하는 양상으로 나타난다. 북한은 1990년에 "우리식대로 살자"는 구호를 전국적으로 선전·선동하고, 아울러 1986년 김정일이 제기한 '조선민족제일주의'를 전면에 내세워 강조한다. 동명왕릉 복원공사(1993), 단군왕검릉 개건(1994) 등의 일련의 작업은 김일성—김정일을 중심으로 하는 폐쇄적인 민족 자주성의 신화를 건설하려는 지배전략의 일환이다. 그리고 오늘날 북한의 대외적 개방과 개혁을 통한 경제 원조와 교류 역시 궁극적으로는 김정일을 중심으로 한 대내적 통합을 용이하게 이루기 위한 통치 전략의 일환으로 해석된다.[5]

이와 같은 북한의 폐쇄적인 민족적 자주성의 강화와 비교적 유연한 대외적 개방과 개혁의 모색이라는 지배전략의 이중성은 당대 문예정책에 긴밀한 영향을 미친다. 그런데 폐쇄적인 민족적 자주성의 강화는

---

4) 77년판 『조선문학사』를 중심으로 하여, 민족문학사연구소, 『북한의 우리 문학사 인식』(창작과비평사, 1991)에서 자세한 분석을 펼친 바 있고, 그 외에도 설성경·유영대, 『북한의 고전문학』(고려원, 1990), 황패강, 「남북문학사의 과제」(『한국고전문학의 이론과 실제』, 단국대학교출판부, 1997), 김대행, 「북한의 문학사 연구— 문학의 역사를 보는 시각」(『시와 문학의 탐구』, 역락, 1999), 이복규, 「북한의 문학사 서술 양상」(『국제어문』, 9·10합집, 국제어문학연구회, 1989), 이강옥, 「북한 문학사의 실증적 오류 및 문제점 검토」(『한길문학』, 통권 4호, 1990. 8), 김승찬, 「조선족의 우리 고전문학사 기술태도와 그 비판」(『중국 조선족 문학의 전통과 변혁』, 부산대학교출판부, 1997), 조동일, 『동아시아문학사비교론』(서울대학교출판부, 1993) 등에서 다각적인 검토가 이루어졌다.
5) 홍용희, 「북한의 서정시와 민족적 친화성」(김재홍·홍용희 편, 『그날이 오늘이라면』, 청동거울, 1999), 381~382쪽 참조.

문학사와 관련해서, 오히려 그 서술 대상의 '열림' 또는 '확대'로 작용하기도 한다. 그런 점에서 1990년대 북한의 문예정책이 취해야 할 이념과 방법을 제시한 김정일의『주체문학론』총 7장[6]의 구성 중에서 두 번째 장 '유산과 전통'을 주목할 필요가 있다.

김정일은 '1)유산이 있고 전통이 있다, 2)혁명적 문학예술전통을 빛나게 계승 발전시켜야 한다, 3)민족문학예술유산을 주체적 립장에서 바로 평가하여야 한다'는 세 항목에 나누어 '유산과 전통'에 관해 서술하고 있다. 김정일은 '민족문화유산'에 대해 "민족의 선행세대들이 력사적으로 내려오면서 창조하여 후세에 물려주는 정신적 및 물질적 재부"라고 개념 규정을 한 후, 다시 "후대들이 계속 이어받아야 할 것"과 "보존해두기만 할 것", "없애 버려야 할 것"으로 구분하여 그 첫 번째 것이 '전통'이라고 하였다. 이어서 '유산'에는 "사회주의, 공산주의를 위한 혁명투쟁 속에서 창조된 혁명적 문화유산도 있고 그 이전 시기 선조들이 이룩한 고전문화유산"이 있는데, 고전문화유산만 민족문화유산에 넣는다든지 또는 혁명적 문화유산이 중요하다고 하여 그것을 민족문화유산의 범주에서 벗어난 다른 개념으로 취급하는 것은 이치에 어긋난다고 지적하고 있다.[7] 그리하여 혁명적 문학예술전통은 어디까지나 '유산'의 일부이면서 '전통'이라는 점을 주장하고 있다. 결국은 혁명적 문학예술전통이 '옳은 전통'으로서 '민족문화유산의 최고봉을 이룬다'는 것으로 귀결되는데, 어쨌든 여기에서 혁명적 문학예술전통을 '유산'에 귀속시킴에 따라 민족문화유산에 대한 재평가의 기반을 마련하고 있음을 볼 수 있다.[8]

---

6) 1. 시대와 문예관 2. 유산과 전통 3. 세계관과 창작방법 4. 사회정치적 생명체와 문학 5. 생활과 형상 6. 문학형태와 창작실천 7. 당의 령도와 문학사업(김정일,『주체문학론』, 조선로동당출판사, 1992).

7) 위의 책, 59~60쪽.

8) 위의 책, 58~59쪽. '유산'의 재평가와 계승 문제는 "남조선 인민들과 해외 동포들에게 민족적 긍지와 통일 열망을 안겨" 주고 "조국통일의 유리한 국면을 열어놓는 데서 중요한 의의를 지닌다"고 한 데서도 드러나듯이 남북 관계에서 문화적 헤게모니 장악과 직접 연결되고 있다.

김정일은 이어서 민족고전문학예술유산 가운데 "진보적이며 인민적인 것을 현대적 미감에 맞게 비판적으로 계승 발전"⁹시킬 것을 강조하고, '복고주의'적 태도나 '민족허무주의' 또는 '구라파 중심주의'적 편향에 대해 경계와 비판을 가하고 있다.

지난날 문학예술부문의 일부 사람들은 복고주의를 반대한다고 하면서 실학파나 카프문학을 비롯하여 우리 인민의 우수한 민족고전문학예술유산을 보잘것 없는 것으로 여기면서 고전문학예술작품에 대한 연구와 출판보급사업까지 가로막으려고 하였다. 이런 영향으로 하여 한때 일부 문예학자들은 봉건유교사상을 반대한다고 하면서 우리 나라의 민족고전문학예술을 제대로 취급하지 않았으며 문학사와 예술사나 출판보도물에서 고전문학예술작품을 취급하는 경우에도 그의 긍정적측면은 간단히 언급하고 부정적측면에 대하여서는 지나치게 많이 언급하였다. 고전문학예술에 대한 평가를 이렇게 할바에야 구태여 문학사와 예술사나 출판보도물에서 민족문학예술을 취급할 필요가 없을 것이다. 봉건유교사상과 부르죠아사상을 반대한다고 하여 근로자들과 청소년들에게 우리 나라의 문화예술력사와 민족고전작품을 가르쳐주지 않으면 그들이 우리 나라 력사에 어떤 고전작품이 있었는지 또 어떤 유명한 작가가 있었는지 잘 모르게 된다. 우리는 민족허무주의적경향에 대하여 제때에 타격을 주고 민족고전문학예술을 주체적 립장에서 공정하게 평가하고 처리하도록 하였다.¹⁰⁾

여기에서 과거 문학사 서술이나 출판사업의 협애한 시각을 문제삼고 있는 점은 이전에 비해 확실히 긍정적인 모습이다. 비록 그것이 '조선민족제일주의'라는 폐쇄적 민족적 자주성의 강화에서 나온 것이라

---

9) 위의 책, 73쪽.
10) 위의 책, 74~75쪽.

할지라도 고전문학유산에 대한 시각의 확대라는 점에서는 변화의 양상으로 지목할 수 있겠다. 위와 같은 입장에서 재평가되어어야 할 것으로 실학파문학(특히 박연암·정다산), 민요, 시조형식, 궁중예술[11] 등을 꼽고, "최치원, 리규보, 김시습, 정철, 허균, 김만중을 비롯하여 고대와 중세, 근대와 현대의 이름 있는 작가, 예술인들과 그들의 우수한 작품과『춘향전』,『흥부전』,『심청전』을 비롯하여 작가와 이름이 알려지지 않은 작품도 많이 찾아내어 여러 가지 형식과 방법으로 널리 소개하여야 한다"[12]고 언급하고 있다.

『주체문학론』의 전체 구성 내용이 과연 과거의 문예이론과 근본적으로 차별화되고 '전향적'으로 바뀌었느냐는 물음에는 대답을 유보할 수밖에 없지만, 일단 민족문화유산에 대한 시각만큼은 긍정적인 변화로 보아야 할 것이다.

3. 지속과 변화의 양상

이미 잘 알려져 있듯이 북한의 문학사는 일차적으로 당의 문예정책이 철저히 관철되어 있을 뿐 아니라 그것을 구체적인 서술 속에서 해설하고 선전하는 기능을 담당하고 있다.[13] 그러므로 앞서 살펴본『주체문학론』의 시각이 신간『조선문학사』에도 그대로 드러날 것이라는 점은 쉽게 짐작할 수 있는 일이다. 여기에서는 주로 '유산'에 대한 변화된 시각에 초점을 맞추어 그 구현 양상을 찾아보기로 한다.

신간『조선문학사』는 머리말에서 ① '주체성의 원칙, 당성, 로동계급

---

11) 위의 책, 89쪽. 궁중음악·무용의 가락도 그 원천은 인민 음악과 무용의 가락에 있다고 보고 있다.
12) 위의 책, 86쪽. 근현대문학의 주요한 재평가 대상으로는 카프문학을 비롯하여, 이인직, 이광수, 최남선, 김소월, 신채호, 한용운, 김억, 정지용, 심훈, 이효석, 방정환 등을 거론하고 있다.
13) 민족문학사연구소, 앞의 책, 94쪽.

성의 원칙과 력사주의적 원칙을 철저히 구현'하고, ② '조선문학발전의 합법칙적 과정을 정확히 밝혀낼 수 있게 시기 구분과 서술 체계를 세우며' ③ '새로 발굴수집된 진보적이며 인민적인 작품들을 문학사의 응당한 위치에 올려 세우고' ④ '매시기를 대표하는 작가들의 력사적 공적과 제한성을 올바로 천명하는 데 힘을 넣었다'고 서술 원칙을 밝히고 있다. 서술 원칙만 보면 '신간' [14]은 '77년판'이 내세운 '주체의 방법론'을 계승하고 있으나 ③, ④의 강조점에서 서술 대상과 평가의 변화를 예고하고 있다. 이것은 이미 살펴본 '유산'에 대한 시각 변화가 문학사 서술의 주요 과제로 등장함을 의미하는데, 머리말의 또 다른 구절에서 '민족문화유산의 전면적 수집 정리'라는 한층 강화된 어조가 이를 뒷받침하고 있다.

'신간'의 구성 체계는 차례에서 그대로 드러나므로 권별 장제목만 보이면 다음과 같다.

【제1권】 원시~9세기
　　　　　제1장 조선문학의 시초
　　　　　제2장 고대문학
　　　　　제3장 삼국 시기 문학
　　　　　제4장 발해 및 후기신라 시기 문학
【제2권】 10~14세기
　　　　　제1장 고려 시기 문학발전의 사회력사적 및 문화적 배경
　　　　　제2장 고려 시기 인민창작과 그 유산
　　　　　제3장 고려 시기 향가의 쇠퇴와 시조의 발생
　　　　　제4장 고려 국어가요와 경기체가요

---

14) 편의상 종전 문학사와 구별을 위해, 신간 『조선문학사』는 '신간'으로, 77년판 『조선문학사(고대중세편)』은 '77년판'으로 약칭한다.

　'신간'은 시대 구분방식에서, 고대와 중세의 기점을 각각 고조선과 고구려로, 근대의 기점을 19세기 말로 잡고, 다시 원시~9세기, 10~14세기, 15~16세기, 17세기, 18세기 등 세기로 획기한 점은 종전과 대차가 없다. 그러나 '원시~9세기'와 '10~14세기'에서 장제목을 '삼국 시기 문학', '발해 및 후기신라 문학', '고려 시기 문학'으로 명명한 점, '고려 시기 문학'을 전후로 나누지 않고 한 시대로 서술한 점[15]은 '77년판'과 차이를 보인다. 특히 '발해 및 후기신라 문학', '고려 시기 문학'이라고 명명하여 부각한 것은 고구려 중심주의[16]에 기반을 둔 것으로, 기실 문화적 헤게모니 장악을 의도한 것으로 보인다.

　'신간'은 각 시기의 서두에 역사학계의 성과를 수용하여 장황한 시대개관('사회문화적 환경')을 둔 뒤, 해당 시기 문학의 흐름과 대표작품들을 거명하고, 새롭게 등장한 갈래에는 주된 내용과 형식적 특성을, 그 다음에는 개별 작가와 작품의 소개, 분석으로 서술을 진행시키고 있다. 각 시기의 문학 갈래를 인민구전문학, 국문시가, 한자시문학, 산

---

15) 이러한 점은 '신간 1·2'(원시~14세기)의 집필자 정홍교가 고대중세 부분을 집필한 『조선문학개관 1』(정홍교·박종원, 사회과학출판사, 1986)에서부터 나타난다. 하지만 『조선문학개관 1』의 세부 항목은 '77년판'과 거의 동일하다.

16) 민족문학사연구소, 앞의 책, 95쪽에서 이전부터 발해를 부각한 것을 고구려 중심주의로 보았다.

문문학 순으로 배치하여 '인민적인' 문학을 최우선시하는 관점은 종전의 문학사와 다를 바 없다.

'신간'의 서술 양상을 '77년판'과 대비해 볼 때, 우선 눈에 띄는 것은 서술량의 대폭 확장과 더불어 서술 항목이 세분되었다는 점이다. 항목의 세분화는 '삼국 시기 문학' 이후 전반에 걸쳐 있으므로 몇 가지 예만 보인다.

77년판	신간
제3장 1~7세기 전반기 문학 제2절 설화의 활발한 창작과 구전가요의 발전 　　설화의 활발한 창작	제3장 삼국 시기 문학 제3절 구전설화의 활발한 창작 　1. 건국설화와 대표적인 설화유산 　2. 애국적 주제의 설화와 대표적인 작품들 　3. 인정세태와 미풍량속을 보여주는 설화의 대표적인 작품들 　4. 환상과 의인화의 수법에 기초한 설화, 동화와 우화
제6장 12세기 후반기~14세기 문학 제2절 구전문학의 활발한 창작 　　고려 국어가요의 창작과 보급	제2권 고려 시기 문학 제4장 고려 국어가요와 경기체가요 제1절 고려 국어가요의 개념과 발생년대 제2절 고려 국어가요의 창조과정과 형태적 특성 제3절 고려 국어가요의 주제사상적 류형과 특성 제4절 고려 국어가요의 대표적 작품들 제5절 경기체가요의 형태적 특성과 계승관계 제6절 「한림별곡」의 창작과정과 경기체가요의 서사화 과정
제7장 15~16세기 문학 제5절 국문시가의 활발한 창작 　　시조의 활발한 창작 　　가사의 발생발전과 정철의 가사 「관동별곡」	제3권 15~16세기 제3장 국문시가의 획기적 발전 　1. 국문시가발전의 사회문화적 요인 　2. 현실미화의 송시체시가 　3. 리조 초기의 정치적 사변을 반영한 시조 　4. 정극인의 「상춘곡」과 가사형식의 발생 　5. 15세기 후반기~16세기 국문시가의 사조들 제8장 정철의 창작과 가사발전의 새 경지 　1. 부침잦은 정계생활과 창작 　2. 『송강가사』의 가사작품 　3. 송강의 시조 　4. 송강의 한자시요의 서사화 과정

위에 든 삼국시대 설화, 고려가요, 조선전기 시가에 대한 서술은, '77년판'에서는 각기 한두 항목에서 뭉뚱그려 서술하던 것인데, 여기서는 대체로 세 가지 방식, 즉 기존의 내용을 유형으로 분류하여 재구성하거나, 나름대로 새롭게 체계를 세워 서술하거나, 새로운 대상을 편입하여 항목을 설정하고 주요 작가는 아예 독립시키는 방식을 취하고 있다. 이로 인해 설화나 고려가요[17]같이 한 갈래에 속한 작품들의 다양한 유형이 체계적으로 소개되고, 송강 정철의 경우처럼 동일 작가 · 작품일지라도 이전보다 풍부한 내용이 실리게 되었다.[18]

'신간'에서 주목해야 할 것은 세분이나 부연이 아닌 새로운 항복의 편입인데, 15~16세기 국문시가 중 '현실미화의 송시체시가'는 곧 악장을 가리킨다. 「용비어천가」 등을 '77년판'에서는 따로 항목을 두지 않고 시대 개관에서 오로지 '반동적인' 비판의 대상물로만 삼았다.[19] 그런데 '신간'에서는 예의 비판은 여전하지만 "국문으로된 첫 서사시 형식의 작품이라는 점에서 그리고 당시의 력사 및 조선어 연구의 자료로 된다는 점에서 문화사적인 의의"[20]를 지닌다고 평가하고 있다.

이와 같이 '반동문예사조'[21]로 낙인찍혀 문학사 서술에서 비판 · 배제되었다가 '신간'에서 독립 항목으로 '복권'된 대표적인 경우로 '은일시가(강호시가)'를 들 수 있다. 해당 항목의 서두에 "16세기 국문시가분야에서 사조적 현상으로 대두한 「은일시가」(또는 강호시가)는 17세기 전반기에 이르기까지 계속 주류를 이루었다"[22]고 하여 실상에 근접한 평가를 하고 있다. 생성 동인을 "사화당쟁에 시달리는 량반사대부

17) '고려 국어가요' 서술에 대해서는 최두식, 앞의 논문에서 문제점 중심으로 상세히 논의한 바 있다.
18) 이러한 문학사 서술의 바탕에는 100권이 넘게 진행 중인 『조선고전문학선집』 류의 출판사업과 『고려시가유산연구』(정흥교, 과학백과사전출판사, 1984), 『조선고전소설사연구』(김춘택, 김일성종합대학 출판사, 1986) 등의 개별 연구 성과의 축적도 한몫을 한 것으로 보인다.
19) '77년판', 219쪽.
20) '신간' 3권, 53쪽.
21) '77년판', 219쪽.

들"이 "파직되어 농촌에 살거나 유배살이를 하게 된 사정"에서, 작품의 의의를 불의와 타협하지 않고 자기 신조를 지키며 사는 심정이나 농촌생활의 진실한 반영에서 찾고 있다.

'은일시가'의 재평가 사례를 통해, 그간 문학사에서 군데군데 공백으로 두었던 부분들이 다소나마 서술 문맥에 복원되고 있는 것은 일단 긍정적으로 평가할 만하다. 북한 문학사는 일관되게 계급성과 인민성의 원칙에서 매시기마다 '인민구전문학'을 앞세우고 사대부 계층의 '서사(기록)문학'을 극히 제한적으로 다루어 왔다. '신간' 또한 이러한 원칙에서 벗어났다고 보기는 어렵다. 그러나 앞서 살펴보았듯이 민족적 자주성의 강화라는 현실적 요구가 결과적으로 과거 유산의 외연을 넓히게 되었다는 것, 그리고 그것이 구체적으로 문학사에서 구현되고 있다는 것은 중요한 변화 양상으로 지목할 수 있다.

특히 문학사 서술과 관련하여 '유산'에 대한 변화된 지침은 그간 고민거리였던 사대부 작가의 처리 문제에 일정한 해답을 제시하였다. '신간'에서 이전과 두드러진 구성상 차이점이 주요 작가·작품을 독립된 장으로 서술한 점이다. 대상 작가로는 위의 표에 보인 정철을 비롯하여 이규보, 김시습, 임제, 박인로, 권필, 윤선도, 허균, 김만중, 박지원 등인데, 해당 작가의 작품을 넓게 수용하고 내용뿐 아니라 형식적 특성까지 아울러 소개하고 있다. 이들은 모두 사대부 계급에 속하는데, 대부분 앞서 살펴본 『주체문학론』에서 김정일이 직접 거명한 작가들이다. 이들에 대한 서술은 비록 '사상적 제한성'이라는 꼬리표를 붙이고는 있지만, 생애와 문학 그리고 '미학적 견해'에 걸쳐 진보적이고 애국적인 측면을 적극 부각하는 쪽으로 진행되었다.[23] '사상적 제한

---

22) '신간' 4권, 28쪽.
23) 이규보의 경우는 '77년판'에서는 계급성에 기인한 '본질적인 약점과 제한성'이 있음을 지적해 두고 있으나 '신간'에서는 찬사 일변도로 '고려 시대를 대표하는 진보적 철학자이며 뛰어난 시인'으로 평가하고 있음이 특기할 만하다.

성'이라는 것도 이들 작가·작품을 극구 찬양한 다음, 대개 그 말미에 사족처럼 일률적으로 붙이고 있어 객관성이 희박한 궁여지책의 구색이 아닌가 여겨진다.

예컨대 실학파문학에 대한 서술 태도를 보면, '77년판'에서는 실학파의 미학적 견해가 지닌 계급적·역사적 제한성을 다음과 같이 비판하였다.

> 위대한 수령 김일성동지께서는 실학사상을 옳게 평가할 데 대하여 가르치시면서 그들이 전개한 리론이란 봉건적유교사상에 기조하여 사대주의를 반대한것에 지나지 않는다고 밝히시였다. 위대한 수령님께서 밝혀주신바와 같이 실학자들이 주장한 미학적 견해도 실학사상일반과 마찬가지로 많은 진보적 요소를 가지고 있음에도 불구하고 총체적으로는 비과학적인 관념론에서 벗어나지 못하였으며 불철저성을 면할수 없었다. 실학자들은 남의것을 자꾸 모방하지 말고 자기 나라의 현실을 묘사할데 대한 요구를 제기하면서도 그러자면 결국 옛것에 전혀 의거하지 않을 수 없다고 생각하였다. 그들은 자기들이 의거할수 있는 옛것의 본보기란 공자, 맹자의 '도'이며 남의 나라 이름있는 옛 작가들이라고 생각하였기 때문에 궁극에 가서는 그들자신도 그러한 이른바 '옛것'에 의거하였고 '옛것'의 범위를 크게 벗어날 수 없었다.[24]

그러나 '신간'에서는 실학파 전반에 대한 이러한 신랄한 비판은 사그라들고 대신 박지원 장의 말미에서 다음과 같이 기술하고 있을 뿐이다.

---

24) '77년판', 526쪽.

그의 소설작품들은 주제사상적내용에서나 구성조직에서 혁신이 있음에도 불구하고 그 표현에서 유교적개념과 고사들을 적지않게 쓰고 있고 특히 근대소설의 주요특징으로 되는 세부묘사의 구체성을 보장하지 못하였다. 이러한 제한성이 있으나 연암의 사상과 예술은 이 시기 우리 나라 선진사상과 사실주의문학발전의 새로운 지표로 되었으며 세계문화의 보물고에 크게 기여하였다. 실로 연암의 문학은 우리 나라 사실주의발전의 새 단계를 열어놓은 귀중한 민족문화의 재부이다.[25]

결국 '신간'에 이르러서 실학파 비판은 '미학적 견해'나 '주제사상'의 차원에서 세부묘사와 표현의 차원으로 전락하면서 그 의미를 상실한 것으로 보인다. 그에 따라 '77년판'에서는 제대로 언급조차 되지 않았던 이익, 홍대용, 이덕무, 유득공, 박제가, 신유한, 신광수, 홍양호 등을 포괄하여 실학파의 문예관과 문학을 독립된 장에서 소상히 다루고 있다.

'신간'에서 또 하나 특징적인 것은 '주체사상'이라는 내용 일변도의 평가에서 갈래와 작품의 형식을 포함하였다는 점이다. 이 점은 향가, 시조, 가사 등 시가 부분에서 두드러지며, 산문 작품론에서도 드러나고 있다. 다른 경우와 마찬가지로, 이것도 김정일의 직접적 교시의 결과로 나타나고 있다. 가령, 종전에 비해 풍부해진 시조의 형식적 특성에 관한 서술에서 인용된 "시조는 고려 시기에 발생"한 "고유한 민족 시가형식"이라는 점, 시조는 "간결하고 함축된 시구에 깊은 뜻을 담을 수 있는" 장점을 지니고 있다는 점 등[26]이 그것이다.

그리고 자료의 발굴과 정리 작업의 결실로 보이는 문헌 고찰(특히 고소설[27])이 부기되고 있는 점도 '신간'에서 진전된 국면이다.

---

25) '신간' 5권, 255쪽.
26) '신간' 2권, 61쪽, 68쪽.

종전의 문학사와 변별되는 '신간'의 이러한 특징들은 거듭 확인할 수 있는 바 90년대 '주체문학론'의 직접적인 영향이다. 문학사 서술 군데군데 삽입된 김정일의 교시 내용(시조와 고려가요의 형식 평가, 내용과 형식의 탐구, 민족문화예술의 계승, 실학파작가, 최치원, 이규보, 김시습, 정철, 허균, 김만중 등의 작가와 작품, 『춘향전』, 『흥부전』, 『심청전』을 비롯한 작가 이름이 알려지지 않은 작품의 발굴 소개 등)이 대부분 '유산과 전통'의 인용이고, 또 그것이 그대로 구현된 것이다.

4. 맺음말

1990년대에 표면화된 『주체문학론』은 전체적으로 보아 체제 유지를 위한 '사상적 무기'라는 점에서는 이전 시기 북한 문예이론의 성격에서 크게 벗어나지 않는 것이지만, 세부적으로 보아 문화적 다양성을 포괄하려 하는 입장 표명은 새로운 변화로 주목받아 마땅하다. 단적으로 『주체문학론』의 규율하에 탄생한 신간 『조선문학사』의 서술 양상에서 민족문화유산에 대한 유연한 시각을 느낄 수 있기 때문이다.

특히 주체사상 확립 이후인 70년대 문학사와 비교해 두드러진 변화 양상을 보이는 부분은 주로 과거의 문학유산, 구체적으로는 은일시가(강호시가), 실학파 등 사대부문학의 재평가 문제와 관련이 있음을 확인할 수 있다. 이는 90년대 북한이 처한 현실의 타개책으로서 대두된 민족자주성 강화라는 명제와 엄연한 민족문화유산으로 존재하는 현상을 문학사에서 배제할 수만은 없는 사정이 만나서 빚어낸 결과물이다. 이를 통해, 여전히 이념적으로는 경직되고, 때론 당의 지침과 서술원

---

27) 북한의 고소설 연구 현황과 문제점에 대해서는 장효현, 앞의 논문과 최웅권, 『북한의 고전소설 연구』(지식산업사, 2000) 참조.

칙 그리고 실제 서술 사이에 다소의 불협화음을 일으키는 모습을 보기도 하였지만, 문학사의 대상이 확대되고 있다는 사실 하나만으로도 앞으로는 긍정적인 변화를 기대해 봄직하다.

비록 근본적인 시각의 차이는 엄존하지만 신간 『조선문학사』의 출간으로 적어도 고전문학사에서 남북한의 연구 접점이 훨씬 커진 것만은 분명하다. 이제 그 달라진 미세한 부분을 검토하고 남북한 문학사의 접점과 거리를 하나하나 짚어 보는 작업이 과제로 남았다.

참고문헌

■ 자료

과학원 언어문학연구소 문학연구실,『조선문학통사 (상)』, 과학원출판사, 1959(도
서출판 깊은샘 영인, 1992).

사회과학원 문학연구소,『조선문학사(고대중세편)』, 과학백과사전출판사,
1977(영인).

정홍교,『조선문학사 (원시~9세기)』, 사회과학출판사, 1991(박이정 영인).

_____ ,『조선문학사 (10~14세기)』, 과학백과사전출판사, 1994(박이정 영인).

정홍교·박종원,『조선문학개관 1』, 사회과학출판사, 1986(한국문화사 영인,
1995).

김하명,『조선문학사 (15~16세기)』, 사회과학출판사, 1991(박이정 영인).

_____ ,『조선문학사 (17세기)』, 사회과학출판사, 1992(박이정 영인).

_____ ,『조선문학사 (18세기)』, 과학백과사전출판사, 1994(박이정 영인).

조동일,『한국문학통사 1·2·3』(제3판), 지식산업사, 1994.

■ 논문 및 단행본

강등학,「남북한의 민요 연구 양상 비교」,『민족문화연구』33, 고려대학교 민족문
화연구원, 2000.

김대행,「남북한 국문학 연구의 성과와 전망」,『국어국문학』115, 국어국문학회,
1995.

_____ ,「북한의 문학사 연구—문학의 역사를 보는 시각」,『시와 문학의 탐구』, 역
락, 1999.

김승찬,「조선족의 우리 고전문학사 기술태도와 그 비판」,『중국 조선족 문학의 전
통과 변혁』, 부산대학교출판부, 1997.

김재용,『북한문학의 역사적 이해』, 문학과지성사, 1994.

_____ , 「남북의 근대 문학사 서술과 프로문학의 평가」,『민족문화연구』33, 고려
　　　대학교 민족문화연구원, 2000.

김정일,『주체문학론』, 조선노동당출판사, 1992.

김종회 편,『북한문학의 이해』, 청동거울, 1999.

김춘택,『조선고전소설사연구』, 김일성종합대학출판사, 1986(『우리 나라 고전소
　　　설사』, 한길사, 1993).

민족문학사연구소,『북한의 우리 문학사 인식』, 창작과비평사, 1991.

박현균 편,『조선고전문학연구 (1)』, 문학예술종합출판사, 1993(『소선고전문학연
　　　구』, 한국문화사 영인, 1995).

설성경,「남북한 문학사의 비교」, 김열규 외,『한국문학사의 현실과 이상』, 새문사,
　　　1996.

설성경 · 유영대,『북한의 고전문학』, 고려원, 1990.

심경호,「북한의 고전문학연구, 성과와 문제점」, 지교헌 외,『북한의 한국학 연구
　　　성과 분석-철학종교 · 어문편』, 한국정신문화연구원, 1991.

이강옥,「북한 문학사의 실증적 오류 및 문제점 검토」,『한길문학』통권 4호,
　　　1990. 8.

이복규,「북한의 문학사 서술 양상」,『국제어문』9 · 10합집, 국제어문학연구회,
　　　1989.

임완혁,「'역옹패설류 양식'에 대한 북한에서의 연구 동향—북한의 문학사를 중
　　　심으로」,『대동한문학』제12집, 대동한문학회, 2000.

장효현,「남북한 고전소설 연구의 쟁점과 전망」,『민족문화연구』33, 고려대학교
　　　민족문화연구원, 2000.

정홍교,『고려시가유산연구』, 과학백과사전출판사, 1984(한국문화사 영인,
　　　1995).

조동일,『동아시아문학사비교론』, 서울대학교출판부, 1993.

최두식,「고려시가 연구의 남북한 비교 고찰」,『국어국문학』119, 국어국문학회,

1997.

최웅권, 『북한의 고전소설 연구』, 지식산업사, 2000.

홍용희, 「북한의 서정시와 민족적 친화성」, 김재홍·홍용희 편, 『그날이 오늘이라
　　면』, 청동거울, 1999.

황패강, 「남북 문학사의 과제」, 『한국고전문학의 이론과 실제』, 단국대학교출판부,
　　1997.

1990년대 『조선문학사』의 현대문학 서술 체계와 방법론

노희준

1. 북한 문학사의 '보편성'과 '특수성'

통상 문학사라 할 때 우리는 그것의 '사후성(事後性)'을 논하게 마련이다. 문학사란 언제나 과거 완료에 대한 현재 진행형의 작업으로서, '사실'로서의 텍스트와 '관점'으로서의 메타―텍스트 사이에 벌어지는 끊임없는 투쟁과 재통합의 과정이다. 따라서 문학작품에 선행하는 문학사란 논리적으로 가능하지 않으며, 단 하나의 완성된 문학사의 강조란 본질적으로 문학사의 내적 발전법칙에 위배되는 것일 수밖에 없다.

그러나 이러한 명제는 북한 문학사를 연구함에 있어 그다지 유효한 전제로 기능하지 못한다. '영도예술'이라는 말이 함의하듯 북한의 문학예술은 창작에 있어서의 선(先) 이념적 특성을 강하게 드러내는 데다가, 60년대 중반을 기점으로 크게 둘로 나눌 수 있다고는 하나 인민성, 당파성, 비판적 사실주의, 사회주의적 사실주의 등의 기본적인 개

넘들이 지속적으로 적용되고, 전대에는 배척되었던 개념이 후대에 문학사의 전면에 다시 나타나는 등 미학적 입장에 있어 근본적인 변화를 찾아보기가 사실상 쉽지 않기 때문이다. 80년대와 90년대 제4세대 작가가 출현하고, 이전과는 색깔을 달리하는 창작활동이 북한문학에 새로운 바람을 불러일으켰다고 해도, 그것은 어디까지나 일군의 문학작품들이 보여주는 경향일 뿐 문학사의 관점 이동과는 차원이 다른 이야기다. 그러나 언제나 당의 강령이 문학사에 즉각적 · 일괄적으로 반영되는 것은 아니다. 미세하게나마 북한 문학사에 있어서도 문학사간 관점 차이와 고유의 서술 체계를 유지하려는 관성을 찾아볼 수 있다. 일례로 『조선문학사 Ⅰ · Ⅱ · Ⅲ』(1977~81)과 이를 요약 · 정리했다는 『조선문학개관』(1986)은 다소 상이한 입장을 드러내고 있으며, 최근까지 간행되고 있는 『조선문학사』(1991~)는 김정일의 『주체문학론』(1992)을 소극적으로 수용하는 모습을 보이기도 한다. 만약 이러한 현상이 출판 시기에 의한 것이라면 이전과 최근 『조선문학사』의 편차가 가장 커야 할 터인데, 실상은 거의 다르지 않으며, 이러한 점은 몇몇의 다른 문학사와 비교해 보면 더욱 뚜렷이 드러나는 특색이다.

간단히 결론부터 말하자면 '당의 강령＝문학사＝문학작품'이란 도식은 북한문학을 이해하고 설명하는 만능열쇠가 되어 주지는 못한다. 물론 이러한 도식을 벗어나기 위해서는 소련 미학과의 정확한 연관관계나 해방 이후 북한에서 생산된 모든 문학작품의 꼼꼼한 검토가 요구될 것인데, 이는 빤히 알고 있는 작품 한편 구하기 어려운 우리의 현실에서는 요원한 일이 아닐 수 없다. 안타깝게나마 여기서는 『조선문학사』의 대체적 흐름을 짚어 보고, 90년대 『조선문학사』 '현대문학편'의 특징을 간략하게 탐색하는 것에 만족할 수밖에 없겠다. 불충분하게나마 이를 통해 북한 문학사의 보편성과 특수성을 동시에 바라볼 수 있는 계기가 마련되었으면 하는 작은 바람이다.

2. 『조선문학사』의 전반적 흐름
— '계급성'에의 요구와 '민족성'의 강조

지금까지의 『조선문학사』는 대략 다섯 종을 들어 볼 수 있을 것 같다. 연변교육출판사에서 출판된 안함광의 1957년판, 일본에서 출간된 1960년판, 전 5권으로 과학백과사전출판사에서 간행된 1977~1981년판, 김일성종합대학 편 1982년판, 그리고 사회과학출판사와 과학백과사전출판사에서 간행된 1991년부터 최근까지의 『조선문학사』가 그것이다. 주지하다시피 60년대 중반을 기점으로 잡을 경우 가장 좋은 방법은 60년 이전 판과 70년 이후 판을 비교하는 방법이겠으나, 60년판은 남한에 소개되지 않았고 1957년도 판만이 1999년 한국문화사에서 출판되었다. 여기서는 안함광의 것과 70년 이후 『조선문학사』의 몇 가지 차이점을 짚어 보고자 한다.

북한 문학사에서의 근대문학·현대문학 기점은 논쟁의 여지가 있으나 대체로 현대문학은 시대별로 해방 이전의 '프롤레타리아 문학' 시기, 국가 사회주의(조선노동당)가 시작된 해방 이후 '사회주의적 사실주의' 시기, '우리식 사회주의'가 강조된 60년대 중반 이후 '주체문학' 시기로 나뉜다. 문학사를 '관점'과 '사실'의 벡터운동으로 규정할 때, 여기서 가장 뚜렷한 지각변동을 겪은 지층은 1920~45년대에 걸친 시기가 될 것이다. 상대적으로 해방 후에 창작된 북한문학의 경우는 당의 정책, 즉 이론의 우위성에 의해 형성된 것이어서 재론의 폭이 좁다. '사회주의적 사실주의' 시기의 경우 개별 작품 평가에 이후의 문학이론을 일방적으로 적용하는 것은 이를테면 '불소급의 원칙'에 위배되는 형국이기 십상이다. 따라서 구체적인 문학사 기술의 중점적인 변동은 주로 해방 이전 문학을 중심으로 이루어졌다.

우선 안함광의 『조선문학사』(이후 『문학사 A』로 약칭)와 1977~81년판『조선문학사』(이후『문학사 B』로 약칭)는 시기 구분, 서술 순서와 분량에서부터 큰 차이를 보인다.『문학사 A』는 현대문학 기점을 1900년으로 잡고, 1910, 1919, 1930, 1945년의 소시기 구분을 둔다.『문학사 B』는 이와는 달리 19세기 말~1925년을 근대문학, 26년 이후를 현대문학 시기로 규정한다. 1919년과 1930년이 시기 구분에서 제외된 것이 보인다.

서술 순서를 보아도 전자는 프롤레타리아 문학(특히 카프문학)을 전술하고 항일혁명문학을 후술하는 데 반해서, 후자는 항일혁명문학을 앞세운다. 관점의 차이는 분량에서 좀더 확실하게 드러난다.『문학사 A』에서는 10페이지를 넘지 않는 항일혁명문학전통이『문학사 B』에서는 이 시기의 여타 문학 전반과 맞먹을 정도로 늘어나 있다.

이러한 차이는 주지하다시피 60년대 중반 이후에 프롤레타리아 문학(특히 카프)과 항일혁명문학의 관계 규정이 근본적으로 변화한 데 기인한다.『문학사 A』는 1919년 3·1 운동을 '혁명적 프롤레타리아'에 의한 '조선민족해방투쟁'으로 본다. 또한 그러한 거대한 물결이 일어날 수 있었던 근거로 '위대한 로씨야 사회주의 10월 혁명'을 든다. 또한 김일성의 항일혁명투쟁의 시작을 1930년으로 잡고 그것의 의의가 '무장투쟁운동', 즉 '운동의 소극적 형태로부터 적극적 형태'로의 이행에 있다고 한다. 또한 이 투쟁이 '로동자 농민을 위시한 각계 각층의 인민대중 속에 깊이 뿌리를 박고 맑스—레닌주의의 사상을 우리 나라 현실에 알맞게 창조적으로 적용'하였으며, '반식민지 국가들에서의 민족해방운동과 국제적 련대성을 굳게 가졌었다'[1]는 점을 강조한다. 언뜻 보아도 '프롤레타리아 국제주의'가 강조되고 있음을 어렵지 않게 확인할 수 있다. 이에 대해『문학사 B』는 3·1 운동의 중요성을 낮게

---

1) 안함광,『조선문학사』, 연변교육출판사, 1956(영인본: 한국문화사, 1999), 178쪽.

보고, 김일성의 항일혁명투쟁의 시작을 1926년 10월 17일로 앞당긴다. '주체성', 즉 '혁명에서 나서는 모든 문제를 자체의 힘으로 해결해야 할 것'이 강조되는 것은 물론이다.

이러한 사정은 문학작품을 논함에 있어 몇 가지 범주의 개념 이동으로 나타난다. 우선 『문학사 A』는 1919~1930년의 문학에서 가장 중점적인 개념으로 '프롤레타리아 문학'을 들고 그 하위범주로 '신경향파'와 '카프'를 설정한다. 그리고 이에 반하는 문학으로 이광수, 최남선, 김동인, 염상섭의 '부르주아 문학'과 박영희, 김기진의 자연주의 문학을 합리화하기 위한 허위적이고 반동적인 '민족주의 문학론'을 지목한다. 무엇보다 이들을 가르는 절대적인 기준은 '계급성'의 유무이며, 여기서 '계급성'이란 레닌이 말한 바 '프롤레타리아트는 각개 민족문화에서 민주주의적, 사회주의적 요소만을 섭취'[2]할 것의 요구를 뜻한다. 다음으로 중요시되는 개념은 '전형적 인물'의 형상화다. 이는 당대 문학에 대한 '카프'의 우위성을 공고화하기 위한 것으로, '신경향파 문학'은 '프롤레타리아 문학'임에는 의심의 여지가 없으나 27년 재결성 이후의 '카프'와 달리 '긍정적 주인공'의 창조에 이르지 못했다고 한다. 결국 『문학사 A』는 얼마만큼 소련의 위대한 보편적 미학을 얼마나 조선의 구체적 현실에 옳게 적용하였는가를 대원칙으로 하여, 이에 걸맞는 국제적인 무산계급을 제시하였는가를 문제삼고 있다. 이러한 시대적 요구의 최전방에 위치했던 문학유산은 바로 '카프'다.

카프에 대한 이러한 평가는 『문학사 B』에 오면 전혀 다른 색채를 띤다. 『문학사 B』는 사회주의적 사실주의의 전통을 카프가 아닌 김일성의 항일혁명문학에서 찾고 있다. 27년 재결성 이후의 '카프'의 문학유산을 전적으로 부정하지는 않지만, 그것을 26년부터 시작된 김일성의

---

2) 안함광, 위의 책, 60쪽.

항일혁명투쟁의 직·간접적 영향권하에 있었던 것으로서만 인정하고 있다. 자주 눈에 띄는 단어는 '민족적 형식'이다. 항일혁명투쟁의 영웅적 현실의 반영, 즉 혁명적 내용은 인민의 비위와 정서에 맞는 민족적 형식과 결합되어야 진정으로 인민대중의 요구와 지향에 맞고 조선혁명에 이바지하는 주체적인 문학예술로 될 수 있다는 것이다. 함께 강조되는 것이 '인민성'인 바, 이를 근거로 김일성이 친히 창작했다는 혁명적 작품들과 '인민구전문학'이 비중 있게 다루어지고 있다. 이렇게 되면 '카프'의 성격은 달라진다. '카프'의 문학은 1927년 이후의 프롤레타리아 문학(『문학사 B』에는 '신경향파'라는 용어가 더 잦다)과 함께 항일혁명문학의 하위범주로서, 일부 비판적 사실주의는 벗어났으나 사회주의적 사실주의의 '사상성'과 '투쟁성' 요건[3]에는 미치지 못하는 부수적인 문학운동이 되고 말기 때문이다. 결국 『문학사 A』가 해방 이후 유일한 창작방법인 '사회주의적 사실주의'와 '카프'의 근친성에 주목했다면, 『문학사 B』는 두 개념 사이의 차이를 분명히 함으로써, 김일성 주체사상과 '항일혁명문학'의 위대함을 적극 선전하고 있는 셈이다.

여기서 잠시 '민족적 형식'이라는 개념에 주목해 보자. 이 개념은 원래 '사회주의적 내용에 민족적 형식'이라는 스탈린의 유명한 테제에서 나온 말이다. 『문학사 A』에서 '사회주의적 내용'이란 '프롤레타리아 국제주의', 즉 '계급적 보편성'이며 '민족적 형식'은 '조선의 처한 현실', 혹은 '민족적 특수성'을 뜻하게 될 것이다. 하지만 『문학사 B』의 '민족적 형식'은 그 느낌이 사뭇 다르다. 고전문학 부분에서도 여실히 드러나듯, 구전문학은 『문학사 B』에 들어와 일관적으로 높게 평가받는 문화유산이다. 특히 구전설화는 다양한 계층의 사상감정과 '민족생

---

3) 수령의 주체사상에 기초할 것과 그것을 현실에서의 투쟁으로 고무추동해야 한다는 것.

활의 구체적인 측면[4]을 보여주고 있다는 점에 의의가 있다. 여기에서 강조되고 있는 '인민성'은 그러나 1927~1945년의 문학에 나타난 '당성'과 모순된다. 아직 사회주의 국가가 출현하기 이전이므로, 이 시기 문학의 '당성'은 "타도제국주의동맹"의 지도를 받았다는 전제하에서만 그 정당성을 부여받을 수 있다. 그렇다면 일제시대 구전가요란 '반제투쟁'을 다룬 작품에 한정될 수밖에 없는데 제국주의 원수들에 대한 분노와 전쟁의 결의로 일관된 이 가요들에 다양한 계층의 사상감정과 민족생활의 구체적인 측면이 반영되었다고는 보이지 않는다. '카프'가 항일혁명투쟁의 지도를 받았다는 진술 역시 의심스럽기는 마찬가지다. 이를 뒷받침할 만한 실증적 증거가 전무할 뿐만 아니라 항일혁명문학과 카프문학의 비교문학적 연구조차 시도되고 있지 않다. 결론적으로『문학사 B』의 '인민성' 개념은 '당성' 개념과 구별되지 않을 뿐만 아니라, '계급성'과의 관계 또한 모호하게 설정되어 있다는 인상을 준다.

『문학사 A』와 『문학사 B』의 일제시대 문학사 서술의 차이점은 북한의 문예이론이 주체사상 이후에 '계급적 보편성'에서 '민족적 특수성'에의 강조로 이행한 지점을 잘 보여준다. 그러나 항일혁명문학에 대한 강조는 객관적인 사관에 입각한 전통의 재창조라기보다는 정치적 입장의 변화에 의해 발생한 문학사의 이론적 공백을 메우려는 '날조'의 냄새가 짙다.[5] 항일혁명문학의 지도적 역할이란 전제는 소련의 직·간접적 영향을 받았던 당대의 문학에 주체성의 면죄부를 던져 주기 위한 '우리식 사회주의'의 소급적용인 셈이다. 따라서『문학사 B』의 논리적

---

4) 『조선문학사』제1권, 사회과학출판사, 1991.
5) 항일혁명문학의 강조는 김일성의 우상화뿐만 아니라 '주체미학'의 모순이 야기시킨 이론의 공백을 메우기 위해서라도 필수적으로 요구되었던 작업이라 할 수 있다. 만약 해방 이후 북한 노동당의 모체로서 항일혁명투쟁군의 지도적 위치를 상정하지 않는다면 해방 이전 문학사에 있어 소련 미학의 영향을 부정할 방법이 없게 된다. 쉽게 말해서 항일혁명군의 존재는 당의 존재나 다름없으며 따라서 북한이라는 국가사회주의가 아직 건설되지 않은 해방 이전 문학에도 『주체문학론』은 적용될 수 있다는 논리다.

비정합성은 사상의 특수성과 문학사의 특수성을 광범위하게 동일시하는 태도에서 비롯된 것으로 보인다. 정치적 입지 이동과 그에 따른 이론의 변화를 몰역사적으로 과거 문학사에 적용함으로써, 마르크스—레닌주의에 뿌리를 둔 미학개념과 주체이론이 서로 충돌하는 결과를 빚은 것이다. 그렇다면 90년대 이후의 문학사는 이러한 문제를 어떻게 해결하고 있는지가 궁금해질 수밖에 없다.

3. 김정일의 『주체문학론』과 90년대 『조선문학사』
— '주체사실주의'와 '사회주의적 사실주의'

북한에 있어 수령의 강령과 문예정책이 문학사에 즉각적인 영향을 미쳐 왔다는 사실에 대해서는 재론의 여지가 없다. 특히 김일성의 『주체문학론』에 대한 문학사적 반영은 사적 고찰의 진정성과 신빙성이 의심스러울 만큼 빠른 속도로 이루어졌다. 그러나 김정일의 『주체문학론』의 경우는 그 민감성이 상대적으로 둔화된 듯한 느낌을 준다. 90년대 판 『조선문학사』(이후 『문학사 C』로 약칭)의 경우가 특히 그러하다.

김정일의 『주체문학론』에서 『문학사 B』와 관련하여 주목을 요하는 장은 '유산과 전통' 부분이다. 유산은 '선행 세대들이 력사적으로 내려오면서 창조하여 후세에 물려 주는 정신적 및 물질적 재부'이며, 전통은 '여기서 이어받아야 할 유산' [6]이다. 특히 그 관계에 대해서 '유산이 있고 전통이 있다' [7]고 명시하고 있는데, 이는 시대에 따라 어떤 유산을 전통으로 파악할 것이냐의 관점이 변화될 수 있다는 것을 암시하고 있어 주목된다. 과거에는 버려야 할 것으로 치부되었던 유산이 후

---

6) 김정일, 「유산과 전통」, 『주체문학론』, 조선로동당출판사, 1992, 59쪽.
7) 위의 책, 57쪽.

세에는 전통으로 평가될 수도 있으며, 그 역도 가능하다는 의미로 풀이되기 때문이다.

'유산과 전통'은 이러한 전제를 바탕으로 하여, 과거 문학적 유산에 대한 몇 가지 새로운 평가를 시도한다. 서술 순서대로 열거하자면 1)카프문학, 2)신경향파 문학, 3)리광수의 소설과 최남선의 시, 4)일제시대 진보적 작가들, 5)계몽기 문학, 6)실학파 문학, 7)고대와 중세, 근대와 현대의 이름 있는 작가, 예술인들과 그들의 우수한 작품이 그것이다. 이 중 4), 5), 6), 7)의 경우는 이미『문학사 B』에서 시도된 바 있으나, 1), 2), 3)의 경우는 그 관점 및 규정에 차이가 난다.

『문학사 B』는 2장에서 밝혔듯이 1)에 대해 '사회주의적 사실주의'라는 용어의 사용을 꺼리고 있으며, 2)와 함께 항일혁명문학의 지도하에 있었다는 사실을 강조한다. '카프'는 사회주의적 사실주의문학의 영향권하에 있었던 하위범주로 여타 '비판적 사실주의(예를 들어 '신경향파')' 작품은 능가하고 있으나 '사회주의적 사실주의'에는 미치지 못하는 문학의 일경향으로 치부한다. 결국 '카프'는 '프롤레타리아 문학'이라는 낡은 꼬리표를 매단 채 이쪽에도 저쪽에도 속하지 못하는 애매한 위치를 점하게 된다.

『주체문학론』은 '카프문학에 대한 평가와 처리를 공정하게 하여야 한다'고 하여 이러한 모순을 정확하게 지적하고, '새로운 강령을 내놓은 이후 시기에 나온 작품은 기본적으로 사회주의적 사실주의 작품'이라고 못박고 있다. 흥미로운 것은 '대체로 내용에서 사회주의적이었다'는 술어인데, 이는 '카프'가 민족적 특수성은 마련하지 못했지만 계급적 보편성의 견지에서 파악했을 때에는 사회주의적 사실주의에 충실했다는 의미로 받아들여진다. 이와 함께 신경향파는 '비판적 사실주의'에서 '사회주의적 사실주의'로 넘어가는 중간 단계로 평가된다.

3)에 대해서도『문학사 B』는 '부르주아 반동문학'이라는 용어를 뚜

렷이 사용하고 있는 데 반해서, 『주체문학론』은 이광수애 대해 『혁명가의 안해』 이전 '초기작품(특히 『개척자』)의 긍정적 측면'과, 최남선이 '민족시가 발전에 기여한 새로운 형식의 시를 창작한 사실을 긍정적으로' 평가할 것을 요구하고 있다. 저간의 사정은 『주체문학론』에서 사실주의 문학을 '주체사실주의'와 '선행한 사회주의적 사실주의'로 나누고 있는 데서 찾아진다. '주체사실주의'는 '우리식의 사회주의적 사실주의'를, '선행한 사회주의적 사실주의'는 1945년 이전에 출현한 진보적인 사회주의적 사실주의문학을 의미한다. 이는 해방 후 시기에는 '주체사실주의'의 일원론을, 해방 이전 시기에는 '항일혁명문학'과 '선행한 사회주의적 사실주의'의 이원론을 적용하여, 이 시기 문학의 '민족적 특수성'과 '계급적 보편성'의 두 전통을 아우르려는 시도로 보인다. 『주체문학론』이 과거 문학사에서 유산, 즉 전통으로 평가받을 수 있는 가능집합을 확장하려는 의도하에 쓰여졌음을 알게 해주는 대목이다.

문제는 이러한 개념 및 개별작품 평가의 관점 이동에 대한 『문학사 C』의 태도다. 우선 『문학사 B』와 『문학사 C』를 비교해 보면 그 서술체계와 방법이 매우 유사한 것을 확인할 수 있다. 후자가 전자에 비해 분량이 늘어나고 개별작품론이 보강되었다는 점을 제외하고 나면 목차, 서술방법, 작가와 작품 목록 등에서 다른 점이 거의 없다. 『문학사 A』와 『문학사 B』의 거리감을 생각해 본다면 이러한 일치성에는 분명 묘한 구석이 있다. 더구나 여기에는 『문학사 C』의 『주체문학론』에 대한 미온적 태도가 포함되어 있는 것이다.

『문학사 C』는 3)에 대해 '반동문학'이라 평가, '반동적인 침략정책을 수행하는 데 앞장서서 매국매족행위를 거리낌 없이 간행' 했다고 할 뿐, 문학사에 끼친 그들의 긍정적인 측면을 전혀 고려하고 있지 않다. 2)에 대해서도 『문학사 A, B』의 평가를 동어반복하고 있으며, '비판적 사실주의'가 아닌 '프롤레타리아 문학'이라는 개념을 여전히 빈번하게 사용하고 있다. 다만 이 시기 프롤레타리아 문학이 매우 복잡한 양상을 보인다고 하여, 다양한 사실주의 계열의 작품이 있었음을 인정할 뿐이다. 4)에 나타난 작가들과 작품의 목록 역시 『문학사 B』와 크게 다르지 않다. 『문학사 C』의 관점은 『주체문학론』보다 『문학사 B』에 가까우며, 3)에 대해서는 특히 이전 시대의 『조선문학개관』보다 오히려 보수적[8]이라고 할 수 있다.

『문학사 C』 1권이 1991년에 출판되기 시작한 점을 들어 전자의 애초 서술계획에 후자가 포함되지 않았을 것임을 추리해 볼 수도 있겠다. 하지만 『문학사 C』 9권(1995년)은 서두에 '유산과 전통' 부분을 인용하여 1920~45년의 문학을 바라봄에 있어 김정일의 『주체문학론』에 입각했음을 분명히 하고 있다. 이러한 점은 주로 1)과 4)에 대한 태도의 변화로 나타난다. 우선 4)부터 보면 비록 국민문학운동을 언급하면서이기는 하나 염상섭, 양주동 등을 다루고 있다는 점, 정지용의 시론과 윤동주의 작품론이 꽤 상세하게 서술되고 있다는 점 등은 인상 깊다. 1)에 대해서도 『주체문학론』의 '카프문학은 사회주의적 사실주의로 보아야 한다'는 대목을 인용하고 있다는 점, 조명희의 「낙동강」을 '사회주의적 사실주의의 첫 단편소설' [9], '우리 나라에서 사회주의적 사실주의 창작의 첫 자욱을 뗀 의의 있는 작품' [10]으로, 또한 이기영 『고향』, 강경애 『인간문제』, 한설야 『황혼』을 '사회주의적 사실주의 경향을 보여준 것' [11]으로 평가하고 있다는 점이 눈에 띈다. 첫 번째 진술은 『주체문학론』을 그대로 답습한 것에 지나지 않지만, 두 번째 진술은

---

8) 『조선문학개관』은 최남선과 이광수의 문학을 '부르주아계몽문학'이라 칭하고 특히 「슬픈 모순」을 비판적 사실주의문학의 대표작으로 꼽고 있다.
9) 『조선문학사』 제9권, 사회과학출판사, 1995, 104쪽.
10) 위의 책, 107~108쪽.
11) 위의 책, 123쪽.

'사회주의적 사실주의'를 보편범주로 두고 그 하위범주 중 중점적인 것으로 항일혁명문학을, 부수적인 것으로 카프를 두려는 입장을 분명히 한 것으로 여겨진다. 이렇게 되면 '비판적 사실주의'(항일무투 이전)와 '사회주의적 사실주의'(항일무투 이후)가 상위범주가 되고 전자의 하위범주로 27년 이전의 사실주의의 다양한 문학경향들과 재정비 이전의 카프문학이, 후자의 하위범주로 재정비 이후의 카프문학과 여타 진보적 사실주의문학이 속하게 된다. 개념 이동은 두 번째 진술에서 더욱 뚜렷한데, 이는 '사회주의적 사실주의'의 문학적 전통을 항일혁명문학에 두고 있던 기존의 입상에서 벗어나는 것이기 때문이다. 카프나 개별작품 평가에 '사회주의적 사실주의' 개념을 도입한 것은 해방 이후 문학의 유일한 전통으로서의 항일혁명문학과 이 시기 여타 문학들의 차이점을 분명히 하기 위해 이 용어의 사용을 회피하고 있는 『문학사 B』의 태도와 구별된다.

　그러나 『문학사 C』는 '사회주의적 사실주의'의 개념 적용만을 달리했을 뿐 '주체사실주의', '비판적 사실주의' 용어를 사용하지 않는다. 카프문학은 여전히 '프롤레타리아 문학'이라 지칭되고 있으며, 신경향파에 대해서도 '초기 프로문학작품들에 비하여서는 보다 높은 단계'[12]라고 하고 있을 뿐 별다른 언급이 없다. 1)에 대해서조차 『문학사 C』는 총론만이 다를 뿐 작가론과 작품론은 『문학사 B』와 놀라울 정도로 유사하다. 『주체문학론』에 새로운 조명을 받아야 할 것으로 언급된 카프작가 중 '김창술, 류완희, 박팔양, 박세영'을 그저 '프롤레타리아 시인'이라고 칭하는가 하면, 조명희는 카프에서 활동한 바 있는 작가라고 애매하게 표현하고 있다. '카프'라는 정확한 소속하에 다루고 있는 작가와 작품론은 '송영, 리기영, 한설야'에 한정된다. 이는 『문학사 B』

---

12) 위의 책, 97쪽.

의 서술에서 크게 움직인 것이 아니다. 조명희, 이기영, 강경애, 한설야의 소설이 사회주의적 사실주의라고는 하나 역시『문학사 B』에서 높게 평가받은 작품들이다. 다른 새로운 작가들의 발굴 역시『주체문학론』의 직접적 영향을 받았다고 하기에는 꺼려지는 예들이다. 4)에 관해서는 1)과 달리『주체문학론』의 입장을 인용하지 않기 때문이다. 더구나『문학사 C』는 항일혁명문학에 대한『문학사 B』의 '선행 시기 문학예술과는 근본적으로 다른'[13], '대를 이어 계승·발전시켜야 할 끝 없이 고귀한 재부'[14] 등의 과도한 칭송을 사제, 보다 평이한 서술을 꾀하고 있다. 물론 '1930년대 카프문학은 항일혁명투쟁의 영향 밑에'[15] 있었다는『주체문학론』의 언급을 인용하여 그 우위성은 인정하지만,『문학사 B』처럼 유일한 사실주의 문학의 계보로 승격시키고 있지는 않다.

결론적으로 1920년대 후반기~1940년대 전반기 문학에 관한『문학사 C』의 관점은 혼란스럽기 그지없다. 각 장의 서론에『주체문학론』을 직접 인용해 놓고도 주요한 문제에 관한 대부분의 평가는『문학사 B』를 답습하고 있어 총론과 개별작품론 사이에 일관성이 없다. 여러 가지 점에서『문학사 C』는 시기적·범주적으로 '사회주의적 사실주의' 개념을 넓고 깊게 적용하면서, 그 하위범주로 항일혁명문학과 카프, 여타 사실주의문학을 위치지우려는 의도를 엿보인다. 김정일의 교시에 전적으로 배치될 만한 서술은 하지 않지만, 본질적인 입장은『문학사 B』는 물론이고『주체문학론』의 그것과도 다른 것이다. 아무래도『주체문학론』을 전적으로 따르고 있다기보다는 부분부분 끼워 넣기식으로 구색을 맞춘 것 같다는 인상을 지울 수 없다.

---

13)『조선문학사 Ⅲ』, 과학백과사전출판사, 1981(열사람, 1988), 17쪽.
14) 위의 책, 293쪽.
15)『조선문학사』제9권, 1995, 192쪽.

전반적으로 보았을 때 『주체문학론』이 사실주의 미학의 독자노선이랄 수 있는 '주체사실주의'를 강조하고 1920~1945년의 특수성을 해결하기 위해 '선행한 사회주의적 사실주의'를 마련해두고 있다면, 『문학사 C』는 항일혁명문학의 우위성은 인정하면서도 '사회주의적 사실주의'의 일원론을 계속 유지하려는 경향이 있다. 이유야 어쨌든 간에 이러한 점은 당의 강령과 문학사가 전적으로 일치하지 않는 경우로서 주목을 요한다. 현재로서는 그 밑바탕에 깔린 구체적인 함의들을 확인할 수 없지만 당과 문학사 연구자 사이에 미묘한 관점의 차이가 있음은 짐작할 만하다. 이에 관한 문학사 외의 실증적 연구는 이후의 과제로 남긴다.

4. 북한 문학사의 두 얼굴
— '기념비'의 역사관과 '박물관'의 역사학

북한의 문예이론이 문학사 자체의 내적 변화보다 문학 외적 요건에 더 좌우되는 것임에는 재론의 여지가 없다. 그런데 여기에서의 '외적 요건'이란 순수한 의미에서의 정치적·사회적 상황이라기보다는 문예미학에 대한 당의 강령을 일차적으로 지시하고 있다. 이는 '내적 변화'뿐만 아니라 '외적 요건'조차도 당의 정책에 의해 항상 이미 계획된 선이념의 형식을 띠게 됨을 의미한다. 따라서 북한문학의 경우 우리는 한 시대의 당 정책 변화가 어떠어떠한 국제정세의 영향을 받았다는 식으로 설명할 수는 있지만 하나의 문학작품에 대해 동일한 방식으로 접근하기는 어려운 것이다.

문학사 또한 이와 마찬가지다. 그것은 항상 당 강령의 주도권하에 놓여 있는 것이어서 문학 내적 변화에 대한 사후적 진단이라기보다는,

주어져 있는 사관을 적용하여 작가와 문학작품을 선별하고 평가하는 선험적 해석에 가깝다. 관점의 변화에는 이미 세계정세나 북한의 국내외적 상황 변동에 따른 정치적 대안 등의 목적이 포함되어 있다. 당의 강령, 문학사, 문학작품 간에 객관적 거리를 설정하기가 까다로운 이유다.

하지만 위에서 살펴보았듯, 북한 문학사에도 개별 문학사간에 다소 차이는 존재한다. 당대의 주된 흐름에서 벗어나 있는 작품들이 꾸준히 창작되고 있었음이 알려지고 있거니와, 과거의 문학사를 검토해 보아도 약간의 의견 차는 쉽게 발견할 수 있다. 다만『주체문학론』에 대한『조선문학사』의 경우 양립 불가능한 평가가 있는가 하면, 주된 개념을 받아들이고 있지 않다는 점 등이 특기할 만하다.

북한 문학사는 사후적으로 과거의 문학사를 하나의 유일한 상징적 전통으로 통합하려는 '기념비'의 역사관과 과거에 기록된 문학사의 업적을 하나의 체계 속에 포괄하려는 '박물관'의 학적 경향을 동시에 품고 있었다고 할 수 있다. 이 두 가지 중『주체문학론』이 전자에 보다 치중하고 있다면,『조선문학사』는 상대적으로 후자를 더 강조하는 듯하다. 두 경향은 서로 다른 태도인 것 같지만 사실은 공존하는 하나의 체계일 뿐이다. 두 가지 모두 자신의 전통에 대한 비판적 인식을 결여한 망각의 역사관인 탓이다. 따라서 당 강령과 개별 문학사 간에 관점의 차이가 생겨났다 하더라도 사상의 민주주의나 다양한 미학적 관점의 수용을 예측하는 것은 시기상조일 듯하다. 현재로서는『주체문학론』과『조선문학사』의 미묘한 관점 차이를 세계 공산주의의 몰락과 김정일의 정권 교체, '고난의 행군'이라 일컬어지는 경제적 타격 등의 복잡한 상황 속에서 빚어진 일시적인 현상으로 간주해야 할 듯싶다.

제2부
·
최근 북한문학의 경향과 방향성

김정일 시대의 북한문학

─사회주의 강성대국 건설과 관련하여

노귀남

1. 들머리─당문학을 보는 눈

남북 정상회담 이후, 남북 관계가 빠르게 변하고 있다. '김정일 쇼크'로 다가왔던 북한 지도부와 평양 모습은 그 동안 우리가 그린 그림과는 많이 달랐다. 그렇다고 회담 때 평양을 다녀온 사람들의 긍정적 평가들을 북한 현실로 받아들이기도 곤란하다. 아직 북한에 대해 모르는 것이 너무 많기 때문이다. 문학을 볼 때도 마찬가지로, 액면 그대로 이해할 수 없다. 남한과는 다른 문학 성격, 또 북한 사회의 특수성을 감안하고 보아야 하는 작품 배경 등 연구되지 않은 것이 많기 때문에 조심스럽다. 이런 상황에서 우리는 '신남북 시대'라는 새로운 열기를 어떻게 수용하고, 또 스스로 변화 발전을 이끄는 동력을 어디서 찾아야 할지 고민이 된다.

많은 사람들이 북한은 '이중적'이라고 말한다. 보여주는 부분과 실제 사이에 거리가 있기 때문에, 북한을 신뢰하기 어려운 대상이라고 생각한다. 북한의 식량난과 경제 실상에 대해 누구도 정확히 말할 사람이 없는 것도 북한의 이중성과 관련 있다. 중국 등지로 탈북한 북한 주민의 증언과 수기로 드러난 사실 이외에, 북한 정부가 구체적인 식량난과 경제난을 공식적으로 보고한 자료가 거의 없다시피 하다.

북한 체제는 계획경제에 의한 사회주의로 규정한다. 계획과 통제의 속성은 문학에도 그대로 적용된다. 『조선문학』의 편집기준과 지침, 그 지도사상은 수령의 교시와 영도자의 말씀인 "자주 시대 문학건설의 앞길을 밝혀 주는 우리 당의 주체적 문예 사상과 리론"이다. 『조선문학』은 그런 지도사상과 편집기준에 철저히 입각하여 편집되기 때문에, 당의 사상과 어긋나는 작품이 실리지 못한다. "간혹 황색 잡초의 싹이 교묘하게 위장되어 지면에 돋아나는 경우에도 당의 지도 밑에 전투적인 평론을 통하여 제때에 뿌리채 뽑아 버"린다.[1]

그래서 당의 유일적 영도에서 원하지 않는 문학은 존재할 수 없다. 김정일 정권의 초미의 관심은 체제 보장이었다. 사회주의권 붕괴 이후, '황색' 바람으로 상징되는 자본주의는 북한 체제를 부정하는 것으로 받아들이고, 개방과 개혁은 사회주의의 위협과 포기로 이해했다. 이 때문에 인민의 생존보다 체제 우선주의로 문제를 풀어 갔는데,[2] 이런 정책이 그대로 문학에 반영된다.[3]

현실을 무시하고 정치적 목적에 복무하는 문학에서 '리얼리티'는 굴절한다. 북한 소설을 읽어 보면, 김정일 시대의 식량난, 에너지난 등의 경제적 고통을 정면으로 다룬 작품은 거의 없었다. 김정일 시대란 김일성 사후 유훈통치로 3년상을 치르고, 김정일을 총비서로 추대(1997.

---

1) 장형준, 「『조선문학』과 나」, 『조선문학』, 1999. 7호, 48쪽.
2) 1998년, 1999년 북경 고위급 회담이, 이산가족문제로 식량문제에 직결되는 비료까지 포기하고 중단되었다. 이것은 체제 보장에 걸림돌이 되면 그 어떤 문제도 용납할 수 없음을 보여줬다. 6·15 남북 공동선언에서 보인 북한의 개방적 태도는 김정일 체제 보장을 전제한 때문이다.
3) 김동훈, 「체제의 위기와 돌파구로서의 문학의 문학―'유훈통치기' 북한문학의 동향」, http://my. netian. com/~ksskdh/sub_nk. htm 참조.

10. 8)해, 그가 명실상부하게 당의 영도자로서 나섬과 동시에 국방위원장으로 추대(1998. 9. 5)한 수정 헌법 체제로 전면 등장한 현 시대를 말한다. 김일성 사후, 북한 붕괴론이 나오고, 흡수통일론으로 남북 긴장관계가 고조될 때, 북한 현실에서는 수백만 명이 식량난으로 죽어 갔다. 그 여파로 중국 등지로 대량 탈북 사태가 빚어져, 현재 삼십만 명이 넘게 월경(越境) 유동인구로 되고 있다.[4] 북한은 이와 같은 총체적 난국 속에서 '건재'하여, 연구자들은 흔히 북한 사회의 '특수성'을 강조하였다. 그러나 실제로는 잘 알지 못하는 것[5]을 특수성으로 규정한 것이나 다름없었다.

이런 문제를 생각하고, 우리 입장에서보다 북한의 내적 현실을 이해하는 태도로 작품을 분석하도록 노력할 것이다. 이것이 남북 문학의 접점을 찾기 위한 출발이라고 생각한다. 다룰 작품은 주로 『조선문학』에 발표된 것이다.

2. 강성대국론

북한은 사상적으로 '유일사상체계(주체사상)'에 의해 인민을 한 가지 이념과 생각에 묶어 둔다. 사상 체계를 조직적으로는 당조직을 선두로 해서[6] 근로단체(청년동맹, 직업총동맹, 농업근로자동맹, 조선민주여성동맹)를 통해 구현한다. 이로써 군사동원국가 성격을 띠면서 인민을 통제한다.[7] 이때 구호는 당의 지도 사상의 구체적 제시가 된다. 1994년 7월

---

4) 좋은벗들 "http://www. jungto. org/gf/"에서 북한 식량난과 탈북 식량난민에 대한 각종 자료와 사진, 활동 현황, 99년 9월 중국 동북부지역 북한 식량난민 실태 보고자료 등 참조.
5) 이를테면, 제1차 남북 장관급 회담에서 북측 단장도 정확히 예측할 수 없었다.
6) 북한은 당의 영도에 의한 국가이므로, 당은 모든 조직의 선도가 된다.
7) 조직생활에 대한 증언은 『북한 이야기』(정토출판, 2000), 229~275쪽 참조.

김일성 사망 이후, 북한의 구호는 붉은기 정신(사상)[8]과 고난의 행군[9]에 이어, 최후의 승리를 위한 강행군, 강성대국, 새로운 대고조의 천리마 등을 중심으로 해서 전개시키고 있다. 이런 구호는 경제적 붕괴 위기에서 '우리식 사회주의'를 버티게 한 것이 사상적 · 정신적인 무장이었음을 말해 준다.

그러면 식량난과 경제위기의 원인은 무엇이었던가. 이 점을 북한에서는, 90년 이후 사회주의 시장이 없어지고 거기에다 미국에 의한 경제 봉쇄와 고립 책동, 그리고 자연재해가 겹친 때문에, 경제생활에 일시적 공간이 생겼다고 말한다.[10] 즉, 경제위기는 체제 외적 요인 때문이며, 북한 사회체제의 모순이나 비효율성은 문제가 아니다. 그래서 지난 몇 해 동안 진행하여 온 고난의 행군은 그 공백을 메우고 자력갱생하기 위한 투쟁이라고 말한다.

즉, 경제위기를 사상강화로 돌파하는데, 북한은 1998년 8월 22일 노동신문 정론을 통해 본격적으로 강성대국론을 들고 나왔다.[11] 강성대국론은 제2의 천리마대진군에 의한 경제재건 역량 동원이 궁극적 목적이겠지만, 무엇보다 사상강화에 힘이 실려 있다. 『노동신문』의 사설에 의하면, 당원과 인민군 장병과 인민들은 수령 김정일의 영도에 따라

---

8) 혁명가요 〈적기가〉는 '민중의 기 붉은기는/전사의 시체를 싼다/시체가 굳기전에/혈조는 기발을 물들인다//높이 들어라 붉은 기발을/그 밑에서 굳게 맹세해/비겁한 자야 갈라면 가라/우리들은 붉은기를 지키리라' 고 했는데, 항일무장투쟁 시기에 어떠한 역경과 시련 속에서도 굴함없이 혁명의 기치─붉은기를 굳건히 지켜 나가려는 혁명정신을 반영한 것이다. 붉은기 사상은 그러한 역사를 계승 반영한 사상이다.

9) 1938년말~1939년 봄에 걸쳐 북부국경 일대를 다시 진출하는 과정을 혁명역사에서 '고난의 행군'으로 기록하는데, 그때 김일성을 수령으로 한 혁명의 사령부를 목숨으로 지키기 위해 싸운 항일유격대원들의 혁명에 대한 무한한 충실성과 불요불굴의 투쟁정신을 말한다. 이 역사를 김일성 사후 상황에서 다시 강조했다. 한 병사가 "미래를 위하여! 고난의 마지막해 1997"이라고 구월산 폭포 벽에 새겼다고 하는데, 이 점은 1997년 10월 김정일이 총비서로 등장한 이후 시대를 더 낙관적으로 말하고 있음을 보여준다. 그후로 '락원의 행군'이란 구호로 발전한다.

10) 리중흥, 「영원한 복무」(수기), 『조선문학』, 2000. 1호, 15쪽 참조.

11) 김정일이 총비서로 전면 등장한 이후, 강성대국의 구호를 서서히 반영한다. 『조선문학』에서는 1998년 1호에 문인들의 '새해결의'에 이 구호가 나온 이후, 지속적으로 강조되었다. 8월 31일에는 함복 화대군 무수단리(구 명천군 대포동)에서 다단계 로켓 광명성 1호를 발사하여, "광명성 1호는 사회주의 강성대국 건설에 새로운 이정표를 마련한 의의 깊은 사변"이라고 주민에게 그 힘을 과시했다.

주체의 강성대국 건설 위업을 끝까지 완성해 나갈 불타는 결의에 넘친다. 김정일의 선군정치로 역사의 온갖 풍파 속에서도 끄떡없이, 주체의 한길로 전진하며 사상의 강국, 군사의 강국으로 빛나고 있다. 김정일의 두리에 전당·전군·전민이 하나의 혼연일체로 굳게 뭉친 불패의 나라이다. 혼연일체는 하나의 사상의지로 도덕의리적으로 굳게 결합한 단결이며, 영도자에 대한 절대적인 숭배심에 기초한 가장 순결한 단결이며, 역사의 준엄한 시련 속에서 형성되고 다져진 불패의 단결이다. 그래서 투철한 수령결사옹위정신, 총폭탄정신이 차 넘치고 있다.[12]

사회주의 강성대국 건설을 위한 정책방향은 김정일 시대의 체제강화를 위해 지속된다. "김정일 당총비서 추대 2돐 경축 중앙보고대회" (1999. 10. 8)에서, 김정일을 '걸출한 정치가', '탁월한 군사 전략가'로 부각시켰다. 보고 내용을 요약해 보자. 제국주의자들과의 격렬한 정치군사적 대결에서 사회주의 위업을 고수하고 실현해 가기 위해, 독특한 선군정치 방식을 확립한다. 군을 앞세우는 당의 혁명적 군사노선의 철저한 관철, 항일유격대식 사업방식의 전면적 구현으로 당의 대중적 기반이 철통같이 강화되었다. 군대는 곧 당이고 국가이며 인민이라는 군중시사상을 내놓아, 정치와 군사를 유기적으로 결합시킨 선군혁명 영도에 의해 군 건설의 최전성기를 맞고 있다.[13]

정치군사적 대결을 승리로 이끄는 한편, 고난의 행군과 강행군을 승리적으로 영도해, 제2천리마 대진군으로 이어지도록 했다. 세계 우주강국대열에 당당히 들어서 '강성대국 건설의 첫포성'으로 세계를 진감시켰다. 역사상 최악의 역경 속에서 당은 사상강국, 군사강국, 창조와

---

12) 「당의 영도따라 강성대국 건설위업을 힘 있게 다그쳐 나가자」(사설), 『노동신문』, 1999. 9. 9.
13) 선군혁명사상은 문학에 이르기까지 현 체제 북한의 지도이념으로 받아들이는 것 같다. 이에 따라 2001년 들어 본격적인 "선군혁명문학론"이 대두되고 있다. 졸고, 「선군혁명문학과 김정일 문학세기」 (『문학과창작』, 2001. 3), 「생존을 위한 투쟁」(같은 책, 2001. 5), 「선군혁명의 문학적 형상」(같은 책, 2001. 7) 등 참조

문명의 선진국을 일떠세워, 김일성 조선·김일성 민족의 존엄과 위상을 만방에 높이 떨치게 했다. 역사적 위업을 성과적으로 수행하기 위해, '우리 혁명의 수령이며 우리 운명과 미래인 김정일 동지'의 사상과 영도를 충효일심으로 받들어 나가야 한다. 우리식 사회주의 위업의 종국적 승리를 위해, 일편단심 장군님만 굳게 믿고 따르는 참다운 충신, 지극한 효자로 준비해야 한다. 수령결사옹위는 참다운 주체형의 혁명가의 첫째 가는 삶의 목표이고 가장 숭고한 혁명의 임무이다. 김정일을 수반으로 하는 혁명의 수뇌부를 목숨으로 사수하며, 당과 혁명대오를 수령결사옹위정신, 총폭탄정신, 자폭정신으로 김정일제일근위대, 제일결사대로 더욱 철통같이 다져 나가야 한다.

강계정신,[14] 자강도 사람들의 투쟁기풍을 따라 배워, 김정일의 인민경제 현지지도에서 제시한 강령적 과업을 결사관철해 나감으로써, 온 나라에서 제2천리마대진군의 불길이 타오르게 하여야 한다. 김정일을 수반으로 하는 당중앙위원회 두리에 굳게 뭉쳐 주체사상의 기치, 혁명의 붉은기치를 높이 들고, 조국통일의 3대 원칙과 민족 대단결의 5대 방침을 관철하는 자주적 통일과 사회주의 위업의 승리를 위해 싸워 나가야 한다.

이와 같은 중앙대회의 보고내용을 보면, 사상과 군사는 북한 체제 유지의 기둥 역할을 한다. 이 기둥에 기대어 경제 강국을 겨냥하는데, 그 노선은 자력갱생, 자립적 민족경제를 견지했다.[15] 여기서 문제는 자력갱생이 사회주의의 계획경제의 틀에서 이미 벗어난 점이다. 국가적 차원의 배급과 공급이 제대로 이뤄지지 않고 있기 때문이다. 경제가 궤도에 오르는 문제에서, 소위 황색 바람의 영향을 떠나서 불가능한 점

---

14) 1995년 연형묵이 자강도 당책임비서로 있으면서 강계를 중심으로 중소형 발전소 건설과 감자 농사로 자력갱생의 모범을 보였는데, 이를 따라 배우게 하여, 강계정신이라고 했다.
15) 1998. 9. 17. 「자립적 민족경제 건설로선을 끝까지 견지하자」는 제하의 노동신문 노동자 공동 논설을 발표, 개혁 개방을 거부하고 "자립적 민족경제건설노설"을 천명했다.

이 북한의 개방 딜레마이다. 그래서 사상과 군사 강국을 다그치게 되었던 것이다.

결국, 내부자원 고갈 등으로 시장경제의 부분적 도입이라는 개방노선은 필연적인 국면이 된다. 최근 개인농 허용, 분조관리제 개선, 농민시장 확충 등 시장경제적 요소들이 확대도입되고 있는 추세이다.

3. '예방적 변화' 속의 북한 소설

1) 예방적 변화

'대서방접촉'을 의미하는 북한의 '개방화'[16]는 오랫동안 준비된 바 있다. 1975년 김일성은 자본주의시장 개척의 필요성을 제기했고, 1980년 대외무역 확대 요구, 1984년 '합영법' 채택과 비수교국을 포함한 자본주의 국가들과의 교류방침 등 문호개방 방침과 점진적인 정부제도와 인사 개편을 했다. 그러나 북한이 개방을 앞두고 「합영법」을 제정한 것은 김정일 후계체제의 보존에 손상이 가지 않는 범위 내에서 '선택적 개방'을 하겠다는 뜻이었고, 체제 손상 가능성이 있는 합영을 막는 데 각별히 유의했다. 이런 점은 그후 합영법의 실효성이 별로 없었던 데서 잘 나타났고, '북한의 정책 우선 순위는 개방화보다 체제 유지'[17]에 있었음을 알게 했다.

그럼에도 불구하고, 변화와 개방을 요구하는 국제 질서 속에서, 북한도 일찍이 자신이 처한 상황에 대해 '정치구조 적응 노력'을 하였는데, 당이 국가에 대해 압도적 우위를 유지하기보다는 당·정 관계의 구조

---

16) 유석렬, 『북한정책론』(재판; 서울: 법문사, 1989), 143쪽.
17) 위의 책, 161쪽.

를 변화시키는 시도를 했다는 것이다.[18] 이런 것은 '북한 사회의 구조 변화'를 의미하고, 현재에 이르기까지 점진적으로 어떤 형태로든 북한 사회의 개방은 진행되고 있었다.[19]

이러한 가운데, 개방보다는 체제 유지, 그럼에도 변화는 변화, 이처럼 북한 변화의 관점은 엇갈린다. 여기서는 이것을 '예방적 변화'라는 가설로 보고자 한다. 이 관점은 북한을 연구하는 데 몇 가지 시사점을 줄 것 같다. 한때, 북한 붕괴론이 풍미하다가 북한 체제의 내구력을 어떻게 설명할 것인지 관심이 쏠렸다. 이처럼 벌어진 상황에 따라 시각이 흔들리는 연구의 혼란을, 예방적 변화라는 관점은 어느 정도 교정해 줄 것이다. 즉, 그것은 '내재적 시각'으로 고정시켜 지속적으로 북한을 바라볼 수 있게 하는 이점을 준다. 한편, 그것이 '예방적'이라는 점에서 대응 체제, 즉 북한의 바깥 세계를 상정하는 개념이기 때문에, 내재적 시각이 갖는 방법론상의 한계를 벗어날 수도 있다.

2) 난국 속의 문학의 리얼리티

얼마 전까지만 해도 북한은 군사강국의 대남 강경노선을 견지했다. 현재는 신남북 시대의 '특수'가 쏟아져, 활발한 교류와 협력이 합의되고 있다. 이 점을 보면 북한은 많이 변하고 있는 듯하다.

그러나 북한이 가까운 장래에 우리가 생각하는 개혁, 개방의 방향으로 변할 가능성은 많지 않다. 극심한 식량난으로 사회 통제의 중요한 수단이 되는 배급체제가 무너졌음에도 불구하고, 기아와 질병으로 수

---

18) 류길재, 「조선로동당과 북한의 당·정 관계」, 『북한연구』, 1991. 가을호, 89~105쪽 참조.
19) 이 점을 시장경제의 부분 도입의 측면에서 보면, 1992년에 「외국인 투자법」, 「외국인 기업법」, 「합작법」을, 1993년에 「자유경제무역지대법」을, 1994년 1월에는 「합영법」 등을 채택해 개방에 대한 준비를 했다. 그러나 이 법들은 실질적인 개방이 따르지 않아 거의 유명무실했다. 1999년에 이런 법령들을 부분 개정하여, 1998년 경제현실의 변화를 반영한 헌법 개정에 뒤이어, 시장경제로 향한 실용주의적 노선에 대비했다. 물론 그 개방의 정도와 의미에 대해서는 아직 판단하기에 이르다.

백만 명이 죽었음에도 불구하고, 또한 수십 만의 식량난민이 국경을 이탈했음에도 북한 체제는 유지되고 있고, '강성대국론'으로 김정일 정권을 다져 왔다. 장마당의 성행, 사회주의 대가정에 반하는 가족주의 경향 등 많은 징후들을 남한식으로 해석하여 북한 체제의 변화를 전망하는 것은 별로 의미가 없다. 반대로, 북한 정권차원의 수사학(修辭學)으로 말하는 '수령결사옹위정신', '사회주의 우리 조국은 필승불패이다', '올해를 강성대국 건설의 위대한 전환의 해로 빛내이자', '고난의 행군을 낙원의 행군으로 힘차게 이어 나가자' 등의 구호를 액면대로 이해할 수 없다.

지금 제국주의자들과 반동들은 우리 나라를 압살하기 위한 중요한 수단으로 사상문화적공세를 들이대는데 더욱 열을 올리고있다. 그 어떤 고립, 봉쇄에도 끄떡하지 않고 자기가 택한 사회주의의 길로 힘차게 전진하고있는 우리 나라를 더는 굴복시킬수 없게 되자 지금 원쑤들은 반동적인 부르죠아사상문화를 침습시켜 우리 내부를 와해시키려고 집요하게 책동하고 있다.[20]

생활의 진실을 그린다고 하여 인간생활을 현상 그대로 복사해서는 안된다. 이것은 어려운 생활을 하고있는 우리 인민들의 생활을 그림에 있어서도 미래를 앞당겨 투쟁하는 우리 시대 인간들의 아름답고 숭고한 정신적미를 부각시키는데 귀착시켜 오늘의 일시적인 난관을 보여주어야지 난관 그자체를 전면에 내세우고 생활을 어둡게 그려서는 안된다는것을 실증하여주고 있다. 그런데 아직까지도 우리의 일부 작가들은 생활적진실을 그린다는 미명하에 난관과 애로 그자체만을 전면에 놓고 그대로 '서술'함으로써 작품의

20) 최길상, 「우리식대로 창작하는 것은 주체문학의 위력을 강화하는 근본담보」(론설), 『조선문학』, 1998. 1호, 44쪽.

양상을 어둡게 하고 우리 시대 인간들의 미래에 대한 확신과 생활의 희열을 왜소화하여 보여주고 있다.[21]

앞의 인용은 부르주아 사상문화의 침습을 미리 경계하고 있다. 이 점은 거꾸로 읽으면 이미 자유주의·개인주의·자본주의적인 사상이 파고들고 있다는 뜻이다. 림화원의 「오후 5시」(2000. 1호)에 주인공 성희와 대조적인 인물로 해련이 등장한다. "제품생산을 할 때는 원가타산부터 한단다. 로력, 설비, 자재, 동력은 자동차를 생산할 만큼 들였는데 정작 나온 제품이 딸따리 같은 것이라면 어떻겠니. 망하고 말지, 망해!", 해련이 이런 식으로 따지며, 일상생활에서 손해보는 일은 하지 않는 깍쟁이다. 이 소설 속에서 이해타산적 인간형은 부정된다.

반면, 교단을 떠난 후 외롭게 살고 있는 옛 스승을 어머니로 모시려 했던 아버지, 갑자기 돌아간 아버지를 대신해 선생님을 할머니로 모시겠다는 딸, 우연히 그 일에 끼어들어 대신 마중을 나가는 성희 등, 이들은 모두 이해타산을 떠난 인물형이다. "외로운 사람이 단 한 명이라도 있어서는 안 되는 나라"에 사는 반이기주의적인 인간형을 통해 자본주의적 인간형을 경계한 것이다.

그와 같은 반자본주의적 인간형과 함께 현실을 긍정하는 낙관적 인물형이 미덕이 된다. 그래서 난관 그 자체만을 전면에 내세울 수 없다. "우리는 어렵다. 그러나 우리는 이겨낼 것이다. 우리 인민은 이 세상에서 가장 문명하고 풍요한 생활을 누리게 될 것이다." 이것은 박사영의 「운명」(1998. 12호)에 나오는 이야기이다. 이런 입장이 현실에 대한 기본 인식이며, 식량난과 경제적 어려움은 고립과 봉쇄에 대응해 투쟁해야 할 대상물이 된다. 즉, 식량난 자체에 문제가 있는 것이 아니고 체

---

21) 「사회주의강성대국 건설에 적극 이바지할 문학작품을 활발히 창작하자」(머리글), 『조선문학』, 1999. 1호, 6쪽.

제 위기에 초점이 맞춰진다. 따라서 현실의 비참상이 리얼리티로 읽힐 수 없는 것이다.

'긴장한 식량문제'를 풀어 갈 때, 이성식의 「행복의 방아」(1998. 1호)는 제목부터 낭만적이듯, 등장인물은 체제에 대한 흔들림 없는 긍정과 희망을 담는다.

한두 해 전까지만 해도 경심은 농사일을 단순히 나라의 쌀독을 세워가는 사업이라고만 생각했었다. 그러다 '고난의 행군'이 시작되면서부터 인식이 달라졌다. 원쑤들은 악랄한 경제봉쇄책동으로 사회주의 내 나라를 말살하려고 한다. 경제……, 그 중에서도 먹는 문제는 가장 초미의 문제다. 그래서 어떻게 해서나 농사를 잘 지어 올해의 '고난의 행군'을 승리적으로 결속 짓는데 크게 기여하자. 이런 숭엄한 감정과 굳은 결심을 안고 농장원들의 앞장에서 '돌격앞으로!'가 아니라 '나를 따라 앞으로!'를 마음속으로 웨치며 풍요한 가을을 향해 달리고 또 달리는 그였다.

작업반장 경심의 결심은 시골 처녀의 얼굴이 아니다. 국가정책을 움직이는 당찬 사회주의 일꾼의 모습이다. 이 소설은 제대군인으로 농업대학을 졸업하고 1년간 현실체험을 나온 청년 성철이 등장하여 남녀애정을 그리는 듯하면서, 쌀문제 해결을 주제로 하고 있다. 그런데 달속에서 행복의 방아를 찧고 있는 자기들을 축복해 주는 할머니를 본 꿈 이야기로 결말을 지은 데서 짐작 가듯, 현실을 보는 시각에서 남녀사랑과 식량 문제 모두 리얼리티보다 낭만성에 기울어 있다.

현실 인식에서 한웅빈의 「두 번째 상봉」(1999. 9호)은 더 선명하게 체제의 차이를 보여준다. 체제 '안'과 '밖'의 시각의 차이를 말하는 소재는 외국인 기자의 눈이다. 1989년 제13차 세계청년학생축전에 안내겸 통역을 맡았던 '나'가 서방 세계의 기자 '그'와 동행했던 일을 회상한다. '외국인의 눈으로 본 우리 생활과 우리 눈으로 본 우리 생활'의 '차이'는 너무 큰 것이라는 것을 그의 취재를 따라다니면서 보았다. 그가 보는 시각은 지구를 다른 행성으로 착각하는 만큼이나 엉뚱하고 이상한 것이었다. 10년이 지나 그가 다시 방문했을 때, 신문지면에서 재상봉했다. 그는 '(……) 오늘 나는 절망과 불안을 모르고 미래에 대한 확신에 넘친 사람들이 사는 땅을 발견하였다. 그 땅이 바로 내가 10년 만에 다시 찾아온 이 땅이다'라고 썼다.

안의 시각에서는 10년 동안의 간고한 격동의 변화 속에도 북한 사회는 그대로 건재한다. '모든 것이 부족하고 어렵지만 우리는 아무것도 잃지 않았다. 변함 없이 하나의 궤도를 따라 흘러가고 있는 우리 생활'일 뿐이다. 단순하고 고지식한 '나의 친구'의 모습처럼 일관된 믿음과 원칙이 살아 있고 '변함 없는' 사회를, '밖'의 시각은 체제의 위기로 본다. 즉, 밑바닥에 떨어진 파탄 경제로 인해 북한 정권은 붕괴되거나 체제 변화로 이어질 것이라고 진단한다.

붕괴, 또는 점진적 고사(枯死)라고 보는 체제 진단은 '나뭇잎 하나를 놓고도 나무 전체가 말라 죽어간다는 식으로 떠들어대기를 좋아하는 서방 세계'의 시각 탓인지. 그렇다고 북한의 수사학 그대로 '강성'이 사상·군사·경제 대국일 수 있는지.

모든것이 부족하고 어렵지만 우리는 아무것도 잃지 않았다. 변함없이 하나의 궤도를 따라 흘러가고있는 우리 생활, 우리의 생활……

길 맞은켠에서는 가로등불빛과 궤도전차, 자동차 전조등불빛속에서 "올해를 강성대국건설의 위대한 전환의 해로 빛내이자!"는 구호가 숨쉬듯 힘있게 두드러진다. 〔…중략…〕

복도에서는 매 집의 문들을 빠짐없이 두드리며 알리는 "진료소에 빨리 가서 예방주사를 맞으세요!"하는 목소리가 멀어지며 끊임없이 들려온다.

모스크바, 와르샤와(바르샤바)에서 사회주의가 무너지고 많은 것을 잃었지만, 북한은 모든 것을 지켰다는 것이다. 이런 뜻에서 작가가 말하는 예방주사는 자본주의 모기에 대한 항체를 상징한다.

4. 마무리─여성의 눈으로

지금까지의 논의를 여성의 눈으로 되짚어 보자. 실제 현실에서 고난이 닥치면 약자의 짐이 더 무겁고 컸던 역사의 모순이 그대로 아래 시가 말하고 있다.

시련의 나날에
길도 많이 걸었고 고생도 많았건만
온갖 아픔 묻어안고
밝게도 웃어준 녀인들

큰일 작은일 다 맡아안고
늘 잠이 그리웠던 우리의 안해들을
승리한 아침엔 날이 밝아
중천에 해가 뜰 때까지 깨우지 말자

종일토록 머리에 햇볕을 이고 산 그들
승리의 날엔 오리오리 해빛으로 천을 짜서
땀에 젖고 볕에 탄 그 어깨들을
따뜻이 감싸주자

전쟁이라 해도

그들이 헤친 날들보다 더 준엄할수 있으랴

—정은옥, 「우리가 승리한 그날엔」[22]

여성은 이 시에서처럼, 고난의 현실을 실제로 감당한 주역이다. 그런데도, 앞에서 리얼리티를 문제삼고 논했을 때에 비참한 현실이 이념적 명분에 덮여 버렸듯이, 여성의 모진 삶을 비롯해, 굶주림과 병고, 생활의 온갖 고난을 말하는 구체적 실상은 생략되고, "전쟁이라 해도/그들이 헤친 날들보다 더 준엄할 수 있으랴"고 일반화시킨 아픔이 실감나게 다가올까. 이 문제는 이미 보았던 대로 체제 위기를 '예방적 변화'의 입장으로 지탱하기일 것이다.

북한문학을 읽는 '예방적 변화'의 관점은 '대외적 개방'과 '내적 체제 (수령)결사옹위'의 양면 전략을 쓰고 있음에 주목한다. 그래서, 1998년 9월 사회주의 헌법의 개정과 시장경제의 부분 도입이나, 당·군·민의 혼연일체를 강조하는 선군정치, 강성대국 건설을 위한 제2의 천리마대진군 등, 구호에 쓴 수사학에서 '이중성'를 읽어야 하고, 문학에서도 복합적으로 작용하는 심층을 분석적으로 읽어야 한다.

어버이 수령, 어머니 당, 혼연일체한 인민의 사회정치적 생명. 이처럼 지배 이데올로기로 각인된 상징들은 이미 그 의미가 상투적이고 관습화하여 하나의 도식으로 다가올 수밖에 없다. 이렇게 되면 문학보다 구호가 더 새로운 것을 요구하게 된다. 김일성 사후에 나온 붉은기사상, 강성대국 등등 혁명정신을 고취하는 구호들의 변주는 예방적 변화의 표현들이다. 그 변화 속에서 최소한 북한은 살아남는 길을 택해야 하고, 그 주체는 그 역사의 주인, 인민이 되는 것은 당연하다.

이 점을 여성의 눈으로 비판하면, 가부장성의 해체와 인민성의 회복

---

22) 『조선문학』, 1998. 9호, 78쪽.

만이 북한 변화의 요체가 될 것이다. 이 문제는 우리 사회 한쪽에서 말하는 북한 민주화 요구와는 다른, '예방적 변화'를 전제하는 차원에서 제기하는 것이다. 미국의 시각에서 한국 경제의 구조조정을 요구하는 것을 수용할 수 없는 것과 같이, 그 변화는 인민이 스스로 택해야 할 문제이다.

그런데 문학 속 '어머니'상의 대부분은 가장 체제 지향적 전형이 된다. 리정옥의 수필 「어머니에 대한 찬가」(『조선문학』, 1999. 10)는 '언제나 인민을 생각하고 인민을 위해 모든 것을 복무하게 하는 어머니 우리 당'을 노래한다. 김철 역시 '나의 생명의 시작도 끝도/그 품에만 있는 조선 로동당이여/(……) 나는 영원히 아이적 목소리로 부르고 부르리라―/ 어머니! 어머니 없이 나는 못 살아!'(「어머니」 부분)라는 송시를 사회정치적 생명의 모체로 삼는 당에 바쳤다. 『조선문학』의 앞쪽에 매번 실리는 수령 형상문학들은 말할 것도 없고, 강귀미의 「나의 가정 이야기」(1999. 10호)처럼 가장 일상의 삶을 소재로 하는 작품까지 해방적 체제 저항은 거의 나타나지 않는다.

이런 특성 때문에 현재 가장 절박한 문제가 될 수밖에 없는 경제난 속의 북한 실상들이나 가중된 여성문제도 문학 속에 거의 직접 반영되지 않고, 당정책에 입각해 반영된다.[23] 변월녀의 「새 아침」(1998. 12호)에서 '학교에 입학은 하였지만 당장은 먹고살기가 어려워서 장마당의 벌이를 다니는 학생도 있고 학교에 입고 올 옷이 없어서 오지 못하는 학생도 있'다는 이야기는 북한의 현재 '꽃제비' 실상을 떠오르게 한다. 하지만, 이것은 그 현실상이 아니다. 그것은 '혁명투사 김정숙 동지'가 국가건설기에 교육사업을 지도하기 위해 농촌학교 교육실태를 듣는 내용에 포함되어 있다. 고난의 행군이 항일투쟁 시기의 혁명정신이었

---

23) 정상회담 이후 변화된 국면을 문학에 반영할 때도 당문학의 속성을 벗기는 어려울 것이다.

던 바대로, 혁명전통을 계승하여 어떤 악조건이라도 불굴의 정신을 강조하고, 당면하고 있는 경제위기는 제국주의의 고립정책과 자연재해와 같은 체제 외적인 요인에 의한 것으로 규정한다. 그래서 현실의 문학적 반영 역시 그 속에 있는 것이다. 이렇게 볼 때, 여성의 눈으로 현실을 비판적으로 보는 것도 근본적으로 당 정책과 동일선상에 놓인다. 조선민주여성동맹은 가부장적 특성을 내적 모순으로 안고 있는 수령론과 주체사상에 입각한 여성관을 이행하는 조직으로 기능한다.

그럼에도 불구하고, 지조를 지키고 발전형으로 나가는 여성 힘의 원형으로 '억척' 또는 '이악심'이 흐르고 있다는 데서 또 다른 힘을 읽는다. 김혜영의 「다시 본 모습」(1999. 1호)에서 여성교원 한명희가 '영예의 붉은기 학급'의 표창상으로 받고, 또 이중 붉은기를 쟁취하는 힘이 '이악심'이었던 바, 그런 힘은 마치 한국 역사 속의 민중여성의 질긴 생명력을 재평가해야 할 문제와 같은 맥락에 놓여 있다고 볼 수 있다. 이런 맥락에서 북한문학을 되짚어 읽을 때, 강성대국의 역설적인 리얼리티를 찾을 것이다. 강성대국은 호전적인 의미가 아니라, 이악심에서 자기 생명을 담보한 방어적 기제일 것이다. 그래서 북한문학은 살아남느냐는 생존의 기호가 된다.

북한 산수시의 전개 양상

— 1990년대 시를 중심으로

박주택

    산수시(山水詩)라는 말은 최동호가 정지용 시를 분석(「정지용의 산수시와 은일의 정신」, 『현대시의 정신사』, 1986)하면서 처음으로 사용한 용어로, 산수시란 전통 미학에 뿌리를 둔 현대적 변용이자 계승이며, 산수 자연에서 고도의 정신적 실체를 파악하려는 유기체적 세계 인식을 가리킨다. 최동호는 산수(山水)라는 말이 정지용 자신이 해방 후 식민지 말에 겪었던 심정을 토로한 글인 「조선 시의 반성」에서 유래한다고 논급한다.

    生活도 環境도 어느 純度도 克復할 수 있는 것이었는데, 親日도 排日도 못한 나는 山水에 숨지 못하고 들에서 호미도 잡지 못하였다.[1]

    그는 산수시의 개념 정립을 위해 『국어국문학』 98호(1987)에 발표된

---

1) 정지용, 「조선 시의 반성」, 『정지용 전집』 2, 민음사, 1988, 266쪽.

「산수시의 정취, 홍취, 주체」라는 조동일의 논문을 전거(典據)로 세워 조동일이 분류하고 있는 산수시의 정의, 즉

(1)경치를 그리는 산수시, 일반적으로 서경시를 말한다.
(2)경치 자체가 홍취이다.
(3)경치나 홍취에 만족하지 않고 이치를 드러낸다.

라는 세 가지 개념에 주목하면서 산수시는, 자연시라는 용어가 근대 이후 사용된 서구적 자연 인식 방법이나 태도를 동반하고 있으므로 이와는 엄밀히 구분되어야 한다고 주장하고 있다.[2] 주지하듯 북한의 시는 남한의 시에서처럼 자연을 그 자체의 독립된 존재로 바라보거나 자연과의 혼융(混融)을 통해 삶의 평형을 이루려 하지 않는다. 북한의 시는 자연을 당이 주도하고 있는 주체적 문예정책을 수행하기 위해 전략의 보조적 배경으로 삼고 있을 뿐, 자연을 인간의 간섭이나 통제로부터 스스로 자립하는 그 무엇이거나 인간을 고립된 존재로부터 구출해 주는 그 무엇으로 인식하지 않는다. 이에 따라, 주체사상이나 인민의 계급적 형상화 고취 등에 바쳐지고 있는 자연 인식은 우리가 개념화하고 있는, 산수시니 자연시니 하는 개념적 구분을 애시당초 무색하게 만든다. 북한의 시는 기본적으로 북한의 체제와 이념을 뒷받침하는 정치시적 성격이 강하다. 이 점은 일찍부터 제기되었던 사회주의 문학 이론의 중요한 지침인 당파성에 입각한 사실주의 전통과 맥을 같이 한다. 따라서 북한의 문학은 반제, 반봉건, 인민성의 형상화라는 계급 문

---

2) 최동호, 「산수시와 정신주의의 미학적 탐색」, 『시와사상』, 2001, 여름호, 26~39쪽.
　그는 이 글에서 유기체적 세계 인식으로서 산수시론은 21세기의 화두가 되고 있는 생태시의 중요한 근거가 될 수 있으며 동양적 시학으로서 주체 시학을 수립할 수 있는 생산의 시학으로 탈바꿈할 수 있을 것이라고 진단한다. 그는 이 같은 논의를 위해 전통적 사상에 근거한 성정론(性情論)과, 화공과 같이 사진(寫眞)해야 한다고 논하고 있는 천기론(天機論)을 예로 들며 서구의 기계론적 분리론에서 유기체적 비분리론으로 우리 시를 음미해야 한다고 강조한다.

학의 일반적 지향 이외에도, 북한 사회를 건설한 김일성에 대한 숭배라는 특수성을 지향하게 되었던 것이다.[3]

분명 북한의 시는 세계사적으로 볼 때에도 매우 특이한 모습을 보인다. 그것은 한 사회를 구성하는 다양한 요인들이 하나의 획일화된 모습으로 나아갈 때 보일 수 있는 가장 경직된 체계의 특징을 드러낸다. 어떤 획일화된 체계 속에서도 예술이야말로 그 본질적인 속성이 지니고 있는 내적 다양성, 즉 토론과 논쟁, 지적인 유희, 자유로운 상상력을 기본으로 한다. 그러나, 북한의 예술은 이 모든 기본적 요소들에 대한 주도 면밀한 통제를 시도하여 결과적으로 체제 유지를 위해 공헌한 것은 사실이지만 그만큼 구성원들을 단순화시키고 복종의 도구로 전락시킨 감이 있다.[4] 신범순의 이 같은 지적은 자연을 바라보는 태도에 있어서도 똑같이 적용되고 있다는 점에서, 전적으로 유효하다. 자연 역시 독립된 실재로 파악하기보다는 북한의 정치적 구성물로 복속시키고 있기 때문이다. 조국해방전쟁 시기에서부터 오늘에 이르기까지 북한의 시는 면연(綿延)한 역사의 흐름에도 불구하고 당파성이나 계급성 그리고 인민대중성과 같은 그들만의 문예정책에서 크게 벗어나지 않고 있다. 이런 까닭으로, 북한의 시를 연구하는 남한의 연구도 동어 반복적일 수밖에 없으며 어떤 의미에서는 지루하기까지 한 것이 사실이다.

북한의 시는 내용상 수령에 대한 충성을 노래한 시와 반제 반봉건 민주주의 혁명 수행을 위한 시, 남조선 혁명과 조국 통일을 주제로 한 시, 반미 투쟁을 부추기고 있는 시와 혁명 전통과 계급 교양을 위한 시 등으로 구별해 볼 수 있으며, 형식상으로는 송시, 벽시, 정론시, 풍자시, 서정시 등의 서정시 형태와 서사시, 담시 등의 서사시 형태로 나누

---

3) 윤여탁, 「북한 시사(詩史)의 전개」, 『시와반시』, 2000, 겨울호, 145~146쪽.
4) 신범순, 「해방기 북한의 시단과 시인들의 활동」, 『시와반시』, 2000, 겨울호, 192쪽.

어 볼 수 있다. 김재용은 90년대 북한문학의 일반적 주제를 수령 형상화, 사회주의 건설과 혁명 고취, 과거의 역사 재현, 사회주의 현실의 양상, 조국 통일의 열망 등 다섯 가지로 구분하며 90년대 북한의 문학을 진단한 바가 있다.[5] 그러나 이 같은 정치적 현실성이 강한 주제에도 불구하고 북한의 시문학은 90년대 들어 시의 내면적 바탕에 짙은 서정을 깔고 있다는 것에 특히 관심을 가질 필요가 있다. 이는, 보다 많은 인민들에게 북한의 정책을 고취시키고자 하는 당의 전략과 매개하면서 '시란 정서적 감화력에 호소해야 한다'라는 시가 지니고 있는 본질적 성격에 관심을 가진 데에서도 유래한다고 할 수 있다. 시문학의 특성이자 생명인 서정은 시대와 인간, 현실에 대한 뜨거운 정서적 체험에 의해서만 옳게 살아날 수 있다. 이와 마찬가지로 시문학의 서정을 나타내는 기본 형식으로서의 운률도 생활에 대한 시인의 뜨거운 정서적 체험이 있어야 옳게 살릴 수 있다[6]라는 김순림의 주장은 비록, 주체위업 계승의 빛나는 태양이시며 운명이신 김정일 동지께서 시대와 혁명 앞에 이룩하여 놓으신 불멸의 업적에 대한 뜨거운 공감에 그 정서적 바탕을 두어야 한다[7]라는 주제적 목적을 짙게 깔고는 있지만 시의 핵심이라고 할 수 있는 서정성과 운율이 강조되고 있다는 점에서 과거와는 특이한 변화를 보인다.

김의준은 송찬웅의 시집 『내 삶의 푸른 언덕』을 평하는 자리에서 '시가의 서정은 반드시 진실하여야 한다. 원래 진실성은 문학의 본성적 요구이다. 아무리 시가에 투철한 혁명적 수령관을 구현한다 하더라도 서정이 진실하지 못하면 사람의 심금을 울릴 수가 없다'[8]며 진실한 서정만이 시가에 넋과 활력을 불어넣어 주며 풍만한 생활과 아름다운 지

5) 김재용, 『북한문학의 역사적 이해』, 문학과지성사, 1994, 285~323쪽.
6) 김순림, 「시대에 대한 시인의 뜨거운 정서적 체험과 시적 운률」, 『조선문학』, 1994, 9~10호, 79쪽.
7) 김순림, 위의 책, 79쪽.
8) 김의준, 「삶의 푸른 언덕에서 부르는 심장의 노래」, 『조선문학』, 1998, 67쪽.

성을 주고 심오한 철학까지 준다고 주장하고 있다. 이에 따라 북한의 시문학에 나타난 자연에 대한 태도도 북한이 그 기본 덕목으로 내세우고 있는 투철한 사회주의 혁명관에도 불구하고 조금씩 변모하고 있는 양상을 보인다.

① 백두산에서
　끝없이 불어오는 바람에
　설레이는 이깔, 분비나무숲
　울울창창한 천년원시림의 나무들
　인민의 천손만손이 받든것 같구나
　하늘가 높이 정일봉을―

　첩첩한
　산악의 깊은 골을 내려
　멈춤도 없이 련달아 흐르는
　소백수 맑은 물
　그칠 줄 모르는 물소리
　숲의 설레임소리와 함께 울리는 그 소리
　인민의 천만 목소리 합쳐 부르는것 같구나
　정일봉의 노래를―

　　　　　　―구희철, 「하늘가의 정일봉」(『조선문학』, 1991. 2) 부분

② 애기송곳같이
　어제런듯 싹이 트더니
　기다리던 잎
　오늘은 세잎 네잎이로구나

강냉이모들아
애기는 고운 세살이라더니
너는 기쁜 세잎 네잎이로구나
들로 가는 세잎 네잎이로구나

〔…중략…〕

잎새 하나 상할세라
어느 한포기 뒤질세라
어버이수령님 풍년열쇠로 쥐여주신
주체농법의 빛발만이
이 나라 들마다 넘친다

　　　　　　　—김창규, 「모란의 파란 잎새」(『조선문학』, 1995. 3) 부분

　①과 ②는 각각 수령 형상화와 주체사상 고취라는 주제적 목적을 갖
는다. 그러나, 바람, 숲, 물, 잎새와 같은 자연적 소재를 끌어들여 나무
나 물, 또는 잎사귀에 화자의 입김을 불어넣고는 있지만 앞에서도 언
급한 것처럼 북한의 시는 자연이 그 존재 자체로 독립되지 않는다. 그
것은 북한의 인민이 당에 복속되듯 자연 역시 수령에 복속된다. 따라
서 자연에서 환기될 수 있는 정서나 감각, 기억이나 상상은 사회주의
혁명 활동과 인민대중의 자주성을 주체화하는 데 바쳐질 뿐, 우리에게
자연이 실재를 인식하게 하는 힘을 주거나 시원적 가치를 심어 주거나
하는 것들로 환원되지 않는다. ①의 시 백두산은 김일성의 항일 투쟁
장소로 북한에 있어서는 성지(聖地)에 해당되는 곳이다. 성스러운 혁
명 역사의 자취와 김일성·김정일의 송축이라는 송가(頌歌)적 성격을

띠면서 인민대중을 혁명과 건설에로 불러들이게 하는 추동적 역할을 하고 있는 이 시는 당과 수령에 대한 충실만이 주체의 혁명 위업과 시대 정신을 구현할 수 있다는 신념을 드러낸다. ②의 시 역시 만물의 생장을 주관하는 것이 수령님이라며 수령을 형상화하는 데에는 ①과 동일하지만 농업 생산 방식을 문제삼는 데에 그 특이성이 놓여진다. 이렇게 본다면, 사상 미학의 감화를 위해 자연을 시 속에 끌어들여 그 서정성을 강조하는 북한의 시는 자연조차 혁명성에 기여하도록 고안되어 있음을 알 수 있다. 그러나 다음의 시는 조금 사정이 다르다.

① 바위우에 층층 꽃은 웃고
     꽃속에 겹겹이 바위돌 솟았으니
     꽃과 바위 천층이요
     꽃과 바위 만겹이라오

     오르는 길우에도 울긋불긋
     급잔디 그우에도 울긋불긋
     봄바람에 나붓기는 저 꽃수건도
     울긋불긋 연분홍 진달래일세

     굽어보니 벼랑은 백길인가 천길인가
     그 아래 푸른 물은 깊고깊구나
     아홉 마리 용이 누었다는
     전설도 깊은 그 이름 구룡강이라오
                          —김정철, 「약산의 진달래」 (『조선문학』, 1994. 1) 부분

② 한눈에 안겨오는
　상원암의 세 폭포
　룡연폭포 안개바다
　바쁜 눈길 붙잡고

　은실금실 줄줄이
　가야금 세워놓은 듯
　산주 폭포 맑은 선율
　내 두 귀 빼앗는데

　다색단 드리웠나
　단풍잎 점점 박힌
　천신폭포 제 한 폭을 싹둑 잘라가지라네

―김형준, 「상원암의 삼포」(『조선문학』, 1998. 8) 부분

　①의 시는 특이하게도 '풍경시'라는 제목을 달고『조선문학』(1994.
1)에 발표된 시로서『조선문학』1990년에서 1996년까지 발표된 작품
중 거의 유일하게 산수시에 접근하는 시라 할 수 있다. 이 시가 다른
시와 다른 것은 정치 사회적인 의도가 전혀 개입되지 않은 채 자연 그
자체의 흥겨움을 노래하고 있다는 점이다. 3음보격의 전통적 리듬에다
감탄형의 종결어미를 구사하여 화자의 감흥을 대상에 깊이 몰입하고
있는 이 시는 봄의 아름다움을 서정적으로 그려내며, 반복적 리듬과
첩어를 적절하게 사용하여 음악적인 정서와 율동적인 음향을 느끼게
해준다. 이는 북한이 내세우고 있는 주체 혁명적 세계관과는 다소 거
리가 있는 것으로 90년대 중반부터 불기 시작한 서정성의 바람을 타고
창작된 것이 아닌가 추측된다. ②의 시는 "공화국 창건 50돐 문학축전

작품"이라는 타이틀 아래 「상원암 찾아가다가」「묘향산 약수」「취나물」「만폭동」 등 묘향산[9]을 읊은 7편 중의 한 편이다. "풍경시초"라는 제목을 달고 있는 이 시편들은 그러나, 「약산의 진달래」「상원암을 찾아가다가」「상원암의 삼폭」「취나물」 네 편을 제외하고는 나머지 세 편은 수령에 대한 고마움과 조국에 대한 자부심을 담고 있는 특징을 보인다. 대체로 이들 7편의 시는 묘사의 형태를 띠고 있어 "풍경시초"라는 제목에 잘 어울리고 있으나 두드러지게 「상원암의 삼폭」은 자연적 대상인 폭포를 화자와 거리를 두고 객관적 등위를 이루고 있다는 점에서 가장 산수시의 개념에 근접하는 작품이라 할 수 있다. 그러나 2음보격과 3음보격의 적절한 변화를 주어 시의 음률을 창조하고 있음에도 불구하고 내용적 깊이에서는 과거 시조나 잡가에서 보이고 있는 수준에 머물러 있는 양상을 보여 아쉬움을 남긴다.[10]

① 산에산에 타는 단풍

깊은 골에 흐르는 단풍

동서남북 바라보니

일만산이 불이로다

---

9) 묘향산(妙香山): 자강도 희천시와 평북 향산군의 경계에 있는 산. 높이 1909m. 한국 4대 명산으로 손꼽혔으며 산중턱에는 단군이 강탄(降誕)하였다는 단군굴(檀君窟)이 있다.

10) 다음의 시는 산수시의 형태에는 근접하지 않지만 서정을 드러내고 있다는 점에서 다른 시와는 또 다른 느낌을 준다. ①의 시는 북한의 시에서는 좀처럼 보이지 않는 비유적 묘사를 사용하여 마치 신석정의 전원시(田園詩)를 읽는 듯하고 ②의 시는 바다에 감정을 전이시켜 화자의 격정적 감흥을 순수하게 노래하고 있다. ①풀판은 느슨히 누웠습니다/늘씬한 등판은 젊고 싱싱합니다/아침이면 안개의 흰옷을 고이 입고/내가 오기를 기다립니다/밤새 기다린 그 풀판에/나는 염소떼를 가득히 놓아줍니다/가벼운 바람이 살랑 불고/실안개 잦아서 이슬에 스밀 때/해가 솟습니다 쟁글쟁글 웃는 해는/햇살을 가득 물었다가 함빡 뿜어대는 것 같지요/이슬구슬이 햇살을 엮어 무지개 옷을 짭니다/곱습니다 아니 기운찹니다/풀판은 꿈틀 몸을 뒤채는것 같습니다/그 힘찬 품에서/앞선 염소가 한 잎 가득 푸른 잎을 뭅니다 — 동기춘, 「풀판」 부분, 『조선문학』, 1997. 3. ②그러다가도 그러다가도/검은 구름이 짓누르고/폭풍이 감히 건드리려들면/너는 성난 사자마냥 노호하더라/하늘 찌를듯한 그 격파 장검인양 추켜들고/쾅쾅 천지를 뒤흔들어 장엄히 호령치며/범접 못할 기상으로 불굴의 용맹 떨치더라//오, 그래서 바다여/네가 내 마음이런가/내 마음이 네런가/좋더라 언제나 네가 좋더라/내 한생의 고결한 뜻 네가 다 지니고 있어!/내 바라는 삶의 열정 네 품에 늘 끓고 있어!—주광남, 「네가 좋더라, 바다여」 부분, 『조선문학』, 1999. 10.

봄 여름 다 좋지만
단풍철이 제일 좋아
이 세상 천만 색깔 다 버리고
붉게만 타는 칠보산의 가을

단풍빛에 물들어
옥계수도 붉은 물
바위들도 붉은 바위
이 가슴에도 천만 잎새 물들어 붉은 물들어

　　　　　　　　　　—주광남, 「칠보산의 단풍」(『조선문학』, 1999. 6) 부분

② 꽃도 지고 단풍도 지고
　눈이 내렸네
　하늘도 정이월이 하 좋아
　기암절벽에 흰돌꽃 피웠네
　락락장송에 흰솔꽃 피웠네

　바라보면
　이산저산에
　백학무리 내려앉은 듯
　어깨겨룬 설봉들은

　눈바다에 높이 이는 멀기인 듯
　바람아 부디 불지 말아
　기암절벽의 눈꽃단장 헝클어질라

칠보눈가루에 티를 날릴라

새들아 깃을 치며 날지 말아

락락장송의 백솔꽃잎 떨어질라

—최영화, 「정이월 눈칠보」(『조선문학』, 1999. 6) 부분

위 시들은 『조선문학』(1999. 6호)에 실려 있는 것으로 "산수련시"라
는 타이틀로 칠보산[11]을 읊고 있는 시들로 7명의 시인이 11편을 읊은
것[12] 중의 두 편이다. 이들 시는 "풍경시" 혹은 "풍경시초"와는 달리 아
예, "산수련시"[13]라는 타이틀이 붙어 있기는 하나 타이틀만 그럴 뿐 형
식과 내용이 유사해 이들을 서로 구분한다는 것은 별 의미가 없어 보
인다. 그러나, 몇몇 "풍경시초"에서 보이고 있던 정치성은 "산수연작
시" 11편에서는 아예 보이지 않는다는 점이 눈에 두드러진다. 말 그대
로, 순수 자연을 노래하고 있는 이들 시는 칠보산을 구체적 제재로 삼
아 사시사경(四時四景)의 아름다움을 흥겹게 노래하고 있다. 이들 시
의 공통점을 다음의 몇 가지로 묶어 본다면 첫째, 2음보 혹은 3·4음보
격의 반복적 리듬을 지니고 있다는 점. 둘째, '아!', '아서라'와 같은
감탄 어사와 감탄종결 어미를 빈번하게 사용하고 있다는 점. 셋째, 새
각시, 님, 어화둥둥, 견우직녀 등과 같은 전통 미감을 살린 언어를 많
이 사용하고 있다는 점이다. 그러나 앞서도 지적한 것처럼 이들 시 역
시 과거의 시조나 잡가적 취향에 머물러 있다는 한계를 내보이고 있

11) 칠보산(七寶山): 함북 명천군 상고면 중앙에 솟아 있는 산. 높이 894m. 함북 8경의 하나인 경승지이
며 기암괴석과 수려한 산세 등으로 함경의 금강이라 부른다. 원래는 7개의 산이 있어 칠보산이라 하
였는데 6개의 산은 바다에 가라앉고 지금은 칠보산만 남아 있다는 전설이 있다.

12) 정동찬 「서둘러 붓을 들면」 「조약대 정각에 올라」 「칠보산 새 전설」, 전승일 「오를수록 아름다워」, 주
광남 「칠보산의 단풍」, 최충웅 「가까이 가지 말아」, 문기창 「해칠보」, 최영화 「탐승길에서」, 「정이월
눈칠보」, 박호범 「아름다와지고 또 아름다와지라」.

13) 북한이 "산수시"라는 말을 쓰고 있는 것이 좀 특이하나 최동호가 1986년에, 그리고 북한의 『조선문
학』이 1996년 이를 사용하고 있어 이 용어의 상관성을 서로 규명하기는 어렵지만 남북한 시에 있어서
개념 차이가 있다는 것을 전제로 할 때 남한의 산수시가 화자의 내적 취향이 강조되고 있는 데 비해,
북한의 산수시는 풍경을 외면화하는 데 그치고 있어 이들 사이에는 다소 거리가 있는 것이 사실이다.

다. ①의 시는 북한의 대표적 시인이라 할 수 있는 주광남의 작품으로
단풍을 불로 비유하거나 단풍과의 동일화를 꾀하는 화자의 감흥이 잘
드러나 있는 작품으로 물이 흐르는 듯한 유려한 운율이 돋보인다. 특
히, "이 가슴에도 천만 잎새 물들어 붉은 물들어"와 같은 시행은 북한
의 시에서는 좀처럼 찾아보기 힘든 시적 리듬을 성취하고 있어 눈길을
끈다. ②시 역시 비유와 운율을 적절히 살리면서 서정성을 확보한 채
자연을 독립된 존재로 시적 제재로 삼고 있어 관심을 끄는 작품이다.
이들 작품에 대해 김창조는 「명산풍경의 참신한 시적 탐구를 두고」(『조
선문학』, 1999. 6)라는 글에서 "시에서 인간 생활을 떠나 순수 자연을
찬미하는 것은 백해무익하지만 아름다운 자연을 통하여 거기에 비낀
인간 세계를 깊이 있게 드러내는 것은 좋은 것이다"라는 주체문예이론
을 전거(典據)하면서 이들의 시가 "풍경시문학의 체모를 갖추고 칠보
산의 자연 풍경에 대한 시적 탐구를 깊이 있게 한 훌륭한 작품이"라고
평가하고 있다.

　북한의 시문학은 혁명의 위업을 달성하기 위하여 당과 수령을 높이
받드는 주체적 문학예술의 개화 발전을 목적으로 한다. 이에 따라, 시
인들 역시 시대와 혁명 앞에 지닌 숭고한 사명감을 자각하고 주체의
혁명적 수령관과 인생관, 미학관과 문예관을 요구받고 있다. 나아가
당이 내세우고 있는 조국 통일 방침과 대외 정책 관철을 위한 투쟁을
선도하여 조국의 자주적 통일을 앞당기는 한편 세계의 진보적 작가와
의 교류를 확대시켜 혁명의 국제적 연대성을 강화하기를 요구받고 있
다. 그러나 이 같은 주제적 목적에도 불구하고 북한의 시는 90년대 들
어 서정성이 강조되면서 점차 시적 본질로 내면화되는 양상을 보인다.
비록 정론성이 강한 정치적 성격을 띠는 시와 교훈적 의의를 가지는
시도 내놓아야 하지만, 조국의 아름다운 자연을 노래하는 풍경시도 내
놓아야 한다라는 그들의 문예관이 이 세상 가장 아름다운 절경 위에서

부러움 없는 생활을 향유하는 인민의 행복상을 그려내는 데 그 목적을 두고는 있다 하더라도, 미감 있는 언어로 민족 정서를 진실하게 그리고 있다는 점에서 민족의 동질성을 발견할 수 있다는 희망과 더불어 점차 시의 본래적 기능까지 회복할 수 있으리라고 짐작된다.

북한의 산수시는 소박한 풍경 묘사의 차원에 그칠 뿐 자연의 이치나 예지를 심도 있게 드러내고 있지 못하다. 그것은 북한의 문예관에서 비롯하겠지만 그러나, 시에서 정치적 의도를 점멸(漸滅)시키고 있다는 것만으로도 그 의의는 크다 할 수 있다. 뿐만 아니라 서정성이 강조되면서 자연에 대한 관심이 자연스럽게 확대되고 이에 따라, 민족의 풍습이나 기질이 진실하고도 생동감 있게 승화되고 있다는 점은 남북한의 정서적 유대(紐帶)라는 측면에서 매우 바람직한 것이라 할 수 있다. 다만 한 가지 아쉬운 것은 북한의 시에서 산수시라고 손꼽을 수 있는 시가 그다지 많지 않다는 것인데 이는 당의 정책 변화에 따라 더욱더 풍요로워질 것으로 기대된다.

남북한 시문학의 접점과 근대문학
— 정지용과 백석을 중심으로

고봉준

1. 세계 체제의 변화와 남북 관계

1990년대 이후 숨가쁘게 진행된 세계 체제의 변화는 마침내 한반도에까지 그 영향을 미치고 있다. 현실 사회주의의 붕괴와 동·서독의 통일로 시작된 이러한 변화는 서방 선진국을 중심으로 한 전지구적 자본주의 체제를 공고히 하는 방향으로 전개되고 있다. 세계는 더 이상 사회주의와 자본주의라는 이데올로기적 양분법으로 정의되지 않는다. 이러한 일련의 사건들은 사회주의에 대한 자본주의의 승리라고 평가될 수도 있지만, 보다 본질적인 문제는 중국과 베트남의 시장경제 수용에서 나타나듯이 세계가 '경제'라는 새로운 관념을 둘러싸고 급속하게 재편된다는 사실이다. 이러한 국제적 역관계의 변화로 말미암아 한반도의 냉전 체제 역시 크나큰 변화의 양상을 보이고 있다. 남북 정상회담과 금강산 관광, 비전향 장기수의 북송과 같은 사건들은 한반도에 평화와 공존의 화해 무드를 조성시켰다. 그러나 이러한 화해 무드가 남북의 이데올로기적 대립을 약화시켰다거나 민족적 동질성을 회복시켰다고 선불리 평가될 수는 없다. 왜냐하면 여전히 남과 북은 각자의 체제 유지를 위한 제도적 장치들을 철폐하지 않고 있으며, 그에 따라 이데올로기적 대립 또한 엄존하기 때문이다.

한편 정치 및 경제의 영역에서 진행된 일련의 변화들은 남북한 모두가 서로를 새롭게 규정하는 계기가 되었다. 이러한 재규정과 아울러 진행된 일련의 문화적 작업들, 가령 이산가족 상봉에 포함된 문화 교류나 금강산 관광 등은 문화적 영역에서 민족적 동질성을 모색하려는 움직임을 반영하고 있다. 따라서 90년대 이후 분단문학은 그 큰 방향성을 통일문학에로 맞추어 가고 있다. 통일문학에 대한 모색은 그 대부분이 민족 공동체의 동질성 회복이라는 점을 중요한 사안으로 제기하고 있다. 그러나 이러한 당위적 차원보다 중요한 것은 "문화적 동질성의 근거를 어디에서 발견할 것이냐"는 문제이다. 분단 50년을 넘어선, 그리하여 냉전의 질곡이 극대화된 상황에서 이러한 문제에 답하는 일은 결코 쉽지 않다. 왜냐하면 남북한 각각이 서로 다른 이념을 바탕으로 각자의 문학사를 기술해 왔으며, 통일문학의 접점은 이러한 양 진영의 문학사를 해체하지 않는 범위에서 진행되어야 하기 때문이다. 결국 남북한의 문학사가 최소한의 합의 가능한 지점은 당연히 분단 이전에 한정될 수밖에 없을 것이다. 이런 점에서 최근 『북한문학사』의 변모 양상은 주목할 만한 일이다.

2. 『조선문학사』를 통해 본 북한 문학사의 변화 양상

북한의 경우, 문학사의 서술은 곧 문학에 대한 당의 공식적 입장이다. 따라서 문학사 서술의 변화는 이전의 문학작품들에 대한 당의 공식적 입장이 변하고 있음을 말해 준다. 범박하게 말해서 해방 이후부터 1991년까지의 북한 문학사는 자신의 정통을 카프에서 항일혁명문학에로 이동시키면서 전개되어 왔다. 주지하듯이 주체사상의 성립 이전까지만 해도 북한 문학사는 카프를 자신들의 중요한 문화유산으로 간주했다. 이러한 사실은 1956년 1월 7일 조선작가동맹 중앙위원회 제22차 상무위원회의 논의와 1956년 1월 18일의「문학예술 분야에 있어서의 반동 부르주아 사상과의 투쟁을 더욱 강화함에 대하여」라는 결정서에서 명시적으로 드러난다. 1956년 10월에 열린 제2차 조선작가대회는 카프문학이 북한문학의 혁명적 정통임을 다음과 같이 밝히고 있다. "조선작가동맹은 우리 나라의 유구한 역사를 통하여 개화 발전한 민족문화유산의 진보적 전통과 카프의 혁명적 전통을 계승한다."

그러나 주체사상의 성립을 전후한 60년대에 이르러, 북한문학에서는 카프를 대신하는 혁명 전통으로 '항일혁명문학'이 등장하기 시작하고, 이는 마침내 67년 이후 새로운 전통으로 굳건히 자리잡기 시작했다. 물론 1960년대 초반 당시 북한문학이 카프를 일방적으로 부정한 것은 아니다. 주체사상의 성립을 전후한 이 시기에는 카프와 항일혁명문학이라는 두 가지의 전통을 모두 수용한 것으로 보인다. 이러한 사정은 1961년 발족한 북한의 조선문학예술총동맹의 다음과 같은 규약이 잘 보여주고 있다. "조선문학예술총동맹은 우리 나라의 유구한 역사를 통하여 발전한 진보적인 민족문화유산과 조선프롤레타리아문학예술동맹(카프)의 문학예술전통, 특히 1930년대 항일무장투쟁 시기의 혁명적 문학예술전통을 계승 발전시킨다."

예술적 전통에 대한 미묘한 강조점의 변화는 마침내 1967년 주체사상의 성립을 통하여 전면적으로 드러난다. 이 시기에 이르러 카프는 북한문학의 전통에서 철저히 배제되고, 항일혁명문학만이 북한문학의 유일한 전통으로 자리잡는다. 이러한 일련의 사건들 배후에는 카프 출신들에 대한 대대적인 숙청과 김일성 우상화 등의 여러 요인들이 복합적으로 작용하고 있다. 이 시기에 이르러 카프가 북한 문학사의 정통에서 배제되는 결정적인 이유는 그것이 수령의 영도를 받지 못한 상태에서 발생한 자생적인 운동이라는 사실 때문이다. 이후 북한 문학사는 항일혁명문학만을 자신들의 유일한 전통으로 취급함은 물론 카프 및 당대의 여타 작가들에 대한 언급은 일체 보여주지 않았다.

그러나 1991년부터 새롭게 간행되기 시작한 『조선문학사』는 카프를 비롯한 식민지 시대의 문인들을 복권시키는 동시에 그들에 대한 가치 평가의 면모도 보여준다. 물론 이러한 재평가의 이면에는 1992년 간행된 김정일의 『주체문학론』의 영향이 놓여 있다. 그는 이 책에서 북한 문화의 유산과 전통에 대해 이전보다는 훨씬 유연한 자세를 보이고 있다. 그는 "민족문화유산에 대한 긍지와 자부심은 곧 민족자존심과 민족제일주의의 중요한 표현이다"라고 말하는 한편, "조선시대 실학과 문학과 1920~30년대 카프문학에 대한 평가와 처리를 공정하게 하여야 한다"라고 천명하고 있다. 또한 "작가의 출신과 사회생활 경위가 복잡하다 하여도 우리 나라 문학예술의 발전과 인민의 문화정서생활에 이바지한 좋은 작품을 썼다면 그 작가와 작품을 아끼고 대담하게 내세워 주어야 한다"고 지적하면서 이광수, 정지용, 신채호, 한용운, 심훈 등을 거명하고 있다. 문학사 및 문학유산을 바라보는 김정일의 이러한 시각 변화는 북한의 문학사 평가에서 이례적인 일이다. 왜냐하면 이제까지의 북한 문학사가 서술되는 방식은 철저하게 항일혁명문학의 전통과 부합되는 사항들만을 중심으로 쓰여졌으며, 그런 가운데 카프마저도 비전통의 낙인을 피할 수 없었기 때문이다.

문학사에 대한 이러한 시각의 변화는 『주체문학론』에 나타난 두 가지의 평가 원칙에 따른 것으로 보인다. 『주체문학론』은 역사성과 현대성을 민족문화유산의 계승 원칙으로서 제시하고 있다. 여기서 역사성이란 문학작품을 당대의 사회 현실과 유기적인 연관하에서 평가하는 작업을 의미한다. 이러한 역사성의 관점에 의해 수령의 영도를 받지 못했다는 이유로 문학사에서 배제된 카프를 비롯한 많은 작가들이 새롭게 평가받기에 이른다. 한편 현대성이란 당과 인민의 현재적 상황, 즉 미래적 지향점에 부합하는 문학작품들을 긍정적으로 평가하는 것을 말한다. 이는 이전의 북한 문학사 혹은 주체문예이론 등에서 보여지던 도식성을 어느 정도 탈피한 관점이다. 물론 이러한 관점의 변화가 곧 원칙의 변화를 의미하지는 않는다. 1991년 간행된『조선문학사』1권의 서두에 등장하는 다음의 인용은 문학사 서술의 이념적 원칙이 여전히 고수되고 있음을 보여준다. "위대한 수령 김일성 동지께서 조직령도하신 항일혁명투쟁의 불길 속에서 철저히 민족 해방, 계급 해방, 인간 해방을 위하여 복무하는 참다운 인민의 문학, 주체사상에 기초한 혁명문학의 시원이 열리었으며 그 항일혁명문학을 력사적 뿌리로 하여 해방 후 주체문학의 찬란한 개화가 이룩되였다." 그럼에도 불구하고 그 내용적인 측면에서『조선문학사』가 보여주는 작가의 개성에 대한 인정이나 문학을 당대의 현실과 연결시켜 설명하려는 경향 등은 이전의 문학사에서 찾아볼 수 없는 유연한 태도를 보여준다. 아울러『주체문학론』에서 언급된 "인민의 문화정서생활에 이바지한 좋은 작품"이라는 평가 역시 문학을 주체사상이라는 유일한 이념적 틀로서만 설명하려는 지난날의 태도에서 다소 탈피한 것으로 보인다.

3. 정지용 : 민족적 정서와 향토적 서정

정지용은 일본 유학 중이던 1926년『학조』에 「카페 프란스」 등을 발표하면서 문단 활동을 시작했다. 그는 등단 이듬해인 1927년 「풍랑몽」

「향수」 등을 발표하면서 본격적인 활동을 시작했는데, 1930년 김영랑·박용철 등과 함께 『시문학』을 발간하는가 하면 1933년에는 『카톨릭청년』의 편집을 맡기도 했다. 또한 1933년에는 '구인회'에, 1939년에는 『문장』지에 참여하기도 했다. 그리고 해방 이후에는 좌익 문학단체인 '조선문학건설본부'에도 몸담은 바 있다. 그는 1920~30년대의 한국 문단에서 독보적인 지위를 확보한 시인이었으며, 또한 다양한 유파와 사조에 관여한 문인이었다. 그는 『문장』과 『시문학』의 순수 문학적 경향과 『카톨릭 청년』의 카톨리시즘, '구인회'의 모더니즘 문학과 조선문학건설본부로 대표되는 계급주의 문학에도 모두 관심을 보였다. 그의 다양한 문단 활동으로 인해 그에 대한 평가는 사뭇 다른 양상을 보이기도 한다.

해방 이전까지의 정지용의 시 세계는 흔히 두 시기로 구분된다. 「카페 프란스」와 「향수」로 대표되는 초기시와 『백록담』으로 대표되는 후기시가 바로 그것이다. 논자에 따라 약간의 차별성은 있지만, 대략 초기시는 근대 도시문명과 대비되는 의미에서의 근원적 고향에 대한 그리움을, 후기시는 몇몇 산문시들에서 보이듯이 동양적 자연으로 회귀, 노장사상 등의 사상적 문제가 주조를 이룬다. 그러나 이러한 대비가 일면적일 수밖에 없는 것은 초기시 「카페 프란스」와 「향수」 사이에 존재하는 거리감 때문이다. 전자가 발달된 도시 문명을 배경으로 퇴락한 인간의 삶과 소외에 집중하는 반면, 후자는 자기 충족적인 자연 세계로서의 전근대적 고향에 대한 주목을 보여준다. 정지용에 대한 평가가 사뭇 다른 양상으로 나타날 수밖에 없는 까닭은 이러한 초기시의 세계가 보여주는 이중성 때문이다. 이러한 두 가지 경향 중에서 그 어느 것에 집중한다고 하더라도 30년대 이후 진행된 그의 문학 세계 및 문단 활동이 보여주는 다양함을 모두 설명하기는 힘들다.

한편 1995년 간행된 『조선문학사』 9권은 정지용의 다양한 문학적 경향 중에서 모더니즘 및 감각적 세계에 대한 몰두의 경향을 예술지상주의라는 관점에서 비판적으로 언급한다. 결국『조선문학사』가 정지용에 대한 긍정적인 평가를 내리는 지점은 초기시「향수」를 비롯한 20년대 후반의 작품들에 대해서이다. "정지용을 비롯한 일련의 시인들은 사회정치적인 문제나 현실적 생활세계 같은 것은 거의 다 관심 밖에 두면서 내용이나 형식에서 민족적이며 향토적인 색채가 짙은 시창작의 길을 걸었다. 정지용은 1930년을 전후한 시기에는 감각주의적인 시를 주로 씀으로써 그 경향에 있어서 형식주의, 예술지상주의적인 데로 기울어졌지만 그의 초기시들은 민족적 정서와 색채가 진하고 향토적 정취가 강하게 풍기며 민요적인 아름다운 시풍으로 하여 1920년대 민족시가의 한 모습을 보여주었다"(『조선문학사』 9권, 32~33쪽). '민족적 정서'와 '향토적 정취', '민요적인 아름다움'의 세계를 노래한 것으로 평가되는 그의 작품들은「향수」「압천」「고향」「그리워」등의 '향토애' 경향의 작품들과「할아버지」「홍춘」「산엣 색시 들녁 사내」등의 '세태풍속'을 노래한 작품들, 그리고「석류」「백록담」등의 '자연'을 노래한 시들이다. 이러한 평가의 근저에는 모더니즘 문학을 부르주아적이고 예술지상주의적인 경향으로 폄하하는 입장이 전제되어 있다. 그럼에도 불구하고『조선문학사』는 이전의 북한 문학사들이 노정한 도식주의적 성향을 다소 탈피했다는 평가를 내릴 수 있다. 앞서 언급했듯이 1991년 이전의 문학사들은 항일혁명문학만을 북한문학의 유일한 전통으로 내세우는 한편, 그 이외의 작품들에 대해서는 거의 주목조차 하지 않았기 때문이다.

그리워 그리워/돌아와도 그리던 고향은 어디더뇨//들녁에 피여있는 들국화 웃어주는대/마음은 어디고 붙일곳 없어/먼 하늘만 바라보노라//눈물도 웃음도 흘러간 옛추억/가슴아픈 그 추억 더듬지 말자/내 가슴엔 그리움이

있고/나의 웃음도 년륜에 세겨졌나니/내 그것만 가지고 가노라/그리워 그
리워/그리워 찾아와도 고향은 없어/진종일 진종일 언덕길 헤매다 가네

—「그리워」부분

이 작품은 근대 이전의 자기 충족적인 세계로서의 고향을 상실한 비
애와 그 세계에 대한 그리움을 주조로 하고 있다. '그리워'라는 시어의
연속적인 반복은 화자의 그리움의 정도와 함께 민요적 가락의 리듬감
을 표현한다. 특히 이 시에 등장하는 방황하는 주체는 그의 초기작들
에서 빈번하게 목격되는 상실감과 부재의식을 잘 보여준다. 타향에서
고향으로 돌아온 화자는 들녘에 핀 '들국화'를 목격하지만, 그곳은 이
미 그리움의 대상으로서의 고향 자체는 아니다.「향수」「압천」「고향」
등의 초기작들에서 나타나는 이러한 그리움과 상실감의 날카로운 대
비는 서구 문명의 수용으로 치닫는 근대화의 질곡에서 그가 느낀 존재
상실의 감정들이다. 또한 그것은 빈곤과 기아에 허덕이는 식민지 농촌
의 현실에 대한 안타까움의 표현이기도 하다.『조선문학사』는 이 시에
대해 "여기에는 일제 식민지 통치하에서 우리 민족이 당하는 수난과
설움이 그대로 음영되어 있"다고 설명하고 있지만, 시의 표면적인 진
술들에서 그러한 수난과 설움의 모티프를 발견하기는 쉽지 않다. 이는
결국 그들이 원초적 세계로서의 고향에 대한 시인의 그리움을 식민지
현실과 동일한 선상에서 파악하고 있음을 의미한다. 이러한 시각의 전
면화는 다음과 같은 구절에서 확인할 수 있다.

그는 고향을 대상으로 하든 자연과 풍속을 대상으로 하든 식민지 시대 민
족이 당하는 고통과 불행을 제나름의 설움과 울분으로 터뜨림으로써 민족
적의분을 나타냈으며 특히는 짙은 민족적정서로 민요풍의 시풍으로 그려내
여 민족시가의 전통을 살려나갔다. —『조선문학사』9권, 81쪽

위의 인용에서 주목할 만한 사실은 작품에 대한 설명들이 한결같이 '민족'이라는 개념에 의해 매개되고 있다는 점이다. 이는 북한이 문학을 비롯한 예술의 영역에서 민족적 형식을 최우선의 가치로 규정한다는 사실과 밀접한 관련을 지닌다. 인용문의 다음에 이어지는 「산에서 운 새」에 대한 설명은 이러한 사실을 단적으로 보여준다. "고르고 고른 시어, 정서의 흐름 타고 다듬어진 정교한 운률, 민요를 듣는 듯한 음악적인 률동, 이것이 일제 식민지 통치하에서도 시문학의 진보성과 민족성을 고수해나간 정지용의 시인적인 한 모습이다." 『조선문학사』가 정지용에 대해 긍정적인 평가를 보여주는 까닭도 이러한 민족성의 구현에 있다. 정지용의 초기시들에 남아 있는 민요적 율격의 흔적이야말로 북한 문학사가 요구하는 민족적 시가 형식의 계승 및 체득과 직접적으로 연결된다. 이러한 민족주의 이데올로기가 유일한 가치 평가의 기준으로 작용한 결과, 그의 30년대 문학 활동들, 가령 '구인회'와 『문장』, 『시문학』 등에서의 활동들은 모두 비판받게 된다. 북한 문학사에서 언급하는 민족성이란 사실주의적 경향과 동일한 의미이며, 나아가 계급과 민족을 동시에 함의하는 용어이다. 그렇기 때문에 그의 구인회 활동은 민족성에 의해, 『문장』과 『시문학』의 활동은 계급성에 의해 비판될 수밖에 없다. 『조선문학사』는 고향에 대한 그리움의 정조를 전면에 부각시킨 그의 작품들에서 민요풍의 민족적 율격과 식민지 피지배계급이라는 계급성을 동시에 읽어내고 있다.

4. 백석 : 신화적 공동체와 삶의 원형

백석은 1912년 평북 정주에서 출생하여 오산학교를 졸업, 일본으로 건너가 청산학원에서 영문학을 공부하였다. 그는 1935년 『조선일보』

에 「정주성」을 발표하면서 문단활동을 시작했으며, 등단 이듬해인 1936년 시집 『사슴』을 간행하였다. 그의 작품들은 평북지방의 독특한 방언과 설화, 민속의 세계를 형상화하고 있다. 이러한 시적 경향은 향토적인 분위기와 함께 토속적이고 신화적인 공동체의 원형적 삶을 담고 있다는 점에서 주목된다. 그의 작품들은 특히 민족적 자기 동일성이 위기에 직면한 1930년대에 발표됨으로써 시대사적인 측면에서 오늘날까지도 리얼리즘 문학의 획기적인 사건으로 평가된다.

그러나 그의 작품들에서 가장 돋보이는 점은 신화적 세계로 표상되는 유년 시절에 자신을 철저하게 유폐시키는 그의 존재론적 태도이다. 그에게 있어 설화와 신화 등은 지나가 버린 현재로서의 단순한 과거가 아니라 현실을 가능하게 하는 근원적 힘이다. 유년 시절에 대한 집착이 말해 주듯이 그에게 과거란 영원한 동일성의 세계이다. 따라서 그의 시에 등장하는 화자들은 공동체적 유대와 합일이 보장된 유년 세계에 철저하게 자신을 유폐시키는 퇴행적 주체의 모습으로 나타난다. 민족주의적인 입장에서 접근할 때, 이러한 그의 시적 면모는 식민지 수탈과 근대화로 인한 공동체의 파괴에 저항하려는 움직임으로 받아들여질 수 있다.

북한 문학사의 백석에 대한 평가 역시 이러한 민족주의적 시각에서 크게 벗어나지 않는다. 『조선문학사』 9권에 나타난 백석에 대한 평가들은 "풍속도라 할 만한 세태적인 생활감정으로 일관", "풍속도를 방불케 하는 농촌 세태를 점묘한 시" 등에서처럼 '풍속도'에 집중되어 있다. 정지용의 경우와 마찬가지로 이러한 시적 경향은 1991년 이전의 북한 문학사에서 제대로 평가받지 못했던 부분이다. 거기에는 항일혁명문학 및 계급주의 문학의 흔적이 부재하기 때문이다. 그러나 『조선문학사』 9권은 김정일의 『주체문학론』("인민의 문화정서생활에 이바지한 좋은 작품을 제대로 평가해야 한다")의 영향하에 백석 시를 새롭게 조명하고 있다. 물론 이는 일관되게 민족제일주의적 시각을 견지한 상태에서의 가치 평가이다. 이러한 시각에서 토속적이고 신화적인 백석 시의 배경들은 모두 1930년대 식민지 농촌의 전형적인 모습으로 환원된다. 그리고 이러한 해석은 남한의 문학사 서술과 상당한 유사점을 보여주어 주목된다.

새끼오리도 헌신짝도 소똥도 갓신창도 개니빠디도 너울쪽도 짚검불도 가락잎도 머리카락도 헌겊 조각도 막대꼬치도 기왓장도 닭의 깃도 개터럭도 타는 모닥불

재당도 초시도 문장(門長) 늙은이도 더부살이 아이도 새사위도 갓사둔도 나그네도 주인도 할아버지도 손자도 붓장사도 땜장이도 큰개도 강아지도 모두 모닥불을 쪼인다

모닥불은 어려서 우리 할아버지가 어미아비 없는 서러운 아이로 불상하니도 몽둥발이가 된 슬픈 역사가 있다

—「모닥불」 전문

인용시는 『조선문학사』 9권에서 백석의 대표작으로 평가되는 작품이다. "너무도 쪼달린 생활이 사람들로 하여금 닭의 깃, 개털까지 다 태우게 하면서 장작가치 하나 모닥불로 태울 여유조차 주지 않았던 것이다. 그렇게 각박하고 가난한 생활이다"라는 설명에서 나타나듯이, 『조선문학사』는 이 작품에서 빈곤과 핍박에 시달리는 식민지 농촌의 모습을 부각시킨다. '새끼오리'에서 '개털'에 이르기까지 삶의 모든 도구들이 모닥불의 땔감이 되어야만 하는 가난한 농촌 마을과, 모닥불 주위에 옹기종기 모여 앉은 대가족들. 식민지 농촌의 가난을 노래한

이 작품은 북한 문학사의 민족성·계급성 원칙과 정확하게 일치된다. 특히 "시는 마지막 부분에서 모닥불에 깃든 할아버지의 불행한 력사를 상기시킴으로써 조상 대대로 내려오는 생활의 가난과 불행은 계속되고 있다는 것을 서럽게 이야기하였다"에서 진술되듯이, 이 시는 그러한 가난과 삶의 불행을 역사적인 맥락에서 인식함으로써 그 시적 깊이를 성취하고 있다.

한편 이 작품은 이러한 시작 내용의 진보성 외에도 형식적 측면에서 민족적 정서를 내포하고 있다. "시인은 자기의 시들을 통하여 일제의 탄압으로 하여 비록 모든 것이 짓밟히는 처지에서도 생활의 구석구석에 조선적인 것, 민족적인 것은 살아 숨쉬고 있으며 거기에 사람들의 삶이 얽혀 있다는 것을 보여주었다. 그리고 그것을 노래함에 있어서도 시인은 당시 시대를 풍미하던 온갖 잡다한 문예조류들과 담을 쌓고 풍속과 세태를 노래하는 데 맞는 독특한 시풍을 찾아냈다. 때문에 그의 시에는 '멋'이나 '식'은 도저히 찾아볼 수 없는 반면에 구수한 이야기가 있으며 〈토장〉 냄새가 있다."『조선문학사』의 이러한 평가는 백석의 시에 대한 두 가지 긍정성을 함의하고 있다. 첫째, 백석의 시는 내용적인 측면에서 식민지 피지배 계급의 삶을 사실적으로 형상화함으로써 계급성의 원칙과 사실주의적 전통에 부합한다는 사실이다. 둘째, 그의 시는 형식적인 측면에서도 당대의 유행, 즉 모더니즘과 순수문학에 경사되지 않고 소박한 토속어 등을 전면화시킴으로써 조선적 풍속이라는 민족성의 원칙을 충실히 따르고 있다는 점이다. 특히 후자의 평가는 정지용의 경우에서 살폈듯이『조선문학사』와『주체문학론』이 강조하는 주체적인 민족 시가의 형식의 중요성과 일치하는 지점이다.『조선문학사』9권에 나타난 1930년대 시에 대한 전반적인 평가에서도 이러한 사실을 확인할 수 있는데, "당시로서는 현실을 '외면'한 이러한 시들이 하나의 흐름을 이루었다고 말할 수 있다. 이러한 시들은 상징적 수법을 많이 쓰면서 시형상에서는 사실주의적 측면이 강하였다"라는 진술이 바로 그것이다. 따라서 북한의 문학사는 시에 대한 평가의 잣대가 이중적으로 작용하고 있다.

5. 나오며

90년대 이후 북한의 문학사 서술은 이전에 비해 상당한 유연성을 보여주고 있다. 비록 주체사상과 주체문예이론 등 사상적 근거에는 변함이 없지만, 1991년 이후 지속적으로 간행되는 『북한문학사』는 그 내용상에 있어 상당한 변화를 노정하고 있다. 이는 대내적으로 1992년 발표된 김정일의 『주체문학론』과 남북 관계의 변화에서, 대외적으로는 90년대 이후 진행된 일련의 세계사적 변화의 흐름에서 기인하는 듯하다. 특히 북한의 문학사가 항일혁명문학만을 유일한 전통으로 간주하던 이전의 경향에서 탈피하여 근대문학의 다양한 작품 및 경향들을 긍정적으로 평가한다는 점은 주목할 만한 사실이다. 왜냐하면 남북한 각자의 고유한 시각이 탈각되지 않는 범위에서의 통일문학사 기술은 대략 식민지 시대의 근대문학에서 그 정점에 도달될 것이기 때문이다.

이러한 맥락에서 『조선문학사』에 나타난 백석과 정지용에 대한 새로운 평가를 고찰하는 일은 의미 있는 작업이다. 백석과 정지용은 1920~30년대 우리 시에 있어서 중요한 작가들이다. 식민지 치하에서의 궁핍한 농촌 현실과 원형적 삶의 공간으로서의 고향을 형상화한 백석과 정지용의 시는 '민족'이라는 공통 관념에 의해 남과 북의 이념적 거리를 좁히는 계기가 될 수 있다. 이들 작품이 보여주는 민족적 정서와 형식이야말로 남과 북이 이념적 대립을 넘어서 민족적 동질성을 회복하는 데 중요한 역할을 할 것이다. 민족적 동질성의 회복이 당위적인 차원의 구호에 머물지 않기 위해서는 남북한의 문학사를 포괄할 수 있는 통일문학사의 서술이 절실히 요구된다. 물론 이러한 작업은 엄존하는 이념적 대립으로 인해 출발부터 그 한계성을 노정할 수밖에 없을 것이다. 그럼에도 불구하고 최근 북한 문학사의 근대문학에 대한 평가가 남한의 그것과 상당한 유사점을 보인다는 점은 통일문학사의 서술에 조그만 희망을 가져다 준다.

최근 북한 소설에 나타난 통일문제

문흥술

1. 90년대 북한의 문예이론

북한의 문예이론은 90년대를 전후로 하여 그 특질을 달리한다. 67년 주체문학이 확립된 이후 북한문학은 위대한 수령의 혁명적 과업을 형상화하는 것으로 고착된다. 이 시기의 북한문학은 '지금의 현실'이 아니라, 수령의 위대한 업적과 관련이 있는 지난 역사적 과거를 중심으로 수령의 영웅적 투쟁과정을 지극히 도식적이고 상투적인 방법으로 그려내고 있다. 그러다가 80년대에 들어서면서 북한문학은 변화를 꾀하기 시작하는데, 그것은 기존의 수령 중심주의 문학을 고수하되 그런 도식적인 틀에서 벗어나 현실에 보다 치중하는 것으로 방향 전환을 꾀한다.

높은 당성과 심오한 철학성은 혁명적 문학창작의 주요한 요구이다. 모든 작가들은 당이 제시한 주체적인 창조체계와 창작 원칙을 철저히 구현하며 자연주의, 도식주의를 비롯한 온갖 그릇된 경향을 극복하고 창작에서 노동 계급적 선을 확고히 세우는 동시에 개성적 특성을 옳게 살리며 철학적 심도를 보장함으로써 사상예술성이 높은 우수한 작품들을 더 많이 창작하여야 한다.[1]

80년 1월 작가동맹회의에서 행해진 김정일의 이 발언은 대단히 파격적인 것이다. 여기서 '높은 당성'은 기존의 북한 문예정책에서 늘 되풀이되던 주체사상과 관련된 요소이다. 그런데 '철학성'이라는 용어는 기존의 북한문학에서 볼 수 없던 새로운 것이다. '철학성'이란 "종자의 철학적 무게, 사상의 철학적 심오성, 사회적 문제의 예리성, 생활의 새로운 탐구, 깊이 있는 분석적인 세부묘사와 언어구사를 통하여 보장되는 창작과정의 총체"[2]를 의미한다. 곧 이전처럼 수령 중심주의에 기초하여 현실을 추상적 관념으로 재단하여 미화할 것이 아니라, 현실의 참다운 진실을 깊이 있게 탐구하여 사회 문제를 예리하면서도 세부적으로 묘사할 것을 강조하고 있다. 기존의 추상적이고 도식적이며 무갈등론적인 측면에서 벗어나, 현실의 생활 감정에 충실한 문학을 지향할 것을 주장하는 김정일의 이 발언에 때맞추어 일정한 방향 전환을 꾀하고 있는 작품들이 80년대 이후 등장하기 시작하였다. 젊은이들의 애정 심리를 생동감 있고 대담하게 다룬 남대현의 「청춘송가」(1988)와 부부 간의 애정 윤리를 다루고 있는 백남룡의 「벗」(1988)이 그 대표적인 작품들이다.

이처럼 80년대 북한문학은 기존의 주체사상(당성)을 고수하되, 도식주의와 상투성에서 벗어나 동시대의 북한 현실에 내재한 여러 문제들

---

1) 「현실발전의 요구에 맞게 작가들의 정치적 식견과 창작적 기량을 결정적으로 높이자」, 『조선문학』, 1980. 2.
2) 최상, 「우리식 문학건설의 강령적 지침」, 『조선문학』, 1990. 1.

을 개성적으로 그려낼 것(철학성)을 주장하고 있는 것이다. 곧 '철학성'의 강조는 북한문학으로 하여금 이전의 경직된 도식주의에서 벗어나 비교적 자유롭게 현실의 다양한 문제를 개성적으로 그려낼 것을 요구하게 되었고, 그 결과 작가들은 이전에는 다루지 못한 현실의 제반 요소들을 새롭게 다루기 시작한다. 그러나 '당성'과 '철학성'은 서로 상반되는 측면이 많기에 이 양자를 동시에 수행하는 데에는 어려움이 따른다. 당성을 강조하면 철학성이 약해지고, 반대로 철학성을 강조하면 당성이 약해질 수 있다. 80년대 이후 철학성을 강조한 북한문학은 이전에 볼 수 없는 다양한 현실문제를 다룸으로써 독자들의 관심을 끌었지만, 그로 인해 당성이 약해지면서 개인주의적이고 자유주의적인 부르주아 색채를 띠게 된다. 이에 따라 1986년 김정일은 현재의 북한문학이 부르주아 문학으로 나아갈 수 있음을 경계하면서 다음과 같은 경고를 하고 있다.

문학예술작품 창작에서 당성, 로동계급성, 인민성의 원칙을 지키는 것은 제국주의의 사상문화적 침투가 계속되고 있는 조건에서 더욱 중요한 문제로 나섭니다. 〔…중략…〕 최근에 영화예술부문에서는 인간의 기구한 운명을 그린 영화와 남녀간의 삼각련애를 그리는 것은 구라파식이며 부르주아적 미학관의 표현입니다. 〔…중략…〕 문학예술작품창작에서 당성, 로동계급성, 인민성의 원칙을 지키자면 작품에 인민들의 생활을 진실하고 깊이 있게 담아야 합니다. 문학예술작품은 생활을 진실하고 깊이 있게 담아야 사람들에게 생활의 진리를 똑똑히 인식시키고 참다운 삶과 투쟁의 길을 가르쳐 줄 수 있습니다. 문학예술작품은 사람들의 보람찬 생활을 진실하고 깊이 있게 그릴수록 가치 있는 것으로 됩니다. 생활을 담지 못한 문학예술작품은 정치논설이나 강연제강보다 못합니다.[3]

이 글은 먼저 "생활을 담지 못한 문학예술작품은 정치논설이나 강연 제강보다 못합니다"라고 함으로써 기존의 획일화된 수령 중심주의 문학에서 벗어날 것을 강조하고 있다. 그러면서 최근 영화 예술이 남녀 간의 삼각연애 등을 그림으로써 '구라파식이며 부르주아적 미학관'에 근접하고 있다고 비판하고 있다. 그리하여 결론적으로 이 글은, 작품에 인민들의 생활을 진실하고 깊이 있게 담되, 당성, 노동계급성, 인민성의 원칙을 지킬 것을 주장하고 있다. 이처럼 80년대 들어 변화된 북한 문예정책은 80년대 말 동구 사회주의의 몰락과 함께 내적·외적 위기상황에 봉착하면서, '우리식 사회주의 내지 우리식 문학'이라는 슬로건 아래 독자적인 진로를 모색하게 된다. 사회주의 우월성에 대한 강력한 믿음과 함께 민족적 긍지 내지 자부심, 조선민족제일주의 정신을 한층 강조하게 되는 것이다. 이러한 바탕 위에서 90년대 북한 문예가 나아갈 방향을 또렷이 보여주는 것이 92년에 발표된 김정일의 『주체문학론』이다.

①우리의 일부 소설이 친숙감이 덜하고 사람의 생활 속으로 깊이 들어가지 못하는 주요한 원인의 하나는 인물이 대체로 리상화되어 있는 데 있다. 현실의 인간보다 비할 수 없는 높이에 올라 있는 인물의 형상은 사람들의 공감을 불러일으킬 수 없다. 소설은 마땅히 현실보다 앞서 나가야만 하지만 그렇다고 하여 현실을 초월한 인물을 꾸며내면 인간과 생활을 리상화하는 결과를 빚어낸다. 우리 소설의 주인공은 현실에 실지 있는 인간이어야 하고 사람들 곁에서 늘 같이 숨쉬고 있는 친근한 모습으로 안겨 와야 한다.[4]

---

3) 「혁명적 문학예술작품 창작에서 새로운 앙양을 일으키자」, 『주체혁명위업의 완성을 위하여 5』, 조선로동당출판사, 1988, 414~416쪽.
4) 김정일, 『주체문학론』, 조선로동당출판사, 1992, 236~237쪽.

②동지적 단결과 협조가 사회관계의 기본을 이루고 있는 우리 사회주의 사회에서는 긍정인물과 부정인물이 미리부터 정해져 있는 것이 아니며 설사 결함이 있는 사람이라 하여도 애초부터 부정인물로 찍어 놓고 몰아주는 일이 없다. 작가가 이런 사회 현실을 외면하고 긍부정의 인물관계를 그 어떤 틀에 맞추어 기정사실화하거나 단순화하면 작품이 읽을 맛이 없게 되는 것은 물론, 현실을 왜곡하는 결과를 빚어내게 된다.[5]

60년대 주체문예이론 정립 이후 북한문학의 기본축은 영웅적 긍정적 주인공에 기초한 혁명적 낭만주의로서의 사회주의적 사실주의와 김일성 개인 숭배였다. 그러다가 80년대 들어 '숨은 영웅'을 그려야 한다는 논의가 제기되면서 변화의 조짐을 보이다가, 90년대에 와서는 다소 파격적이라 할 수 있는 변화를 보여주고 있다.

①에서 보듯, "현실의 인간보다 비할 수 없는 높이에 올라 있는" 이상적 인물을 형상화해서는 독자들의 공감을 불러일으킬 수 없다고 하면서, "현실에 실지 있는 인간", "사람들 곁에서 늘 같이 숨쉬고 친근한 모습"의 인물을 형상화할 것을 주장하고 있다. 곧 혁명적 낭만주의에 기초한 '영웅적 긍정적 인물의 이상화'에 대해 비판을 가하고, 현실에 살아 있는 인물을 형상화할 것을 강조하고 있다. 이와 아울러 ②에서, 기존의 도식적인 긍부정 인물 관계를 비판하고, 북한 사회 현실에서는 "결함이 있는 사람이라 하여도 애초부터 부정인물로 찍어 놓고 몰아주는 일"이 없기에, 이러한 사회 현실을 충실히 반영하는 인물을 성격화할 것을 강조하고 있다. 요컨대 90년대 북한의 문예정책은 수령중심주의에 입각하여 추상적인 현실 내지 역사적 과거를 다루는 기존의 경향과 함께, 구체적 현실을 깊이 있고도 충실하게 다루는 경향으

---

5) 위의 글, 212쪽.

로 양분화[6]된다.

한편 90년대 북한문학의 변화에서 또 다른 특징으로 들 수 있는 것은 단편의 중요성이 강조된다는 점이다.

단편소설 문학이 우리 시대의 다양하고 풍부한 생활을 높은 예술적 경지에서 생동하게 형상화하기 위해서는 그 생활적 정서의 다양성에 맞게 양상을 잘 살리는 데 심중한 주의를 돌려야 한다.[7]

사회적 문제가 제기되지 못하였다면 작품 그 자체로서는 상대적으로 아무리 현상적 완결성이 보장되었다 하더라도 시대를 선도하며 인민대중을 혁명과 건설에로 불러일으키는 힘 있는 무기로서의 역할을 다할 수 없다.[8]

이전처럼 수령 중심주의에 입각하여 위대한 과거의 역사를 다룰 경우에는 장편이 적합하였지만, 80년대 들어 사회적 현실 문제를 높은 예술적 경지에서 생동감 있으면서 예리하게 형상화하여 인민대중을 혁명과 건설에로 불러일으키는 힘 있는 무기가 되기 위해서는 단편 양식이 적합하다는 견해를 제시하고 있다. 80년대 제기된 단편에 대한 새로운 인식은 90년대 이후 북한문학에서 더욱 그 중요성이 강조되면서 그 동안 도외시되어 오던 단편소설이 주된 창작 양식으로 자리잡게 된다.

---

6) 김재용, 「김정일 시대의 주체문학론」, 『문예중앙』, 1995. 봄, 320쪽.
7) 김홍섭, 「단편소설의 양상을 다양하게 살리자」, 『조선문학』, 1981. 1, 58쪽.
8) 명일식, 「단편소설에서 사회적 문제성을 더 예리하게 제기하자」, 『조선문학』, 1984. 2, 74쪽.

2. 이산가족의 아픔을 다루는 작품들

90년대 북한문학의 변화와 함께 대두된 구체적 현실을 다루는 측면과 단편소설 위주의 창작 흐름을 잘 보여주는 것이 남북 통일을 다루는 작품이다. 전통적으로 통일문제를 다루는 작품들은 남한의 실체를 인정하지 않고 당위적 차원에서 통일을 호소하고 있다. 설령 남한의 현실을 다루더라도 해방된 북한이 미제의 압제 밑에서 신음하고 있는 남한을 구한다는 단순하면서도 도식적인 내용이 중심을 이루고 있다. 곧 이들 작품들은 미국의 식민지인 남한의 비참한 현실과 그것을 극복하기 위해 싸우고 저항하는 반미구국투사의 이야기를 중점적으로 다루고 있다. 그러나 90년대 들어 통일문제를 다루는 작품들은 이전의 작품들에서 보이는 남조선 해방이라는 획일적 주제에서 벗어나 있다. 이들 작품들은 남한이 아닌 북한의 인물들이 겪는 분단 현실에 초점을 맞추고, 혈육의 정을 그리워하는 이산의 아픔을 중심 소재로 하여 남북 분단을 개인적 차원에서 씻지 못할 아픔으로 그려내고 있다. 그 대표적인 작품은 다음과 같다.

김명익의 「임진강」은 분단 현실하에서 북한 주민이 겪는 삶의 현실을 다루고 있다. 이 작품은 평양에서 교수로 있는 남편을 둔 중년 부인인 숙희가 임진강의 물줄기를 끼고 있는 림강 마을에서 홀로 살고 있는 어머니 류성녀를 평양으로 모시기 위해 설득하는 장면부터 시작된다. 그러나 어머니는 임진강을 결코 떠날 수 없는데, 그 이유는 남쪽으로 내려간 남편과 아들 때문이다. 남편이 열병에 걸린 아들을 치료하기 위해 강 건너 명의네 집으로 간 사이에, 임진강이 군사분계선으로 인해 가로막혀 버린다. 어느 날 밤, 남편은 극적으로 임진강을 건너 헤엄쳐 돌아오지만, 아들의 병세가 호전되면 함께 올 것을 약속하고 다시 떠난다. 이후 류성녀는 남쪽으로 내려간 남편과 아들을 맞이할 통일의 날이 오기를 염원하면서 임진강을 떠나지 못하고 있는 것이다. 따라서 이 작품에서 '임진강'은 남편과 아들에 대한 그리움과 이별의 아픔, 그리고 통일에 대한 강한 염원을 내포하고 있다.

림종상의 「쇠찌르레기」도 같은 경향을 드러내고 있다. 이 작품은 남한과 북한에서 조류학을 전공하는 삼대의 이야기를 다루고 있다. 작중 화자가 작고한 북한 생물학 연구소 소장 원홍길 박사의 손자로 역시 조류학자인 원창운이가 월남한 막내 삼촌 원병후 박사에게 보내는 편지를 소개하는 형식이다. 원병후는 원홍길 교수가 자신의 조류학을 이을 후손으로 가장 총애하던 막내아들인데, 전쟁 중에 돌연 월남한다. 이후 북의 가족들은 월남한 원병후 박사에 대한 소식을 조류학 관련 학술지를 통해 간간이 접한다. 그러던 어느 날, 창운은 남쪽의 원병후 박사가 표식 가락지를 끼워 날려 보낸 쇠찌르레기를 발견하게 되는데, 이를 통해 원홍길 박사는 자신이 증식한 쇠찌르레기가 한반도 전체에 서식하게 되었다는 점과, 월남한 아들이 자신처럼 쇠찌르레기에 깊은 애착을 가지고 있다는 점에 큰 기쁨과 만족을 느낀다. 여기서 쇠찌르레기는 분단으로 인해 한 맺힌 이산의 아픔을 겪는 부모와 자식 간을 연결해 주는 역할을 하면서, 동시에 분단 현실에 대한 뼈아픈 아픔을 심화시켜 주는 역할을 하고 있다. 그러면서 이러한 이산의 아픔은 "한 집안의 비극만이 아닌 천만이 당하고 있는 고통, 아니 온 겨레가 반 세기가 다 돼 오도록 분렬된 쓰라림"으로 확대된다.

리종렬의 「산제비」는 카프 출신 시인이며 북한 애국가의 작사자인 박세영 시인의 미망인 김숙화 할머니가 제13차 세계청년학생죽전에 참가하기 위해 입북한 임수경을 통해서 통일의 열망과 기대를 드러내고 있다. 김숙화 노인은 임수경이 방북했다는 놀라운 소식을 듣고 죽은 남편 박세영 시인을 떠올린다. 박세영 시인은 임종을 앞두고 "나는 말이여, 환생이라는 게 있다면 저 산제비가 되고퍼, 산제비 (……) 그러면 훨훨 날아다니며 서울에도 가 여기 소식이랑 전하고 사람들을 통일에로 부르고"라고 유언을 할 정도로 평소 통일을 절절히 기원하였다. 이러한 남편에 대한 할머니의 기억은 임수경에 대한 반가움을 증폭시키면서 할머니로 하여금 통일에 대한 간절함 염원을 지니게 한다. 이 작품의 제목 '산제비'는 박세영 시의 제목이면서 분단을 넘나드는 자유로운 존재를 상징한다.

류도희의 「열쇠」는 공장 지배인인 박성규가 고향 경기도 가평에 남아 있는 어머니를 그리워하는 내용이다. 박성규는 자신이 고향을 떠날 때 자신이 돌아오기를 기다리면서 어머니가 주신 열쇠를 늘 품고 다닌다. 그는 딸에게 집안 열쇠를 주는 아내를 보고 자신이 집을 떠나올 때의 기억을 되살린다. 그가 지금까지 소중히 간직하고 있는 남쪽 집의 열쇠는 고향의 상징과도 같다.

주유훈의 「어머니 오시다」는 바이올린을 매개로 하여 제3국에 거주하는 어머니가 북한에 와서 40년 만에 아들 황설규를 만나는 내용을 담고 있다. 남한에 살던 어머니는 전쟁 직후 남몰래 듣던 평양방송을 통해 월북한 아들이 바이올린 독주대회에서 1등을 한 소식을 접한다. 그후 어머니는 아들과의 상봉을 위해 몸부림치는데, 딸 혜경이를 제3국으로 시집 보낸 까닭도 제3국을 통해 아들을 만날 수 있으리라는 기대감 때문이다. 그러나 딸은 수토병에 걸려 죽게 된다. "기차로 몇 시간이면 가 닿을 곳에 있는" 아들을 만나는 데 혹독한 대가를 치른 어머니는 정작 아들을 만나자마자 다시 헤어질 수밖에 없게 된다.

이상에서 살펴보았듯이, 90년대 이후 등장한 통일문제를 다루는 작품들은 과거처럼 반미구국투쟁이나 남조선 지배 정권에 대한 왜곡과 비방이라는 도식적인 틀에서 상당히 벗어나 있다. 이들 작품들은 심정적으로 피부에 와닿을 수 있는 이산가족이 겪는 인간적 슬픔과 고통을 다루면서 그런 아픔이 한 가정에 국한된 문제가 아니라 분단된 온 민족의 아픔임을 강조함으로써 이전의 추상적·관념적 작품이 지니지 못하는 현실적 설득력을 확보하고 있다.

3. 새로운 통일문제 작품에 대한 경고와 그 수용

90년대 들어 통일문제를 새롭게 다루는 작품들이 대두되는 배경에는 많은 요인들이 있겠지만, 그 중의 한 요소로 최근 남한 사람들의 활발한 방북을 비롯하여 새롭게 전개되는 통일운동을 들 수 있다. 임수경, 문익환, 황석영 등의 방북 인사가 늘어나면서 북한 주민의 의식 속에 내재해 있던 이산가족에 대한 그리움과 상봉의 기대감이 분출되기 시작한 것이다. 새로운 통일문제를 다루는 소설들의 등장에는 우연성보다는 이러한 시대적 필연성이 내재되어 있으며, 여기에 북한의 문예정책의 변화가 맞물려 있다고 볼 수 있다. 그런데 이러한 변화에 대해 엄중한 경계를 요구하는 글이 1991년에 발표된다.

최근에 발표된 일부 조국 통일 주제의 작품들에서는 우리 조국을 둘로 갈라놓고 우리 인민에게 분열의 고통을 강요하고 있는 근본 원흉인 미제 침략자들에 대한 치솟는 민족적 분노와 증오심을 강하게 불러일으키지 못하고 지엽적인 문제들에 형상의 주목을 돌리는 것과 같은 편향이 나타나고 있다. 일부 소설들에서는 남조선 현실을 반영하면서도 근 반세기 동안이나 우리 조국 남반부를 강점하고 식민지 통치를 감행하면서 남조선을 핵 전초 기지로 전변시킨 미제 침략자들의 만행을 폭로 단죄하고 놈들을 몰아내기 위한 사상적인 대를 튼튼히 세우고 형상 조직을 하지 못하고 이런저런 생활을 보여주는 데 그치고 마는 경우들이 있다. 특히 미제와 그 앞잡이들의 군사 파쇼 통치를 반대하고 미국놈들을 남조선에서 내쫓기 위하여 항쟁의 거리에서 피 흘리며 싸우고 있는 주인공들을 정면에 내세우지 못하고 분렬로 인한 인정적인 설움이나 고통을 보여주는 주인공들을 그리는 현상이 많이 나타나고 있다. 물론 근 반세기에 걸치는 분렬로 인하여 혈육들이 갈라져 생사여부조차 모르고 있는 비극적인 현상이 많은 것은 사실이다. 그렇다고 하여 분렬의 아픔과 고통만을 보여주는 데 그치고 이러한 비극을 강요하고 있는 미제와 분렬주의자들의 책동을 짓부셔버리고 통일을 쟁취하기 위한 투쟁에로 사람들을 이끌어주지 못한다면 그러한 작품은 시대와 혁명 앞에 지닌 자기의 사명을 다할 수 없다.

이와 관련하여 창작에서 특별히 유의해야 할 문제는 조국 통일 주제의 작품들에서 혈육들이 갈라졌다가 해외를 거쳐 기구하게 상봉하는 것과 같은 식으로 통일의 절박함을 강조하는 작품들이 편향적으로 많이 나오고 있다. 물론 조국 통일을 위한 범민족적인 여러 가지 운동들이 활발해지고 여러 가지 행사들이 진행되고 있는 현실적 조건에서 이러한 생활을 반영하는 작품들이 많이 나오는 것은 있을 수 있는 현상이다. 문제는 갈라졌던 부모처자 형제자매들이 기구한 운명의 길을 걸쳐 상봉하게 되는 생활에 많이 치중하고 있는 데 있는 것이 아니라 혈육들을 갈라놓은 원흉에 대한 분노와 적개심, 증오심을 적을 강하게 짓부시고 조국 통일 위업을 기어이 이룩하기 위한 투쟁으로 사람들을 힘있게 불러일으키지 못하는 데 있는 것이다.[9]

이 글은 새롭게 통일문제를 다루는 작품에 대해 경계심을 드러내고 있다. 최근 작품들에서 몇십 년을 지배해 오던 공식적인 조국 통일 주제에의 접근법이 무시되고 있으며, "미제와 그 앞잡이들의 군사 파쇼 통치를 반대하고 미국놈들을 남조선에서 내쫓기 위하여 항쟁의 거리에서 피 흘리며 싸우고 있는 주인공들을 정면에 내세우지 못하고 분렬

---

9) 「오직 우리식대로 창작하자」, 『조선문학』, 1991. 9. 4~5쪽.

로 인한 인정적인 설움이나 고통을 보여주는 주인공들을 그리는 현상이 많이 나타나고 있다"고 비판하고 있다. 분단의 원흉인 미제 침략자들과 그 앞잡이들에 대한 분노와 적개심을 통해 그것을 투쟁의 힘으로 연결시키지 못하고, 단순하게 "혈육들이 갈라졌다가 해외를 거쳐 기구하게 상봉하는 것과 같은 식으로 통일의 절박함을 강조"하는 것은 "지엽적인 문제"들에 주목을 돌리는 것에 불과하다. 이러한 경고가 제기된 뒤 나온 작품이 재일교포 출신 작가인 남대현의 「상봉」이다.

이 작품의 주인공 재호는 아버지를 찾아 일본으로 갔다가 월북하여 신문사 기자로 일하고 있다. 그는 남한 소식이나 의거 입북한 남한 사람들에 대해 깊은 관심을 가지면서 고향 마을 사람들을 만나려 하지만 늘 실패한다. 어느 날, 태풍으로 조난당했다가 북한 경비정에 의해 구조된 남조선 어선 '대양호'에 탑승한 어부 명단에서 어린 시절 고향의 친구와 같은 이름을 발견한다. 그 친구는 송영태라는 친구로 어린 시절 월남한 아버지를 찾아 어머니와 함께 남쪽으로 내려와 재호의 고향에 잠시 머물렀던 적이 있다. 재호가 부두에 도착했을 때, 송영태가 한 노인을 안고 울부짖고 있었는데, 그 노인이 바로 송영태와 그의 어머니가 그토록 찾아 헤매던 아버지였다. 송영태와 그의 어머니가 아버지를 찾아 남쪽으로 내려갔을 때, 아버지는 그들 모자를 찾아 북쪽으로 왔던 것이다. 그토록 기다리던 상봉이지만 기쁨도 잠시 또다시 이별의 아픔을 겪게 되는데, 이는 송영태가 다시 남쪽으로 내려가야 하기 때문이다. 결국 분단상황에서 이산가족의 상봉은 "감격이나 기쁨은 고사하고 도리어 슬픔이고 고통"인 것을 이 작품은 강조하고 있다.

이 작품 역시 앞서 살펴본 것처럼, 통일문제를 새롭게 다루고 있는 작품들과 같은 맥락에 놓여 있다. 곧 새로운 작품들에 대한 경고의 글에서 제기되었던, "미제와 그 앞잡이들의 군사 파쇼 통치를 반대하고 미국놈들을 남조선에서 내쫓기 위하여 항쟁의 거리에서 피 흘리며 싸우고 있는 주인공"은 이 소설에도 등장하지 않는다. 그러나 다음 몇 가지 측면에서 이 작품은 앞선 경고의 내용을 일정 부분 수용하고 있는 것으로 보인다.

①어느새 부두에는 남조선 어민들을 바래러 나온 수많은 환송객들이 꽃다발을 흔들며 서 있었다. '대양호'라는 어머어마한 이름에 비해서는 너무나도 초라한 어선 한 척이 꽁무니로 퐁퐁 흰 증기를 뿜으며 잔교에 붙어 있는데 [⋯중략⋯] 한생을 파도에 부대끼며 온 듯한 백발을 날리는 늙은이가 있는가 하면 금방 중학교나 졸업했을 애티 나는 청년의 모습도 보였다. 늙은이건 젊은이건 배에 오른 선원들은 모두가 하나같이 손에 쥔 꼬깃꼬깃한 수건으로 눈굽을 찍어대고 있었다.[10]

②남편이 북에 있다는 것도 모르고 온 이남 땅을 다 찾아 헤매여야 하는 안해, 살아 있는 아버지련만 그 소식을 어머니에게 알리기조차 두려워해야 하는 아들. 그처럼 순진한 영옥이가 밤녀인이 되어 애소를 머금은 채 거리를 헤매고 있다는 걸 알면서도 속수무책으로 있어야만 하는 이 현실⋯⋯[11]

③그것이 우리 죄가 아니라는 것을, 바로 우리 나라를 둘로 토막친 외세와 그 세력에 아부하는 분렬주의자들 때문이라는 것을 말해 주고 싶었으나 재호는 가슴이 미여져 올라 말이 나가지 않았다.[12]

④나 역시 오늘의 상봉이 괴로웠네. 그렇지만 난 바로 그 괴로움 속에서 래일에 대한 확신, 뚜렷한 확신을 가지게 됐네. 상처의 고통은 종처를 도려

---

10) 남대현, 「상봉」(김재홍 편저, 『그날이 오늘이라면』, 청동거울, 1999), 219~220쪽.
11) 위의 글, 229쪽.
12) 위의 글, 228쪽.

낼 때가 제일 심한 법이 아닌가! 새 생명의 탄생 역시 가장 모진 진통을 거치기 마련이고. 난 오늘의 상봉에서 우리가 바로 그런 처지에 있다는 걸 똑똑히 깨달았네. 삼천리 강산이 하나로 되고 외세가 물러나고 분렬의 장벽이 무너지고…… . 그렇네! 통일이네. 우리가 그토록 바라던 통일이 이젠 바로 눈앞에 다가섰단 말이네.

내 눈에는 보이네. 북남으로 자유로이 오가는 사람들의 모습이 말이네. 통일의 광장에 우리 수령님을 높이 모시고 목청껏 만세를 부르는 7천만 겨레의 감격에 넘친 모습이 말이네![13]

①에서는 조난당한 초라한 배와 중학생 같은 어린애가 어부라는 점을 통해, ②에서는 어린 시절 고향의 여자 친구인 영옥이가 생계를 위해 '밤녀인'이 되어야 한다는 사실을 통해, 남조선이 가난하고 비참한 생활을 하고 있다는 것을 제시하고 있다. ③에서는 과거 작품에 자주 등장하던 미제국주의나 괴뢰 정권이라는 과격한 구호는 나타나지 않지만, 분단의 원인을 외세와 그 세력에 아부하는 분렬주의자들 때문이라고 비판하고 있다. ④에서는 기존의 수령 중심주의 작품에서 볼 수 있는, 수령에 의한 당위적 통일을 강조하고 있다. .

남대현의 이 작품에서 보듯, 새로운 통일 주제 소설에 대한 경고가 어느 정도 현재의 북한문학에 작용하고 있음을 볼 수 있다. 그러나 이러한 엄중한 경고에도 불구하고 새로운 통일 주제의 소설이 계속 등장하고 있는데, 이는 그만큼 통일문제를 새롭게 다루는 작품들이 북한문학에서 중요한 창작방법으로 자리잡아 가고 있음을 보여주는 것이라 할 수 있다.

---

13) 위의 글, 231쪽.

4. 맺음말

90년대 북한에서 통일문제를 다루는 작품들은 이전의 수령 중심주의에 입각한 도식적인 측면에서 벗어나, 구체적 현실에 기초하여 이산가족을 중심으로 혈육의 정에 대한 그리움을 형상화하고 있다. 어쩌면 혈육에 대한 그리움과 상봉의 갈망은 민족 공동체 의식의 회복을 통해 이데올로기에 의한 분단의 장벽을 허물 수 있는 중요한 요소에 해당될 것이다. 그럼에도 불구하고 이들 작품들은 여전히 문제점을 내포하고 있다. 가령 월남한 가족 이야기를 다루는 작품들의 경우, 대부분의 작품들이 월남 동기를 당대의 사회적·역사적 측면과 관련된 본질적이면서 필연적 원인을 배제시키고 '원자탄에 대한 공포' 때문으로 다루는 것[14]이 그 단적인 예이다. 그 외에도 남쪽에 대한 인식이 북한의 대남전략의 범주 내에서 왜곡되게 개진되고 있고, 더불어 위대한 수령을 중심으로 하여 북쪽 체제에 의한 통일의 당위성을 강조하는 측면도 여전히 뿌리 깊게 자리잡고 있다. 결국 90년대 이후 통일문제를 새롭게 다루는 작품들은 그 동안 북한문학에서 무시되어 오던 구체적 현실을 형상화한 점에서 돋보이지만, 여전히 통일에 대한 열정을 뒷받침하는 구체적이고 현실적인 문제에 대한 천착과 민족 분단에 대한 역사적 배경과 그 극복방안에 대한 진지한 탐색이 간과되고 있는 문제점을 지니고 있다.

---

14) 김재용, 「최근(1990년대) 북한 소설의 경향과 그 역사적 의미」, 『북한문학의 역사적 이해』, 문학과지성사, 2000, 319쪽.

통일지향 의식과 1990년대 남북한 소설

박덕규

1. 1990년대 정세와 남북한 소설

1945년 해방을 맞으면서 시작된 한반도의 남북한 분열은 1950년 발발된 6·25라는 동족 상잔이 휴전으로 마감된 것을 기점으로 장기화, 고착화되어 20세기 후반부를 남북 분단의 시대로 점철되게 했다. 이 동안 남북한은 세계사에 있어서의 냉전 구도와 궤를 같이하면서 서로 다른 체제 아래 줄곧 전쟁 재발 가능성의 위기감을 내재시킨 가운데 날로 소통 불가능한 적대국가로 대립해 왔다.

통일이라는 대명제를 국시로 삼으면서도 그에 대한 실천적인 노력을 전개하지 못한 양 체제의 이율배반적인 이러한 대립 구도는 문학에서 '분단문학'이라 명명되는 특이한 문학적 양상을 남북 분단 시대의 대표적인 한 흐름으로 부각시켜 놓았다. 특히 이 점은 남한의 소설에서 분단의 비극을 문제삼거나 분단 이데올로기의 모순을 비판하는 양상으로 전개되어 왔다. 한편으로 북한의 소설은 분단 문제 또는 통일의

식을 드러낼 때 주로 남한 정권과 미국 제국주의를 비판하는 내용을 두드러지게 앞세우는 특징을 보여 왔다.

1990년을 전후한 국제 정세의 변화는 이와 같은 대립적인 남북한 체제에 일대 변화를 가져다 주었다. 동구 사회주의 국가들과 소련 연방의 체제 와해, 베트남과 중국의 시장경제체제 도입 등의 사실은 같은 사회주의 국가로서 같은 맥락에서의 경제 구조 붕괴라는 위기를 겪고 있던 북한의 국제적 고립과 체제의 균열을 심화시키는 전조가 되었다. 특히 자연 재해와 경제 정책의 실패로 초래된 식량난은 북한 주민들의 생존권을 위협하는 상태로까지 나아갔다. 이 위기를 타개하려는 노력의 과정에서 거듭해서 국가적 위신의 추락과 주민들의 국가 이탈 현상이 거듭 나타나고 있는 상태이다.

이에 상대적으로 남한은 개발 위주의 경제 정책이 가져다 준 우월한 사회 환경을 배경으로, 그 성장 과정에서 문제시된 '한국적 자본주의'의 혼란을 한편에서 심각하게 앓으면서도, 대북관계에 있어서 기존의 체제적 이념 중심의 적대적이고 대립적인 자세에서 보다 경제적 현실을 중시하는 포용적이고 유화적인 자세로 탈바꿈해 갔다. 중국식 경제 특구로 설치된 북한 내 나진·선봉지구로의 인력·기술력 파견, 남한 경제인의 군사분계선을 통한 북한 방문, 북한 외의 사람들의 금강산 관광을 목적으로 하는 유람선의 설치 운행 등은 그 부산물들이다. 그 외에도 국제적인 기관을 통해서, 기업적인 차원에서, 문화 교류 차원에서, 기타 개인적인 목적으로 북한을 방문하고 돌아오는 사람들이 늘어나고 있다.

이처럼 1990년을 전후해 남북간에 다각적인 교류 창구가 형성되면서 상호 개선된 관계 설정에 부단한 노력을 경주하고 있는 추세가 되었다. 이에 따라 이 변화의 시대를 표현하는 문학적 인식 또한 달라지고 있다. 서로 대립적이고 배타적이던 남북 분단 시대를 대표하는 양식이던 '분단문학'은 그렇다면 오늘날 상호 의존적인 관계로 변화되어 가는 이 시대의 분단 문제를 어떻게 받아들이고 있으며 앞으로 어떻게 전개시켜 가야 할 것인가. 1990년을 전후로 한 시기의 세계사의 격동기를 기점으로 분단 장벽의 균열과 각 체제 내의 변화를 몸소 겪어내면서 새로운 세기를 맞게 된 이 지점의 남북한의 소설에 나타난 분단 문제와 통일지향 의식의 양태를 살펴봄으로써, '분단에서 통일로'의 기치를 실제적인 문학적 논의의 현장에서 세우고자 한다.

2. 이질성의 확인과 그 극복 문제

1990년대의 세계사의 변동을 거칠게 요약하면, 사회주의 국가들의 체제적 와해와 미국을 비롯한 선진 자본주의 국가들의 세계 시장 선점화라는 말로 표현할 수 있을 것이다. 그 변동은 남북한의 체제 변화는 말할 것도 없고, 당연하게도 문학에 대한 가치관의 변화 또한 초래했다. 냉전 시대로 말해지는 이전의 20세기 중후반 한국소설을 대표하던 분단문학의 변화도 우리는 어렵지 않게 목도할 수 있다.

분단문학에 나타난 무엇보다 큰 변화는 문학사적인 것이다. 분단으로 피해를 입은 구체적인 가족 환경을 밑그림에 두면서 분단이 낳은 상처와 모순을 짚어 가는 소설이 주류를 이루던 분단문학이 한국문학의 중추적 지위를 누린 것에 비하면, 1990년대 들어서는 그러한 분단문학에서의 주제가 문학적 관심의 중심에서 벗어나 있다고 볼 수 있다. 즉, '분단에서 통일로' 가는 시대 변화 도중에서 분단문학 시대의 주제가 퇴색되면서 그 자리를 대신할 것으로 예견된 '통일'이라는 주제가 문학적 중심 담론에서 함께 퇴색되어 버렸다는 얘기다. 이는, 흔히 '거대담론의 퇴조' 현상이라고 설명되는 세계 자본주의 체제 내의 문예학적 변동과 같은 맥락에서 설명되는바, 한국문학에서는 분단문학에서 다루어지던 분단의 비극과 이데올로기적 모순이라는 주제와 동궤에서 다루어지던 정치사회의 권력 문제나 노동 모순 등등의 보다 포괄적이고 사회 공통의 명분론적인 문제들이 함께 퇴색해 버린 현상으로 대변된다.

그러는 중에도, 이러한 분단 체제의 변화를 구체적인 삶의 모습을 통해 감지해내고 있는 문학작품들이 조금씩 늘어난 사실을 또 하나의 중요한 변화로 보아야 할 것이다. 이들 작품의 우선의 두드러진 특징은 기존의 분단문학에서 금기시된 내용이 작중에서 구체적으로 설정되어 나타난다는 점이다. 즉, 남한 사람이 당국의 허가를 받지 않고 북한 사람을 접촉할 수 없는 실증법의 제한을 넘어서는 상황 설정이 당연시되는 경향을 보인다. 가령 이문열의 「아우와의 만남」, 홍상화의 「어머니 마음」, 최윤의 「아버지 감시」, 이원규의 「강물은 바람을 안고 운다」, 이호철의 「보고드리옵니다」 등에서 주인공은 당국의 허가와는 상관없이 개인적인 경로를 통해 북한 사람을 접촉하고 있다. 「아우와의 만남」, 「어머니 마음」에서는 그 만남을 계획하고 중국을 방문해서 혈육(각각 이복동생과 아버지)을 만나고 있고, 「아버지 감시」는 북한에서 '중공'으로 탈주해 사는 아버지를 파리로 초청해서 지내고 있으며, 또한 「강물은 바람을 안고 운다」, 「보고드리옵니다」에서는 각각 러시아와 폴란드를 여행 중에 북한 주민과 접촉한 내용을 다루고 있고, 이순원의 「혜산가는 길」에서는 압록강 접경 마을에서 산다는 어머니를 만나기 위해 찾아간 내용을 중심 줄거리로 삼고 있다. 이는 이전 분단문학에서 북에 있는 가족 때문에 연좌제 문제로 시달리던 여러 주인공(손쉽게 김원일의 『노을』이나 이문열의 『변경』의 주인공 일가를 떠올릴 수 있겠다)을 생각하면 격세지감을 느낄 만한 대목이라 하겠다. 그러나 그 만남이 아직은 실증법적으로든 아니면 현실적으로든 얼마나 큰 위기감 속에서 이루어지는 일인가는 북한에 인접해 있는 러시아의 한 역에서 우연히 북한인 벌목공 일단을 발견하고 도망치듯 뛰어나온 한 인물의 다음과 같은 대사에서 잘 엿볼 수 있다.

"대합실로 들어갔는데 바닥에 웅기중기 앉아 있던 사람들이 일제히 일어나 둘러쌌어요. 마흔 명쯤 될 거예요. 옷차림을 보고 우리 동포들이라는 걸 알아차리고 가슴이 두근거리는데 한 사람이 퉁명스럽게 물었어요. 당신 일본 사람이야, 조선 사람이야? 하고 말이에요. 나는 얼결에 조선 사람이에요, 하고 대답하고는 냅다 달려나왔어요. 소변이고 뭐고 싹 잊어버렸다구요. (······)" —「강물은 바람을 안고 운다」부분

또는 「혜산 가는 길」에서 상봉을 꿈꾸며 먼길을 찾아온 주인공에게 강 건너편 어머니는 끝내 모습을 드러내지 않고 "강 건너 가족들을 생각한다면 그만 돌아가거라"라는 말만 전해 듣는다.

이처럼 1990년대 남북한 상봉을 다룬 소설들은 적대국가간의 불법적인 민간 교류를 문제삼는 창작적 모험을 노정하고 있다. 따라서 이들 소설들은 다른 소설들에 비해, 남북한과 제3국을 함께 체험한 주인공이 활약하는 공간적 입체성과, 그런 주인공을 서로 만나게 하는 창작 방법론상의 기교가 돋보이는 특징을 갖기도 한다.

두 번째는 주제적 측면이 되겠는데, 이들 작품들은 주로 그러한 만남이나 상봉을 통해 이산의 아픔 또는 분단의 비극을 재현하면서 궁극적으로는 분단 이후 이질화된 삶을 어떻게 통합할 것인가를 문제삼고 있다. 즉, 기존 분단문학에서는 분단의 비극 또는 그 비극을 낳게 한 분단 이데올로기에 대한 비판이 주제였다면 이들 소설들은 그것보다는 더 나아가 분단으로 헤어져 산 사람들이 어떻게 다시 만나 하나를 이룰 수 있는가에 초점을 두고 있다는 얘기다.

가령 「어머니 마음」에서, 월북 이후 재혼해서 살아온 아버지를 만나러 가게 된 '나'에게 무엇보다 신경 써지는 일은 바로 어머니의 태도다. 어머니는 아버지를 만나러 가려는 아들에게 "그노무 영감, 내 신세도 망쳐 놓더니 이제는 아들 신세까지 망칠라카는구나" 하고 험담을 늘어놓는다. 어머니로서는 사상 운동을 빌미로 동료 여교사와 월북해서 살림을 차린 아버지를 받아들일 수 없었던 것이다. 그 어머니도 실은 혼자서 아들을 키우면서 험한 인생 경로를 걸어온 처지다. 이들이 진정으로 마음을 열고 만날 수 있는 길은 어디에 있을까. 작가는 주인공 '나'의 입을 빌려 그 만남의 장은 "세 식구가 한자리에 모인 데서 아버지가 어머니에게 용서를 구하고 어머니는 아버지를 용서하는" 것에서 마련된다고 말한다.

「강물은 바람은 안고 운다」에서 남북한 사람들은 서로 닫힌 마음을 조금씩 열어 가면서 민족적 일체감을 확인해 간다. 여기에 남한 사람의 상업적인 자본주의 논리가 개입되면서 소설적 긴장감이 고조되는데, 그러나 그것마저도 주인공의 자기 반성적인 정직한 행동으로 극복되는 것으로 마무리된다. 서로 숨김없이 정직해질 때라야 남북한은 서로 하나로 일체감을 이룰 수 있다는 주장이 제3국에서의 벌목공과의 우연한 조우라는 이색적인 줄거리 위에 펼쳐져 있는 소설인 셈이다. 이런 주제는 「보고드리옵니다」에서 처음에 서로 적대적인 관계로 설전을 벌이던 남북의 지식인 두 사람이 조금씩 마음을 열면서 일체감을 이루어 가는 모습에서 선명하게 확인되는 바이기도 하다.

한편으로는 상봉에서 화합으로 이어지는 그런 과정에 얼마나 큰 장벽이 있을 수 있는지를 보여주는 소설도 주목할 수 있겠다. 「혜산 가는 길」의 경우 아예, 그토록 꿈꾸던 모자 상봉이 아직은 엄연한 현실적 장벽을 넘지 못해 수포로 돌아가고 만다. 「아버지 감시」에서 주인공은 월북한 아버지를 만난 상태이지만, 그 상봉에 이르는 현실적인 시간 동안에 어머니가 앓다 죽는 일을 당한 처지이다. 그리고도 그 아버지는 가족을 두고 월북한 이후 남은 가족들이 겪어야 했던 고통에 대한 부채의식을 보이지 않는다. 아버지는 게다가 여전한 사회주의 국가인 '중공'에서 살고 있으면서, 비록 몸은 북한을 탈출했지만 자기의 일생을 통해 정신적 구심점에 놓였던 '사회주의'를 포기하지 않고 있다. 이 때문에 주인공은 당혹스럽다. 서로 다른 체제 아래 살아온 자기 정체성을 인정하지 않는다면 진정한 화합은 불가능하다는 사실을 지적하고 있는 셈이다.

이 문제는 「아우와의 만남」에 이르면 보다 분명한 뜻으로 부각된다. 남한의 한 교수가 월북한 아버지를 대신한 이복동생을 만난다. 이복형제이지만 둘은 예상보다 더한 친밀감을 느낀다. 그러나 시간이 갈수록 조금씩 서로간의 이질성을 확인하게 되고, 둘은 다시 만날 미래에 대해 확신을 하지 못한 채로 헤어진다. 이 소설은 민족 통일의 당위성은 혈연에 의한 원초적인 감정에서 출발하는 것이지만 그것이 반 세기라는 시간 동안 서로 대척적인 체제에서 살았던 현실적 괴리를 뛰어넘을 수 있는 무소불위의 힘을 가지는 것은 아니라는 데 문제 제기의 출발점을 두고 있다. 통일론을 이용해 자신의 실속을 극대화하려는 세력들이 오히려 통일 가능성을 줄이고 있는 시대를 경고하면서, 실은 우리 모두 지나친 당위론으로 감정을 앞세워 통일에 다가가는 과정에서 그런 세력에 이용당하는 처지가 된다고 경계하고 있다.

이처럼 남북간의 만남과 상봉을 폭넓은 시공간을 배경으로 다각적인 인적 교류 사실로 입체화하면서 진정한 통일에 전제되는 난제를 부각시키는 소설이 1990년대 남한문학의 특징적인 면모가 되고 있다.

3. 1990년대 북한 소설에 나타나는 통일지향적 면모

북한의 역사를 설명할 때도 그렇지만, 북한의 문학을 설명함에 있어서도 가장 염두에 두어야 할 일은 주체사상을 어떻게 보고 있느냐 하는 문제다. 북한 역사에서 주체사상의 완성 시기는 1967년이었다. 수령을 정점에 두는 유일 사상의 체계를 체제 내에서 전일적으로 완성하려 한 투쟁의 완결 시점이 바로 이때였고, 마땅히 문학도 예외일 수 없었다. 한 학자는 이 무렵 북한문학에서 주체사상이 정착되면서 변화되고 확립된 내용을 다음 네 가지로 정리해서 설명하고 있다.[1] 첫째, 수령의 형상을 등장시켜 수령의 면모를 적극적으로 알린다. 둘째, 혁명의 전통을 형상화할 때 항상 수령의 영도를 중심에 두고 그린다. 셋째, 집체 창작이 강조된다. 넷째, 항일혁명문학을 유일한 혁명 전통으로 삼는다.

이때를 기점으로, 이전까지 사회주의 체제 내의 문예이론 논쟁에서 필연적으로 부각될 수밖에 없었던 '수정주의/교조주의'의 대립은 종식된다. 따라서 이후 북한문학의 특징적인 면모는 모두 이때에 확립된 주체사상의 문학적 형상화라는 차원에서 이해될 수밖에 없다. 가령 1990년대 소설로 오늘 우리가 주 대상으로 하고 있는 통일 문제가 이 주체사상과 어떻게 관련되어 있는지를 간단히 예를 들어 보자.

"(……) 내 눈에는 보이네. 북남으로 자유로이 오가는 사람들의 모습이 말이네. 통일의 광장에 우리 수령님을 높이 모시고 목청껏 만세를 부르는 7천만 겨레의 감격에 넘친 모습이 말이네!"   ―남대현 「상봉」 부분

---

1) 김재용, 「유일 사상 체계의 확립과 북한문학의 변모」, 『북한문학의 역사적 이해』, 문학과지성사, 1994.

이 소설은 북한 경비정에 의해 구조된 남한의 조난 어선을 매개로 해서 남북한의 친구가 조우하는 줄거리를 다루고 있는데, 기실 결말부에 위와 같은 주인공의 선언적인 말이 소설 구성상에서 필요한 것이 아니라고 볼 수 있는데도, '수령에의 충성'을 표하는 말로 직접 드러나 있는 경우라 하겠다.

물론 1967년 주체사상의 확립 이후 북한의 문학이 주체사상의 천편일률적인 형상화만을 추구해 왔다고는 볼 수 없다. 특히 1980년대 문학은 인민의 삶을 보다 폭넓고 다채롭게 형상화하는 가운데 소박하고 일상적인 민중을 영웅적 인물로 부각시키기도 했다. 이 시기의 성과물들이 상당수 남한의 출판 시장에 소개되는 현상이 나타난 것도 그 문학작품들이 가지는 다양성과 개성을 평가한 사례라 할 수 있다. 이러한 분위기는 1990년대 들면서 다시 한번 주체사상에 대한 각성이 제기되면서 획일화되는 경향을 보이게 된다. 여기서 접하게 되는 통일 주제 소설 역시도 그 영향권 아래 놓이게 되면서, 위에 예든 소설에서 보듯이 통일에 대한 북한 체제식 이념을 도식적으로 적용한 소설들이 주류를 이룬다.

한편으로 눈여겨볼 사실은, 1990년을 전후해서 있었던 몇 차례의 남북한의 인적 교류가 이들 소설에서 통일에 대한 실제적 지향점을 제공하고 있다는 사실이다. 이 점에서는 김명익의 「림진강」(1990)을 통해서 쉽게 확인된다. 이 소설은 병을 고치러 임진강 남쪽으로 건너가 돌아올 수 없게 된 남편과 아들을 기다리며 휴전선 부근 강가에 그대로 남아 살고 있는 어머니에 대한 딸의 연민을 담고 있는 소설이다. 딸은 어머니를 평양으로 모시고 가서 살려고 하지만 어머니는 끝내 통일 되는 날 아들이 찾아오면 만나리라고 기대하며 낡은 고향집을 지킨다. 그 어머니가 고향집에서 통일을 맞겠다며 딸에게 하는 말이 이렇다.

"(……) 너도 방송에서랑 들어 알겠지만 저 남쪽에서 문익환 목사랑 황석영 분이랑 우리 북반부를 다녀가지 않았니. 그리구 어린 처녀인 림수경이와 문규현 신부도 통일을 위해 평양에 왔다가 통일을 위해 돌아갔지. 장벽이라던 군사분계선을 걸어 지나서 말이다. 그들 모두 조국해방 쉰 돐이 되는 해까지는 기어코 나라를 통일하고 분단 민족의 슬픔을 끝장내자고 하였지. 민심은 천심이라구 통일의 날은 반드시 온다."

　이런 대목은 문익환, 황석영, 임수경, 문규현 등 남한 인사의 방북 사실이 북한 사회 내에서 통일에 대한 심리적 거리를 좁혀 주었음을 증명해 주는 것이라 할 만하다. 리종렬의 「산제비」는 이에 대한 더욱 선명한 사례로 떠올릴 만한 소설이다. 이 소설은 남한 여대생 임수경이 평양에서 열린 세계청년학생 축전에 참가한 소식을 들은 월북시인 박세영의 처 김숙화의 남편에 대한 회상과 통일에 대한 갈망을 그리고 있는 작품이다. 늙은 몸으로 임수경의 모습을 보러 가려는 김숙화와 이를 만류하는 며느리가 나중에는 임수경 환송 인파 속에서 함께 만난다. 김숙화는 끝내 임수경의 손을 잡는다. 통일에 대한 간절한 염원은 임수경과의 손잡음으로써 현실화되는 듯한 극적인 감정이 토로되고 있다. 실화로 알려진 이 소설을 통해 박세영을 비롯한 박태원, 송영 등 우리 문학사에서 거론되는 인물들을 만나게 된다. 그처럼 이 소설은 실화적인 삶 속에서 다시금 통일에의 염원이 민족 전체의 것임을 증명하고 있는 셈인데, 반면 그토록 염원하는 통일이 이루어지지 않은 여러 현실적인 난제에 대한 객관적인 안목을 견지하지 못했다는 뜻이기도 하다.

　앞에 예든 「상봉」은 남북의 만남이 보다 입체적인 차원에서 전개되었음을 보여주는 소설이다. 조난 어선 〈대양호〉에서 어릴 적 친구 송영태를 만난 주인공은 바로, 남한에서 살다가 아버지를 만나러 일본에 머물다가 북한에 와서 신문사 기자가 된 재호. 〈대양호〉 어부들이 남으로 떠나던 날 재호는 그 송영태를 발견하는데, 송영태는 이날 어릴 때부터 그토록 찾아 헤매던 아버지를 만나고 있다. 송영태 부자는 어쩔 수 없이 헤어져야 하지만, 통일의 당위성은 그만큼 확고해진 셈이다.

림종상의 「쇠찌르레기」는 만남의 매개를 '쇠찌르레기'라는 새로 삼았다는 점에서 흥미를 끄는 소설이다. 남북을 날아다니는 철새의 발목에 다는 "표식 가락지"에 새겨진 글자로써 남북으로 흩어진 부자간의 간절한 정을 나누는 줄거리 자체가 이색적인 데다가 어느 정도의 전문가적인 체험이 얹어져 있어서 특히 주목을 요하는 작품이라고 할 수 있다. 구성도 이색적이다. 이 작품은 주요 줄거리가 북한의 조류학자 원홍길 박사의 손자 창운이 월남해서 남한에서 조류학자로 활약하는 삼촌 원병후 박사에게 보내는 편지에 담겨져 있고, 그 편지를 창운이 자기가 초청한 친구인 '나'에게 소개하면서 3대에 걸친 조류학자 일가의 이산과 상봉에 대한 열망을 드러내 보여주고 있는, 액자소설 형식을 취하고 있다. 이처럼 탄력적인 구성과 내용을 가진 이 소설도 여전히 도식적인 통일지향 의식을 드러내고 있다는 점에서 북한 소설의 한계를 다시금 확인할 수 있다.

이어, 주제의 기계적인 대입, 현실적 조건을 고려하지 않은 통일 지향적 감정 토로, 전형화된 등장인물의 성격, 도식적이고 평면적인 구성 등등 여전한 한계를 지적하면서, 1990년대 북한 소설이 지닌 새로운 변화 가능성에 대해서도 함께 엿볼 수 있겠다. 무엇보다 1990년을 전후한 남한 인사들의 방북 사실들이 소재적인 평면성을 극복하게 한 예에서 보듯이, 앞으로 더욱 다채로워질 남북한 사람들의 직접적인 접촉이 북한 소설의 방법론적 새로움을 가져다 줄 수도 있다는 점, 바로 그 점과 더불어 통일에 대한 심리적 거리가 더욱 좁혀질 수도 있다는 점, 통일에 대한 현실적인 인식과 지향점이 생겨날 수도 있다는 점 등을 북한 소설에서 놓치지 말고 바라보아야 할 것이다.

4. 그밖의 통일 주제 소설과 우리에게 남은 문제

1990년대 후반 들어 남한의 통일 주제 소설에는 탈북자의 삶을 다루고 있는 작품들이 있다. 대표적으로 정을병의 「남과 북―그 흘러가는 이야기들」을 들 수 있다. 이 소설에는 조총련계로서 일본에서 주체사상을 강의한 황동회 박사, 의사 출신 탈북자 김윤복 여사, 북조선 망명정부 의장 방소환, 북한의 외화벌이 무역사업을 하던 임영태 등등의 북한 출신자들이 등장한다. 작가는 그들의 입을 빌려 북한의 폐쇄주의와 남한 사회 전반에 팽배한 지극한 자기 중심주의가 통일의 가장 큰 장벽임을 지적하는데, 그것이 직접 북한과 남한을 경험한 사람들의 체험적인 교훈이라는 점에서 남다른 주목을 요하는 대목이라 하겠다. 이 연장선에서 볼 수 있는 김지수의 「무거운 생」, 박덕규의 「노루사냥」「함께 있어도 외로움에 떠는 당신들」 등에서 탈북자들이 남한 사회에서 겪는 극심한 차별 대우와 부적응의 모습은 장차 자본주의의 논리로 폐쇄된 북한의 장벽을 뚫어 갈 가능성이 큰 남한 사회에 자기 성찰의 계기를 촉구하는 문학적 형상화의 한 예라고 볼 수도 있겠다. 하지만 날이 갈수록 '분단'이 아닌 '통일' 문제가 국가적인 차원을 넘어 세계적인 주제로 부각되고 있음에도 불구하고, 남한에서도 북한에서도 통일 문제에 관한 창조적이고 구체적인 노력은 부족하다고 할 수 있다.

한편으로 보면 그만큼 그 문제가 지엽적인 것이 아니라 삶의 여러 문제들, 세계사 변동의 여러 문제와 결부되어 있음을 반증하는 일이기도 하다. 문학이 꼭이 그처럼 사회 공통적인 문제만을 추수해야 한다고 볼 수도 없다. 하지만 다시금 고려해 보자. 남북 분단의 시대에 그 분단의 핵심적인 내용을 주제로 삼은 분단문학이 한국문학의 중심에서 줄곧 논의되어 왔다. 그 반면, 고착되어 있던 분단을 논의하던 시대에서 이제 어떻게 만나고 어떻게 도와서 어떻게 합할 것인가 하는 것이 남한의 대북한 교류의 실질적인 관계 설정으로 자리매김되어 있는 이 시대, 우리의 문학 역시도 나아가 분단의 문제에서 마땅히 통일의 문제를 표현하고 논의할 시점임에 분명하다. 오늘날 통일을 논의하게 된 시점에 이르러 이 새로운 분단 체제를 문제삼은 문학작품들이 중심 문화권의 논의에서 중심 주제가 되지 않고 있다. 문학이 그 시대적 삶을 형상화함으로써 그 시대를 증명하고 미래를 예비하도록 촉구하는 기능을 가진 것이라면, 최근 분단문학에서 마땅히 통일문학의 단계로 넘어가는 이 변동을 선도하는 작품이 흔한 편도 아니고 또 관심도 부족한 현실을 반성해야 한다.

1990년대 북한 소설의 세대론에 대하여

이봉일

1. 세대론과 주체적 미관

어느 시대나 세대론이 문제될 때 항상 그 이면에는 사회의 중요한 변화가 자리잡고 있다. 북한의 경우도 예외는 아니다. 더구나 폐쇄적인 사회는 세대론의 이면적 함의를 상징적 수단으로 교묘하게 숨기면서 대중들에게 당연한 것으로 받아들이게 만든다. 세대간의 갈등문제는 사회 변화의 미묘한 차이를 다루는 데는 적합하지 않다고 할 수 있다. 그러나 북한처럼 일사불란한 체제를 갖춘 사회에서 세대간의 갈등은 사회의 정신적 결집의 정도를 나타내는 지표이기도 하다. 실제로 북한에서 세대론이 부상하게 된 시기는 주체사상이 만들어지는 1967년 이후 1970년대이다. 이때 제3세대가 등장한다. 북한은 이들을 혁명 1, 2세대에 통합하기 위해 1970년 11월에 열린 조선로동당 제5차 대회에서 '생산도 학습도 항일유격대식으로'라는 구호를 제창한다. 이후 당 중앙(김정일)의 지도 아래 70일 전투(1974. 2), 3대 혁명 붉은기쟁취운동(1975. 11), 숨은 영웅들의 모범을 따라 배우기 운동(1979. 10)을 전 개하였다.

이 가운데 숨은 영웅들의 모범을 따라 배우기 운동은 80년대에 등장 하는 혁명의 신세대인 제4세대와 관련을 맺고 있다. 그러니까 80년대 북한 소설의 세대론은 김일성에서 김정일로 이어지는 수령의 후계구 도와 밀접한 관련을 맺고 있다. 김정일이 후계자로서 공개적인 모습을 나타낸 것은 1980년 10월에 열린 조선노동당 제6차 대회이다. 김정일 의 등장은 대중들에게 공개적인 모습을 나타내기 전에 이미 '친애하는 지도자 동지'(1969), '영광스런 당중앙'(1974)이라는 이름으로 대중들 의 가슴속에 가라앉아 있었던 내면화된 섬의 극적 부상(浮上)이다. 김 정일의 출현은 '숨은 영웅들'의 탄생을 예고한 것이나 다름없다.

80년대 북한 소설의 세대간 갈등은 두 가지로 나타난다. 하나는 구 세대간의 갈등이고, 다른 하나는 신세대와 구세대의 갈등이다.[1] 숨은 영웅은 바로 이러한 갈등을 푸는 열쇠이다. 그러나 1990년대에 들어 북한 사회는 심각한 도전을 받고 있다. 북한 사회는 80년대 후반부터 계속된 식량 사정의 악화로 내적 결속력이 약화되었고, 평양청년학생 축전(1989)과 동구 사회주의권의 붕괴 이후 자유화 바람을 통한 대중 들의 심리적 이반이 심화되었다.

이러한 상황에서 1990년대 북한 소설에 등장하는 주체형의 인간 전 형을 파악하는 데 중요하게 고려해야 하는 사항은 사상의 일관성과 계 승성을 실천하는 '주체형의 공산주의적 혁명가이며 영웅'이다. 실제로 1993년 『조선문학』의 머리글 「혁명의 1세대, 2세대들처럼 살며 투쟁 하는 새 세대의 형상을 훌륭히 창조하는 것은 작가들의 영예로운 임 무」에서 모든 작가들에게 '혁명의 1세대, 2세대의 혁명정신을 이어받

---

1) 김재용, 「1980년대 북한 소설문학의 특징과 문제점」, 『북한문학의 역사적 이해』(문학과지성사, 1994) 참조.

고 투쟁업적을 계승발전시켜 나가는 혁명의 3세대, 4세대의 새로운 인간 전형을 훌륭히 창조함으로써 우리 혁명의 주체를 더욱 강화하고 위대한 수령님께서 개척하시고 친애하는 지도자 동지께서 이끄시는 혁명위업을 계승완성하는 데 적극 이바지하여야' 한다고 강조하였다.

김정일은 『주체문학론』(1992)에서 이것을 '당과 수령을 위하여, 조국과 인민을 위하여 자신의 모든 것을 깡그리 바쳐 충성과 효성을 다하는 것을 혁명적 의리와 본분으로' 여기는 '우리 인민들 속에서 새롭게 나타나고 있는 정신도덕적 풍모'의 주체적 미관으로 다루면서 세대론과 관련하여 다음과 같이 쓰고 있다.

우리 인민의 이러한 미관은 오늘에 와서 비로소 생겨난 것이 아니다. 수령, 당, 대중의 일심단결을 이룬 우리 사회에서 날에날마다 새롭게 발현되는 숭고한 인간미는 깊은 역사적 뿌리를 가지고 있다. 우리의 사회정치적 생명체는 혁명의 1세대와 2세대에 의하여 형성되고 고수되어 왔으며 혁명의 3세대, 4세대에 의하여 앞으로 끊임없이 공고발전될 것이다. 지구가 열번 뒤집히는 한이 있더라도 사회정치적 생명체에 영원히 자기 운명을 맡기고 그와 생사를 같이하려는 우리 인민의 의지는 무엇으로써도 꺾을 수 없다.

사회정치적 생명체 앞에서 지닌 자기의 숭고한 의무를 깊이 자각하고 있는 우리 시대 인간의 아름답고 숭고한 정신세계는 오늘뿐 아니라 앞으로도 더 높은 수준에서 끊임없이 발현될 것이다. 문학은 시대와 더불어 변화발전하는 우리 인민의 아름답고 숭고한 정신세계를 수령에 대한 충성과 효성에 기초한 혁명적 미관의 견지에서 새롭게 탐구하고 형상하여야 한다.

주체형의 인간전형을 올바로 창조하기 위하여서는 성격의 전형화 문제를 잘 해결하여야 한다.[2]

---

2) 김정일, 『주체문학론』(조선로동당출판사, 1992), 173쪽.

이와 같이 90년대 북한의 주체적 미관은 혁명 1, 2세대와 3, 4세대를 통합하려는 의도에서 비롯되었다. 그러나 북한은 혁명의 일상화를 통해 더 이상 혁명을 혁명일 수 없게 하였고, 혁명의 이념도 소진되어 가고 있다.[3] 이러한 결과가 '지구가 열 번 뒤집히는 한이 있더라도 사회정치적 생명체에 영원히 자기 운명을' 맡겨야 한다는 당위적 이념의 형태로 현실적 모순의 급박함을 역으로 드러내고 있다. 현재 북한은 김일성 주석 사망(1994. 7. 8) 이후 죽은 자가 산 자를 다스리는 3년간의 유훈통치 시대가 끝나고 1930년대 항일무장투쟁 시기의 고난을 상징하는 '고난의 행군'(1996) 정신과 그보다도 한 단계 강도가 높은 '강행군'(1998)을 통해 사회적 결속을 더욱 강조하고 있다.

2. '삶의 향기'를 찾기 위한 가족의 정신적 균열과 봉합

1991년 『조선문학』 11월호에 발표된 정현철의 「삶의 향기」에는 사랑을 바라보는 세 개의 시각이 있다. 첫째는 아버지 안천주 교수의 가부장적 관점이고, 둘째는 자기 정체성에 눈을 떠 가는 어머니의 관점이고, 셋째는 가족을 위한 여성의 일방적 희생은 결코 진정한 사랑이 될 수 없다고 생각하는 아들 안영호의 관점이다. 이러한 시각은 삶에 대한 자주성의 테제, 여성의 사회적 위상, 부부의 혁명적 동지애에 대해 새로운 물음을 가능하게 하는 그 이전의 소설에서는 볼 수 없었던 점이다.

달포 동안 출장을 마치고 집에 돌아온 안천주 교수는 아들 영호가 애인과 함께 찍은 사진을 보고 순간 놀란다. 일전에 아들에게 아내와 같

---

3) 서재진, 「정치적 태도의 이중성」, 『또 하나의 북한 사회』(나남출판, 1995) 참조.

이 지인(知人)의 순종적인 딸을 소개해 준 적이 있기 때문이다. 안천주 교수는 아들의 애인에 대한 의향을 물었을 때 '난 뭐…… 반대 없수 다'라고 대답하는 아내에게서 어떤 변화를 느낀다. 그는 아들의 일기 장을 통해 자기와 다른 가족관, 이성관을 보고 아들을 대견하게 생각 한다. 아들의 여성관은 '호상성이 없는 일방의 내조는 본질적으로 예 속이며 불평등'이라는 세계관으로 남성에게 의지하지 않고 주체적으 로 살아가는 여성을 이상으로 삼는 이성관이다. 아들의 일기장을 보다 가 답답함을 느낀 안천주 교수는 무거운 머리를 식히기 위해 산책을 나간다. 그는 산책 도중 만난 같은 대학의 후보원사로부터 아내가 어 제 박사증을 땄다는 소리를 들은 후 충격을 받는다. 그는 아내의 박사 증 취득을 축하하기 위해 청류관으로 가는 후보원사 부부의 어울림을 보고 자신의 생활관을 의심하게 된다. 그는 서둘러 집으로 돌아가 아 들의 일기장을 다시 들여다본다.

그러나 사랑이 있다. 삶의 본성적 요구인 사랑은 그 어떤 론리나 타산보 다 훨씬 강하다. 무엇이 계산된 사랑이라면, 한 쪽의 리기적인 목적 때문이 라면 그것은 벌써 참사랑이기를 그만둔 것이다. 서로가 의지되어 서로의 뜻 을 꽃피워 주는 사랑, 나는 단 하루를 살다 죽는대도 이런 사랑 속에 살고 싶다……!

안천주 교수는 이 글을 읽고 자신의 생활관이 아들의 그것보다 왜소 하다는 것을 깨닫고 부부에 대해 다시 생각하게 된다. 부부는 어느 한 쪽을 일방적으로 희생시켜 하나될 것이 아니라 '둘이 서로 도와 더 커 진 하나'가 되어야 한다. 여기서 가족의 혁명적 연대에 대한 문제의식 을 제기한 사람은 혁명 4세대인 아들이지만, 실제로 자신의 사랑의 관 점을 확인하고 수정하는 사람은 혁명 2세대인 아버지이다. 이것은 어떻게 보면 혁명 1, 2세대의 혁명정신을 혁명 3, 4세대에게 계승시키려는 북한의 문예정책에 위반되는 것처럼 보인다. 그러나 잘 생각해 보면 세대의 모순을 변증적 울림으로 극복하려는 작가의 탁월한 안목을 읽을 수 있다. 이 작품을 리규택의 「인간의 수업」과 비교해 보면 이러한 안목의 변증적 시각을 금방 읽을 수 있다. 두 작품은 같은 주제를 다루고 있지만 혁명 2세대의 정신이 혁명 4세대에게 계승되는 후자는 지나치게 도덕적인 경향을 드러낸다.

그러나 「삶의 향기」의 묘미는 아내의 희생에 대한 남편의 각성에 있지 않다. 만약 이렇게만 끝났다면 다른 작품과 별반 다르지 않았을 것이다. 작가는 여성(어머니)이 처한 현실적 상황을 스스로에 대한 책임으로 되물음으로써 한 단계 더 나아간다. 실제로 안천주의 아내가 아들과 남편을 위해 치른 희생은 강제에 의한 것이 아니다. 그것은 작품 속에서 아들의 일기장을 읽고 자신의 삶의 태도를 반성하는 안천주의 모습 속에 잘 나타난다. 작가는 아내의 희생이 스스로 택한 것임을 암시함으로써 북한 사회 내의 가부장적 이데올로기와 내면 깊숙이 각인된 남성적 질서를 극복하지 못하는 여성을 동시에 비판하고 있는 것이다. 가부장적 의식 속에 유폐된 내면의 목소리에 눈을 뜨고도 자기 정체성을 찾기 위한 노력에 한계를 보이는 안천주 아내의 모습은 가족을 '주체의 혁명위업의 종국적 승리를 위하여 끝까지 싸우려는 혁명전사들 사이의 동지적 관계'[4]로 설정하고 있는 북한의 가족관과 현실 사이의 불균형의 흔적이기도 하다.

작품의 결말에서 안천주 교수와 그의 아내는 '가슴속에 쿵쿵 울려오는 그 힘찬 발자국 소리'를 들으며 아들의 귀가를 확인한다. 그 발자국 소리는 한쪽에는 앞으로 실현해야 할 자기 정체성에 대한 영혼의

---

4) 북한 사회과학원 철학연구소, 『철학사전』(서울: 도서출판 힘, 1988), '가족' 항목 참조.

울림으로, 다른 한쪽에는 아내의 희생을 당연하게 생각하는 가부장적 의식을 질타하는 개성적인 목소리로 들릴 것이다.

「삶의 향기」는 북한 사회의 이데올로기를 작품 속에 노골적으로 드러내지 않으면서 문학적 성과를 이룩한 훌륭한 작품이다.

3. 사회의 '혁명적 가정'에로의 대통합

1993년 『조선문학』 11월호에 발표된 조근의 「뻐스에서」는 영예군인에 대한 국가적 차원의 사회적 예우를 다룬 작품이다.

시내 중심에서 산업지구까지는 바다 쪽으로 이십 리 길로 방직 공장, 기계 공장, 고무 공장이 있다. 각 공장 앞마다 중간 정류소가 있고 출퇴근용 버스 '집삼' 호가 손님들을 실어 나른다. 버스의 앞쪽으로부터 두 번째 좌석은 손님이 많아도 항상 비어 있다. 더욱이 그 자리에는 누가 만들어 갖다둔 것인지 모르는 꽃방석까지 놓여 있다. 어느 날 키가 키고 수척해 보이는 '늙은 남자'가 버스에 올랐다. 이미 자리는 다 찼다. 늙은 남자는 앞 사람을 따라 이동하다가 꽃방석이 있는 빈 자리 옆에 서 꽃방석을 내려다본다. 그 앞에는 젊고 건강하고 탄력 있는 몸매를 가진 '애기 어머니'가 서 있다. 버스가 떠나고 늙은 남자가 애기 어머니에게 꽃방석이 놓인 빈 자리에 앉으라고 하자 그녀는 '그 자리에야 어떻게?' 하며 사양한다. 버스는 꽃방석이 놓인 자리를 비워둔 채로 경쾌하게 달린다.

버스가 두 번째 정류소에 서자 몸집이 뚱뚱하고 얼굴이 넓은 '중년 여인'이 딸과 함께 커다란 보자기에 싼 바께쓰를 들고 올랐다. 중년 여인이 늙은 남자에게 꽃방석이 놓인 빈 자리에 앉아도 되냐고 묻자 늙은 남자는 흔쾌히 허락한다. 중년 여인이 자리에 앉자 앞에 앉아 있던

'안경잽이'가 일어나 그 자리는 영예군인 자리라고 일어나라고 닦달한다. 그 바람에 그녀는 엉거주춤 일어난다. 안경잽이는 얼른 바께쓰를 잡아든다. 그는 중년 여인의 딸애에게 그 속에 뭐가 들었는지 물어본다. 그녀는 자기 오빠네 부대에 영예군인 아바이가 있는데 몸을 아끼지 않아 그분을 위해 장만한 것이다. 순간 손님들은 놀라움과 존경심으로 중년 여인을 바라본다. 그 소리를 들은 안경잽이는 중년 여인에게 꽃방석이 있는 자리에 앉으라고 하자 다른 손님들도 이구동성으로 앉으라고 권한다. 그러는 사이 버스는 어느덧 세 번째 정류소에 와닿았다.

버스가 떠나려고 할 무렵 미색 여름 셔츠에 자줏빛 넥타이를 맨 웬 '사나이'가 뛰어오르더니 운전수에게 차를 세우라고 소리친다. 사나이는 늙은 남자의 팔을 꽉 잡고 이분은 영예군인 이승구 아바이고 자기는 담당의사라고 소리친다. 영예군인은 담당의사에게 사로청조직과 약속하였으니 오늘만은 봐달라고 애걸한다. 그러나 담당의사는 부상 자리에 박혀 있는 파편을 빼기 위해 수술을 해야 한다고 거절한다. 그 광경을 보고 있던 안경잽이가, 아바이는 청년들과 중요한 약속이 있으니 의사 선생도 함께 갔다가 모임이 끝난 다음 병원으로 모셔 가시라는 타협안을 내놓았다. 손님들 사이에서 '옳소! 묘안이오!'라는 소리가 나더니 순식간에 분위기는 의사 선생에게 불리해졌다. 영예군인은 어쩔 줄을 몰라 하다가 애기 어머니의 잔등에서 자고 있는 애기를 쑥 뽑아 안고 자리에 앉았다.

마지막 도착지에 당도하여 손님들이 다 내린 후에도 버스 안에는 애기 어머니가 남아 있었다. 그녀는 방석을 집어들고 운전수에게 다가가 말했다. "여보, 치울까요?"

여기까지가 「뻐스에서」의 줄거리이다. 아주 짧은 작품이지만 이야기를 이끌고 나가는 작가의 기교가 돋보이는 빼어난 수작이다. 「뻐스에서」는 혁명 2세대를 위한 상징적인 영예군인 자리를 놓고 '중년 여인', '사나이(의사)'의 혁명 3세대와 '안경잼이', '애기 어머니', '영철이'의 혁명 4세대가 서로서로 영예군인의 숭고한 정신을 지키고 계승해 나가려는 태도를 보여준다. 결국 이 작품은 영예군인 자리의 사회적 위상을 둘러싸고 승객들 사이에서 일어나는 미묘한 심리적 갈등으로 사회가 혁명의 대가정임을 보여주고, 영예군인에 대해 무한한 존경을 표함으로써 혁명 2세대의 혁명사상의 계승을 사회적 차원으로 승화시킨 작품이다.

현재 북한의 중심세대는 혁명 2세대라 할 수 있다. 혁명 1세대인 항일혁명투쟁의 세대는 고령으로 거의 죽었거나 살았더라도 사회적 활동을 할 수 없는 지경이다. 그러나 혁명 2세대는 조국해방전쟁을 겪은 세대들로써 사회의 요직을 차지하고 있다. 그렇기 때문에 90년대 북한 소설 속에 등장하는 세대론은 2세대와 4세대, 3세대와 4세대의 관계 속에 놓여진다. 그리고 이것은 북한 사회가 수령, 당, 대중이 혼연일체를 이루는 '혁명의 대가정'이라는 사회정치적 생명체의 관점에서만 이해될 수 있다.

4. 숭고한 희생과 혁명적 정신의 계승

1999년 2월『조선문학』에 발표된 석유균의「지향」은 혁명 2세대의 영웅적 희생정신을 혁명 3세대가 계승하여 혁명 4세대에게 전하는 정신 세계의 숭고성을 그려내고 있다. 이 작품은 북한 소설에서 항일의 영웅들, 조국해방전쟁의 영웅들, 천리마대고조 시기의 영웅들, 숨은 영웅들의 변화 과정을 압축하여 제시한다.

화가 이정구는 국가미술전람회 개관에 즈음하여 수력발전소 건설자들의 영웅적 투쟁을 형상한 조선화 작품을 출품하여 많은 전문가들로 부터 격찬을 받는다. 그러나 마음 한 구석은 초조한 감정 속에 휩싸인 다. 그 이유는 대학 시절의 은사인 현정택의 평가가 남아 있기 때문이 다. 은사 현정택은 30여 년 간 이미 화가로서 이름을 날렸다. 미술박물 관에 소장되어 있는 그의 졸업작품「푸른 상호등」은 현재까지도 대학 의 자랑으로 전해진다. 그는 일류급 창작단에 남아 재능을 마음껏 펼 칠 수 있었으나 스스로 교단에 남아 후대 교육에 힘써 왔다. 현정택은 제자 이정구에게 기회 있을 때마다 건설자들의 거센 숨결과 뜨거운 열 정을 심장으로 안는 시대와 함께 숨쉬는 화가가 되라고 충고하곤 했 다. 그렇기 때문에 이정구는 은사 현정택으로부터 받는 평가가 무엇보 다 소중하다.

2층 화랑에서 이정구의 작품을 감상하고 있던 현정택은 한참 후에 돌아보며 자기 뒤에 서 있는 이정구를 알아보고 작품의 성공을 축하한 다. 한폭의 그림처럼 아름답게 펼쳐진 대동강의 수려한 풍경을 바라보 면서 현정택은 가슴속에 숨기고 있던 사연을 회억의 오솔길을 더듬으 며 이야기한다. 현정택은 1951년 가을 적의 야간 폭격에 어머니와 누 이동생을 잃는다. 고아가 된 그는 외삼촌의 도움으로 청송역의 전철수 박덕삼에게 가게 된다. 이때 박덕삼은 그의 재능을 아껴 대학에 가 그 림을 배울 수 있게 해주었다. 전쟁이 끝난 후 현정택은 덕삼 아저씨를 찾아갔으나 직맹반장으로부터 덕삼 아저씨가 적의 기총탄에 맞아 죽 었다는 소식을 듣는다. 그리고 그는 청송역 전철수들이 소중히 간직하 고 있던 덕삼 아저씨의 유품, 즉 자신이 먹펜으로 그렸던「아저씨의 소 묘」를 보고 마음속으로 이들의 간절한 소망을 그리기로 다짐한다. 현 정택은 폭탄이 빗발치는 불길 속에서 '추호의 두려움 없이 거인의 힘 으로 불타는 차량에 몸을 실은 채 적기를 유인하면서 상호등의 푸른 불빛으로 전선 수송을 보장하는 주인공의 불사조와 같은 형상'을 졸업

작품 「푸른 상호등」에 담아낸다.

현정택의 이야기를 다 듣고 이정구는 「푸른 상호등」에 얽혀 있던 사연을 다 듣고, 시대와 함께 숨쉬는 화가가 되기 위해서는 언제나 성실한 노력을 바쳐야 한다는 의미를 깨닫는다. 그리고 자신이 교단에 남았던 이유를 이렇게 말한다.

"내가 교단에서나 자네들에게나 요구성을 높인 것도 그네들의 기원을 착실하게 이어주자는 것이었지. 하기야 그게 시대가 바라는 것이기도 하네."

"고맙습니다, 선생님. 그 뜻을 명심하겠습니다."

스승과 제자의 이 일치된 견해는 조그마한 간이역인 청송역의 전철수들과 더불어 '우리의 90년대가 70년대, 80년대의 계속이고 그 높은 단계라면 마찬가지로 90년대의 인간들은 70, 80년대를 거쳐 온 사람들이고 그 계승자들이며 보다 높은 사상정신적 및 도덕적 품성의 소유자들'[5]이 보여주는 세대론적 특징이다. 실제로 「지향」의 사상정신적 계보는 '전철수 박덕삼의 희생적 삶은 현정택의 「푸른 상호등」으로 승화되고, 현정택의 「푸른 상호등」의 예술적 정신은 이정구의 '수력발전소 건설자들의 영웅적 투쟁을 형상한 조선화 작품' 속에서 부활한다. 이러한 정신적 계승은 혁명 1, 2세대들이 그러하였던 것처럼 혁명 3, 4세대도 혁명적 희생정신의 계승자라는 90년대 북한 소설의 일반적 특징을 보여준다.

---

5) 류만, 「90년대 인간 성격창조문제에 대한 소감」(『조선문학』, 1991. 1), 39쪽.

5. 조선민족제일주의

강귀미의 「소나무 무늬 상감자기」는 1999년 『조선문학』 12월호에 발표되었다. 이 작품은 1998년 『조선문학』 11월에 발표된 「넋을 찾으라」와 비슷한 작품이다. 둘 다 민족문화유산(고려자기)을 소재로 재일동포들의 사회주의적 애국심을 고취하고 동포 2세대들에게 민족정신의 계승을 강조하고 있다. 두 작품은 김정일이 1986년 7월에 처음 제시하고 1989년에 체계화한 '조선민족제일주의'의 연장선상에 있다.

「소나무 무늬 상감자기」를 분석해 보자. 이 작품은 '나'가 '조달근'에 대해 이야기하는 형식으로 짜여진 액자소설이다. 조달근은 '나'가 살고 있던 고베에서 조그마한 '도야지' 음식점을 운영한다. 그는 '깍쟁이 령감'이라는 별명을 가질 정도로 구두쇠다. 그는 음식점을 운영하기 전 '얼음 배달원'으로 일하던 어느 날 일본인 집에 갔던 적이 있다. 거기서 그는 장식벽장의 가따나(왜놈 긴 칼) 밑에 놓여 있던 고려청자기를 발견하고 주인에게 팔라고 했다. 주인은 비웃는 투로 '얼음 배달원'이 100만엔이나 하는 비싼 자기를 살 수 있겠느냐고 말한다. 그는 일본인 주인에게 자기가 꼭 살 테니 절대 다른 사람에게 팔지 않겠다는 약속을 받고 집으로 돌아온다. 그후 그는 '얼음 배달원'을 그만두고 친구들의 도움으로 '도야지' 음식을 운영하며 80만엔을 모은다. 그때 일본인 주인이 주식 투자로 파산하였다는 소식을 듣고 20만엔을 융통하여 '소나무 무늬 상감자기'를 구입한다. 다음날 그는 심장마비로 죽고 만다. 며칠이 지난 후 그 자기는 12세기 경의 진품으로 알려져 가격이 150만엔까지 올랐다. 여기까지가 '나'가 상감자기에 대해 알고 있던 전부였다. 그후 '나'는 사회주의 조국으로 가는 귀국선에 올랐다. 그런데 현재 평양의 역사박물관을 관람하고 있는 '나'는 그 '소나무 무늬 상감자기'를 보고 놀란다. 그 이유는 그 상감자기를 기증한 사람이

바로 자기가 2, 30년전 알고 있던 조달근이었기 때문이다. '나'는 고려
자기의 기증자가 '애국 동포 조달근의 손자 조창준 동포가 이번에 조
국 방문단으로 오면서 가지고 와 조국에 기증한 것'이라는 해설원의
목소리를 듣고 조 영감의 손자를 만나기 위해 '고려호텔'로 향한다.

이 작품은 해외동포 1세대들의 사회주의적 애국심을 2, 3세대들이
당당하게 계승하고 있는 모습을 그리고 있다. 이것은 현재 북한의 혁
명 1, 2세대들의 정신을 3, 4세대들이 계승발전해야 한다는 북한의 공
식노선을 해외에 확대적용한 것이다. 그러나 이러한 "'조선민족제일주
의'는 북한이라는 분단국가 내의 한쪽 공동체의 대내적 단결력을 강화
하기 위한 이데올로기로서의 민족주의적 성격은 강해도 전체 한반도
적 관점에서 통일민족국가를 지향하는 응집력으로서의 민족주의적 성
격은 희박하다."[6] 그 이유는 "우리 민족제일주의의 원천력에서 근본
핵을 이루는 것은 가장 위대한 수령과 지도자를 모신 우리 민족의 긍
지와 자부심"[7]이라는 표현에서 확인할 수 있다.

6. 세대론의 한계를 넘어서

지금까지 90년대 북한 소설의 세대론을 보여주는 네 편의 소설을 분
석하였다. 이를 통해 북한의 소설은 당의 이데올로기를 대중에게 전달
하는 사회적 역할을 하고 있으며, 대중을 당에 결속시키는 '진군의 나
팔수'임을 알 수 있다. 현재 북한은 혁명 1, 2세대들의 혁명적 정신을
혁명 3, 4세대들에게 올바르게 계승하여 젊은 층의 이데올로기적 동요

---

6) 이종석, 『현대 북한의 이해』(역사비평사, 2000), 199쪽.
7) 고영환, 『우리민족제일주의론』(평양출판사, 1989).
  서재진, 『또 하나의 북한 사회』(나남, 1995), 412쪽 재인용.

를 막고 사회의 위기를 극복하기 위해 안간힘을 쓰고 있다.

「삶의 향기」(1991)와 「뻐스에서」(1993)와 같은 90년대 초반의 작품에서는 가족과 혁명의 대가정의 원칙에서 세대문제가 다루어지고 있는 반면, 「지향」(1999)과 「소나무 무늬 상감자기」(1999)와 같은 90년대 후반의 작품에서는 각 세대와 민족적 차원의 혁명적 정신의 계승문제가 중점적으로 다루어지고 있다. 이러한 특징은 김일성의 죽음(1994. 7. 8)을 기점으로 확연히 구별된다. 이는 97년 3월 『조선문학』의 머릿글 「작가들은 오늘의 '고난의 행군'을 승리적으로 결속하기 위한 최후 돌격전에서 진군의 나팔수가 되자」와 97년 10월 『조선문학』의 머릿글 「절세의 위인을 우리 당 총비서로 높이 추대한 민족적 긍지와 자부심을 안고 문학작품 창작에서 일대 앙양을 일으키자」는 제목만 보아도 알 수 있다.

김일성 사후 북한은 내부적 분열을 막기 위해 혁명 1, 2, 3, 4세대의 정신을 하나의 연결고리로 묶어 체제 안정을 위해 부단히 노력하고 있다. 그리고 세계의 변화를 극복하기 위해 사회주의적 애국주의 대신 조선민족제일주의를 새롭게 제창하고 있다. 90년대 후반의 두 작품이 이를 잘 말해 준다. 90년대 북한 소설이 다른 문제보다도 다급하게 세대문제에 중점을 두는 이유도 여기에 있을 것이다.

그리고 90년대 북한 소설의 제일 큰 특징 중의 하나인 조선민족제일주의는 2000년대 북한 소설의 향방을 결정짓는 잣대가 될지도 모른다. 2000년 1월 『조선문학』 머리글 「2천년대가 왔다 모두 다 태양민족문학건설에로!」에서 북한은 '사회주의 조선의 시조, 김일성 민족의 시조를 모시고 파란만장의 20세기가 가시덤불길을 헤쳐 새 세기를 빛내이는 도약대를 마련한 시대의 영웅적 주인공들을 태양민족문학의 형상세계에서 빛나는 군상으로 아로새겨지게 하자'며 태양민족문학을 내세우고 있다. 이러한 태양민족문학에서 우리는 북한문학이 김일성 민족이라는 신화적 세계에 빠져들고 있음을 확인할 수 있다. 신화의 세계로 빠져드는 21세기 북한의 '태양민족문학'을 보며 문학의 본령이 무엇인지 다시 생각해 본다.

참고문헌

김재용, 『북한문학의 역사적 이해』, 문학과지성사, 1994.

_____, 『분단구조와 북한문학』, 소명출판, 2000.

김정일, 『주체문학론』, 조선로동당출판사, 1992.

서재진, 『또 하나의 북한 사회』, 나남출판, 1995.

이종석, 『현대 북한의 이해』, 역사비평사, 2000.

최 성, 『북한학개론』, 풀빛, 1997.

북한 사회과학원 철학연구소, 『철학사전』, 도서출판 힘, 1988.

남북에서 함께 읽는 이광수와 염상섭
―이광수의 『개척자』, 「혁명가의 아내」와 염상섭의 「만세전」을 중심으로

오태호

1. 통일을 향한 민족문학 논의의 현재적 수준

2000년 6월 15일 남과 북, 해외 동포들을 위시한 세계의 이목은 한 반도로 집중되었다. 한때 남조선 괴뢰 정부의 수반이라고 공격을 받던 남한의 대통령이, 위험 국가로 분류되는 북한의 최고 권력자인 김정일 국방위원장과의 정상회담을 위해 평양행을 감행했기 때문이다. 모든 시작이 그렇듯이, 김대중 대통령과 김정일 국방위원장의 참으로 역사 적인 만남은 두려움과 설레임을 동반하는 장면을 연출하였다. '혹시 나' 하는 불안감과 '그래도' 라는 안도감의 교차 속에 두 대표자의 만 남은 통일의 급물살을 여는 시도라 여겨졌고, 격의 없는 회담에 뒤이 어 나온 남북 정상의 6·15 공동선언은 미래를 향한 장밋빛 전망을 제 시하는 듯했다.

그러나 2001년 지금 현재, 남북 당국의 모습과 주변의 여건은 전년 도의 흥분과 열망을 많이 퇴색하게 만들고 있는 현실이다. 체제와 이

념의 이질화 속에 지내 온 50여 년의 시공간은, 두 지도자의 만남이라는 상징적 성과물에도 불구하고, 군사적 대치 상황을 비롯한 현실적인 적대 관계 속에서 이질적 타자에 대한 벽을 여전히 유지하게끔 만들고 있다. 남북의 통일을 향한 첫 단추가 정상회담에서 이루어졌다고 해서 그 성급한 끝단추를 빨리 채우려고만 한다면, 성과보다는 한계와 오류에 봉착하게 될지도 모른다. 따라서 남과 북의 어깨겯고 앞으로 나아가는 모습이, 서로를 갉아먹는 절름발이형이기보다는, 서로의 장점을 치켜 세우고 단점을 보완해 주는 동반자의 역할을 띠려면, 서서히 서로에게 스며들어 더욱 자연스러운 보폭을 이루어야 할 것이다.

그렇다면 이질화된 사회 문화적 양상 속에서 현실의 한 반영일 문학에 대한 접근은 어떻게 이루어져야 하는가? 이미 총론은 정해져 있다고 볼 수 있다. 체제 우위적 접근은 서로에 대한 배타성만을 확인시킬 뿐이기 때문이다. 우선, 남과 북이 이질화되기 이전의 문학에 대한 공동 연구가 진행되어야 할 것이다. 그 속에서 민족문학의 원형을 도출해낸다면, 이질화된 문학적 양상의 실타래를 풀 수 있는 계기를 찾아낼 수 있을 것이기 때문이다. 문제는 분단이 공고화된 이후의 문학에 대해 어떻게 접근할 것인가라는 방법론적 태도에 있다고 여겨진다. 북한의 문학을 남한의 보편적(혹은 일방적?) 잣대로 평가한다거나 그 역의 방식은 서로에게 성과보다는 한계만을 확인시킬 우려가 농후하다. 따라서, 북한문학에 대한 북한식 접근방식과 더불어 남한식 방법론을 함께 아우르는 평가가 진행되어야 하리라고 여겨진다. 그 역도 또한 마찬가지일 것이다.

이 글은 1992년 김정일의 『주체문학론』 이후 '전통과 유산'의 확보라는 차원에서 다루어지기 시작한 이광수와 염상섭의 문학작품을 통해 남북한의 문학작품에 대한 인식의 '동일성과 차이'를 점검하는 각론에 해당한다. 이러한 작은 실천을 통해 남과 북의 이질적 방법론이야기시키는 차이와, 그럼에도 불구하고 문학적 공통 분모에 대한 동일성은 여전히 존재하고 있다는 사실을 검증하는 자리가 될 것이다.

2. 이광수의 경우—『개척자』와 「혁명가의 아내」

1992년 간행된 김정일의 『주체문학론』은 1980년대 말 동유럽의 사회주의권이 붕괴되기 시작한 이후, 위기의식이 팽배해진 가운데 등장한 문학방법론이라는 점에서 주목을 요한다. 특히 '2. 유산과 전통'이라는 항목에서 '20세기 초엽의 우리 나라 문학작품을 더 많이 찾아내고 옳게 평가하여야 한다'(82쪽)라며 이광수를 북한의 문학사에 편입시킬 것을 지적하는 부분은 변화된 북한의 문학사 기술 방법론을 확인하게 한다.

> 우리는 리광수의 소설과 최남선의 시도 문학사에서 응당한 수준에서 취급하여야 한다. 장편소설 『개척자』를 비롯한 리광수의 초기 소설들은 1910년대의 우리 나라 소설 문학의 대표작으로서 당대의 사회악에 대한 불만이 일정하게 반영되여있다. 언제인가 수령님께서는 길림육문중학교에서 청년운동을 할 때 리광수의 소설 『개척자』를 읽어보았는데 그 작품에는 당대 사회에 대한 불만이 표현되여있었다고 하시면서 리광수는 그후에 「혁명가의 안해」라는 소설에서 자기가 변절하였다는 것을 드러내놓았다고 교시하시였다. 리광수가 초기에 쓴 장편소설이 당대 사회현실에 대한 불만을 표현하고 1910년대 우리 나라 소설문학의 대표작으로 되고있는것만큼 그의 초기작품의 긍정적 측면을 문학사에서 취급하는 것이 나쁘지 않다.
> —김정일, 『주체문학론』, 조선로농당출판사, 83쪽(밑줄은 인용자)

위 인용문의 내용을 요약해 보면, 『개척자』[1]를 위시한 1910년대의 이광수의 초기 소설들은 '당대의 사회악에 대한 불만'을 '일정하게 반영'하고 있기 때문에 주목해야 한다는 점(김일성이 청년운동을 할 때 읽었다는 점도 주목해야 한다)과 이광수가 「혁명가의 아내」[2]에서 '자기가 변절하였다는' 사실을 드러내었기 때문에 문학사에서 배제할 수 있고, 배제해야 함을 이야기하고 있다는 사실을 알 수 있다.

윗 글에서 우리가 주목해야 할 부분은 크게 두 가지로 나누어 볼 수 있다. 첫째, 1910년대 이광수의 장편소설을 이야기하면서, 왜 남한에서 크게 주목받는 최초의 근대적 장편소설『무정』[3]이 아니라『개척자』를 주목하고 있느냐는 점이다. 둘째, 「혁명가의 아내」가 과연 어떠한 작품이기에 이광수의 '변절'을 이야기할 수 있는가 하는 점이다. 나아가 「혁명가의 아내」가 이광수의 '변절'을 이야기하고 있는 작품이라면 그 이전까지의 작품은 이광수의 주의나 주장이 일관되었으며, 북한문학사에 수용될 수 있을 정도의 긍정성을 내포하고 있는가라는 의문이 생긴다.

1) 계몽주의와 자유 연애 사상의 피력으로서의 『개척자』

첫 번째 의문을 해명하기 위해 먼저, 『개척자』를 살펴보자. 화학자인 김성재는 자수성가한 부모님의 재산을 칠 년 동안에 실패를 거듭한 화

---

1) 1917. 11. 10 ~ 1918. 3. 15. 『매일신보』 연재(김윤식, 『이광수와 그의 시대 1』(개정/증보), 솔, 1999, 560쪽 참조).

2) 1930. 1. 1 ~ 1930. 2. 4. 『동아일보』 연재(구인환, 『혁명가의 아내―작품해설』, 우신사판, 1984, 361쪽 참조). 「혁명가의 아내」는 「사랑의 다각형」 「삼봉이네 집」과 더불어 이광수가 그려낸 1930년대 『군상』 3부작의 첫 작품에 해당한다.

3) 1916년 1. 1. ~ 1917년 6. 14. 『매일신보』 연재(김윤식, 앞의 책, 559쪽 참조). 김윤식은 「『무정』―그 기념비적 성격」이라는 장에서 『무정』의 특징을 첫째, 시대적 진취성(상승계층의 세계관 최대치를 드러낸 점), 둘째, 사제 관계의 견고성(교사·학생의 관계 구조), 셋째, 정결성―누이 콤플렉스(혹은 순진성), 넷째, 한(恨)의 표정, 다섯째, 작가의 자전적 요소와 『무정』의 관련성 등으로 나누어 분석/접근하고 있다(566~619쪽, 「7.『무정』―그 기념비적 성격」 요약).

학 실험으로 인해 거의 다 날려 버리게 된다. 성재가 아버님에게 도움을 받은 적이 있던 함가네로부터 돈을 빌려 쓴 뒤 갚지 못하자, 갑작스레 차압이 들어오고 아버님은 충격으로 사망하게 된다. 삼일장을 치르던 중 조문 왔던 친구 전경이는 아버지의 혼령이 씌운 채 미쳐서, 함가네집 주변을 떠돌다가 정신병동에 갇히게 된다. 결국 성재가 아버님의 장례 이후 빚 갚음으로 큰 집을 팔아 버리고 난 뒤, 어머니와 남동생 성훈이 내외, 여동생 성순이, 성재 내외(부인은 친정으로 떠남) 등은 작은 집으로 옮겨 가게 된다. 돈을 벌기 위해 막노동판에서 일하던 성재가 감기에 걸려 집에서 며칠 앓는 사이, 성재의 친구인 화가 민씨와 철학자 변씨 등이 찾아와 성순이에 대한 흠모의 정을 표현하고자 한다. 그 둘 중에서, 이성에 대한 경험이 없던 성순이는 아내가 있는 민씨와의 사랑에 빠지게 되고, 어머니와 오빠의 강요에 의해 약혼했던 변씨와의 정혼을 앞둔 어느 날, 민씨와의 정신적 사랑을 위해 성재의 실험실에 있던 극약을 먹고 자살을 기도하게 된다. 거의 주검이 다 되어 가는 동생의 시신을 앞에 두고 성재와 모친은 성순을 변씨에게 시집 보내려 했던 자신들의 잘못을 사과하고, 민과의 마지막 대화를 나누게 한다. 결국 성순이 죽고 장례를 치른 뒤 성순을 매장하고 돌아와, 성순의 정신적 남편이 된 민이 제문을 짓는 것으로 이 작품은 끝난다.

　작품의 개요만 살펴보아도, 『개척자』는 주인공을 누구로 보느냐에 따라 작품에 대한 평가가 사뭇 달라질 수 있는 작품이다. 작품의 앞부분에서는 성재와 성순 남매의 따스한 혈육간의 신뢰와 애정을 중심으로 교활하고 잔혹한 함가네의 '사회악'적 횡포를 그려내고 있다면, 뒷부분에서는 성순과 민의 정신적 사랑을 중심으로 물질적 재부를 소유한 변씨가 개입하는 전형적인 삼각관계를 그린 애정소설이라고 볼 수 있다.

　『주체문학론』에서 지적하고 있듯이, 『개척자』에서 '사회악에 대한 불만이 표현'되고 있다면, 그것은 교활하고 이기적이며 물욕에 눈이 어두운 함가네의 성재네에 대한 갖은 횡포를 형상화한 부분에 있다고 할 수 있다. 특히 함가의 생일날 미친 전경이가, 『춘향전』에서 변 사또의 생일날 이몽룡이 지어 불렀던 칠언절구의 풍자시를 읊조리는 대목은 탐욕스런 거상에 대한 반발과 저항을 드러낸 부분이다. 결국 『주체문학론』의 '사회악에 대한 불만 표현'이라는 지적은 고전문학의 풍자성을 작품에 그대로 도입한 것에 대해 긍정적 평가를 내린 결과라고 볼 수 있다. 하지만 형상적 측면에서 보았을 때, 이러한 '어사 출두 부분의 변용'은 실상 작품의 허구적 작위성만을 가중시킨다는 점에서 부정적 평가의 대상이 될 뿐이다.

여기서 우리는 남한 연구자의 한 평가를 눈여겨보아야 할 필요가 생긴다.

> 『개척자』는 『무정』과 달리 관념적인 조작에 의해 씌어진 것이어서, 문체도 국한혼용체이며 자전적 곡진한 진실이 담겨 있지 않았으며, 따라서 신사상의 주입이 겉으로 뻔히 드러난 졸작이었다.[4]

인용문의 연구자의 지적을 수용하였을 때, '신사상의 주입이 겉으로 뻔히 드러난 졸작'에 불과한 작품을 왜 북한에서는 문학사에 편입시켜야 한다고 주장하는 것인가. 그것은 선과 악의 대결 구도라는 측면이 『개척자』에서 부분적으로 드러나고 있기 때문이다. 하지만, 부분적 형상화의 긍정성을 무리하게 일반화시키는 것은 작품에 대한 온당한 평가를 내릴 수 없게 만들 수도 있다는 사실을 간과해서는 안 될 것이다. 결국 북한 문학사에서 『무정』을 주목하지 않는 것은 그 작품이 명확한

---

4) 김윤식, 앞의 책, 613쪽.

'사회악'에 대한 설정이 없기 때문일 것이라는 사실도 우리는 추론을 통해 짐작[5]할 수 있는 것이다.

① "제가 그림을 그리는 것은 미술 없는 조선 사람에게 미술을 주려고 하는 것이야요. 즉 제가 이 도토리가 되어서 움이 나서 자라서, 자꾸자꾸 자라서, 큰 나무가 되어서 이러한 도토리를 많이 맺잔 말이야요. 알아듣기 쉽게 말하면, 지금 그림 그리는 사람이 나 하나밖에 없지마는 장차는 수백 명 수십 명 있게 하자는 말이지요. 알아들으십니까. 선생도 그렇지요. 자기 혼자서 아무리 큰 발명을 한다 하면 그것이 무엇이 귀합니까. 선생 같은 화학자가 수백인 수천인 나게 해야 비로소 뜻이 있는 것이지요. 안 그렇습니까?"[6]

② "저는 한 번 마음을 어떤 남자에게 허하면 벌써 그 여자는 처녀가 아니라 해요. 육으로 허하는 것은 다만 그 종속물에 지나지 못한다고 해요. 마음으로 허한 뒤에는 이미 육으로 허한 것이 아니야요? 저는 벌써 처녀가 아니올씨다. 저는 벌써 시집간 여자예요." (429쪽)

③ 성아! 모든 희망과 기쁨/내게 있는 온갖 말아/네 관에 넣고 오직 하나/가슴에 남은 것, 이 슬픔!//아아! 귀한 슬픔! 오직/이것이 나의 재산이다!/세상의 끝까지 품에다/품을 기념이 이것! 오직!//사람이 죽을까. 죽으러/생명이 났을까. 생명은/죽는다 하여도 사랑은/사는 것 아닐까 오히려! (470쪽)

인용문 ①은 남성이라고는 오빠 성재만을 알고 지내던 성순이가 오

---

5) 물론 『무정』에서도 교사인 배 학감과 부유층 자제인 김현수가 등장하여 영채(기생 계월향)의 정조를 유린하는 부분이 나오긴 하지만, 성윤리적으로 타락한 개인들의 모습으로 형상화되어 있기 때문에 계급적 '사회악'으로 판단하기에는 무리가 따랐을 것으로 여겨진다.

6) 이광수, 『이광수 전집 제1권 — 무정/개척자/초기의 문장』, 삼중당, 1964, 347쪽.

빠 친구인 민이 던진 대사에 감동받는 부분이고, 인용문 ②는 변씨와의 결혼을 진행하던 성재와 어머니에게 성순이가 인습(부모의 권력/사회의 인습)에 대한 전쟁을 선포한 뒤, 민을 찾아가 자신이 이미 민에게 정신적으로 순결을 잃은 여성임을 피력하는 부분이고, 인용문 ③은 성순이가 자살한 뒤, 민이 성순과의 사별의 아픔을 노래한 제문이다.

이 작품의 앞부분에서는 성재와 더불어 민이라는 청년이 선각자적 지식인의 모습으로 긍정적으로 형상화되면서, 함가네의 패악과 맞서기도 하지만, 작품의 뒷부분이 성순이의 사랑을 중심으로 한 연애 기술론이라는 점에서 이 작품은 결국 『무정』에서 이야기된 바 있는 자유 연애와 계몽주의 사상의 주입이 그대로 드러난 대중 연애 소설이라고 볼 수 있을 것이다. 인용문 ③에서처럼 '생명은 죽어도 사랑은 남는다'라는 진술은 작위적/통속적 결말이라는 점에서 문제적으로 여겨진다.

결국 이광수의 『개척자』는 '사회악에 대한 불만'을 부분적으로 형상화하고 있을 뿐이지, 전체적으로 보았을 때는 『무정』의 사상적 연장선상에서 쓰여진 계몽주의적 연애소설에 불과한 작품이라고 볼 수 있을 것이다.

2) 풍자적 반공주의 소설로서의 「혁명가의 아내」

『개척자』와는 달리 '자기가 변절하였다는 것을 드러내 놓았다'고 『주체문학론』에서 명시한 「혁명가의 아내」는 1930년대 무산 계급의 혁명을 위해 노력했던 공산주의자의 위선적 모습을 악의적 창작 의도 하에 형상화한 풍자소설로 볼 수 있다. 춘원의 이례적인 「서문」을 통해 보았을 때, 이 작품에 대한 세간의 시선이 결코 곱지 않았음을 확인할 수 있다.

「혁명가의 아내」는 『군상』 중에 한편이다. 『군상』은 그 글자와 같이 이것 저것 여럿을 그린다는 뜻이니, 이리해서 내가 본 1930년대의 조선의 횡단면을 그려 보자는 생각이다.

「혁명가의 아내」는 친구들 간에 모델을 문제로 하는 이들도 있는 듯하나 나는 언제든지 어느 실재한 개인을 모델로 하기를 즐겨 하지 아니하는 사람이어니와 이 「혁명가의 아내」도 순전한 내 상상의 산물이요, 어떤 실재한 인물을 모델로 한 것은 아니다.[7]

군이 '상상의 산물이요, 어떤 실재한 인물을 모델로 한 것'이 아니라는 인용문의 구절은 실상 '내가 본 1930년대의 조선의 횡단면을 그려 보자는 생각'과 모순되는 진술이라고 할 수 있다. 조선의 실세계를 그려 보려는 의도로 창작했으면서도 그것을 허구적 상상력의 세계라고 뒤이어 진술한다는 것은, 작품 이면에 깔린 이광수의 '반공' 의도를 짐작하게 한다고도 볼 수 있다. 그렇다면, 「혁명가의 아내」는 어떤 내용을 담고 있는가.

공산이라는 혁명가가 폐병으로 드러누운 지 벌써 일 년이 넘었다. 그는 전처가 딸 아이를 데리고 친정으로 가 버린 뒤, 방정희라는 육감적인 여인과 새 가정을 이루게 된다. 그는 방정희로 하여금 혁명적 기질을 갖도록 만들지만, 실상 방정희는 남성의 육체에만 집요한 관심을 보이며, 세계를 지나친 이분법으로 재단하는, 허울뿐인 혁명가이다. 그리하여 폐병에 걸려 오늘 내일 하는 남편을 뒤로 한 채, 자신의 육욕의 만족을 위해 의학전문학교 학생인 권오성을 유혹하여 작은 방에서 관계를 갖게 된다. 그러던 중 공산이 죽게 되자 장례를 치르고 난 뒤, 방정희는 권오성과 신혼부부를 가장한 채 여행을 갔다가 임신한 사실

---

7) 이광수, 『혁명가의 아내』, 우신사판, 1984, 「서문」에서(이하 인용문의 쪽수는 이 책을 가리킴).

을 권오성에게 알려 준다. 하지만, 방정희의 임신에 겁을 집어먹은 권오성이 휘두른 폭력에 의해 아이를 유산하게 되고, 결국 방정희는 시름시름 앓게 된다. 임종을 목전에 두고 공산의 동지인 여인현이 정희의 옛 애인이었던 의사 강호영을 데리고 오지만, 결국 죽게 되고, 방정희는 이론과 실천을 겸비했던 혁명가의 아내라는 이름으로 공산의 곁에 묻히게 된다.

이 작품은 혁명가 공산의 위선적 태도와 더불어, 절대 평등만을 외치며 전도된 가치관으로 남성의 육체에만 탐닉하는 방정희의 이중성을 신랄하게 비꼬기 위해 만든 풍자소설류에 해당한다. 소설이라고는 하지만, 일제의 계급주의 운동에 대한 탄압이 노골화되던 시점에 쓰여진 이 소설은 결국 작가의 악의적인 관점이 어우러진 것이라고 볼 수밖에 없다. 그렇기 때문에 이기영으로 하여금 「변절자의 아내」(『신계단』, 1933. 5)라는 패러디 작품을 쓰도록 만든 것이다.

①혁명가—그의 이름은 공산(孔産)이라고 부른다. 무론 이것은 가명이다. 그의 본명이 무엇이냐고 물어도 나는 절대로 대답할 수가 없다. 이것이 이야기꾼이 지키는 유일한 비밀이요 또 신의이다. 이야기꾼에게는 이 비밀밖에는 다른 비밀이 없고, 이 덕의밖에는 다른 덕의가 없다. 그는 누구의 이야기든지 아무리 당자가 듣기 싫은 이야기라도 하고만 싶으면 다 한다. 오직 하기가 싫어야 고만둔다. 하고 싶은 이야기는 꾸며대서라도 하고, 하기가 싫어만지면 목을 베더라도 아니하는 것이 이야기꾼의 심술이다. 나도 이야기꾼으로 나선 바에는 이 특색들을 아니 가질 수가 없다. 그러므로 나는 이 혁명가의 본명을 결코 말하지 아니하려고 한다. 그의 아내나 친구들의 이름도 다 이야기꾼의 가작이다. 이것은 이 이야기를 들으시는 독자들에게 재삼 명심하시기를 바라는 예비지식이다. (9쪽)

②세상에서는 지금 그의 일홈을 민족(民族)이라고 부른다. 그를 왜 '민족'이라고 부르는지 그것은 나도 잘 모른다. 나는 신문 기자나 정탐이 아닌지라 남의 비밀을 잘 알지도 못하거니와, 또한 그런 것을 알고 싶어하지도 않는다. 그러나 이 유명한 '민족'에게 대해서는 다만 그의 드러난 '사실'만 가지고도 훌륭히 이야깃거리가 몇 다스라도 될 줄 안다. 그것은 우선 '민족'이라 하면 아동주졸까지라도 모를 이가 없으리만큼 그는 너무도 유명짜하기 때문이다.[8]

인용문 ①은 「혁명가의 아내」의 서두 부분을 인용한 것이고, 인용문 ②는 이광수의 작품을 패러디한 이기영의 「변절자의 아내」의 서두 부분을 인용한 것이다. 민족주의 문학 진영에서 이광수가 사회주의 혁명 세력에 대한 인신공격적 소설을 그려내었다면, 그에 대한 대결 의식 속에서 이기영의 작품이 쓰여진 것임을 인용문을 통해 확인할 수 있다.

서로의 육체만을 끝없이 탐닉하던 공산(공진호)과 방정희는 공산의 폐병으로 인해 가정의 파국을 맞이하게 되는데, 여기에서 더욱 혐오스럽게 형상화되는 인물은 방정희이다. 방정희는 '이론으로 무산계급의 여자를 동정하고 존경할 것을 주장하나, 실천으로 동성인 어멈 계급에 대하여 잔인하다고 할만한 멸시와 학대를'(28쪽) 퍼붓는 여성이며, 백일도 안 된 어린 딸에게 젖을 먹이는 것이 봉건적·부르주아적 유물이라 하여 아이를 죽게 만든 뒤, 아이의 죽음을 슬퍼하며 눈물을 흘리는 공산을 비혁명가적이라고 비웃는 여성이다. 기존의 가치관에 대해서는 무조건 봉건적·부르주아적이라는 오명을 씌운 채, 가치의 전도만을 일삼는 방정희의 극단적 형상화는 작가의 시선이 편향적임을 여실

---

8) 이기영, 「변절자의 아내」, 『신계단』(1933. 5). 102쪽(김윤식, 『이광수와 그의 시대 2』, 175쪽 재인용).

히 드러내 준다고 할 수 있다.

①"흥 정조, 의리, 남편을 섬김. 흥 봉건사상, 노예 도덕…… 흥." 하고 정희는 열녀 타이프인 그 어머니 이미지를 침을 뱉고 발길로 차 버린다. "그런 모든 인습적 우상에서—노예의 질곡에서 인간을 해방하는 것이 혁명이다!" 하고 정희는 혁명가다운 용기를 발하여 벌떡 일어난다. 일어난 것은 건넌방으로 가자는 뜻이다. 지금까지 생각한 모든 것이 건넌방으로 건너가서 권과 같이 자도 옳다는 이론을 성립시키려는 것에 불과하다. (32쪽)

②"정조. 자기 희생. 모두 부르조아 이데올로기야, 부르조아!" 이렇게 정희는 속으로 외친다. 무엇이든지 봉건적이나 부르조아라고 정죄만 하면 다 결정이 되어 버리는 듯하였다. 〔…중략…〕 정희는 어떤 것이 진실로 봉건적이요, 부르조아 근성인지 분명히는 모른다. 그러나 한 가지 큰 원리, 큰 공식을 안다. 그것은 가치의 전도(顚倒)라는 것이다. 무엇이든지 재래에 옳다고 여겨 온 것은 다 봉건적이요, '부르조아 근성'이라 하는 것이다. 재래에 옳지 않다고 하던 것은 대개 옳은 것—변증적이요, 민중적이라 하는 것이다. (33쪽)

인용문 ①은 방정희가 정조를 지키는 것은 인습적 관점이라며 권오성과의 관계를 정당화하기 위해 '혁명가다운 용기'를 발휘하는 대목이며, 인용문 ②는 기존의 가치관은 무조건 '봉건적/부르주아적'이라는 미명하에 가치의 전도만을 꾀하는 궤변주의자 방정희의 성격을 진술하는 대목이다. 위에서 드러나듯, 극단적인 가치관의 신봉자인 방정희의 부정적 형상화는 여성 차별주의자인 공산, 유약한 의학전문학교 학생 권오성과 함께 작가적 편견을 그대로 드러내 주는 부분이라고 할 수 있다.

따라서 이 작품은 북한에서 이야기하듯 '변절자 이광수'의 모습을 보여준다기보다는 공산주의에 대한 극도의 작가적 혐오감을 드러낸 작품으로 볼 수 있다. 왜냐하면, 이광수는『무정』에서부터 지속적인 작품 창작을 통해 자유 연애와 계몽주의 사상에 대해 형상화해 왔으며, 도산 안창호의 노선을 따르면서 교육 준비론 사상에 바탕한 민족주의 계열에 서서 계급주의 사상에 대해서는 끊임없이 거리를 유지하고 있었기 때문이다.

그렇다면, 이광수는 변절한 것이라고 볼 수 없지 않을까. 이광수는 계급보다 민족이라는 관념을 앞세운 '민족주의자'에 불과할 뿐이다. 그에게 민족은 어떤 가치나 사상보다 우위에 서는 논리로 작용하기 때문에 그는 변절자가 아니다. 그는 계급주의에 반대하는 자신의 노선을 줄곧 따른 '관념적 민족주의자'에 지나지 않는 것이다.

3. 염상섭의 경우―「만세전」

염상섭은 북한 문학사에서 '반동작가'로 규정된 이후[9] 언급이 전혀 없던 작가이다. 그러나 이광수와 마찬가지로 '전통과 유산'의 확보라는 차원에서 새롭게 조명되고 있다는 점에서 주목을 요한다고 할 수 있다.

1998년에 나온『현대조선문학선집』16권에 염상섭의 「만세전」이 실려 있어 과거와는 다른 면을 보여주고 있다. "이 작품은 다른 한 측면에서 1919년 이전의 사회현실을 인텔리의 시점에서 형상적으로 보여준 것으로 하여

---

9) 안함광,『조선문학사』, 한국문화사, 1956.

긍정적인 의의를 갖는다."[10]

인용문에서 보이듯, 인텔리의 시점에서 '1919년 이전의 사회현실'을 그려낸 「만세전」[11]은 남한에서도 익히 상당한 평가[12]를 받아 온 작품이라는 점에서 남북한 문학의 접점을 확인할 수 있는 촉매로 작용할 수 있는 작품으로 여겨진다.

이 작품은 '조선에 〈만세〉가 일어나기 전해 겨울이다'(541쪽)라는 문장으로 시작하여 무덤 속을 겨우 빠져 나간다는 전언을 웃음과 함께 끝으로 남기며, 1919년 3·1 만세 운동이 일어나기 전의 조선 사회의 모습을 그려낸 작품이다. 대략 보름 동안에 벌어진 동경에서부터 서울까지의 동경 유학생 '나'(이인화)의 생활과 조선 민족에 대한 관찰을 그려낸 이 작품은 특히 사회 현실 속에서 동요하는 위선적 인텔리의 모습을 형상화한 점에서 주목을 받아 왔다. 아내가 위급하다는 전보를 받았음에도 함께 동봉해 온 돈에 더욱 반가움을 느낀다든가, 육칠 년 동안이나 부부로 지냈음에도 마음은 무사태평한 채 술집 여성을 희롱하는 '나'는 끊임없이 동요하면서 심리적 갈등을 경험한다.

---

10) 김재용, 「남북 문학계의 교류와 문학유산의 확충—남북에서 함께 읽는 홍명희와 염상섭」, 『실천문학』 2000. 여름호, 51쪽 재인용.

11) 『신생활』지 창간호에 「묘지」라는 제목으로 3개월간(1922. 7~8, 3회분은 삭제됨) 연재되고 1924년에 『시대일보』(4. 6~6. 7)에서 완결되어 곧 단행본으로 나오면서 「만세전」(고려공사, 1924. 8)으로 개제하였다(김윤식, 『염상섭 연구』, 서울대학교 출판부, 1987, 189쪽 재인용). 이하 「만세전」의 본문 인용은 『삼대 外—한국소설문학대계 5』(염상섭, 동아출판사, 1995)에서 함.

12) 김윤식은 『염상섭 연구』「제7장 작가의 탄생—「만세전」의 세계」에서 1)제도적 장치로서의 근대와 고백체 2)「만세전」의 공간적 구조(1장~6장 : 동경에서 서울까지의 거리, 7장~9장 : 서울에서 일어난 일) 3)「만세전」의 시간구조와 주인공의 의식(이중적 성격과 지식인의 허위의식에 대한 혐오) 4)선적 여로와 원점회귀형 여로 5)원점회귀의 의미와 합리주의 6)합리주의의 양면성과 작가의 현실의식('자아주의'의 외침은 일종의 낭만적 정열) 7)이데올로기 결여태로서의 가치중립성—「만세전」의 사상사적 위치(동경에서 배운 제도적 장치로서의 근대) 8)「만세전」의 개작과정과 텍스트 문제 9) 근대소설사에서의 염상섭 문체의 문제성(국한문체의 사용) 10) '彼'의 기호체계와 '그'의 기호체계 11) 차원의 초극—「만세전」의 기념비적 근거(일본 근대소설 체계에서 벗어나 자기 세계 발견) 12)「만세전」과 작가의 전기적 측면 등으로 나누어 「만세전」의 근대소설사적 의의를 평가하고 있다. (김윤식, 『염상섭 연구』, 서울대학교 출판부, 1987).

①그러나 문제는 선도 아니요 악도 아닌 그 어름에다가 발을 걸치고 있는 것이다. 죽거나 살거나 눈 하나 깜짝거리지도 않으면서 하는 공부를 내던지고 보러 간다는 것이 위선이다. 더구나 여기 술 먹으러 오는 것을 무슨 큰 죄나 짓는 것같이 망설이는 것부터 큰 모순이다. 목숨 하나가 없어진다는 것과 내가 술 먹는다는 것과는 별개 문제다. 그러면서도 '내 처'가 죽어 가는데 술을 먹다니? 하는 오죽잖은 '양심'이 머리를 들지만, 그것이 진정한 양심이라기보다도 관념이란 가면이 목을 매서 끄는 것이다. 사람은 관념의 노예가 되는 수가 많다. 가식의 도덕적 관념에서 해방되는 거기에서 참된 생명을 찾는 것이다. (554~555쪽)

②사실 말이지, 나는 그 소위 우국지사는 아니나 자기가 망국 백성이라는 것은 어느 때나 잊지 않고 있기는 하다. 〔…중략…〕 그러나 또 한 편으로 생각하면 망국 백성이 된 지 벌써 근 십 년 동안, 인제는 무관심하도록 주위가 관대하게 내버려 두었었다. (576쪽)

③젊은 사람들의 얼굴까지 시든 배춧잎 같고 주눅이 들어서 멀거니 앉았거나, 그렇지 않으면 빌붙는 듯한 천한 웃음이나 '헤에' 하고 싱겁게 웃는 그 표정을 보면 가엾기도 하고, 분이 치밀어 올라와서 소리라도 버럭 질렀으면 시원할 것 같다. '이게 산다는 꼴인가? 모두 뒈져 버려라!' 찻간 안으로 들어오며 나는 혼자 속으로 외쳤다. '무덤이다! 구더기가 끓는 무덤이다!' 〔…중략…〕 우중충한 남폿불은 웅크리고 자는 사람들의 머리 위를 지키는 것 같으나 묵직하고도 고요한 압력으로 지그시 내리누르는 것 같다. 나는 한 번 휘 돌려다보며, '공동묘지다! 공동묘지 속에서 살면서 죽어서 공동묘지에 갈까 봐 애가 말라 하는 갸륵한 백성들이다!' 하고 혼자 코웃음을 쳤다. '공동묘지 속에서 사니까 죽어서나 시원스런 데 가서 파묻히겠다는 것인가? 그러나 하여간에 구더기가 득시글득시글하는 무덤 속이다. 모두가

구더기다. 너도 구더기, 나도 구더기다. (……)'(640~641쪽)

④소학교 선생님이 사벨(환도)을 차고 교단에 오르는 나라가 있는 것을 보셨습니까? 나는 그런 나라의 백성이외다. 〔…중략…〕 그러나 이 땅의 소학교 교원의 허리에서 그 장난감칼을 떼어 놓을 날은 언제일지? 숨이 막힙니다. (671쪽)

⑤ "내년 봄에 나오면 어떻게 속현(續絃)할 도리를 차려야 하지 않겠나?" 하고 난데없는 소리를 하기에, 나는, "겨우 무덤 속에서 빠져 나가는데요? 따뜻한 봄이나 만나서 별장이나 하나 장만하고 거드럭거릴 때가 되거든 요……!" 하며 웃어 버렸다. (672쪽)

인용문 ①에서 '선과 악의 어름에 발을 걸치고 있다'는 인식은 선악의 이분법에 대한 나의 관념적 태도를 극명하게 보여준다. 나아가 윤리적 선이 개인적 가식의 발로일 수 있다는 인식은 실상 자기 합리화에 불과한 진술일 뿐이다. 결국 인용문 ①은 아내의 죽음을 앞에 두고 술을 먹는 죄책감에서 벗어나기 위해 가식적 도덕 관념에서 벗어나 생명의 해방감을 만끽하자는 궤변과도 같은 자기 중심적 위안의 목소리를 담아내고 있을 뿐이다. 근대 문명의 수용이라는 이상을 위해 동경에 온 '나'에게 아내의 위급한 전보는 현실적 부담감만을 느끼게 하는 것이다.

또한 인용문 ②는 식민지 백성으로서의 삶에 스스로가 관성화되어 가는 모습을 통해, 망국의 백성과 관성화된 백성 사이에서의 심리적 동요 계층으로서의 모습을 보여주는 부분이다. 우국지사와 세상사에 무관심한 망국 백성 사이의 인식은 천양지차임에도 불구하고, '나'는 무기력한 탄식 속에 생활을 이어갈 수밖에 없음을 자조적으로 드러낸다. 인용문 ③은 남한 문학사에서 자주 인용되는 일제 강점기의 비참한 현실을 '구더기가 끓는 무덤 속'으로 비유한 구절이다. 여기에서 화자는 자신을 비롯하여 조선의 백성들을 향해 냉소와 모멸이 가득한 시선을 보낸다. 하지만 화자만이 '혼자 코웃음을 치'며 냉소적으로 그렇게 판단한다는 점에서 화자의 우월적 시선을 확인할 수 있다. 인용문 ④는 위압적 교육 현장에 대한 비판적 시선이고, 인용문 ⑤는 조선이라는 무덤을 벗어나 이상적 공간으로서의 동경을 동경(憧憬)하는 화자의 삶에 대한 태도를 냉소적으로 진술하는 부분이다.

이상의 인용문을 통해서 보았을 때, 화자는 자기 자신을 향한 평가에서는 심리적 동요에 뒤이은 자기 연민의 목소리를 동반함을 알 수 있다. 하지만 일제 강점기의 부조리한 조선의 사회 현실에 대해서는 냉정하리만치 객관적이고 명확한 현실 인식 태도를 보여준다. 결국 자신에게는 관대하면서도 타자에게는 무한히 비판적 관점을 견지하고자 노력하는, 지식인의 이중적 속성을 극명하게 보여주는 작품이라고 할 수 있다. 따라서 '나'(이인화)의 시선을 통해 식민지 조선의 비참하고 암담한 현실을 형상화한 이 작품은, 식민지 시대를 살아온 다수의 위선적 지식인들의 삶의 모습을 전형적으로 보여준다는 점에서 더욱 성공적인 작품으로 평가받을 수 있는 것이다.

이상에서처럼, 최근의 「만세전」을 향한 남북한의 문학사적 평가가 거시적인 관점에서 크게 차이를 보여주지 않는다는 점은, 남북한의 분단 이전의 문학작품에 대한 연구 작업이 한 단계 발전될 수 있음을 보여주는 하나의 계기로 작용할 수 있을 것이다.

4. 통일문학을 향한 한 걸음

북한에서 그 동안 외면해 오던 일제 강점기 소설에 대한 접근이 이루어지고 있다는 사실은 실제 목적이 '전통과 유산'의 확보라는 목적하에 진행된다고 할지언정 긍정적이라고 여겨진다. 남북한 문학사의 접이지대를 넓혀 나가는 노력은 양적으로나 질적으로 지속적으로 전개되어야 할 과제 중의 하나이기 때문이다. 늦은 감이 있을지라도 분단 고착화 이전의 문학에 대한 객관적 시각 확보를 위해 공히 많은 노력을 기울여야 할 것이다.

그러나 무조건적인 전통과 유산의 확보는 객관적 가치 평가를 가로막는 장애가 될지도 모른다는 사실을 『개척자』에 대한 북한의 문학사적 접근을 통해서 살펴볼 수 있었다. 공과 사, 부분과 전체를 아우르는 비판적 평가가 있을 때만이 편향적 시각을 극복할 수 있을 것이다. 하지만, 북한에서 진행되는 '전통과 유산'의 확보 노력이 남북한 문학의 공통 분모의 확산을 통해 통일문학사 기술의 밑거름이 될 수 있기 때문에, 일단 우리는 긍정적 평가를 내릴 수 있다. 특히, 새로운 남북한 문학사를 향한 긍정적/부정적 방향의 예견을 이광수의 『개척자』와 「혁명가의 아내」, 염상섭의 「만세전」 등의 작품을 통해 구체적으로 확인할 수 있었다.

남북한의 자유로운 학문적 교류와 서적의 유통이 이루어졌을 때에야 비로소 남북한 문학사가 온건히 작성될 수 있겠지만, 한계와 오류의 범위를 인정하는 선에서라도 서서히 성과를 쌓아 나가는 노력 속에서만이 서로에 대한 반목과 질시를 극복하고 통일 지향의 새로운 세계를 이끌어 올 수 있을 것이다. '사람들 사이에 섬이 있다'고 할지라도 '그 섬에 가고 싶'은 마음이 있다면, 섬과 바다와 사람은 다양한 세계의 모습을 우리 앞에 보여줄 수 있으리라.

북한문학의 문체적 특성

이선이

1. 북한의 문체

문체(Style)란 일반적으로 필자의 개성이나 사상이 글로 표출되는 특징적인 면모나 그 체계를 말한다. 특히 문학작품의 경우 문체는 작가의 개성을 적절하게 표현하는 미학적 수단으로서 창작적 개성과 밀접히 관련된다. 북한의 경우, 문체에 대한 인식은 주체사실주의 창작기법이 확립되면서 이 맥락에서 함께 논의발전되어 왔다. 특히 북한은 1966년 문화어[1]를 공식화함으로써 여기에 입각한 '문화어문체론'을 확립해 나간다. 이는 사회주의적 내용에 민족적 형식을 강조하는 방식으로 문체론이 발전되어 나가야 한다는 점에 주안점을 두는 것으로, 김일성의 '주체의 언어이론'에 입각한 창작방법론의 확립과 그 맥을 같이 한다. 남한이 언어문제를 정부차원에서 관리 또는 계몽하지 않는 것과 비교해 보면 북한의 언어정책은 사회주의 건설의 중요한 도구로서 언어가 가지는 교육적 기능에 일층 기대고 있다고 하겠다. 이러한 언어정책에 기반한 북한의 문예창작은 문화건설의 혁명적 도구로서 그 역할과 소임의 완수를 태내에 지니고 있다고 할 것이다.

사람들을 힘있는 사회적 존재로 키우고 민족을 문명화하여 인민대중의 문화적수요를 충족시키는것은 주체의 문화건설리론이 밝힌 문화건설의 본질이다.[2]

이처럼 사회적 존재로서의 자각과 함께 문명화를 통해 문화적 충족을 목표로 하는 문화건설이론은 결국 계몽주의적 범주 속에서 창작활동이 실현될 수 있음을 강조한다고 할 것이다. 여기에 덧붙여 민족어 건설의 목표를 함께 설정함으로써 북한의 언어정책에 기초적인 밑그림을 완성하고 있다. 민족어란 문화의 민족적 형식을 특징짓는 징표라는 점에서 주체사상의 확립과 결부되며 북한의 문체론에서 일관되게 강조되는 덕목의 하나이다.

민족어에 대한 자부심은 민족적 특성의 강조로 이어지며 세부적으로는 고유한 우리말 쓰기의 강조와 한자어나 외래어를 우리말로 다듬는

---

1) 북한에서는 1966년 『조선말규범집』을 간행하여 '평양말을 중심으로 하여 노동자 계층에서 쓰는 말'을 '문화어'라 하여 새로운 표준말로 사용하게 하였다. 1968년부터는 국어 학습지인 『문화어학습』이 창간되어 문화어 운동이 대중 속으로 뿌리를 내리기 시작하였고, 현재는 1988년에 개정된 『조선말규범집』에 따르고 있다. 우리의 표준어와 북한의 문화어는 여러 부분에서 차이가 있다. 그 중에서 두드러진 것을 들면, 첫째, 어휘면에서 문화어는 고유어에도 차이가 있지만 러시아말, 중국말의 영향을 받아 달라지게 되었다. '깨끗하다—끌끌하다, 씩씩하다—우람차다, 채소—남새, 대중가요—군중가요, 산책길—유보도, 샤워실—물맞이칸, 커튼—창문보, 공동집단—꿈무니, 그룹—그루빠, 트랙터—뜨락또르' 등이 그 예이다. 둘째, 한자어 표기에서 우리는 두음법칙을 지켜 한자어의 소리를 자리에 따라 다르게 적는데, 북한에서는 항상 한 가지로 적는다. 예를 들면, 우리는 '노인(老人), 양심(良心), 여자(女子), 규율(規律), 선열(先烈)' 등으로 적는 것을 북한에서는 '로인, 량심, 녀자, 규률, 선렬'로 적는다. 셋째, 띄어쓰기에 있어서 북한의 규범에서는 붙여쓰기를 남한보다 많이 인정한다. 하나의 개념을 가지고 하나의 대상으로 묶여지는 덩이는 모두 붙여 쓰며, 의존명사, 보조용언 등도 대개 붙여 쓰는 것으로 규정하고 있다. 무엇때문에, 대문밖에, 학교앞에, 우리들 전체, 울듯말듯하다……, 이밖에 단어의 뜻풀이에서도 차이가 있다. '부자'라는 말은 남한에서는 '살림이 넉넉한 사람'을 뜻하지만 북한에서는 '재산을 많이 가지고 호화롭게 진탕치며 살아가는 자'를 뜻한다. 또 문장의 억양이라든지, 단어에 된소리(경음)가 많은 것 등을 들 수 있다. 그러나 아직까지는 공통점이 많아서 서로 의사 소통에는 큰 지장이 없다. (http://kr.encycl.yahoo.com)
2) 「주체사상의 철학적 원리」, 『위대한 주체사상총서』, 평양: 사회과학출판사, 1985.

작업, 생동감 있는 생활어의 활용 등으로 구체화된다. 이러한 언어정
책에 입각한 문화어문체는 '항일혁명투쟁 시기로부터 시작하여 인민
들 속에서 쓰인 쉬운 말에 기초하여 인민들의 구미와 생활감정에 맞게
만든 문체'[3]로 정립되어 나간다.

문화어문체의 경우 기본적인 분류는 그 쓰임새에 따라 사회정치적
문체, 공식사무 문체, 과학기술 문체, 신문보도 문체, 문학예술 문체,
생활 문체 등으로 나뉜다.[4] 또한 문화어문체의 구성요소는 인민성, 논
리성, 형상성에 놓여 있다. 우선 인민성은 사회주의적 노동계급의 생
활 감정에 맞는 언어를 의미하는 것으로 쉬운 언어 사용이나 생활언어
즉 입말 사용을 적극 권장한다. 또한 논리성은 의미의 정확한 전달을
위해 모호한 표현을 지양하는 것을 말한다. 이를 위해서는 정확한 어
휘 선택과 함께 현실의 요구 및 시대의 요구가 반영되는 것이 바람직
하다고 본다. 마지막으로 문체의 형상성은 표현하려는 사상 내용을 생
동감 있고 정서적으로 표현하는 것을 말한다. 생동하는 표상을 드러내
는 문체로서 정서적 색채나 상징적 어휘 등의 적절한 사용을 권장하고
있다. 결국 이들 문화어문체의 구성요소는 그 표현방식에 있어 주체사
상에 입각한 노동계급적 요구에 적극적이어야 한다는 북한문학의 일
반적 경향과 같은 맥락에서 이해할 수 있다.

문체와 문체론적수법사용에서는 주체사상의 요구에 맞게 로동계급의 사
상관점과 립장에 철저히 서야 하며 자그마한 낡은 요소도 절대로 허용하지
말아야 한다. 문체와 문체론적수법사용에서 나타나는 낡은 요소는 크건작
건 기술실무적인 문제로 처리할것이 아니라 사상관점상의 문제로 심각히
분석비판되어야 한다. 그래야만 우리의 문화어문체를 건전하게, 주체시대

3) 김영자, 「북한의 문체」, 『남북한 언어연구』, 박이정, 1998, 117쪽.
4) 박용순, 『조선어문체론』, 김일성종합대학출판사, 1974, 22쪽.

문체답게 발전시켜나갈수 있다.[5]

인용에서 알 수 있듯이, 문화어문체는 글의 다양한 특성으로서의 의미보다는 정치적 수단으로서 효용성을 강조하는 방향으로 발전되어나갔기 때문에 다양성을 확보하지 못하고 있는 실정이다. 그렇다면 이러한 문화어문체론의 특징은 북한문학의 실재에서 어떻게 반영될까? 실제로 문학작품은 창작적 개성과 깊이 연관됨으로 인해 다양한 스펙트럼을 지닐 수 있지만 북한문학의 경우, 주체문학에 입각한 문예창작이라는 분명한 의도성과 문화어문체론의 추구라는 교시적 한계로 인해 유사성과 도식성의 범주를 벗어나지 못하고 있다. 특히 문학작품을 그 자체로는 의미 있는 미적 산물로 보지 않기 때문에 정서적 호소력이나 환기력에 주목한 문체의 기여도를 중시하기보다는 주체사상의 효과적 전달수단으로서 그 의미와 기능을 문제삼는다. 이러한 북한문학의 문체가 필연적으로 수반할 수밖에 없는 한계를 염두에 두고 구체적인 북한 문학작품 속에서 문체적 특성이 어떻게 드러나는가를 살펴보고자 한다.

2. 북한문학의 문체적 특성

북한문학은 남한문학의 잣대로 바라볼 때, 우선적으로 그 주제나 창작기법에 있어서 아직 다양성을 확보하지 못하고 있는 실정이다. 이는 그 동안 당문학으로 일관되게 유지되어 온 문예정책이 가져온 필연적 결과라 하겠다. 같은 이유로 인해서 문체론적인 면에 있어서도 남한문

---

5) 박용순, 위의 책, 171쪽.

학에 비해 현저한 언어운용의 경직성 혹은 제한성이 존재하고 있다. 문학언어가 철저한 통제와 감시 아래 놓여 있으며 정치적 수단으로부터 자유로워지지 못한 상태에서 언어미학의 자유로움을 기대하기는 어렵다 할 것이다.

따라서 북한문학은 작품의 주제나 소재의 일정한 차이에도 불구하고 그 언어미학적 특징은 상당한 유사성을 지니고 있다. 이는 문학작품 속에 김일성·김정일 부자의 교시를 적극 활용함으로써 직설적이고 교화 위주의 정치문체가 빈번히 활용되는 데에서도 이유를 찾을 수 있지만, "예술에서 기교도 중요하지만 그보다 더 중요한것은 진실성입니다"[6]라는 선언에서 알 수 있듯이, 기교보다는 당문학으로서의 도구적 성격을 강조하기 때문에 선전·선동을 위한 언어 사용이 우선시되는 점에서 빚어지는 현상이라고 하겠다. 그러나 이러한 교시성 및 선전선동성을 무시하고 북한문학을 문체적인 면에서 살피면, 남한문학과 비교할 때 특징적인 면 또한 적지 않다. 따라서 이 글에서는 북한문학의 문체가 남한문학과 다른 점을 살피는 가운데 이러한 문체가 가능한 근거를 살피고자 한다. 여기에서는 북한문학의 문체적 특성을 잘 보여주는 예로서 북한 문학사에서 굳건한 작가적 위상을 차지하고 있으며 작품의 형상미학에서도 높은 수준을 자랑하는 천세봉[7]의 장편 『석개울의 새봄』[8]을 중심으로 논의해 보고자 한다. 천세봉의 언어감각은 이미 북한문학의 한 전범이 되는 것으로 평가되고 있으며 그 문체적 미덕으로 다음과 같은 점이 부각되고 있다.

---

6) 『김일성저작집』 15권, 50쪽.
7) 작가 천세봉(1915~1986)은 단편소설 「령로(嶺路)」를 발표하면서 작가활동을 시작했다. 초기 단편들은 토지분배 이후의 농촌 사회의 변화상을 그리고 있으며 1962년 이후 조선작가동맹 중앙위원회 위원으로 활동하면서 이후 계속 북한 문단의 핵심으로 활동한다. 그의 대표작으로는 『석개울의 새봄』, 『대하는 흐른다』 등을 꼽을 수 있다.
8) 여기에서는 『석개울의 새봄·1부』(문학예술종합출판사, 1994)와 『석개울의 새봄·2부』(문학예술종합출판사, 1995)를 대상으로 한다.

형태가 없는 대상에 행동이나 성질, 모양을 주는 단어로 맞물리는 솜씨, 본딴말을 흔하게, 능숙하게 쓰는 솜씨, 뜻같은 말에서 가장 정확하고 섬세하고 예리한 말을 골라내는 솜씨, 합친말을 만들어쓰는 솜씨 등[9]

언어구사능력의 능수능란함을 세목화해 놓은 이러한 평가는 천세봉의 언어감각이 북한 소설에 있어서 하나의 표준으로 제시된다는 점에서 북한 소설이 지향하는 문체적 특성을 살필 수 있는 좋은 본보기가 될 수 있음을 시사한다고 하겠다. 그의 작품을 통해서 북한문학의 문체적 특징을 살피면 다음과 같은 특징적인 면을 주목하게 된다.

우선 북한문학은 남한문학에 비해 역동적이고 생동감 넘치는 기운생동하는 필치를 보여준다. 마치 거침없이 활달한 운필을 보는 듯한 자연 묘사의 역동성은 남한문학이 보여주는 단아하며 정적인 자연 묘사와는 사뭇 다른 인상을 자아낸다고 할 것이다.

① 어디에서나 안개가 흐른다. 그것은 마치 신선하고 향기롭고 가리운 입김처럼 대지에 낮게 내리어 언덕들과 논두렁들과 그리고 나무줄기와 풀잎들을 간지럽게 핥으면서 하염없이 늘어지기도 하고 밀려오기도 한다.

휘휘 손으로 휘저어보면 아무것도 없는 안개……. 꿈같은 안개가 대지의 품에서 소곤소곤 이야기를 늘이면서 꿈자리를 편다. 먼데 골자기에도 안개가 잔잔히 잠기여있다. 산들은 한결 둔중하고 부드러운 곡선으로 달빛을 향해 머리를 들었고 언덕우에 선 나무들도 꿈에 취한듯 가까스로 서있다.

길옆으로 작은 시내물이 흘러가고 물안개가 피여오른다. 물가운데선 은대야같은 둥근 달그림자가 흔들흔들 어깨춤을 추며 사람을 따라온다. 어떤 데선 살짝 수풀밑으로 숨었다간 다시금 나타난다. 모양이 기다랗게 늘어나

---

9) 오영환, 『작가의 문체』, 문예출판사, 1992, 151쪽.

기도 하고 번쩍번쩍 부스려져 흐르기도 한다. 그러다가도 물이 바다같이 잔잔한곳에선 다시 둥그러져 벙실 웃는다. 신선하고 비릿한 물비린내가 코에 스며온다. (1부, 4쪽)

②네동네중에서 석개울이 달래강을 끼고있고 그중 제일 동네가 아담했다. 동네서쪽으로는 훨씬 멀리 월파산이라고 부르는 산줄기가 보인다. 산줄기의 봉우리들은 몹시 날카롭게 솟아있다. 거기서부터 날개처럼 퍼진 산맥이 한줄기는 남으로 한줄기는 북으로 우줄우줄 뻗어내렸다. 석개울근방에 와선 푹 퍼져 산세가 살진 말잔등처럼 부드러워졌다. 그것이 동네앞을 지나면서 벌판으로 사라져버렸다. 월파산을 굽이굽이 감싸면서 달래강물이 흘렀다. 산을 따라 급하게 내려온 물도 석개울을 한마장이나 앞에 두고부터는 비단같이 곱고 잔잔해졌다. 물이 웅깊어 이곳 사람들은 쌍룡소나 가마소는 명주꾸리도 모자란다고 일러온다. 소에선 늘 시퍼런 물이 빙글빙글 소용돌이하고 여울에선 물이 구슬같은 흰 갈기를 날린다. (1부, 25쪽)

①에는 안개와 시냇물과 달이 어우러진 풍경이 그려지고 있다. 자연에 대한 세밀한 관찰을 바탕으로 서정적 정취를 불러일으키고 있는 이 자연 묘사에서 우선적으로 눈에 띄는 점은 달밤의 정취 속에 살아 꿈틀거리는 듯한 자연의 기운이다. 여기에서 문체는 달밤의 정취를 고즈넉하고 부드럽게 그렸다기보다는 정적인 시공간 속에서도 '산이 고개를 든다'는 표현이나 '달그림자가 흔들흔들 춤을 춘다' 등에서 알 수 있듯이 역동적이고 기운찬 모습을 포착하고 있다. ②에서도 달래강의 형세를 그려 나가는 묘파력은 자연에 대한 세밀한 관찰과 생동감 있는 묘사가 결부되면서 기운생동하는 자연의 위상을 느끼게 한다. 즉 이러한 역동적인 묘사들은 리얼리즘 전통 안에 있는 북한문학이 사실적 형상력의 진작이라는 점에서 우선적으로 성취되어야 할 작가의 덕목으

로 손꼽아 왔겠지만, 무엇보다 생활의 진실한 표현을 표방하면서 혁명적 정서를 고취하고 진취적인 기상을 담아내려는 문예정책의 결과로 이해된다.

이러한 북한문학의 역동적 기상은 문장성분 가운데 부사어의 적극적인 활용에 의해 촉발되며 특히 의성어나 의태어의 활용이 빈번하다는 데에서 그 연유를 찾을 수 있다.

①봄! 창혁이는 어쩐지 가슴을 쿵 울려놓는 그런 감정을 느끼였다. 그는 눈을 들어 서서히 마을을 내려다보았다. 물기를 머금은듯 거뭇거뭇한 밤나무가지들 저편으로 질펀한 동네 일경이 바라보인다. 그래도 그쪽은 폭격을 안맞은 집들이 다금다금 붙어앉았고 흰 창문들이 다정스럽게 바라보인다. 자기네 집이 있던쪽은 펑 비여보이고 큰 나무들이 몇주 우뚝우뚝 일어서있다. (1부, 121쪽)

②그렇게 극성을 부리던 추위가 아주 물러난것 같다. 길바닥이 죽신죽신 녹고 눈보라 쳐넣은 웅뎅이눈이 퍽 낮아졌다. 논밭들은 모두 검은 바닥이 나고 누런 땅김이 간지럽게 피여오른다. 삼봉산도 양지쪽은 눈이 녹고 솔이 청청하게 일어섰다. (1부, 120쪽)

③날은 활짝 밝았다. 동쪽에선 아침노을이 불타올랐다. 하늘을 깨끗이 쓸고 동쪽으로 몰려간 구름장들의 변두리가 진홍빛으로 불탄다. 그것은 마치 이 하늘을 어둡게 덮었던 한쪼각의 음산한 구름덩어리마저 활활 불사르는 불꽃과도 같았다. (2부, 313쪽)

인용에서 알 수 있듯이, 북한문학에서는 부사어의 적극적인 활용을 통한 감각적인 형상화가 문체의 중요한 특징으로 자리잡고 있다. 이는 역동적인 기상을 드러내는 데 필수적인 조건이기도 하겠거니와 문화어문체의 기본적인 요구가 노동계급성을 지니고 있어야 하기 때문이기도 하겠다. 노동계급 혹은 근로 대중을 위한 문학이라는 기본적인 관점은 내밀한 심리 정황이나 고도의 상징성을 수반한 밀도 높은 언어 미학 추구와는 다른 방식으로 그들만의 문체적인 특장을 마련해 나간 것으로 볼 수 있겠다. 이런 맥락에서 의성어와 의태어의 활용을 통한 감각적 표현은 ③의 경우에서처럼 인물의 역동적이고 의지적인 기상을 표출하려는 작가의 기본적인 의도와 합치되기도 한다. 문학사적으로 볼 때, 부사어를 통한 생동감 넘치는 소리 묘사와 모양 묘사는 전통적 민중문예의식의 발로로 평가되는 판소리계 소설의 익살과 해학성에 그 맥이 닿는다고 할 수 있을 것이다. 북한문학에서 표나게 민족적 특성을 강조한다는 점을 고려해 보면, 이러한 문체적인 특징은 결국 민중적 정서 표출이라는 판소리계 소설의 미적 특성을 계승한 것으로도 볼 수 있다. 그러나 이러한 해학적인 면모가 문예미학의 미적 범주인 인간의 본성을 간파해내는 심오한 골계미학으로 이어지는 것은 아니다. 다만 북한문학이 남한문학에 비해 문체적인 면에서 익살스러움과 해학을 적극적으로 부각시키려는 방향으로 발전해 왔다고 보는 것이 타당할 것이다. 이는 다음과 같은 북한의 대표적인 우화에도 잘 나타난다.

그런데 마침 언덕 우에 두꺼비가 나타나더니 가슴을 척 젖히고 어그적어그적 팔자걸음으로 내려오는 것이었습니다(그렇지, 저 두꺼비와 의논을 좀 해 봐야지). 안도의 숨을 내쉬며 바라보는데 두꺼비는 어찌나 느렁뱅이인지 여드레 팔십리 걸음으로 내려오는것이었습니다. 그만 마음이 급해난 들쥐는 콩콩 달려가 앞을 막아섰습니다.

"여보게 두꺼비, 좀 빨리 오게나. 저기 구렁이란 놈이 도사리고 있어 큰일

났구만" 그 말에 두꺼비는 껄껄 웃으며 "여보게 들쥐, 덤벼치지 말게. 난 저 따위놈을 무서워하지 않는단말이야. 이제 좀 보겠나" 하더니 가슴을 척 젖히고 거들먹거리며 뚱기적뚱기적 팔자걸음으로 내려가는 것이였습니다.

눈이 올릉해서 내려다보니 아니나 다를가 구렝이란 놈이 감히 덤벼들지 못하고 슬그머니 돌아 앉는것이였습니다.

—「들쥐의 팔자걸음」[10]

이 이야기는 주체성 없는 사람들을 들쥐에 빗대어 풍자하며 주체사상의 중요성을 강조하는 북한의 대표적인 우화이다. 여기에서 두꺼비의 '어그적어그적 팔자걸음'이나 '뚱기적뚱기적 팔자걸음' 또는 들쥐의 '콩콩 달려가'는 모습들은 그 자체로 웃음을 자아낸다. 이처럼 북한문학에서 의성어, 의태어의 적절한 구사는 중요한 문체적 특징을 이루며 역동적이고 생동감 넘치는 기운이 혁명적인 주체적 인간성의 창발이라는 관점과 밀접한 상관속을 이루며 강조되고 있다고 하겠다.

그러나 이러한 생동감 혹은 역동적 기상이 부정적으로 정서의 과격함을 반영하는 경우도 적지 않다. 다음과 같은 강렬한 접두어 사용이나, 거친 합성어들의 빈번한 사용, 묘사 내용의 광폭함 등은 이 같은 정황을 여실히 보여준다.

①우우우 눈보라가 몰려온다. 앞이 보이지 않게 눈가루가 쳐갈긴다. 바람은 치마자락을 찢을듯이 막 잡아닥친다. (1부, 102쪽)
②이런 생각이 마령감의 량심을 쫙쫙 후려갈겼다. (2부, 181쪽)
③녀인들이 혀를 갈기며 한숨을 지었다. (2부, 249쪽)
④리당사무실로 돌아온 조경수는 자기 의자에 메때리듯 주저앉았다. (2

---

10) 『문화어학습』 제2호, 과학백과사전종합출판사, 1994.

부, 569쪽)

　작품 내의 정황이 시련이나 갈등에 직면할 때 주로 사용되는 이러한 표현들은 남한문학에서는 찾아보기 어려운 어사들이다. '눈가루가 쳐갈긴다'나 '바람이 잡아닥친다'는 자연에 대한 거칠고 사나운 표현이나 '양심을 쫙쫙 후려갈겼다'는 과격한 표현, '갈기며', '메때리듯' 등의 난폭한 행동 묘사는 북한 사회가 지닌 과격성이 정서적으로 표출되는 과정에서 자연스레 난폭한 어사 동원으로 이어진 것으로 보인다. 이러한 판단에는 남방 정서에 비해 북방 정서가 갖는 방언적 특성 혹은 생활정서에 대한 탐구가 선행되어야 하겠지만, 표준화되고 있는 북한 언어에 있어서 이 같은 현상은 분명 남한문학에 비해 훨씬 동적이고 자극적인 방식으로 표출되고 있음은 주목하지 않을 수 없다.

　한편 북한문학에서는 구체적인 생활현실에 대한 묘사를 대단히 강조한다. 이러한 생활묘사의 강조는 우선 생동감 있는 구어투(입말)에 바탕을 두고 있으며, 폭넓은 생활용어를 활용하는 특징을 보여준다. 이러한 특징은 김일성의 다음과 같은 교시에서도 선언화되고 있다.

　작가, 예술인들이 군중 속에 들어가지 않고 군중과 한덩어리가 되지 않으며 군중에게서 꾸준히 배우지 않는다면 그들은 귀족화되고 관료화되어 우리 혁명사업에 아무런 도움도 주지 못할 것입니다. 우리 작가, 예술인들은 늘 로동자, 농민과 접촉하고 로동자, 농민과 결합하며 그들 속에서 무궁무진한 창조적 지혜의 원천을 찾아낼 줄 아는 로동자, 농민에게 충실히 복무하는 혁명적 작가, 예술인으로 되어야 하겠습니다.

ー『김일성저작선집』4권, 157쪽[11]

---

11) 사회과학원 문학연구소,『북한의 문예이론』, 인동, 1989, 301쪽에서 재인용.

이 같은 교시는 실제 작품 속에서 대화를 적극적인 표현기법으로 활용한다는 특징을 보이며 입말의 폭넓은 활용을 보여준다. 민족어의 원천이 입말에 있다는 확신[12]은 민족적 형식의 강조와도 합치되면서 형상화의 중요 원리로 교시되고 있다. 민중의 정서가 살아 숨쉬는 구어체의 활용은 작품의 전개에 있어서 대화의 중요성을 강조하는 점과 부합되어 생활정서의 리얼리티를 확보해낸다.

①"난 어제밤 잠 한잠 못잤수다. 그놈의 부엉이가 코잔등에 와 앉아 밤새 부엉부엉 우는 바람에 잠을 잘수가 있습데까?"

"원, 아주머니두. 부엉이가 울어서 잠을 못잤겠소? 령감곁을 떠나왔으니까 령감생각때문에 잠을 못잤겠지요."

"어이구, 그 알량한걸 못잊어 내가 잠을 못자? 인젠 보기만 해도 진절머리가 나서 못살겠소."(2부, 326쪽)

②"여보 로동무, 그렇게 인심이 좋아서 소개를 잘 서면 거 나두 하나 소개를 좀 해주오."

"옳지, 귀맛이 나는게로군."

억삼이와 로일구의 승강이질에 조합원들이 모두 웃었다. 로일구는 나비수염밑에 입가장이 우선우선해서 창혁이가 구레를 굴리는 논배미로 걸어갔다.

"홀애비, 잘 있었소?"

"로령감, 오래간만입니다. 그새 무고하셨소?"

"무고하다뿐이겠소, 그렇게 남좋은 일을 위해서 이렇게 정갱이에 불이 나게 다니오. 동무 편지를 보았소. 그래서 오늘은 군으로 올라가던 길에 직접

---

12) 김정일, 「언어형상에 문학의 비결이 있다」(『주체문학론』 발취), 『문화어학습』, 1993. 2호, 3~8쪽.

홀아비를 만나서 담판을 하자구 들렸소.”

　‘흥, 이건 아무 경황없다는데 못견디게 구는군. 사돈잔치에 중이 참여하
는 격으로…….’ (2부, 417~418쪽)

　이러한 대화를 통한 입말의 강조는 북한 소설에서 민중적 리얼리티
를 확보하면서 인민대중의 정서를 진실하게 포착하려는 의도로 강조
되고 있다. 문어체적 문장이 아니라 구어체를 강조함으로써 생활현실
에서 직접 사용되는 살아 있는 비유의 활용은 민중정서를 가감없이 드
러내는 데 기여한다고 하겠다. ‘부엉이가 코잔등에 와 앉는다’든지 ‘귀
맛이 난다’ 등의 표현은 생활 속에서 자연스레 사용되는 생활어의 반
영이라 하겠다.

　이와 함께 북한문학에는 생활현실에 대한 여실한 반영으로서 능숙능
란한 언어 부림의 솜씨를 드러내는 방법으로 성구속담의 활용이 눈에
띄게 많다.

　①빌어먹을 놈, 개구멍으로 통영갓 굴려낼놈 (1부, 91쪽)

　②건 머 단불에 나비잡듯하우? (1부, 87쪽)

　③넨장 머긴 먹을알이 있는게구나! 내가 찾아갔을 땐 처남의 댁 내병 보
듯하던놈이 인젠 베틀에 북 나를 듯 자꾸 찾아와? (2부, 154쪽)

　④넨장, 저다위가 사람이야? 버릇 배우라니까 과부집 문고리 빼들고 엿
장사 부른다구……. 저 저게 사람이야? (2부, 175쪽)

　북한문학에는 생활 속에서 입에서 입으로 구전되는 속담이 다양하게
활용된다. 이러한 특징은 최근에 간행된 『주체문학론』에서는 인민대중
의 의사와 요구에 맞는 언어를 탐구하고 살려 쓸 것, 문학 언어는 알기
쉬워야 함 등[13]으로 제시되기도 하였다. 이러한 입말의 사용이나 성구

속담의 활용이 생활정서를 충실히 반영하면서 인민성을 강조하고 민중적 정서를 문학적으로 수용하는 방법으로 제시되고 있다고 하겠다.

문체론적 수법을 통하여 우리 인민의 풍부한 사상감정과 복잡하고 다양한, 그리고 섬세한 모든 감정정서를 다 잘 나타낼수 있고 사람들을 웃길수도 울릴수도 있으며 격동시킬수도 있다. 다시말하면 표현 수법을 통해서는 오늘의 새로운 주체시대의 약동하는 사상감정과 풍부한 정서를 훌륭히 나타낼수 있으며 우리 시대 로동계급의 사상감정과 지향을 그대로 반영하여 풍부하게 나타낼수 있다.[14)]

인민의 풍부한 사상과 감정을 그대로 드러낸다는 측면에서 이러한 생활정서의 반영은 중요한 기능을 한다고 볼 수 있겠다. 이와 함께 인용문에서 강조하고 있듯이, 북한문학에서는 노동계급의 사상감정뿐만 아니라 그들의 지향점을 담아내야 한다. 즉 당문학으로서의 기능에 충실해야 한다는 뜻이다. 이러한 요구에 부응하기 위해 북한문학은 남한문학에 비해 논쟁정 성격이 강하다고 하겠다. 북한 문학작품에는 갈등의 국면들을 논쟁적 형식 속에 드러내는 데 익숙해 있다. 이들 논쟁이 작품의 주된 기법으로 자리잡으면서 사회정치적 교시를 내용으로 하는 사회정치문체가 과도하게 사용된다. 이는 노동계급이 요구하는 혁명적 문체의 본질에 문화어문체가 요구하는 인민성이 자리잡고 있으며 이는 노동계급의 혁명성을 담보해야 한다는 기본적인 입장을 작품 속에 관철시킨 결과로 보인다.

---

13) 김정일, 「언어형상에 문학의 비결이 있다」, 『주체문학론』, 조선로동당출판사, 1992, 213~225쪽 참조.
14) 박용순, 『조선어문체론연구』, 과학백과사전출판사, 1978, 28쪽.

①"저는 농촌에서 일하는것두 대학가는것만치 중요하다구 봅니다."

"글쎄 중요하긴 중요하오. 그러나 동무 개체의 발전으로 볼 땐 대학에 가는 게 더욱 유리하지 않소?"

"그건 말씀하는데 모순이 있습니다. 관리위원장동무는 농촌건설이 중요하기 때문에 내가 개체의 유리한 점을 희생하고 농촌에 있다는것 같이 봅니다만 저는 그것을 따루 떼여서 생각하지 않습니다. 제가 농촌에서 일하는것은 어디까지나 내 개체의 유리한 점과 결부되여 있습니다." (1권, 119쪽)

②"옳습니다. 우리는 비판을 강화해야 합니다. 비판은 발전의 무기입니다. 우리돌격대내에서 박병길동무는 확실히 작업에 불성실합니다. 아침에도 번번히 늦고 돌격대에 들어와서 자기 책임량을 달성한 날은 이틀밖에 없습니다. 이 동무는 하면 하고 말면 말자는 식으로 작업에 의욕이 없습니다. 어제저녁에도 집으로 일찍 돌아가지 못해 애를 썼습니다. 동무들이 이런 동무에 대해서 왜 비판이 적습니까? 우리들은 이러한 동무를 랭정한 립장에서 비판을 줘야 합니다. 조합원총회에 넘길게 아니라 우리들의 투쟁을 강화해야 됩니다." (2권, 146쪽)

인용에서처럼 논쟁적 성격의 대화가 갈등 해소의 주된 방법으로 활용된다. 이는 소설사회학적 입장에서 볼 때, 북한 소설은 그들 사회의 이념을 계몽하는 차원에 놓여 있기 때문에 당의 입장을 대변하는 교시적 기능에 충실해야 한다는 맥락에서 이해할 수 있다. 논쟁을 통해 당과 김일성 혹은 김정일의 교시를 확인하고 숙지시키는 기능을 담당하는 이러한 문체는 사회적 색채를 농후하게 드러냄으로써 북한문학이 지니는 미학적 상징성을 현저하게 쇠퇴시키고 문학작품의 공식적, 사회적 목소리를 담아내는 기능에 충실하다고 하겠다.

3. 맺음말

이상에서 북한문학의 문체적 특성을 살펴보았다. 북한에서는 문화어 문체론이 확립되면서부터 일관되게 쉽고 간결한 문체, 민족적 형식을 계승하는 문체, 생활정서를 반영한 문체를 강조해 왔다. 이는 그 표현 방식에 있어서 정서적 자극성을 높이고 높은 호소성을 갖추는 방향으로 발전해 나갔다. 의성어나 의태어의 적절한 활용이나 교시를 전달하려는 정치적 선전선동성 등이 북한문학의 문체에서 역동성과 논리성을 확대했다면 같은 이유로 북한문학의 문체는 경직성을 드러내는 한계를 지닌다고 할 수 있을 것이다. 그러나 남한문학에 비해 기운생동하는 문체를 보여준다거나 전통적인 속담의 적극적인 활용, 생활정서의 여실한 반영 등의 면모는 사회문화사적인 면에서도 그 가치가 크다고 할 것이다.

새로운 세기에 접어들면서 통일시대에 대한 예감은 실감으로 다가오고 있다. 정치권 내의 행보가 무엇보다 발빠르게 진행되고 있는 현실을 볼 때, 통일에 대한 기대감은 한갓 헛된 희망이 아님을 예감케 한다. 이제 문제는 문화적 의미에서 민족의 정서적 합일을 향한 작업이 진행되어야 할 시점이라 하겠다. 정서적 합일을 위한 공분모를 찾아내는 작업은 결국 문화의 구체적 산물들인 개별 작품 속에서 지배적으로 드러나는 분위기와 그 원인을 되짚어 보고 이를 조율해내려는 노력이 필요한 시점이라 하겠다. 이런 점에서 문체로 바라본 북한문학은 결국 남한의 그것과 어떻게 다른가를 확인하면서 그 의미를 파악해 보는 시간이 될 것이다. 우리에게 통일문학은 남북문학이라는 이 동이(同異)의 쉼 없는 운동 속에서 상승하는 하나의 전망이기 때문이다.

북한 연극의 혁명적 여성상
—『꽃파는 처녀』를 중심으로

유진월

1. 서론

온 국민이 치열한 반공 이데올로기 교육을 받던 시대를 거쳐 이제 한반도는 김대중 대통령이 북한을 방문하고 나아가 김정일의 답방을 기다리는 놀라운 상황에 놓여 있다. 햇볕정책으로 변화를 거듭하고 있는 요즘이지만 여전히 북한은 명확한 속내를 알 수 없는 베일에 싸여 있고 그들에 대한 정보 또한 한정되어 있다. 북한은 과연 변모하고 있는가. 그리고 그 땅의 여성들은 어떠한 삶의 가치관을 가지고 살고 있으며 남한의 여성과는 어떻게 다른가.

북한 방송이 텔레비전에서 종종 보이는 가운데 『안중근 이등박문을 쏘다』와 『임꺽정』 등 북한의 대표적 영화가 방영되었고 『불가사리』는 극장에서 개봉되기도 했다. 2000년 이래 평양 학생 소년예술단, 북한 평양교예단 공연이 있었으며 북한 조선국립교향악단은 서울에서 남한 측과 합동공연을 가졌다. 동시에 북한에서도 남한의 예술 공연이 이루어졌다. 남한에서 북한 문화를 그대로 수용하는 것이 버거운 것처럼, 남한의 문화를 접하면서 이질감을 느끼기는 북한도 마찬가지인 모양이다. 남한측의 예술 공연에 대해서 북한은 '전통성을 떠난 이질적인 공연', '지루한 무용', 혹은 '카페나 바에서 나체춤을 추던 사람들이 무대에 나온 것 같은'[1] 공연 등의 악의적인 비판만을 늘어놓았다. 이러한 비판들이 남북 관계에 있어서 정치적인 우위를 선점하려는 목적성 발언이라 치더라도 남북한 문화의 이질성은 상당히 심각하다. 여성에 대한 사회적 요구나 여성 자신들의 추구하는 바 또한 남한과는 많이 다를 것이다.

북한 방송에서 대외적으로 북한의 이미지를 보여주는 여성 방송인은 과장된 어투의 언어를 구사하는 촌스럽고 경직된 모습이다. 무용이나 노래를 하는 여자 어린이들의 모습 또한 인위적으로 조작된 표정의 부자연스러운 모습이며 관광 안내원 또한 여기서 크게 다르지 않다. 꿈 속에서 김정일 위원장이 북에 남겨두고 온 아기들에게 선물을 주기에 감격했다는, 남한 공연을 왔던 여배우의 인터뷰라든가 50년 만의 가족 상봉의 순간까지도 틈만 있으면 체제를 선전해대는 모습은 그들이 의도하는 사상교육의 결실을 보여주는 한 예이다. 그리고 이 사상교육의 핵심적 수단이 바로 예술작품들이다. 특히나 연극 관련 종합예술은 남한과는 달리 수천 명이 동시에 무대에 올라가 공연할 정도로 규모가 방대하고 온 국민이 의무적으로 관람을 해야 하는 주요 사상교육수단이다.

북한의 연극 관련 종합예술은 매우 다양하고 약간의 다른 요소가 있어도 새로운 명명을 하기 때문에 상당히 복잡하다. 대표적으로 연극, 가극, 창극, 가면극, 대화극, 촌극, 시극, 음악무용서사극, 음악무용이

---

1) 노동은, 「남북문화예술교류의 현황과 과제」, 『민족예술』, 2001. 7월호, 34쪽.

야기, 음악무용서사시 등 여러 가지가 있다. 그러나 가장 핵심적인 것은 성황당식 연극으로 대표되는 혁명연극과 피바다식 가극으로 대표되는 혁명가극이다. 그리고 그 중에서도『피바다』,『꽃파는 처녀』,『한 자위단원의 운명』이 가장 대표작으로 꼽힌다.

북한은 1960년대까지는 염군사 연극부와 카프 연극부에서 연극의 시발점을 잡았으나 70년대부터는 정통적인 연극운동의 기원을 항일혁명극에서 찾고[2] 이를 근대 연극사의 새로운 시원으로 삼는다. 주체사상에 기초한 문예이론은 항일혁명투쟁 시기에 창작된 불후의 고전적 명작들을 여러 가지 문학예술 활동으로 옮기는 것이라는 주장이 이를 뒷받침하고 있다.

본고에서는 북한 극예술의 진수로 내세워지는 5대 혁명 가극 중에서『꽃파는 처녀』를 중심으로 북한의 여성상을 분석하고자 한다. 북한에서 가장 자랑하는 문예물인『꽃파는 처녀』는 비록 1930년에 창작된 작품이기는 하지만 이후 소설화되기도 하고 1972년에는 영화로도 만들어진 북한 공연예술의 가장 대표작이다. 김일성은 이 작품에 나오는 80여 곡의 노래를 만들기 위해 2천 7백여 곡의 노래를 들은 것으로 전해진다. 이 노래들은 영어, 러시아어, 일본어, 불어 등 8개 국어로 번역되어 명곡집, 선주곡집, 명곡해설집 등의 이름으로 간행되었다.

'사회의 왜곡을 심각하고 예리하게 반영하고 있으며 평범한 주인공이 혁명가로 자라나는 혁명적 의식 발전과정과 혁명의 위대한 진리를 천명하고 있기 때문에 지구상에서 제국주의자들이 남아 있는 한 사람들의 영원한 교과서가 될 것이며 혁명적 대창작의 불멸의 본보기가 될 것'[3]이라 격찬받고 있는 것을 보아도 이 작품의 북한에서의 위상을 잘 알 수 있다. 이렇게 현재까지도 북한 예술의 고전으로 평가받는 작품

---

2) 임헌영,「북한의 항일혁명문학」, 권영민 편,『북한의 문학』, 을유문화사, 1989, 153쪽.
3) 서연호·이강렬,『북한의 공연예술 1』, 고려원, 1990, 211쪽.

인 『꽃파는 처녀』를 통해서 북한 사회의 여성에게 강조되는 여성상의 특성을 알 수 있을 것이다.

물론 북한의 모든 예술은 김일성과 김정일의 우상화를 위해 이바지하며 사회주의 사회 건설이라는 대과제를 위한 유일한 방향성을 가지고 의무적으로 창작—일반적으로 창작이 개인의 자발적인 예술에의 욕구에 기반한 용어라고 한계를 둔다면 차라리 제작이라는 용어가 합당할 것—되는 목적문학이기 때문에 여성상 또한 개성이나 다양성을 보여주지 않는다. 그러나 그러한 고정관념이 너무나 팽배한 가운데 인물들을 살아 있는 존재로서의 개성보다는 전형성과 보편성의 시각에서만 보아 왔고 그 외적인 형상 아래 숨어 있는 인간적 면모를 도외시했을지도 모른다는 의구심이 있기도 하다. 이 의구심은 북한 예술에 대한 일말의 가능성이라도 찾고자 하는 기대감과 연결되며 통일 후 북한의 목적문학의 위상에 대한 조심스러운 탐색을 담고 있기도 하다. 북한에서 우리 예술에 대한 왜곡된 시각을 가지고 있듯이 우리 또한 사상성과 목적성에 의한 결과물로서의 북한 예술에 대한 고정된 시각에서 벗어나 다양하게 볼 필요가 있을 것이다.

2. 본론

1) 북한 여성들의 삶, 그 허구적 남녀평등

북한은 남녀의 성에 따라 사회적으로 요구되는 일의 종류가 구별되어 있고 성역할이 고정되어 있는 남한과는 여성의 사회적 지위와 역할, 그에 따른 여성관 등이 다를 것이라고 인식된다. 그렇다면 그들은 과연 그들의 주장대로 가부장제도에서 완전히 해방되었으며 진정한 남녀평등이 실현되는 사회에서 주체적인 여성으로서 살고 있는 것일까.

해방 후 사회주의 공산국가로 정치개혁을 단행한 북한은 맨 먼저 여성해방과 남녀평등 이념을 내세워 혁명체제를 구축하는 데 성공하였다. 사회주의 이념에 따르면 프롤레타리아의 완전한 자유의 획득은 오직 여성을 위한 완전한 자유를 쟁취함으로써 가능하고, 또 여성의 완전한 자유의 성취는 여성의 사회적인 지위의 향상과 아울러 전 여성을 공적 산업에 돌리는 경우에 이루어진다고 본다. 따라서 북한은 전 여성의 노동계급화를 통하여 생산수단을 사회화하며 가정의 사회화, 자녀양육의 사회화, 교육의 사회화 정책에 박차를 가함으로써 비로소 여성해방, 나아가 인민해방에 이른다[4]는 논리를 폈다.

1945년 10월 25일 김일성은 평양에서 대중적인 민주주의 여성조직을 결성할 것을 지시했고 그해 11월 북조선 민주여성동맹이 창립되었다. 이후 여맹은 식민지적 잔재와 봉건적 잔재의 청산, 각종 인민정권기관의 건설, 사회주의자 개조 등 사회적 과제를 해결하는 과정에서 여성의 권익을 향상하고 여성을 조직화한다는 목적을 설정하였다. 1946년 7월 30일에는 북조선 남녀평등권에 대한 법령이 선포되어 정치, 교육, 노동의 남녀평등이 주창되었다. 이후 가족주의와 문벌, 혈연을 상징하는 제도인 호적을 없애고 신분등록제도인 공민증 제도를 실시하였다. 사유제를 폐지하고 상속제를 소멸시킴으로써 전통적인 가족제도를 붕괴시키고 나아가 가부장제도의 파괴를 도모하려 했던 것이다.

그러나 북한 여성은 이러한 정책에 의해서 남성과 동등한 권리를 갖는 것이 아니라 오히려 더 많은 노동력을 착취당하는 상황에 내몰려

---

4) 이태영, 『북한 여성』, 실천문학사, 1988, 10쪽.

있다. 사회적으로는 남성과 대등한 노동을 하면서도 한 편에서는 모성에 대한 강조가 이루어지는 까닭이다. '위대한 어머니'나 '영웅적 여성상' 혹은 '모성 영웅'까지 내세워 여성의 희생을 강요한다. 여성에게 모성을 강요하면서 사회적 노동을 의무화하는 것은 남녀평등을 이용한 노동력의 착취로 볼 수 있다. 부부관계에서도 협동과 단합을 강조하지만 성별 분업의 고정관념이 여전히 남아 있어서 여성의 가사 노동은 과중한 부담이 된다. 곧 권리는 남성 우위고 의무는 여성 우위[5]인 사회가 북한이다.

자본주의적 인간의 잔재를 청산하고 당에 대한 무한한 충성심을 보여주는 공산주의 사회의 인간형 창출이라는 목표를 향해서 계획적으로 인간 개조를 하고 있는 것이다. 곧 여성을 가정에서 끌어내어 노동현장에 투입시켜 정치적으로는 인간 개조라는 목표를 달성하고 경제적으로는 생산성의 향상이라는 이중의 목표를 달성하는 것이 북한 여성정책의 중심이라 할 수 있다. 남성과 여성의 역할에 대해서는 고정관념이 여전히 고수되고 있으며 전통적인 유교정신을 버린 것 같지만 실제로는 김일성을 핵심에 둔 가부장제의 전통을 유지시킴으로써 사회주의적 가부장제를 새로운 통치기구로 삼고[6] 있다. 결국 사회주의 국가가 내세우는 가부장제의 타파로 인한 여성의 자유 획득은 이루어지지 않았다. 더욱이 북한은 스스로 가부장제 사회로 규정될 만한 기초를 제공하고 있는데 '수령—당—대중'이 결코 분리될 수 없는 하나의 생명을 가진 유기체적 통일체라는 사회정치적 생명체론[7]과 '수령=아버지, 당=어머니'라는 논리가 그것이다. 이 두 개념은 오늘날 북한에서 사회주의의 위기를 인식하면서 그 극복을 위한 처방전으로 내

---

5) 남인숙, 『남북한 여성 그들은 누구인가』, 서울신문사, 1992, 191쪽.
6) 이태영, 『북한 여성』, 실천문학사, 1988, 248쪽.
7) 서재진, 『북한 사회의 계급갈등 연구』, 민족통일연구원, 1996, 124쪽.

놓고 있는 사회주의 대가정론[8]으로 정식화되고 있다.

김정일 정권이 출발한 직후인 1998년 9월 28일에는 1961년 이래 제 2차 어머니 대회[9]가 열렸는데 여기서는 첫째, 여성들의 다산, 둘째, 자녀들을 김정일의 충신·효자로 육성하기 위한 가정별 교양사업, 셋째, 여성들의 적극적인 노동, 넷째, 가정 차원에서의 군 지원사업 강화 등이 강조되었다. 결국 북한 사회에서는 모범적인 혁명전사요 노력일꾼인 여성은 가정에서도 아내, 어머니, 며느리 역할을 잘한다고 하면서 여성들에게 슈퍼우먼이 될 것을 주장하고 있다. 북한 여성은 결국 사회주의 이념과 가부장제 이념 양자에 구속되어 있고 남녀평등과 여성해방은 허울 좋은 선전에 불과하다고 볼 수 있다.

2) 『꽃파는 처녀』의 여성인물 — 희생자에서 혁명가로

1930년 11월 만주 오가자에서 김일성에 의해 창작되어 가극으로 공연된 『꽃파는 처녀』는 일제시대인 1920년대 말에서 1930년대 초를 시대적 배경으로 한다. 1972년에는 영화로 제작되어 그해 7월 체코에서 거행된 제18회 국제 영화제에서 특별상과 특별 메달을 받았으며, 북한에서는 사상성과 예술성을 결합하는 당의 요구, 특히 생활을 진실하고 풍만하게 그린다는 사실주의적 요구를 완벽하게 구현하고 있는 혁명적 문학예술의 빛나는 본보기[10]로 평가되고 있다. 1972년 피바다 가극단이 이를 각색하여 혁명가극으로 만들었고 피바다식 혁명가극의 창작 원칙에 의거하여 재현되었다.

북한의 공연예술에서 가장 대표적인 것은 피바다식 가극과 성황당식

---

8) 김귀옥 외, 『북한 여성들은 어떻게 살고 있을까』, 대동, 1997, 15쪽.
9) 고성호 외, 『북한문제이해』, 통일교육원, 1998, 406쪽.
10) 최척호, 『북한예술영화』, 신원문화사, 1989, 134쪽.

연극이다. 북한에서는 피바다식 혁명가극을 민족해방, 계급해방, 인민해방을 위한 투쟁을 내용으로 하고 절가와 방창을 도입하며 악기의 다양화, 음악과 무용, 미술의 효과를 극대화한 새로운 예술로 내세운다. 그러나 실상 혁명가극이란 종래의 악극을 대형화한 것[11]으로 규모를 웅장하게 하여 대중들의 흥미를 유발하고 김일성 우상화의 효과를 극대화하기 위해 화려한 무대장치와 많은 등장인물, 음악과 무용을 곁들인 형태로 뮤지컬과 흡사한 것이다.

온 사회를 주체사상화하기 위한 사업이 추진되는 현실적 요구에 맞게 높은 사상 예술성을 가진 작품들을 많이 창작하려면 그런 숭고한 경지에 올라선 본보기 작품들이 있어야 한다. 그러기 위해서 항일혁명투쟁 시기의 고전적 명작들을 재창작하여 그것을 예술의 본보기로 내세우고자 하였으며 『피바다』, 『꽃파는 처녀』, 『한 자위단원의 운명』 등이 혁명가극으로 개작되는 것은 시대적 요구에 의한 것이라고 주장한다. 북한에서는 이미 완성된 혁명가극들을 반복해서 상연하고 있으며 특히 『꽃파는 처녀』는 전국적으로 각종 형태의 실효모임[12]이라는 것을 개최하여 그 내용을 익히고 반복학습하고 있을 정도로 중요한 작품이다.

서장, 7장, 종장의 총 9장으로 이루어져 있는 『꽃파는 처녀』는 꽃분이 가족을 통해 일제시대의 민족의 수난을 집약적으로 보여준다. 꽃분이의 아버지는 지주의 등쌀에 못 이겨 일찍이 세상을 떠났고 어린 동생 순희는 지주의 약탕관에 데어 소경이 되며 지주에게 항거하던 오빠는 잡혀 가고 어머니는 병들었다. 어머니에게 약을 사다 드리기 위해 꽃을 팔던 꽃분이의 노력에도 불구하고 어머니는 세상을 떠나고 오빠

---

11) 유민영, 「북한 연극의 분석과 비판」, 『북한의 문화예술』, 국토통일원, 572쪽.
12) '북한은 지난 해 말부터 현재까지 『꽃파는 처녀』에 대한 실효모임을 40만 회 이상 개최하였다'는 기사가 동아일보에 실려 있다. 1989. 1. 19. 김문환, 『북한의 예술』, 을유문화사, 1990, 344쪽에서 재인용.

를 만나기 위해 700리 길을 갔으나 오빠가 죽었다는 소식을 듣게 된다. 절망 끝에 집으로 돌아온 꽃분이에게는 동생 순희마저 행방불명되고 말았다는 비보가 기다리고 있다. 꽃분이를 중심으로 한 온 가족의 질곡이 점점 극대화되는 가운데 연약한 여성 꽃분이는 혁명가로 점차 변모해 간다.

이 작품은 꽃분이가 슬픔에 젖은 불우한 수난자로부터 사람들에게 혁명을 일깨우는 혁명투사로 성장하기까지의 세계관 형성과정을 진실하게 형상화했으며 사회주의적 사실주의 문학예술의 고전적 본보기[13]라고 평가된다. 꽃분이의 피눈물나는 생활체험과 세계관 형성 과정을 깊이 있게 그려냄으로써 착취사회에 대한 원한과 착취계급에 대한 증오심이 혁명조직의 영향 밑에서 어떻게 혁명사상으로 전환되어 가는가를 보여준다는 것이다.

그러나 이와 같은 북한에서의 프로파간다적 의미 부여와는 별도로 보편적 시각에서 인물을 검토하면 우선 꽃분이는 효성이 지극한 전형적인 한국적 딸의 모습이다. 북한에서는 부자 세습제로 김정일이 효를 강조함에 따라 가부장제가 더욱 강화되고 있다. 북한의 가족법 28조는 자녀는 부모를 사랑하고 존경하며 노동 능력을 잃은 부모의 생활을 책임지고 돌봐 주어야 한다고 되어 있다. 부모의 자식 사랑과 자식의 부모공양, 효라는 덕목이 강하게 남아 있고 부모를 모시는 비율이 69퍼센트[14] 정도이다. 꽃분이는 어머니를 살리기 위해 부지런히 꽃을 팔러 다니고 아버지가 부재하는 상황에서 장차 집안의 기둥이 되어 줄 오빠가 돌아올 날을 기다리며 희망을 잃지 않는 여성이다.

당시의 시대적 배경으로 볼 때 일제의 억압으로 이 땅은 남성 부재의 시대라고 할 수 있다. 남성들이 이런저런 명목으로 일제에게 끌려가고

---

13) 김하명 외, 『조선문학통사 3』(평양: 과학백과사전출판사, 1981), 이회문화사, 1992, 104쪽.
14) 고성호 외, 『북한문제이해』, 통일교육원, 1998, 412쪽.

난 다음 노동과 생계유지, 자녀양육 등의 기존에 가장이 담당해 왔던 모든 책임을 여성들이 져야 했던 상황은 여성들을 억센 어머니와 강인한 여성으로 변화시켰다. 남성의 역할을 대신 수행하면서 여성에게 기대되던 종래의 순종적이고 연약한 이미지는 사라지고 주체적이고 능동적인 강인한 여성으로의 변모가 요구되던 시대였다. 그것은 여성의식에 기반을 둔 자발적인 변화라기보다는 오히려 가장의 대리인으로서 어머니에게 주어진 의무였다.

그러한 강인한 여성의 모습은 당시 연극에서 흔히 볼 수 있었으며 특히 프로문학 계열의 작품에서 두드러진 것이 일반적 현상[15]이었다. 그렇다면 꽃분이의 어머니나 꽃분이에게 요구되었던 여성성의 변화는 보편적인 시대의 요구였다는 것을 알 수 있다. 평범한 가정의 한 여성이 혁명적 투사로 변모할 수밖에 없었던 시대적 여건은 설득적인 부분이 있다. 처음에는 그저 효성스러울 뿐 그 모든 질곡의 원인을 사회구조적인 모순이라는 관점에서 파악하지는 못했던 무지하고 소박한 여성의 의식화 과정은 감정적이고 단순한 차원의 울분과 증오를 좀더 이성적이고 논리적인 대응양상으로 나아가게 했다는 점에서 중요하다. 꽃분이의 계급적 각성은 일방적인 수난자·피해자에서 주체적인 자아로의 변화이다.

그러나 이러한 꽃분이의 변화 과정에 영향을 주는 남성이 존재한다는 것은 북한문학의 남녀관계를 보여주는 한 예가 된다. 지주라는 적대세력에 대해서 적극적인 반발을 하고 감옥에 끌려갔다가 마침내 농민혁명 봉기의 선봉에 서는 오빠 철용이의 영향을 받아서 꽃분이의 의식화가 이루어지고 있다는 점은 사상과 지식의 선점자로서의 지적 우위세력인 남성이 그렇지 못한 여성을 돕는다는 의미에서 중요한 반면

---

15) 졸고, 「1930년대 프로극의 여성인물 연구」, 『한국극예술연구』 6집, 1996.

여성은 남성에 의해 이끌리는 수동적인 위치에 있을 수밖에 없다는 한계를 동시에 보여주는 것이기도 하다. 『피바다』에서도 큰아들 원남이는 성공을 다짐하며 집을 떠나고 그가 하는 일이야말로 가정과 나라를 위해서 중요한 일로 여겨지는 등 중요한 일을 수행하는 인물은 남성으로 설정되어 있다. 혁명연극의 모델인 『성황당』에서도 미신을 믿고 성황당에 치성을 드리는 무지한 복순이 어머니를 깨우쳐서 억압과 착취의 본질을 알고 지혜롭고 이성적으로 문제를 해결하는 청년 돌쇠의 역할에 주목할 필요가 있다. 복순 어머니의 변화가 작품의 중심 사건이지만 그것을 이끌어내는 것은 남성인 돌쇠인 것이다.

또한 『꽃파는 처녀』는 남성과 여성의 이분화된 대립관계를 명백하게 보여준다. 꽃분이 가족의 최대 적대세력인 배 지주는 남성이다. 그는 착취자의 대표자이며 지배권력의 소유자이고 자본의 주재자이며 배후에 일본이라는 제국주의 세력을 업고 있는 인물이다. 남성과 여성, 억압자와 피억압자, 부르주아와 프롤레타리아, 착취자와 피착취자의 이분법적 구도에서 남성은 앞의 요소들과, 여성은 뒤의 요소들과 동일시되고 있다. 결국 이 작품은 남성의 여성에 대한 억압을 넘어서서 유물론적 여성주의 비평에서 제시하는 성, 계급, 국가, 체제 등의 다중적인 관점에서의 억압을 보여준다.

자식에게만은 종살이를 시키지 않으려고 병든 몸을 이끌고 머슴살이의 고역에서 고통을 감내하는 어머니와 그 어머니를 위해 자신을 희생하고자 하는 딸 꽃분이의 관계, 그리고 여동생 순희에 대한 꽃분이의 깊은 우애, 어렵지만 인정을 베풀고자 하는 이웃 사람들과의 관계 등을 통해서 여성 상호간에는 깊은 자매애를 구현하고 있다는 의미를 부여할 수 있다.

특히 어머니의 자식 사랑은 북한문학에 국한되지 않는 보편적 모성애를 보여줌으로써 체제와 무관한 공감대를 형성한다. 역사적으로 남성은 투쟁을 통해서 서로의 것을 약탈하는 경쟁적 관계를 발전시킨 반면 남성이 지배하는 파괴된 사회를 재건하고 새로운 인간관계를 발전시킬 수 있는 힘은 여성의 모성적 능력에서 온다. 파괴하기보다 창조하고 서로 돕는 통합의 능력이야말로 여성의 특성이다. 모권 중심 이론가들은 모성적 이데올로기에 의해서 지배되는 세계는 영구불변의 사랑, 끊임없는 봉사, 능률적인 모성애의 창조력과 용기를 드러낸다는 모권제적 유토피아에 대한 비전을 제시한다.

이 작품에서 여성들의 삶은 고통으로 점철된 것이지만 언제나 그 고통은 역사의 주변인으로서 당하는 고통이다. 여성은 역사의 현장에서 주체가 된 적이 거의 없었다. 남성들이 늘 역사의 중심부에 있었으며 집안의 핵심인물이며 기둥이었다. 그들은 언제나 현재였고 동시에 미래였다. 그러나 여성들은 남성들이 역사의 주체로서 행동하는 동안 숨죽이며 기다리고 그들의 죽음이나 부상으로 고통스러워했으며 보호자로서의 그들이 부재할 때는 또 다른 남성에 의해서 착취당하는 고통을 겪어야 했다. 기다리는 역할, 구경하는 역할, 그들의 빈 자리를 메우는 역할, 그것이 여성에게 맡겨진 임무였다.

남성적 가치관에서 볼 때는 그것이 수동적이며 비주체적인 부정적 역할이며 그러한 판단이 보편적인 관점이었다. 그러나 남성과 여성의 차이에 의미를 부여할 때, 곧 남성적인 특성을 여성적인 특성보다 우위에 놓는 대신 대등한 특징으로 볼 때는 다른 해석이 가능하다. 그것은 고통의 시대를 살아내는 삶의 한 방식일 뿐 아니라 남성들의 논리구조와 야욕에 의한 투쟁적 삶의 현장을 감싸안고 치유할 수 있는 장점이 될 수 있는 것이다.

그러나 어머니의 무조건적인 희생과 몸을 던진 사랑은 그 무한한 고통의 감내에도 불구하고 근본적으로 자식을 지켜 줄 수 없다는 현실인식이 강조된다. 개인적 차원에서의 희생이 사회의 모순을 해결할 수는 없으며 아무리 노력해도 자본을 갖지 못한 무산계급으로서는 인간으로서의 존엄성을 지키는 정상적인 삶을 담보할 수 없다는 비판적 시각은 체제에 대한 본격적인 해체와 재건설만이 새로운 길임을 강조하는 것이다. 곧 어머니의 전통적 모성애는 문제에 대한 소극적인 임시방편이고 나약한 대처에 불과하다. 어머니라는 인물을 통해서 모성애의 미덕과 희생의 숭고함을 강조하기보다는 무지하고 감정적인 차원에 머물러 있는 부정적 인물로서 별 의미를 부여받지 못한다. 어머니는 여성인물 중에서도 장차 혁명가로 변신하게 될 꽃분이와 대조되는 부수적 인물이다.

이와 비교하여 『피바다』의 어머니는 어린 아들이 눈앞에서 죽어 가는 것을 보면서도 부상당하고 쫓겨 온 유격대원을 내놓지 않는 이념적 여성상을 보여준다. 위기 상황에 처하자 오히려 유격대원이 숨어 있는 곳을 말하지 말라고 하는 어린 아들의 의연함도 그렇거니와 사상적 신념을 어린 아들과 맞바꾸는 어머니의 지적이고 이성적인 태도는 기존의 일반적 어머니상과는 큰 격차가 있다. 이것은 이념 위주의 북한문학이 우리에게 수용되기 어려운 지점이다. 이러한 과격한 선동성과 사상성은 결국 연극의 인물들을 살아 있는 인간으로 만들지 못하고 도식적인 인간에 머물게 하며 나아가 예술로 승화하지 못하고 선전 목적 문학에 머물게 한다. 『당의 참된 딸』의 주인공인 여간호사 강연옥 또한 김일성에 대한 끝없는 충성심만을 드러냄으로써 인간적 면모나 갈등은 없이 오직 혁명만을 위해 사는 단일 성격의 인물로서 연극의 주인공으로서 부적합하다. 결국 이러한 비교를 통해서 보면 오히려 신파성과 멜로적 요소가 짙기는 하지만 『꽃파는 처녀』의 어머니가 훨씬 더 인간적이고 생동감이 있다. 『피바다』와 『꽃파는 처녀』가 나란히 북한 예술의 대표작으로 내세워지지만 『꽃파는 처녀』의 어머니 같은 인물이 전자보다 후자의 보편적 공감대 형성에 기여한다.

꽃분이는 이 작품의 가장 핵심적 인물로서 어머니에 대한 깊은 효성과 어린 동생에 대한 자매애를 발휘하는 따뜻한 성격의 소유자이다. 어려운 상황에서 자신의 힘으로 문제를 해결해 보려고 최선의 노력을 기울이는 성실한 인간이며 해체되어 가는 가족을 지켜 보려고 몸부림치는 여성이다. 고난을 두려워하지 않고 상황에 최선을 다하는 강인한 성격을 지니고 있으며 이상의 모든 요소들은 성숙한 인격을 갖춘 인간으로서의 미덕을 보여준다. 체제와 상관없이 공감할 수 있는 인간적 요소를 지닌 꽃분이와 강인한 모성애와 희생적인 삶을 사는 어머니 등 여성인물들이 다른 작품의 인물보다 잘 형상화되어 있으며 그것이 이 작품이 북한에서도 가장 인기 있는 작품으로 남을 수 있는 요소로 기능한다고 할 수 있다. 사상만으로 집을 지었던 카프문학의 실패를 돌이켜볼 때 이러한 기본적 인물 표현이 이 작품의 명성에서 중요한 요소로 기능한다.

이 외에도 강력한 억압세력으로서의 지주는 꽃분이 가족에게 힘을 가하는 안타고니스트로서 팽팽한 긴장을 제공하면서 강력하게 세력을 장악하고 있어서 벼랑 끝까지 내몰리는 꽃분이의 급격한 변화에 필연성을 제공한다. 연극으로서의 기본적 요소인 프로타고니스트와 안타고니스트의 대립이 전반부의 적대세력 우위의 세력 불균형 관계에서 후반부의 주동세력 우위의 불균형 양상으로 역전되는 통쾌한 효과를 통해 카타르시스를 제공할 수 있다. 극 전체가 거의 억압받는 과정에 집중되다가 후반부에서 꽃분이의 변화를 통한 역전으로 끝나는 것도 삼각형 구도에 기반을 둔 적절한 사건 배치라고 할 수 있다. 민중에게 희망을 주는 구원자가 외부에서 오는 것이 아니라 내부에서, 그것도 전혀 예상치 못했던 평범한 인물의 변화를 통해 구현된다는 것은 민중에게 좀더 현실적이고 생생하며 실현 가능성이 있는 구체적인 희망이 된다. 꽃분이의 변화는 그래서 더욱 의미가 있다고 할 수 있다.

3) 북한 연극의 여성상과 연극성

연극이란 작가에 의한 개인적 창작물인 동시에 시대적·사회적 신념과 사상이 들어간 사회 구성체의 반영물이며 공연을 통해 관객에게 수용되는 공감의 과정을 통해 완성되는 역동적 예술이다. 그러한 특성은 어느 예술보다도 사회적인 관심사를 잘 드러내고 그 사회의 문제점을 적확하게 지적하면서 지향점을 제시하는 사회적 기능을 갖는다. 북한 연극은 특히 연극의 사회적, 교화적 기능이 극대화되어 사상의 무기로 기능한다. 이것은 일반적인 연극보다 과장되고 이념화되며 경직되고 예술의 목적에 있어 본말이 전도되는 역기능을 낳는다. 그러나 여성인물의 측면에서 볼 때 이러한 북한 사회의 특수성은 의미 있는 변별적 요소를 보여준다.

우선 과거의 수동적인 여성상에서 탈피하고 새로운 여성상을 창조한다는 점이다. 남성의 보조적 인물로서 혹은 남성의 대상으로서 존재하던 역할에서 탈피하여 남성과 대등한 주인공으로서 극을 진행시키는 적극성을 표출하게 된다는 미덕이 있다. 주인공으로서 주체로서 기능하면서 극을 이끌어 가고 극의 처음과 끝의 인물의 변화를 통한 원형적 인물의 형상화를 보여준다. 여성에게서 중시되는 외모에 대한 표현이나 흔히 여성성이라는 미망 아래 암시되던 미덕들에 의해서 남성에게 사랑받는 여성과 그렇지 못한 여성으로 이분화되는 여성상이 아니라 한 개인으로서의 주체성이 강조되고 있다는 점이다. 남성에 대한 사랑에의 집착을 배제시킴으로써 여성간에는 깊은 자매애가 형성되기도 한다.

그러나 북한 연극에는 연극성을 약화시키는 요소 또한 많다. 우선 선과 악이라는 이분법적 구도로 인물이 제시되기 때문에 관객에게는 극적 긴장감을 유발하지 못한다. 인간은 매우 다원적인 존재로서 선과 악이 내면에 공존하고 있어서 상황에 따라서 그러한 다면성이 외부로 표출되기 마련이고 그것이 극대화된 것이 연극이라고 할 수 있다. 그러나 이와 같은 선과 악의 일방적인 인물 묘사와 설정은 매우 구태의연한 방식으로서 오늘의 관객에게 감동을 주기는 어렵다.

또한 주체사상의 주입이라는 주제가 겉으로 강하게 드러나 있어서 예술성을 확보하지 못한다는 것이 큰 결함이다. 인간미보다는 경직된 이념이 더 강한 인물로 의도적으로 형상화됨으로써 공감을 하기 어렵다. 연극의 기본이 이질적인 세력간의 첨예한 대립과 갈등, 그리고 그 갈등이 파국을 향해 나아가다가 마침내는 폭발하는 것이라면 북한 연극은 이와 다르다. 이상적인 사회주의 국가로서의 무갈등론이 극의 중심 이론으로 자리잡고 있어서 강력한 대립과 갈등 자체가 원천적으로 불가능할 뿐 아니라 문제의 해결 양상도 자연스러운 힘의 역학관계에 의한 자유경쟁적 해소가 아니라 집단의 목적과 이익을 위해서 인위적으로 해결되어야 하기 때문이다.

결국 여성인물에 대한 긍정적인 강조는 약간의 의미를 찾을 수 있는 면이 있지만 북한 사회에서 강조되는 여성에 대한 모성성의 강조와 노동자로서의 이중적 지위의 강요는 외적인 남녀평등을 통해 노동력과 생산성을 높이려는 허울 좋은 정책에 불과하다는 현실을 연극과 연결시킨다면 긍정적 여성상의 제시를 좋게만 보기는 어렵고 연극을 통한 여성에 대한 세뇌교육의 목적이 강하다고 볼 수 있다.

3. 결론

북한은 1975년 김일성이 자본주의 시장 개척의 필요성을 제기한 이후 자본주의 국가와의 수교 및 교류를 시작했다. 그와 더불어 예술 작품에도 변화의 양상이 서서히 보이기 시작하다가 1980년대에 들어서면서부터 북한문학에서는 그간 외면해 왔던 삶의 문제를 직접적으로 다루기 시작한다. 그것은 주로 도농간의 사회문화적 격차 문제, 세대간의 갈등 문제, 남녀간의 문제[16] 등으로 기존의 문제제기와는 다른 양상을 보인다.

희곡의 경우도 그러한 변화를 보여주는데 현실에서 흔히 볼 수 있는 일상적 인물들을 주인공으로 내세우고 극중 배경도 혁명의 현장이 아닌 가정이나 직장, 병원, 여관 등의 일상적 삶의 공간[17]이 대부분이다. 주제로는 일상적 삶을 통해 사회주의 제도의 우월성을 강조하거나 일상 생활에서 공민적 자각심을 갖는 숨은 영웅을 형상화하거나 남한의 현실을 비판적으로 그리거나 해외 동포 문제를 다루는 등 다양하다. 이러한 변화 한 켠에는 여전히 항일혁명문학의 전통이 자리를 잡고 있기는 하지만 작은 변화의 물꼬라도 보이고 있다는 것은 희망적이지 않을 수 없다. 그 흐름 속에서 가부장제에 대해 반발하는 여성상의 등장 등 새로운 변화를 보여주지만 그 새로운 양상은 북한의 체제 내에서 용납될 수 있는 극히 부분적인 변화이다.

그러나 남한 연극보다도 여성에게 큰 비중을 두고 강력한 주체적 여성상을 제시하는 것은 북한 사회의 사상적 의도에 의한 것이라고는 하지만 주목할 부분이다. 자신의 운명을 개척하는 것은 자신에게 달려있음을 강조함으로써 주체적 문예이론을 그대로 보여주고 있으며 인민대중을 혁명사상으로 교양하려는 무기로서 의도되고 있음은 물론이다. 그러한 사상적 의도에 의해 창작된 작품을 사상을 배제하고 본다는 것이 문제적이기는 하지만 사상을 고려하지 않고 대중적 시각에서 본다면 극을 다르게 볼 수도 있다. 여성은 남성 못지않게 강인하며 핵

---

16) 김재용, 『북한문학의 역사적 이해』, 문학과지성사, 1994, 283쪽.
17) 이상우, 「극양식을 중심으로 본 북한 희곡의 양상」, 『한국극예술연구』 11집, 2000, 417쪽.

심적인 자리에서 중요한 역할을 수행하고 역동적인 변화를 보여주기도 하는 인물이다. 그렇게 볼 때 연극에서 핵심적인 기능을 하는 주요 인물로 기능하고 있고 가정 내부의 문제는 물론 사회의식의 흐름 속에서 일정한 능동적 역할을 수행한다는 점에서 주목할 필요가 있다. 사상성과 선전성과 목적성이 완화 또는 거세되었을 때 이러한 강력한 여성인물들이 어떠한 변화의 방향을 타고 새로운 모습을 보여줄 것인지에 대한 기대를 가져 본다.

그러나 여성들에게 자전거를 타지 말라든지 긴 머리를 하지 말라, 빨간 바지를 입지 말라 등의 일상 생활에 관한 일부터 화장의 짙고 옅은 정도에 이르기까지 모든 것을 당에서 지시하는 사회에서 실제로 여성의 자유로운 활동이나 이상 추구는 크게 기대하기 어렵다. 스탈린 시대의 망령이라는 빈정거림 속에서 보름간의 러시아 철도 방문을 끝낸 김정일의 시대착오적인 행동이나 남북 관계에 대한 기대감이 번번이 어긋나곤 하는 현실 등을 통해서 볼 때 과연 얼마나 북한의 변화를 기대할 수 있을지는 예측하기 어려운 일이다. 북한 예술의 변화나 여성상의 변화 또한 그와 같은 맥락에 서 있다는 것이 안타까운 일이라 하겠다.

참고문헌

김귀옥 외, 『북한 여성들은 어떻게 살고 있을까』, 대동, 1997.

김문환, 『북한의 예술』, 을유문화사, 1990.

김재용, 『북한문학의 역사적 이해』, 문학과지성사, 1994.

김하명 외, 『조선문학통사 3』, 평양, 과학백과사전 출판사, 1981, 서울: 이회문화
　　　　사, 1992.

남인숙, 『남북한 여성 그들은 누구인가』, 서울신문사, 1992.

노귀남, 「여성주의 시각으로 본 북한문학」, 김진영 편, 『여성문화의 새로운 시각』,
　　　　월인, 1999.

서연호, 이강렬, 『북한의 공연예술 1』, 고려원, 1990.

서재진, 『북한 사회의 계급갈등 연구』, 민족통일연구원, 1996.

유민영, 「북한 연극의 분석과 비판」, 『북한의 문화예술』, 국토통일원, 1988.

유진월, 「1930년대 프로극의 여성인물 연구」, 『한국극예술연구』 6집, 1996.

이상우, 「극양식을 중심으로 본 북한 희곡의 양상」, 『한국극예술연구』 11집, 2000.

이원희 편, 『북한 5대 혁명연극』, 신아출판사, 2000.

이태영, 『북한 여성』, 실천문학사, 1988.

임헌영, 「북한의 항일혁명문학」, 권영민 편, 『북한의 문학』, 을유문화사, 1989.

최척호, 『북한예술영화』, 신원문화사, 1989.

제3부
•
북한문학의 주요 작가와 작품의 실상

박세영 시를 통해 본 북한 시의 변모 과정

이성천

1. 들어가는 글

그 동안 1920~30년대 프로문예운동을 언급하는 남한의 문학사에서, 개별 작가·작품에 대한 연구는 문예 조직과 단체에 대한 연구에 비해 상대적으로 빈약했다. 이러한 사정에는 그들의 창작 활동이 전적으로 조직적 문예 운동의 차원에서 이루어지고 있었다는 점, 또한 그들 작품이 문학성보다 사상성이 강조되어 남한의 문학 연구자에게 부득이 배제될 수밖에 없었다는 이유 등을 들 수 있다. 더욱이 분단이 고착된 이후 그들에 대한 최소한의 접근마저도 용이하지 않았다는 사실을 감안하면 이러한 현상은 어쩌면 당연한 결과였을지도 모른다.

월북 문인에 대한 정부 차원의 해금조치 이후, 이 시기의 작가·작품에 대한 연구가 활발해진 것도 이러한 사실과 밀접한 관련이 있다. 현재 남한의 연구자들은 그 동안의 형식적 접근에서 벗어나서 프로문학의 작가·작품에 대한 세부적 고찰을 통하여 그들의 위상을 새롭게 정립해 나가고 있다. 특히 카프의 맹원으로 활약하다 분단 이후에도 북한의 문단에서 지속적인 활동을 전개한 몇몇 작가의 경우에는 우리 문학 연구자의 관심을 끌기에 충분하다. 북한 체제의 특성상 이들에 대한 연구는 곧바로 북한문학의 변모 과정을 단번에 파악할 수 있는 단서를 제공하기 때문이다. 민촌, 이용악, 안함광, 박팔양, 송영, 박세영 등이 바로 그 대상일진대, 본고에서는 북한 〈애국가〉의 작사가로 우리에게 잘 알려진 박세영에 대해 대략적으로 살펴보기로 한다. 이 글이 우선적으로 박세영을 논의 대상으로 선정한 이유는 그가 프로문예 운동의 전 기간 동안 활약한 시인이며, 동시에 가장 최근까지 북한의 문단에서 활동한 까닭이다. 그에 대한 연구는 곧 북한 시단의 형성 과정을 폭넓게 보여줄 것으로 기대된다.

2. 문학사적 평가와 연구 범위

백하(白河) 박세영은 임화, 박팔양, 박아지, 권환, 이찬 등과 함께 일제 강점하의 프로시단을 대표하는 카프의 핵심세력으로 평가된다. 박세영은 1925년 카프 결성 당시부터 이 조직의 맹원으로 적극적인 활동을 벌여 왔으며, 해방 이후에는 조선 문학가 동맹에 가담하여 사회주의 문학운동의 강경파로 활약하였다. 1946년 월북 이후에도 그는 조국평화 통일위원, 북한 최고인민회의 대의원, 문예총 중앙위원 등 북한 문예 조직의 요직을 두루 거치며 1989년 사망할 때까지 '북한 시단의 지도자' 역할을 실질적으로 수행해 왔다. 이처럼 시인 박세영의 생애는 북한 문학예술의 출발점이라고 할 수 있는 카프 초창기부터 해방기를 거쳐 현재에 이르기까지 전 기간에 놓여 있다. 그럼에도 이제까지 남한의 시문학사에서 박세영의 이름은 비교적 낯선 영역에 속해 있었다.

박세영에 관한 논의는 박아지의 「박세영론」(『풍림』, 1937. 4. 5호), 시집 『산제비』(별나라사, 1938)에 대한 민촌의 「서문에 대하여」와 임화의 발문 「『산제비』에 붙이는 글」, 이찬의 「대망의 시집 『산제비』를 읽고」(『조선일보』, 1938. 8. 30) 등에서 단편적으로 확인될 뿐이다. 그나마도 이 글들은 시집의 발문과 서문의 형식으로 쓰여진 것으로 대부분 인상비평의 수준을 넘지 못한다. 그러던 것이 최근에 몇몇 연구자들의 노력으로 박세영에 대한 연구 성과가 조금씩 축적되어 가고 있다.

북한문학에 대한 해금 조치 이후 박세영 시에 대한 구체적인 논의는 김재홍의 글에서 최초로 발견된다. 김재홍은 두 편의 논문[1]에서 박세영의 시가 현실적인 구체성과 역사적인 대응력을 지녔다는 사실에 비중을 두고, '문학사의 정신사적 각도'에서 박세영의 시를 긍정적으로 검토하고 있다. 김재홍의 이 글들을 시작으로 박세영에 대한 연구는 박차를 가하게 되었으며,[2] 현재는 그에 관한 학위논문[3]까지 제출되어 있다. 한성우의 논문은 박세영의 시에 대한 종합적 검토를 목적으로 한 최초의 논문이라는 점, 박세영의 시에 대해 실증적 자료를 근거로 체계적인 논의를 전개했다는 사실에서 나름의 의의를 지닌다. 실제로 본고도 그의 이 논문에서 몇몇 자료의 중요한 도움을 받을 수 있었다. 그러나 한성우의 논문은 방법론에 치중한 감이 없지 않아 막상 작품 해석에 있어서는 논지 전개상의 단조로움이 노출된다. 또한 박세영의 전기적 사실과 관련된 부분에서는 앞뒤 진술이 모순되는 등의 오류[4]도 범하고 있어 적지 않은 아쉬움이 남는다.

---

1) 김재홍, 「대륙적 풍모와 남성주의―박세영론」, 『문학사상』, 1988. 11.
　　　　, 「신념과 프로시인」, 『카프시인 비평』, 서울대출판부, 1990.
2) 윤여탁, 「박세영론」, 『한국문학의 리얼리즘과 모더니즘』, 민음사, 1988.
　한만수, 「박세영론―『산제비』를 중심으로」, 『한국 현대시인 연구』, 태학사, 1989.
　황정산, 「리얼리즘 서정시로서의 박세영의 시」, 『고대 어문논집』, 1990. 2.
3) 한성우, 『박세영시 연구』, 중앙대학교 박사학위논문, 1996.

현재까지 발표된 박세영의 시집은 『산제비』를 비롯하여 『진리』, 『나팔수』, 『밀림의 역사』, 『승리의 나팔』, 『룡성시초』, 여기에 『박세영 시선집』까지 도합 7권으로 알려져 있다. 그러나 현재로서는 『산제비』(1938)와 『박세영 시선집』(1956)을 제외한 나머지 시집들은 국내에서 달리 구할 길이 없다. 따라서 이 글은 이 두 권의 시집을 중점적으로 다루기로 하되, 이후 시인의 문학적 행적에 관해서는 북한 문학사의 관련 부분을 참조하기로 한다.

3. 해방 이전 시기

박세영은 1902년 7월 7일 경기도 고양군 한지면에서 가난한 선비의 셋째 아들로 태어났다. 1917년 배재고보에 입학한 박세영은 1학년 때부터 송영 등과 함께 『새누리』라는 문집을 발간하며 본격적인 문학수업을 시작한다. 1922년 고보를 졸업한 그는 같은 해 4월 중국 상해의 혜령 영문학교에서 수학하며 남경, 천진, 만주지역을 주유한다.[5] 중국 유학 시절 박세영은 고보 동창생 송영이 간행하던 『염군』에 원고를 보내는 등 사회주의 문학운동에 관심을 보이는데, 이는 당시 그가 머물던 곳들이 중국 사회주의 운동의 근거지였다는 사실과 무관하지 않을 것으로 보인다. 이러한 정황으로 미루어 볼 때 이 시기는 시인 박세영이 본격적인 사회주의 문학운동을 향한 예비적 기간으로 추정되며, 사회주의 사상에 대한 그의 관심은 일차적으로 이 무렵에 생성된 것이라 할 수

---

4) 예를 들면 박세영의 전기적 사실과 관련된 기록에서, 본론의 도입부분(24쪽)에서는 그가 배재고보에 입학한 해를 1917년으로 적고 있으나, 본론의 말미에서는 "박세영은 1922년에 배재고보에 입학해서 문학활동을 시작"(168쪽)한 것으로 적고 있다. 이는 단순한 착각으로 보이나, 이 글이 학위논문임을 감안하면 지적하지 않을 수 없다.
5) 박아지, 「박세영론」, 『풍림』, 1937. 4. 5호

있다. 그러나 이때만 하더라도 박세영의 시는 계급적 당파성을 띤 프로 문학과는 일정한 거리를 유지하고 있었다. 오히려 이 시기 그의 시들은 식민지 조국을 떠나 이국에서 느끼는 고향에 대한 그리움과 자연경치에 대한 서글픔을 동반한 막연한 현실인식이 주조를 이룬다. 「양자강」「강남의 봄」「해빈(海濱)의 처녀(處女)」「포구소묘(浦口素描)」등 중국 체험을 배경으로 쓰여진 시편들은 이러한 사실을 잘 보여준다.

흐리고나 바단가싶은 이 江물은
어지러운 이 나라처럼
언제나 흐려만 가지고 흐르는구나

옛날부터 흐리고나, 이 江물은
그래도 맑기를 기다리다 못하여
이 나라 사람의 마음이 되었구나.

해는 물 끝에 다 갈 때
물이 붉은 우에 또 붉었다
아즉도 남은 배란 웃물에 나붓기는 돗단배 하나.

―「양자강」 전문

인용시는 원래 「양자강반(揚子江畔)에서」라는 시제로 1922년 『염군』 1호에 실렸던 작품이다. 그러나 잡지가 출판 즉시 총독부에 의해 발매 금지 처분되었으므로 나중에 「양자강」이라는 제목으로 시집 『산제비』에 재수록되었다.[6] 이 시에서 우선적으로 주목되는 것은 '흐림'

---

6) 김재홍, 앞의 글, 38쪽.

의 상징시어이다. 「양자강」에서 시인은 당시의 어수선한 국내외 정세의 흐름을 '흐린' 강물에 빗대어 함축적으로 전언한다. 먼저 1연에서 양자강의 '흐림'은 '어지러운 이 나라'의 현실 상황으로 자연스럽게 전이된다. 그리고 이는 2연에서 다시 '이 나라 사람의 마음과' 동일시되어 나타난다. 흐림의 이미지는 '양자강' — '이 나라' — '이 나라 사람의 마음'으로 이어져 이 시의 전체적인 분위기를 지배하고 있는 것이다. 비교적 단순 구조로 이루어진 위의 시는 '흐림'의 이미지를 부각시킴으로써 당대의 암울한 사회적 현실을 환기시키는 데 성공하고 있다. 또한 이 시의 마지막이 '아직도 남은 배란 웃물에 나붓기는 돛단배 하나'의 시구로 끝나면서, 부정적 현실 앞에서 무기력한 시인의 현재 심정을 효과적으로 드러낸다. 그러나 이 시에서 시인은 흐리고 혼탁한 사회적 정황이 어떠한 역사적 맥락에서 기인하는가에 대한 실천적 물음을 제기하지 않는다. 「양자강」의 시인은 현재 그가 처해 있는 상황을 막연하게 인식할 뿐, 식민지 현실에 내재한 복합적 모순까지 자각하지는 못하고 있는 것이다. 이처럼 중국 체험을 전후한 박세영의 시들은 구체적인 현실인식을 동반하지 못하고 감상적 차원의 소박한 수준에 머물러 있다. 이러한 초기시의 성격은 「명효릉」 「북해와 매산」 등 일련의 중국 기행시에서 공통적으로 나타나는 특징이다.

1924년 귀국 후 박세영은 송영, 이기영, 윤기정, 박영희, 이적효, 임화 등과 어울리며 자연스럽게 카프에 가담한다. 이후 그는 카프의 아동문학 기관지 『별나라』의 책임 편집을 맡는 등 프로문예운동에 적극적으로 관여한다. 이 무렵 그의 시에는 적지 않은 변화가 감지되는데, 특히 1927년 카프의 제1차 방향 전환 이후 그의 시는 뚜렷하게 변모하는 양상을 보여준다.

주지하듯 제1차 방향 전환은 '자연 생장적' 문학이 당시 전개되는 사회주의 운동에 편승하여 '목적 의식적' 문예 운동으로 나아감을 의

미한다. 즉 종래의 막연한 부정적 현실인식에서 계급적 당파성을 띤 현실인식으로, 현실에 대한 즉자적 대응에서 정치적 전망을 갖는 목적 의식적 대응으로[7]의 전환을 의미하는 것이다. 따라서 이 시기 카프의 문예 운동에 깊숙이 관여했던 박세영 시들도 초기의 막연한 현실인식 에서 벗어나서 계급적 인식에 입각한 작품들이 다수 발견된다. 「농부 아들의 탄식」「타적」「산골의 공장」 등의 시편들은 그 대표적인 예이 다. 이 시들은 주로 일제 강점하에서 착취당하는 노동자, 농민들의 분 노와 울분을 이데올로기적 차원에서 적극적으로 표출하고 있다. 이는 이 시기 그의 시가 점차적으로 계급의식을 강화시켜 나가고 있음을 의 미한다. 이 점에서 이 무렵 박세영의 시들은 방향 전환에 따른 카프의 창작방법론에 일정하게 대응하고 있다 할 것이다.

멧돼지가 붉은 흙을 파헤칠제
너이는 별에 날러 볼 생각을 할 것이요
갈범이 배를 채우려 약한 짐승을 노리며 어슬렁거릴제
너이는 人間의 서글픈 소식을 傳하는
이 나라에서 저 나라로 알려 주는
千里鳥일 것이다

山제비야 날러라
화살같이 날러라
구름을 휘정거리고 안개를 헤처라

땅이 거북등같이 갈러졌다.

7) 황정산, 앞의 글, 319쪽.

날러라 너이들은 날러라
그리하여 가난한 農民을 위하여
구름을 모아는 못올까,
날러라 빙빙 가로 세로 솟치고 내닫고
구름을 꼬리에 달고 오라.

山제비야 날러라
화살같이 날러라
구름을 헷치고 안개를 헤쳐라.

—「산제비」 부분

9연 40행의 장시 형태로 쓰여진 위의 시는 박세영의 대표작 「산제
비」이다. 첫시집의 표제작이기도 한 이 시는 박세영의 시를 논할 때 반
드시 거론될만큼 그의 시의 정점에 놓여 있는 작품이다.

이 시에서 산제비는 지상의 삶을 살아가는 존재들, 즉 멧돼지/ 갈범/
짐승들과 대립되어, 현재 이 세계의 유일한 자유 존재로 그려지고 있
다. 뿐만 아니라 그것은 '더 이상 오를 수 없는 곳'인 가상 세계 '상상
봉'까지도 주저 없이 날아 오르는 '자유의 화신'으로 상정된다. 산제비
는 어떠한 억압과 구속에도 얽매이지 않는 자유 정신의 표상물인 것이
다. 시인은 시 전체에 비상과 하강을 반복하는 '산제비'의 모습을 형상
화함으로써 '자유 실현의 의지'라는 이 시의 주제를 분명히 한다. '산
제비야 날러라/화살같이 날러라/구름을 휘정거리고 안개를 헤쳐라'와
같은 시구의 반복은 이러한 시인의 소망을 분명하게 보여주는 대목이
다. 그리고 이는 인용된 셋째 연에서, '거북등같이 갈라진' 이 땅의 절
망적 삶을 살아가는 '가난한 농민'을 등장시킴으로써 보다 구체적 상
황으로 표출된다. 일제 강점기, 모순되고 억압적인 삶을 살아가던 민

중들의 자유 실현 의지를 「산제비」는 그들의 실제 생활상과 결부시켜 실감나게 표현하고 있는 것이다.

「산제비」가 박세영의 다른 시들에 비해 유독 주목받는 것은 이처럼 현실의 리얼리티를 확보하고 있으면서도, 서정시의 특성을 그대로 간직하고 있다는 사실 때문이다. 이 때문에 「산제비」는 그 동안의 연구에서 중요하게 다루어져 왔다. 특히 『조선문학통사』는 이 시를 시집 『산제비』에서 중심적 위치를 차지하는 작품으로 규정하고, 이 시가 자유, 이상, 혁명의 도래에 대한 동경을 상징적 수법으로 노래하며, 당대 현실의 계급 모순을 천명하고 있다고 서술하고 있다. 또한 시 속에 가장 '고상한' 감정들과 혁명적 사상을 드러내어, "현실에서 산생되는 생동한 감정이 생활 자체의 힘과 충실을 보여주고 있다"[8]며 높이 평가한다. 「산제비」는 이념적 지향점을 뚜렷하게 지니고 있으면서도 서정성을 잃지 않는 박세영 시문학의 뚜렷한 성과물인 것이다. 비교적 초기 시에 해당하는 「산제비」가 박세영의 대표작으로 자주 거론되는 이유도 여기 있다.

4. 해방 이후 시기

1) 1945~1960년대

『조선문학개관』의 시기 구분[9]을 따르면, 이 시기의 북한문학은 평화적 민주 건설 시기(1945. 8~1950. 6), 위대한 조국해방전쟁 시기(1950. 6~1953. 7), 전후복구건설과 사회주의 기초건설을 위한 투쟁 시기

---

8) 사회과학원 문화연구소, 『조선문학통사』, 인동, 1988, 158~159쪽.
9) 박종원·류만, 『조선문학개관』, 인동, 1988.

(1953. 7~1960)의 세 단계로 나뉜다. 각 단계는 '사회주의적 리얼리즘'의 창작 방법론을 따르면서도 다시 주제별로 분류되는데, 다음에 인용된 박세영의 시들은 이러한 북한 시의 특성을 단적으로 보여준다.

　①약소 민족의 의로운 벗
　　조선 인민의 위대한 해방자
　　쏘련 군대여 오는가?
　　이날 우리 30만 손들이
　　뜨거운 악수를 보내고
　　지나간 날 설움을 호소하였더니.

　　쏘련 군대는 아니 오고
　　하이얀 노트 아메리칸만이
　　공중에서 삐라를 뿌렸다.
　　지패같은 종이로
　　시민들을 달래였다.

　　　　　　　　　　　　　　　　　—「쏘련 군대는 오는가」 부분

　②V고지의 불사신 236호 중기
　　하냥 진공의 앞장을 서라
　　민청회의가 내린 영예 속에
　　조군실 사수 명중탄을 퍼부었다.
　　적의 반돌격은 그칠 줄 모르고
　　탄우는 쏟아져 전호를 허무는데,
　　밀려드는 승냥이 떼를 지척에 두고
　　왼팔이 적탄에 뚫렸으니 어찌하리.

　　　　　　　　　　　　　　　　　—「숲속의 사수 임명식」 부분

③나는 우리시대의

　더 없는 자랑을 안고

　오늘도 여기 섰거니

　이미 수없이 권선기를 풀고

　지금도 만선의 닻줄을 메고 당기듯

　수없이 날라온 케블선에

　나는 찌날을 넣는다

　피복선을 도려내면

　굵은 동선트레는 금빛으로 번쩍이여

　륭성한 조국의 래일을 보는 듯

　위대한 쏘련인민의 념원

　뜨거운 그 손길은 예서도 느낀다.

—「나도 쓰딸린 거리를 건설한다」 부분

　①의 시는 평화적 민주 건설 시기에 쓰여진 작품이다. 이 무렵 북한
의 시문학은 해방을 맞이하여 '사회주의 조국'을 건설하는 당면과제의
필요성을 선전하고 인민들의 동참을 유도한다. 주제별로는 해방시, 사
회주의 체제 찬양시, 친소 및 국제적 연대의 시 등으로 분류하고 있다.
인용시는 리경구의 「영원한 악수」와 함께 '진정한 해방자 소련 군대'
를 찬양하는, 즉 앞서 분류한 친소 및 국제적 연대라는 주제와 긴밀하
게 부응하는 대표적인 작품이다. 이 시는 소련의 군대를 '민족의 의로
운 벗'이자 '조선 인민의 위대한 해방자'로 묘사하여 그들에 대한 우호
적 시각을 선명하게 보여준다. 이는 김일성의 「10월 혁명과 조선 인민
의 민족해방투쟁」에서 표명된 것처럼 미국에 대한 적개심과 소련에 대

한 절대적 지지를 표방하는 이 시기 북한 시의 한 전형을 보여준다 하겠다.

②의 인용시는 위대한 조국해방전쟁 시기에 발표된 작품이다. 이 시기 북한 시의 유형은 「우리 문학예술에 있어서의 몇 가지 문제에 대하여」(1951. 6)에서 (1)인민군 예찬시, (2)소·중공군 헌사시, (3)김일성 우상화시, (4)인민영웅 예찬시, (5)반제 반미시 등으로 분류[10]된다. 위의 시는 이렇게 분류된 (1), (4)의 내용에 해당하는 것으로, '조국해방전쟁' 당시 인민영웅 '조군실'의 활약상을 소재로 하고 있다. 이 시는 실제 인물로 알려진 '조군실'을 '적의 흉탄에 왼팔을 관통당하고도 오히려 굴하지 않고 어깨로 중기를 눌러 계속 쏘아댄' 전쟁의 '불사신'으로 그려낸다. 이는 인민군의 영웅적 전투 행위를 선전하여 "전쟁에 임하는 인민군들의 사기를 진작시키고 전쟁을 승리로 이끌어"[11]내려는 이 시기 북한 시의 특징적인 경향을 잘 드러내는 것이다. 이와 유사한 작품으로 불굴의 의지로 전투에 임한 인민영웅 문용기의 행적을 '격동적인 음조'로 형상화한 「나팔수」가 있다. 이 시들은 '영웅적 인물의 형상화'를 통해 인민군의 전투 의지를 강화한다는 점에서 '고상한 리얼리즘'의 창작 방법론에 충실한 작품이라 할 것이다.

③의 시는 전후복구건설과 사회주의 기초건설을 위한 투쟁 시기의 작품이다. 전후복구건설 시기의 시는 시대적 당면과제인 정권 유지와 경제 재건이라는 주제가 내용의 주조를 이룬다. 이 중에서도 특히 경제 건설과 관련된 주제는 보다 비중 있게 다루어진다. '권선기', '케블선', '뺀찌날', '피복선' '동선트레' 등 산업 현장의 실제 도구들이 등장하는 위의 시 역시, 인민들의 근로 의욕을 고취시켜 경제 복구라는 시대적 당위에 부합하는 주제를 강조하고 있다. 이러한 시적 경향은

---

10) 홍용희, 「동상의 제국과 시인의 운명」, 『북한문학의 이해』(청동거울, 1999), 359쪽.
11) 『조선문학통사』, 211쪽.

앞의 ①, ②항의 경우와 마찬가지로, 해방기에서 1960년대에 이르는 박세영의 시가 각 시기별로 나타나는 북한 시의 창작 원칙에 일정하게 대응하고 있음을 보여준다.

2) 1960년대 이후의 문학적 행적

1960년대 이후의 북한문학은 '유일주체사상확립'을 기저로 한 주체 문예이론의 창작 지침을 충실히 수행한다. 한편 1967년을 기점으로 북한문학은 '사회주의의 전면적인 건설을 다그치기 위한 투쟁 시기'와 '온 사회의 주체사상을 앞당기기 위한 투쟁 시기'로 구분된다. 이 과정에서 북한의 문학은 60년대 전반, 혁명 전통과 정권의 정통성을 부각하기 위한 일환으로 김일성의 '항일무장투쟁사 형상화' 작업을 전개한다. 그리고 이는 이후 북한문학이 본격적인 수령 형상화 작업으로 진행될 것임을 예고하는 지점이기도 하다.

1960년대 이후 박세영의 작품활동은 이 글의 서두에서 언급한 것처럼 현재 상세하게 알려진 바가 없다. 다만 정치·사상성이 우위에 놓여 있는 북한문학의 특수한 상황에서 그가 80년대 말까지 지속적으로 활동했다는 사실을 감안하면, 60년대 이후 박세영의 시는 당의 문예정책과 밀착되어 전개되었을 것으로 짐작된다. 장편서사시 『밀림의 역사』에 대한 북한 문학사의 평가는 이러한 추론을 뒷받침한다.

1962년에 발표된 것으로 알려진 『밀림의 역사』는 김일성 우상화 작업의 일환으로 항일무장 투쟁사를 형상화한 대표적인 작품으로 북한 문학사에서 전해지고 있다. 이러한 사실은 1960대 이후 박세영의 시가 당의 정책에 상응하며 변모해 가고 있음을 암시한다. 따라서 이후에 발표된 박세영의 시집들도 이러한 구도에서 크게 벗어나지 않을 것으로 추측해 볼 수 있는 것이다.

5. 결론을 대신하여

이상에서 살펴보았듯, 프로문예운동 시기부터 1980년대에 이르는 박세영의 시는 각 시기별로 일정하게 변모하고 있음을 알 수 있다. 초기 박세영의 시 세계는 감상적 수준의 소박한 '경향파' 문학에서 점차 목적의식성을 강조한 프로시의 성격을 띠고 나타난다. 해방 이후 그의 시는 평화적 민주건설 시기, 위대한 조국해방전쟁 시기, 전후복구건설과 사회주의 기초건설을 위한 투쟁 시기 등, 각 단계에 공포된 당의 문예정책과 일정하게 대응하는 모습을 보여준다. 또한 장편서사시『밀림의 역사』에 대한 북한 문학사의 평가에서 보이듯, 1960년대 이후 박세영의 시는 이 시기 당면과제인 김일성 수령의 형상화 작업을 충실히 수행하고 있다. 이러한 연구 결과에서 박세영의 시는 북한 문예이론의 창작 지침에 민감하게 반응하며 전개되고 있음을 확인할 수 있다. 또한 이러한 사실에서 박세영의 시는 각 시대별 북한 시의 특성을 분명하게 보여준다는 의미의 부여도 가능하다. 그러나 1960년대 이후 박세영의 문학적 행적은 현재 추론적 차원에서 진행될 뿐, 구체적인 연구 성과를 기대하기에는 많은 한계를 안고 있는 것이 사실이다. 따라서 박세영 시의 보다 명확한 의미를 생성하기 위해서는 60년대 이후에 발간된 그의 나머지 시집에 대한 확보가 시급한 것으로 여겨진다.

주체의 역사에 대한 충실한 기록

─정서촌의 시집 『날이 밝는다』를 중심으로

강정구

1. 주체문학의 풍경 읽기

시는 지난한 반 세기의 역사를 어떤 풍경으로 그려 놓았을까. 이 질
문을 남한에서 한다면 '억압적인 지배 권력에 대한 절규어린 항거와
자유를 향한 목마른 외침'으로 하나의 대답이 마련될 것이다. "타는 목
마름으로/타는 목마름으로/민주주의여 만세"[1]로 절규되는 이 풍경은
어두운 항거의 좁은 틈을 뚫고 자유의 불꽃을 던진 깊은 밤하늘의 불
꽃놀이 같은 것이었다. 그러나 이 질문을 북한에서 한다면 '억압적인
지배 권력에 대한 충실한 종속과 자유에 대한 침잠화'로 하나의 대답
이 마련될 것이다. 남한의 문학계에서는 지배 권력에 대한 부정과 거
부의 틈이 미세하나마 주어졌다고 한다면, 북한의 문학계에서는 지배
권력에 대한 비판이 아예 부정되고 묵살되는 유일주체사상화의 역사

---

1) 김지하, 『타는 목마름으로』(창작과비평사, 1982), 9쪽.

적 과정을 거치면서 실오라기 만한 틈도 막혀 버렸다. 오히려 시는 아주 철저하게 혹은 지나치리만큼 당(지배·권력)의 요구와 지침을 충실하게 따르게 되었고, 그러한 과정에서 인간 욕망의 다양하고 복잡한 관계를 묵과하여 본의 아니게 단순하고 경직된 문학이 되었다. 그리고 시는 당을 선전·선동하는 도구로 변질되면서 김일성을 중심으로 하는 북한식 사회주의를 만들어 가는 계몽의 문학으로 변질되었다.

본고에서 살펴보려는 정서촌의 시[2]는 주체사상의 시대에 전형적인 시의 풍경을 보여준다. 그의 시는 당이 요구하는 문학을 가장 모범적으로 형상화하여 선전·선동의 전범을 보여줌으로써 전후 북한 사회의 시인들이 지니는 평균적이고 모범적인 역사의식과 사회적인 가치관을 가장 분명하게 보여준다. 한 개인으로서 창조적이고 개성적인 서정을 형상화하는 문학 본연의 사명을 따르는 것이 아니라, 철저하게 사회적인 존재로서 조작적이고 집단적인 서정을 형상화하는 문학의 계몽적인 사명을 따르는 정서촌은, 북한 사회의 역사적 과제와 시대적인 요구를 비교적 충실하게 소화해낸 자이다. 위대한 조국해방전쟁 시기(1950~1953)—전후복구건설과 사회주의 기초건설을 위한 투쟁 시기(1953~1960)—사회주의의 전면적 건설을 다그치기 위한 투쟁 시기(1961~1966)—당의 유일사상 체계를 더욱 철저히 세우며 사회주의의 완전 승리, 온 사회의 주체 사상화를 앞당기기 위한 투쟁 시기(1967~현재)를 거치는 동안, 그가 쓴 시의 주제들—김일성 우상화와 공산당 찬양, 사회주의 건설 독려, 남한 혁명과 조국 통일 지향—은 엄밀하게 말하여 당의 비전과 요구를 그대로 형상화한 것들이고, 어떤 면에서 그 비전과 요구들을 넘어서 새로운 전범으로 부각되고자 하는 것들이다. 따라서 그의 시집 『날이 밝는다』는 1970년대 중반까지의 북한 사

---

2) 정서촌의 시집으로 우리 나라에서 찾아볼 수 있는 것은 『날이 밝는다』(평양: 문예출판사, 1976)와 『정서촌 시선집』(평양: 문학예술종합출판사, 1999)이다.

회에서 쓰여진 북한문학의 선전·선동적인 특성을 거의 지니고 있으며, 나아가 북한의 역사에 대한 충실한 문학적 기록이라고까지 말할 수도 있다.

본고에서는 정서촌의 시집 『날이 밝는다』를 중심으로 하여, 주체 시대의 풍경을 세 가지 관점에서 살펴볼 것이다. 첫째는 신화 만들기의 관점이다. 정서촌의 시가 수령의 형상화라고 하는 당의 정책과 요구에 충실한 문학이라는 점에서 일종의 신화 만들기를 하고 있음을 주목할 것이다. 특히 김일성을 신화화하는 방법이 주체사상 체제가 확립되는 1967년을 전후로 하여 인간주의적인 면모를 부각시키는 것에서 초월자적인 면모을 부각시키는 것으로 바뀌었다는 점을 살필 것이다. 수평적 관계에서 수직적 관계로의 이 변환에서는 신화적인 성격이 서로 다르게 나타나 있다는 점을 강조할 것이다.

둘째는 시에서 형상화되는 주체의 관점이다. 정서촌의 시에서 그려지는 주체는 존재론적인 개인이 아니라 당의 요구와 지침에 따라 창조된 선동적인 주체라는 점을 밝히고자 한다. 이 개인의 욕망은 항상 당의 비전과 지침에 일치하고, 이 개인은 당의 정책을 모범적이고 영웅적으로 수행하여 타인들의 모범이 되는 자이며, 때로는 당이 요구하는 정책의 수준을 넘어서서 당의 지침을 선도하는 자라는 것을 검토할 것이다. 그러면서 북한 사회에서 시대적이고 사회적인 요구에 부합하는 인물을 창조하는 정서촌의 시적 특징을 규명할 것이다.

셋째는 지배담론이라는 관점이다. 정서촌의 시에서 해방 이후 북한에서 일어난 몇몇 주요 사건들을 형상화하면서 그의 시가 그 사회에서 충실한 지배담론으로 작용하고 있음을 살펴볼 것이다. 항일무장투쟁—토지 분배—주택 무상 보급으로 진행되는 역사적 사건의 주요 흐름을 형상화한 시들을 검토하면서 그의 시가 당이 요구하는 충실한 역사적인 기록물로서 작용한다는 점을 밝혀 보기로 한다.

이러한 분석을 통하여 본고에서 궁극적으로 규명하려고 하는 것은 정서촌의 시적 특질과 그 한계이다. 그의 시를 색안경을 낀 채로 선험적인 시각에서 무개성으로 규정할 때 발생되는 오류를 제거하고, 그의 시적 특질을 면면히 고찰해 봄으로써 나름의 목소리를 찾아내고 당의 비전과 일치시켜 나아가는 시인의 한계를 엿볼 것이다.

2. 김일성 신화 만들기의 두 갈래

정서촌의 시에서는 수령을 형상화하는 중요한 두 가지 방법이 있다. 한쪽은 수령이 민중과 함께 하는 자애롭고 인격적인 인간이라는 점을 부각시키면서 인간주의적인 면모를 강조하는 방법이다. 이 방법은 주로 주체사상 체제가 공고화되기 이전인 1967년까지 사용되었던 것으로, 수령과 민중들 사이의 직접적인 만남을 형상화하거나 수령이 민중들 속에서 민중들을 이끌고 고난의 역사를 헤쳐 나아가는 모습을 구체적으로 형상화한 것이다. 다른 한쪽은 수령과 민중들 사이의 직접적인 만남이 그려지는 것이 아니라 수령을 칭송하거나 수령의 업적을 찬양하면서 현실 초월적이고 절대자적인 모습으로 수령을 형상화하는 방법이다. 이 방법은 주체사상 체제가 확립된 1967년 이후 사용된 것으로, 수령은 당이자 국가이자 민족, 나아가 역사의 상징으로서 초월적이고 관념적인 모습으로 형상화된다. 이 두 방법은 당의 요구와 지침의 정도에 따라 달라지는 것일진대, 한쪽은 수령과 민중 사이의 관계를 수평적으로 만들면서 김일성의 신화를 만드는 방법이고 다른 한쪽은 수령과 민중 사이의 관계를 수직적으로 만들면서 김일성의 신화를 만드는 방법이다. 이를 두고 각각 수평적 신화와 수직적 신화라고 말할 수 있을 것이다.

이 두 가지 신화가 가장 잘 구분되는 시기가 1967년인데, 그 해는 북한에서 유일주체사상 체제가 확립된 해이다. 정서촌의 시에서도 이때부터 수령의 업적과 면모를 부각시킬 때 민중들보다 절대적인 힘을 가지고 북한의 역사를 만들어 가는 인간으로서의 수령의 모습을 형상화하기 시작했다. 민중보다 높은 위치에 있는 수직적인 신화를 만드는 작품을 창작한 셈이다. 따라서 그 이전에 쓰여진 수령 형상 문학과는 근본적인 차이가 있게 된다.

—사랑하는 전사야 어디 있느냐,
어디서 네 몸이 얼고있느냐,

밤이 깊도록 사령부 작은 뙤창엔
사랑의 등불이 꺼지지 않고
그이께서 불을 지피신 난로우에선
그 몇 번 더운물이 잦아들었던가

그리하여 동트는 새벽녘
사선을 헤치고 전사가 돌아왔을 때
그이께서는 먼저 보고를 받기전
더운 김 훈훈한 난로위의 물을 부어주셨나니

전사는 그 물을 마시며
자꾸만 쏟아지는 눈물을 마시며
한량없이 한량없이 뜨거운 것을 마시며
고향땅에 있는 어머니를 생각하였더라

—「어버이의 사랑」(1964) 부분

일찍이 10대의 어리신 나이에
조선의 슬픔, 조선의 고통을 한가슴에 다 안으시고
눈보라 우는 천리장강을 거느시였고,
20대 청년장군으로 백두밀림에서
일본제국주의 백만대군을 때려부시고
30대 그 젊으신 나이에
피바다에 잠긴 이 나라를 구원하시여
영원한 조선의 봄을 안고 오신 위대한 수령님

다시 정의의 총검으로
이 땅에 기여든 오만한 미제침략자를 후려갈겨
멸망의 내리막길에 처박으시고
잿더미우에서 다시 조선의 본 때로
사회주의 대강국을 일떠세우신 우리의 수령님

         —「어버이 수령님께 드리는 헌시」(1974) 부분

  앞의 시는 수령이 전사를 기다리다가 맞이하는 장면이다. 전사와 수령이라는 상하의 계급 관계로 보아 전사가 전시 상황 보고를 먼저 하는 것이 순서이겠으나, 이 시에서는 보고보다 수령의 인간주의적인 면모를 부각시키고자 전사의 얼어 있는 몸을 먼저 녹이게 한다. '그이께서는 먼저 보고를 받기 전/더운 김 훈훈한 난로 위의 물을 부어 주'는 인자하고 자애로운 면모를 보여주는 것이다. 그 보고의 중요성 정도를 떠나 긴박한 전선에서 전사를 맞이하는 자세로서는 어색하고 상황에 맞지 않는다고 할지라도, 전사의 얼어 있는 몸부터 생각하는 수령의 모습은 인간주의자로 부각되기에 충분하다. 이러한 모습이 전사로 하여금 '고향땅에 있는 어머니를 생각하'게 만드는 것이다. 이 당시에는 수령이란 초월적인 존재가 아니라 인간 대 인간이라는 수평적인 관계에서 형상화되는 인간이었다. 전사와 함께 전장에서 역사의 고난을 뚫고 나아가는 구체적인 삶을 살아가는 인간의 모습이었다.

하지만 1967년 이후에 쓰여진 뒤의 시에서 수령은 민중과 함께 하는 존재가 아니라 민중들이 범접하기 어려운 초월적인 존재로 바뀌었다. 더 이상 수령은 한 인간으로서 형상화되는 것을 그친 채 초월적인 상징으로 바뀌었고, 관념적이고 비현실적인 '위대한 수령'만 남게 되었다. 수령과 함께 북한의 역사를 만들었던 모든 역사의 주체들은 사라져 버렸다. 이 시에서 수령은 '일본 제국주의의 백만 대군을 때려 부'신 모든 민족주의자와 사회주의자의 상징으로 부각되고 '피바다에 잠긴 이 나라를 구원'한 세계 정세의 상황과 한반도를 사랑하는 자의 상징으로 제시된다. 역사의 주변 정황과 역사를 만들어 간 주체들을 모두 수령으로 상징화함으로써 수령은 개별 인간을 초월한 절대자의 위치로 군림하게 되는 것이다.

앞의 시는 사회주의를 만들어 가는 투쟁의 과정 속에서 인간적인 수령의 면모를 부각시키는 수평적 신화 만들기의 방법으로 쓰여진 것인데, 그에 비해 뒤의 시는 북한의 역사를 거의 혼자서 만들어 버린 절대자적인 수령의 면모를 부각시키는 수직적 신화 만들기의 방법으로 쓰여진 것이다.

3. 선동적인 주체

당이 요구하는 시의 창작 원리와 지침을 받아들이면 시에서 형상화되는 주체는 필연적으로 선동적인 계몽주의자가 된다. 이 선동적인 주체는 개인의 개성과 욕망이 항상 당의 합목적성과 비전에 동일시되고,

이 화자의 행동은 당의 요구와 임무에 합치된다. 따라서 타인에게는 하나의 모범이 되는 주체이며, 나아가서 당이 필요로 하는 것을 앞서서 행동하는 주체이다. 즉 당의 요구를 선취하는 시대적 진취성을 가진 계몽주의자이며, 동시에 타인의 전범으로 부각될 수 있을 정도로 선전·선동이 가능한 주체이다.

원래 북한 시의 창작 원리는 당성, 인민성, 노동계급성을 얼마나 충실하게 구현하는가에 달려 있다. 이러한 대원칙이 전제되는 한 시인들은 그것을 충실하게 고수해 나아가면서 자기 개성을 찾아가야 하는데, 이렇게 되면 시인의 세계관은 근본적으로 당의 비전과 일치될 수밖에 없다. 북한 시에서 문제는 당의 비전을 얼마나 충실하게, 그리고 개성적으로 표현하는가의 문제만 남게 된다. 정서촌의 시에서도 엿볼 수 있는 것은, 이 선동적인 주체의 세계관이 당의 비전과 일치한다는 것이며, 당의 비전과 요구를 능동적으로 수용하는 주체의 개성 창조가 문제시된다는 것이다.

그런데 이런 선동의 주체론에서 부각되는 것은 주로 사회주의 발전과 사회주의 건설의 논리가 요구되는 노동에서이다.

> ……열 아홉 해, 조국의 흙을 밟고 자랐지만
> 다시금 처녀는 곰곰이 생각했더랍니다.
> 수령님께서 주신 씨앗을 남김없이 묻기 위해선
> 그 많은 땅이 아직 넉넉지 못한 것임을……
>
> 그래 한밤이면 살며시 사립문을 헤치고
> 처녀는 재등너머 묵밭으로 걸어갔습니다.
> 아무도 여태 보습날을 대여보지 않은
> 아직은 조합의 계획에도 들어있지 않은

처녀는 삽날로 굳은 땅을 깨치고
치마폭이 처지도록 돌을 싸안았습니다.
이마에서 흐르는 굵은 땀방울은
찬 흙을 적시고 다시 적시였습니다.

누구도 그것을 본 사람은 없습니다.
과업을 준 사람, 로력수첩에 점수를 적어준 사람도
다만 처녀는 스스로 책임량을 정하고
밤마다 마음으로 어버이수령님께 그것을 보고드렸습니다.

이리하여 우리 조국 한 지점에
황금보다 귀중한 새땅을 보태인
지금은 청산리 온 들판이 다 아는
하늘의 별들이 다 아는 처녀

— 「하늘의 별들이 다 아는 처녀」(1961) 부분

위 시에서 주로 형상화하고 있는 것은 처녀의 근면한 노동이다. 그 노동은 개인에게로 돌아오는 이익을 위한 것이 아니라, 조합으로 돌아가는 공동의 이익을 위한 것이다. '아무도 여태 보습날을 대여보지 않은/아직은 조합의 계획에도 들어있지 않은' 황무지이지만, '그 많은 땅이 아직 넉넉지 못한 것'이기 때문에 언젠가는 개간해야 할 땅이 된다. 처녀는 당과 조합이 시키지도 않은 일을 하고 있는 것이다. 그것도 '누구도 그것을 본 사람은 없'으며 '로력수첩에 점수를 적어 준 사람도' 없는데도 불구하고 저 홀로 열심히 일하고 있는 것이다.

이러한 처녀의 노동이 북한 사회에서 의미 있게 만들어지는 장치로 시인이 설정한 것은 수령과의 상징적인 관계이다. 처녀의 마음속에서 언제라도 소통이 가능한 수령을 형상화함으로써 처녀의 노동에 필연성과 합목적성을 부여하고 처녀의 노동은 치하받게 되는 것이다. 처녀가 노동을 하는 목적은 '수령님께서 주신 씨앗을 남김없이 묻기 위해선/그 많은 땅이 아직 넉넉지 못한 것임을' 쳐녀가 스스로 깨달은 것이기 때문이다. 그리고 황무지를 개간하는 동안 조합에서 하듯이 스스로 '책임량을 정하고' 거기에서 이루어진 자신의 성과를 '마음으로 어버이 수령님께 그것을 보고드'리는 방식을 택한다. 이 방식을 통해서 처녀는 조합원들은 모두 모르지만 마음속의 수령만은 모든 것을 다 아는, 혹은 '하늘의 별들이 다 아는' 처녀가 되는 것이다.

이때 중요한 것은 처녀가 노동하려는 욕망이 당이 요구하는 비전과 합치된다는 사실이고, 처녀의 노동 행위는 당의 비전과 같으며 경우에 따라서는 그것을 넘어선다는 점이다. 이 시가 쓰여진 1961년 당시 북한 사회는 사회주의의 전면적인 건설을 다그치기 위한 투쟁의 시기(1961~1966)였는데, 이때 당이 민중들에게 가장 절실하게 요구하는 것은 민중들 스스로가 주체적이고 능동적인 노동 인력이 되는 것이었을 터이다. 민중 개개인이 알아서 필요한 것을 생각하고 목표를 세워 그 목표를 달성하는, 한 단계 높은 수준의 노동 인력으로 바뀌는 것이었을 터이다. 위의 시에서는 처녀가 이러한 당의 비전을 상기하는 자로 묘사되지는 않지만, 중요한 것은 이러한 당의 비전과 처녀의 행동이 정확히 일치한다는 사실이다. 즉 처녀는 북한 사회에서 시대를 선도하고 계몽하는 선동의 주체이다. 그리고 북한 사회에서 진정한 노동 "영웅"이다.

이렇게 솔선수범하는 노동의 영웅이자 선동가들은 정서촌의 시에서 주요한 시적 주체로 형상화된다. "한장의 도면도 기술도 없이/재더미 된 풀무간에서 평범한 로동자가/달구고 뚜드리고 깎아맞추며/뜨락또

르를 만든 력사가 어디에 있었던가"(130쪽)에서는 농촌 기계화의 영웅이 묘사되고, "건설장의 밤, 불도젤의 육중한 동음도/나에게는 들리노라, 모든 음향들이/어머니의 부드러운 숨결처럼만······"(109쪽)에서는 북한 사회에서 요구되는 건설 노동자의 바람직한 태도가 엿보인다.

4. 역사적 지배담론의 형상화

정서촌의 시는 북한의 지배적인 역사 서술과 호흡을 같이한다. 북한의 지배적인 역사 서술이 수령을 중심으로 전개되는 수령의 역사라고 말할 수 있을 터인데, 그의 시는 그러한 수령의 업적과 성과를 충실하게 반영하고 형상화한다. 따라서 그의 시는 북한의 역사를 형상화하는 지배담론의 일종이 된다.

그의 시에서 북한의 역사를 살피는 것은 먼저 일제 식민기에 있었던 항일무장투쟁 시기부터 살펴야 할 것이다. 김일성은 혁명의 길을 열어 나아가는 것으로 묘사된다. "오늘의 우리 당을 한가슴에 안으시고/민족의 운명을 두어깨에 짊어지시고/빨찌산대원들을 하나하나 부축여주시며/어떻게 혁명의 길을 열어가시였더냐"(24쪽)라고 하는 구절이 바로 그것이다. 일제 식민지에서 억압받던 민족의 불행한 '운명을 두어깨에 짊어지'고 '혁명의 길을 열어가'는 김일성의 모습은 북한을 개국하는 인간으로서 충분한 조건을 가지게 되는 것이다.

한편 정서촌의 시가 북한의 역사를 기록할 때 주목되는 부분은 토지분배라는 사건이다.

> 그래 조상의 뼈묻어오기 몇 대였더뇨
> 깨여진 쪽박에 애꿎은 목숨을 꿰여차고

간도로, 다시 자리뜸하여 구름처럼 바람처럼
하많은 세월을 떠다녔거니……

지금은 다만 슬픈 옛말이라오
우리의 장군님, 꿈같은 해방과 함께
까마득 하늘의 별같던 문전옥답을
이 웬말인고, 우리 품에 얼싸안겨주셨네.

〔…중략…〕

다시야 어느놈이 우리 잔등에 멍에를 지우랴,
다시야 어느 밭고랑을 눈물로써 우리 적시랴,
―토지받은 농민이여, 영원히 웃으라!
우리 태양처럼 믿거늘 장군님의 말씀을.

아 팻말을 꽂고 내 땅을 힘껏 밟아보며
첫 보습날을 깊숙이 대이던 그날로부터
서글프던 구름은 어데로 사라졌느뇨.
웃음 머금은 보랏빛 고향하늘이
정녕 샘처럼 맑기도 하네, 곱기도 하네.

―「땅의 전설」(1946) 부분

　토지 분배의 기쁨을 노래하고 있는 위의 시에서는 토지 분배라는 역
사적인 사건의 의미를 잘 보여주고 있다. 토지 분배는 이 시에서 빈농
과 소작농의 원한을 풀어 준다는 의미를 지닌다. 조상들이 대대로 살
아도 '깨여진 쪽박에 애꿎은 목숨'뿐이고 그것도 '간도로, 다시 자리뜸

하여 구름처럼 바람처럼' 떠돌아다니는 풍진의 인생이었는데, 이제는 '꿈 같은 해방과 함께' '까마득 하늘의 별같던 문전옥답'이 생긴 것이다. 이 기쁨이란 대대로 가난하고 비참하게 살아온 빈농과 소작농에게는 한의 풀이였을 것이다.

그런데 토지 분배라는 사건이 주는 더 중요한 의미는 북한 사회에서 김일성과 당이 민중들에게 절대적인 지지를 받을 수 있었다는 사실에 있다. 남한에서는 일제 잔재의 청산조차 제대로 이루어지지 않은 때에 북한에서는 일제 잔재의 청산과 토지 분배가 동시에 감행되었다는 사실은 당시 북한이 내세우는 사회주의만의 자랑이기도 했다. 물론 그 한가운데에는 '우리의 장군님'이 있다. '우리의 장군님'만이 그 기적 같은 일을 가능하게 만든 것이다. 따라서 '토지받은 농민이여, 영원히 웃으라!'라는 기쁨으로 '우리의 장군님'을 '우리 태양처럼 믿거늘'이라고 말한다. 김일성이 해방 이후 북한 사회의 실질적인 지도자로서 역사의 전면에 부각되는 것이다.

토지 분배와 아울러 북한의 역사에서 주목되는 사건이 주택 보급일 것이다. 정서촌은 그 기쁨도 노래하고 있다.

아, 얼마나 아담한 문화주택들이
저 푸른 언덕에서 우리를 기다리고있는가
앞에는 금나락이 강물처럼 설레이고
뒤에는 과일꽃이 그윽한 향기를 풍겨주는

[…중략…]

누구도, 이 세상 그 누구도
우리에게 줄수 없었던 사랑의 창문들을

위대한 수령님 이끄시는 로동당시대가
우리에게 활짝 열어주었노라고

사람들이여! 우리는 이제 3천리 끝까지
오막살이 마지막 흔적을 다 지우리라!
이 나라의 모든 식솔들이 새 집에 드는 날
큰집들이를 베풀고 온 겨레가 둘러앉으리라!

—「집」(1962) 부분

위의 시에서도 시「땅의 전설」과 마찬가지로 조상들의 '긴긴 세월 가
난을 버리고 서 있던' '오막살이'에서 벗어나는 기쁨과 그 기쁨을 가능
하게 만들어 준 '위대한 수령님'과 '로동당'에 대한 감사를 표현하고
있다. '얼마나 아담한 문화주택들이/저 푸른 언덕에서 우리를 기다리
고있는가'라는 구절은 그 기쁨을 단적으로 표현한 것이다. 기다리는
집이 있다는 것은 인간에게는 크나큰 행복일 수밖에 없다. 그것은 곧
바로 당과 수령에 대한 감사와 충성으로 이어진다. '위대한 수령님 이
끄시는 로동당 시대'가 '누구도, 이 세상 그 누구도/우리에게 줄 수 없
었던 사랑의 창문들을' '활짝 열어 주'는 집을 주는 것으로, 민중들의
기쁨을 형상화하면서 당과 김일성의 존재가 부각된다.

이렇게 정서촌의 시는 지배담론으로서의 역사를 보충하면서 지배담
론의 역사를 형상화하는 북한 역사의 충실한 기록물인 셈이다. 당의
사업과 성과에 대하여 민중의 기쁨과 충성심을 형상화하여 당의 요구
에 충실히 부합한 시편들을 만들어 놓은 셈이다.

5. 충실한 역사의 기록이 주는 의미

정서촌의 시는 주체의 역사에 대한 충실한 기록이다. 그의 시는 항일 무장투쟁 시기부터 시작하여 사회주의 건설에 이르기까지 김일성의 업적과 성과를 형상화하는 데에 초점이 맞추어져 있다. 항일무장투쟁 시기에 행했던 김일성의 업적을 찬양하고, 해방 이후 토지 분배와 주택 무상 공급에 대한 민중들의 기쁨과 수령을 향한 충성심을 노래하였으며, 사회주의 건설에 박차를 가하는 당의 요구에 부합하는 인간형을 형상화하였다.

본고에서는 먼저 정서촌의 시가 김일성 신화 만들기에 주력하고 있다는 것을 밝히고자 했다. 특히 1967년을 전후로 하여 그 이전에는 수령 형상화의 방법이 민중들과 함께 고민하고 생활하는 인간주의자로서의 모습을 강조한 수평적 신화 만들기였는데, 그 이후에는 민중들을 초월하여 역사적인 상징의 자리로 오른 초월자로서의 모습을 강조한 수직적 신화 만들기로 변질되어 갔다는 것을 주목하였다. 그리고 정서촌의 시에서 형상화된 주체가 창조적이고 개인적이며 서정적인 주체가 아니라 선전·선동적인 주체임을 포착하고자 했다. 노동에 관한 시편들에서 검토해 보면서 그의 시에서 형상화된 인물들은 주체의 세계관과 당의 비전이 합치하고 주체의 행동이 시대적인 진취성을 가지며 타인의 전범으로 기능할 수 있는 선동적인 주체임을 살펴보았다. 마지막으로 정서촌의 시가 김일성을 중심으로 하는 북한의 역사를 형상화하는 지배담론의 일종임을 검토하였다. 그의 시는 항일무장혁명 시기부터 시작하여 토지 분배와 주택 보급 등의 사건들을 통하여 김일성의 업적을 찬미하고 김일성에 대한 충성심을 고조시키는 장면을 형상화하면서 북한 사회에서 역사적 사건들의 의미를 구체적으로 규정하고 있었다.

이러한 정서촌의 시적 작업은 역사로 말한다면 일종의 정사(正史)가 될 것이다. 지배계층의 모더니티 혹은 정치적 모더니티를 근간으로 하여 당의 요구와 비전에 따른 창작의 한 면모를 보여준 것이며, 때로는 당의 요구보다 더 나아가서 새로운 주체사회주의적 인간형을 창조하려고 나름대로 노력한 것으로 볼 수 있다. 그런데 정사란 역사의 한 얼굴일 것이다. 지배계층이 시도한 역사에 대한 충실한 서술 뒤에는 인간의 다양한 욕망에 대한 억압이 숨겨져 있는 것이다. 정서촌의 시에는 이러한 욕망에 대한 암시와 비유가 취약한 것이 아쉽다. 문학은 비유의 속성으로 인하여 다양한 욕망이 모이고 충돌할 수 있는 다성음적인 공간일 것이기 때문이다.

주체조국 건설의 선봉에 선 계관시인
—오영재론

김수이

1. 서론

오영재는 2000년 8월 15일에 있었던 역사적인 남북한 이산가족 상봉을 통해 일반인에게도 잘 알려진 시인이다. 그가 어머니의 죽음을 전해 듣고 쓴, "정녕 가셨단 말입니까……/리별이 너무도 길었습니다/분렬이 너무도 모질었습니다/무정했습니다"(「무정」)[1]라는 시구는 당시 각 일간지의 지면을 대대적으로 장식하면서 분단의 아픔을 대변한 바 있다. 오영재는 북한에서 시인으로서는 최상의 영예인 '계관시인'에 올랐고, 주체사상으로 철저히 무장된 전사의 최고 명예인 '노력영웅'으로도 추대된 인물이다. 여기에 김일성 상(1989)과 김일성 훈장(1992)까지 수상하였으니, 명실공히 북한 최고의 문인에 속한다. 1989년에는 남북 작가회담에 예비회담 대표로 선발되었고, 북한의 통치 이

---

1) 「조진용—오영재 씨 애절한 사모시」, 『조선일보』, 2000. 8. 17.

넘의 상징인 주체사상탑에 새긴 비문 「오, 주체사상탑이여」를 문인의 대표로 짓기도 하였다. 이상의 간단한 이력만으로도 북한 문단에서 오영재의 위치가 어떠한가는 능히 짐작하고도 남음이 있다.[2]

1936년 전남 장성에서 출생[3]한 오영재는 한국전쟁이 발발한 1950년에 16세의 나이로 의용군에 입대해 월북한다. 그 자신이 술회한 바[4]로는, "열여섯 살 때 일어난 조국해방전쟁이 나의 운명에서의 사변적인 전환이 되었"고, "6·25 전쟁 중 중대마다 배포된 『전선문고』에 시를 쓴 박세영, 조기천, 민병균, 김조규 시인들의 영향으로 제대할 때까지 신문과 잡지 등 출판물에 시를 발표했"으며, "제대 후 평양시 서성구역 건설 현장에 배치돼 평범한 노동자 생활을 하며 틈틈이 시를 지어 동료들로부터 '노동자 시인'으로 불리다가 조선작가동맹에 발탁되었"고, "이후 조선작가동맹이 자신을 작가학원에 입학시켜 전문 시인으로 양성"되었다고 한다. 10대에 조국해방전쟁에 참전한 경력, 전후(戰後)의 건설 현장에서 노동자/시인으로 활약한 것, (자진)월북 등의 이력은 오영재가 북한에서 탄탄한 시인으로 성장할 수 있는 기반이 된다. 투쟁적인 삶과 문학의 일치를 추구하는 북한의 문학 현실에서 군인과 노동자로 출발한 오영재는 주체사상을 구현할 시인의 자격을 처음부터 갖추고 있었다. "시인이 거창한 현실 속에 피동적으로 묻혀 버리는가 아니면 적극적으로 시대정신을 흡수하여 자신의 맥박과 체온으로 순화시키는가 하는 문제는 진정한 시인으로 되는가 못 되는가 하는 분기점

---

2) 이상 오영재의 이력은 『북한인명사전 2001』(개정증보판, 대한매일신보사, 2001)과 이명재, 『북한문학사전』(국학자료원, 1995) 참조.
3) 오영재는 『북한인명사전 2001』(위의 책)에서는 전남 강진에서 출생한 것으로, 이명재의 『북한문학사전』(위의 책)에서는 전남 장성에서 출생한 것으로 되어 있는데, 그의 육성 증언으로 전남 장성에서 출생한 것이 확인되었다. 오영재는 이산가족 상봉을 위해 서울을 방문했을 때 한 신문과의 인터뷰에서 "나의 출생지는 전라남도 장성이지만 함평에서 소학교를 다녔고 강진에서 중학교를 다녔다"면서 "이는 소학교 교원으로 일하는 아버지가 자주 전근했기 때문"이라고 말한 바 있다(「오영재 씨 인생 역정 수필 공개돼」, 『조선일보』, 2000. 8. 17).
4) 『조선일보』, 위의 기사.

이다"[5]라는 북한문학의 기준에서 볼 때, 오영재는 시대와 현실을 적극적으로 타개하는 시인의 전형으로 손색이 없었다. 오영재는 첫 작품 「갱도는 깊어간다」(1953)를 발표한 이후 서정시집 『행복한 땅에서』(1973), 서사시집 『철의 서사시』(1981), 『대동강』(1985), 『인민의 아들』(1992) 등의 시집을 출간[6]한다. 이 중에서도 『대동강』은 1980년대 북한문학의 탁월한 성과작으로 고평받은 바 있다. 여러 시인들의 시를 묶은 공동시집에서도 오영재의 시는 늘 맨 앞자리에 소개되며, 문학이론서에서도 그의 작품은 탁월한 사례로 자주 거론된다.

　북한문학의 이상적인 전범으로 인정받아 온 오영재는 주체사상의 정립과 위대한 수령의 형상화를 충실히 이행한다. "근로인민대중을 당의 유일사상으로 무장시키며 온 사회의 주체사상화를 다그치는 데 복무하는 시문학에서 가장 큰 형식"[7]으로 인정받는 서사시를 많이 창작한 것은 그의 문학적 지향성을 선명히 보여주는 부분이다. 오영재는 북한의 권위 있는 시인이기에 앞서, 민족 분단의 비극적 주인공이기도 하다. 이로 인해 그의 시는 북한문학과 현 단계 분단문학을 고찰할 수 있는 텍스트로서 복합적인 가치를 지니게 된다. 이 글에서는 50년에 가까운 시력(詩歷)을 지닌 오영재의 시 세계에 나타난 주체사상과 그 구현의 방식, 그의 개인적 체험과 분단의 역사가 조우하는 현장을 살펴보기로 한다. 이를 위해 서정시와 서사시를 나누어 접근하며, 서사시에 좀더 무게중심을 두기로 한다. 이는 오영재의 시에 서사시가 큰 비중을 차지함은 물론, 서사시의 역할이 서정시를 압도하는 북한의 문학

---

5) 장용남, 「현실에 대한 시적 파악과 표현방식」, 『문예론문집』 4, 과학백과사전종합출판사, 1988, 170쪽.
6) 이 외에도 오영재의 시집으로는 『영원히 당과 함께』와 1966년에 출간한 서사시집 『아메리카를 녹이라』가 있다. 그러나 현재 통일부 산하 북한자료센타에서 보유하고 있는 시집은 『행복한 땅에서』, 『철의 서사시』, 『대동강』, 『인민의 아들』 등 총 네 권이다. 본 논문에서는 이 네 권의 시집과 북한 시인들의 공동시집에 실린 서정시들, 최근 『조선문학』에 발표된 8편의 서정시를 대상으로 논의를 전개하기로 한다.
7) 리원건, 「해방 후 조국을 노래한 시문학의 전면적인 개화발전」, 『문예론문집』 5, 사회과학출판사, 1990, 123쪽.

현실에 비추어 볼 때도 유효한 방법이라고 생각된다.

2. 서정시에 구현된 수령의 위대한 형상과 분단의 역사

오영재의 서정시집 『행복한 땅에서』(1973)에는 장시 「수령님께 드리는 송가」가 맨 앞에 수록되어 있다. '수령님께 드리는 송가', '당에 끝없이 충실할 때', '화력타빈의 이야기', '조국이 사랑하는 처녀', '복수자의 선언', '사수의 《비밀》', '무장한 인민 만세!' 등 7장으로 구성된 이 시집은 수령에 대한 예찬과 당에 대한 충성심, 인민에 대한 무한한 신뢰라는 북한문학의 공식적인 주제를 충실히 시화한다.

장시 「수령님께 드리는 송가」는 한국전쟁 직후의 시기에 수령의 험난한 조국 건설 투쟁과 따스하고 훌륭한 인품을 예찬한다. 수령은 전쟁 직후 가난에 시달리는 한 노인의 토굴을 찾아 위로하고, 이제 막 자력으로 물품을 생산하기 시작한 공장의 노동자들을 격려한다. 1960년대의 산업 발전의 초석이 된 1950년대는 수령이 교시한 과업인 '자력갱생'을 위한 피땀어린 노력으로 점철된다. 이 모든 투쟁의 선봉에는 수령이 있고, 수령은 인민이 믿고 따를 유일한 존재이자 승리의 화신으로 숭배된다.

> 승리한 땅 조선은 일어섰다.
> 자력갱생—이는 세계의 혁명앞에서 취해야 할 우리의 자세
> 조선의 존엄, 조선의 힘,
> 자력갱생— 이는 세인을 경탄시키며 푸른 하늘에 나래편 우리 조선 천리마의 어머니
> 자력갱생— 이는 영웅적인 인민의 힘을 믿는 수령님의 주체사상!

오랜 혁명의 길에서 수없이 파란을 겪으며
자기들이 가야 할 길을 똑바로 보게 된
우리 인민의 이 자세를 훼방할자 없어라

〔…중략…〕

우리는 수령님께서 주신 이 무기를 들고
온갖 잡소리들을 휘감아던지며,
그 누구도 좀먹을수 없고 꺾을수도 없고 허물수도 없는
자력갱생의 기둥, 자주통일의 기둥을 세우며,
혁명의 승리를 주름잡아가노라.

—「수령님께 드리는 송가」 부분[8]

수령의 위대한 힘은 곧 인민에게 삼투되어 인민의 힘으로 전이된다. 이 시는 수령의 위대함과 인민의 위대함을 동격으로 간주한다는 점에서 수령을 노골적으로 신격화하는 시들과는 구별된다. 무지한 인민들을 각성시켜 혁명의 주체가 되게 한 것은 수령이지만, 수령의 사상은 인민에 의해 실현된다는 생각을 제시하고 있기 때문이다. 물론 오영재도 수령을 열렬히 예찬할 때는 북한문학 특유의 과장된 수사를 여지없이 동원한다. "태양이 있어 지구가 자기의 몸을 의지하고/우주의 무한대한 공간에서 자기의 궤도를 찾아 돌듯이/우리에겐 수령님의 위대한 당이 있어……/행복한 생활의 궤도를 가노라"(「당에 드리는 노래」)는 그 대표적인 예다. 오영재는 당은 수령의 것이기에 당에 대한 충성은 곧 수령에 대한 충성이며, 완벽한 당성의 확립은 '수령님의 전사'가

8) 오영재, 『행복한 땅에서』, 문예출판사, 1973, 26~27쪽.

되는 필수 요건이라고 말한다.

> 당에 끝없이 충실할 때
> 가장 숭고한 정신의 높이에서만
> 가책없이 부를수 있는
> 수령님의 전사—이 말의 참뜻을 사무치게 느끼며
> 스스로 가슴 후더워와라
>
> 그러면 안개걷히는 초원마냥 마음은 푸르게 개이고
> 오직 수령님을 위해, 혁명을 위해
> 죽음마저 각오하며 내가 가는 길의 이 영예로움이
> 신선한 아침대기와 함께 가슴에 스며들어라
>
> —「당에 끝없이 충실할 때」 부분[9]

1992년에 김정일이 교시한 '주체문학론'은 "수령 형상을 창조하는 것은 주체문학 건설의 기본의 기본"이라고 규정한다. "수령은 시대와 인민대중을 대표하는 주체형의 공산주의 혁명가의 최고 전형"이기에 "주체문학의 제일 주인공으로 높이 내세워져야 한다"[10]는 것이 핵심 요지이다. 그 구체적인 세부사항으로는 "걸출한 사상리론가, 정치가, 전략가, 령도의 예술가로서의 수령의 위대성"과 "수령이 지닌 인간적 풍모의 위대성", "혁명전사와 인민의 자애로운 어버이로서의 수령님의 위대성"을 깊이 있게 형상화할 것[11]을 든다. 김정일의 '주체문학론' 이전에도 수령 형상의 감동적인 창조가 주체문학의 뼈대가 되어 왔음은

---

9) 오영재, 위의 시집, 81쪽.
10) 김정일, 『주체문학론』, 조선로동당출판사, 1992, 126쪽.
11) 김정일, 위의 책, 129~131쪽 참조.

주지의 사실이다. 오영재 역시 시의 많은 부분을 수령의 위대한 영도력과 인간성 찬양에 할애한다. 시집 『행복한 땅에서』는 자립경제의 기치를 든 혁명전사로서의 수령의 위대성에 인민의 자애로운 어버이로서의 인간성을 조화시켜 다룬다. 이는 수령의 성실하고 포용적인 모습으로 가시화된다. 수령은 건설 현장을 직접 시찰하면서 주체조국 건설의 혁명적 과업을 달성하도록 고무하며, 노동자들을 따뜻하게 위로한다. "수령님의 위대한 구상을 실현하는 돌격대"는 수령의 방문에 감격하여 작업목표를 초과 달성하고(「수도건설청년돌격대 시초」), 화력발전소의 '보이라'가 기술이 없는 군인들 때문에 멈추었지만 계속 일을 맡긴 수령의 자애로운 영도력으로 "전설 같은 기술진보의 력사"가 이루어지게 된다(「화력타빈의 이야기」). 그러나 자립경제의 달성이 단지 경제적인 차원의 성과에 머무는 것은 아니다. 오영재는 자립경제의 달성이 자주통일을 이룩하고 미제국주의를 타파하는 길임을 역설한다. 이는 특히 시 「프레스는 누른다」에서 분명하게 제시된다. 한편, 사회주의조국 건설의 대장정에서 빠질 수 없는 것은 인민의 자발적인 참여와노력이다. 시집 『행복한 땅에서』의 중반부는 주로 인민들의 열광적인노동 현장을 그려 보인다. 소년단원들은 밤마다 스스로 공장을 찾아와기계를 닦아 주고(「새벽도 세 시가 넘었는데」), 처녀와 새 신부는 논밭과과수원과 농장에서 아낌없이 땀을 흘린다(「조국이 사랑하는 처녀」, 「행복의 과원이여!」, 「고개 넘어 또 넘어」, 「『꽃파는 처녀』 근위대원들에게」). 자발적이고 즐거운 노동을 묘사한 시들은 이 시집 가운데 서정적인 감흥이가장 잘 발휘된 부분이다.

　　언제나 누빈 솜저고리에 무지개빛 머리수건
　　신성한 전야의 로동이 너의 하루의 일과로 익혀졌고
　　한알의 낟알을 심어 수천알로 주렁지우는

풍요한 수확을 조국에 바치며
너의 생활은 하냥 즐거웠다.
너의 가슴은 봄날의 아지랑이 설레이는 가슴
너의 가슴은 투명한 비닐속에 파릇파릇 돋아나는 랭상모 새싹이 하느적
이는 가슴
너의 가슴은 하늘가 무연히 황금물결 출렁이며 파도치는 가슴
아, 너의 가슴은 진정 수령님의 위대한 뜻을 대지에 수놓으며 꽃피는 가
슴!
너는 사회주의조국이 키워낸
맑고 굳고 빛나는 수정알.

　　　　　　　　　　　　　　　　　—「조국이 사랑하는 처녀」 부분[12]

　도식적인 한계가 엿보이기는 하지만, 이 시는 땅을 일구는 처녀의 모
습을 서정적이면서도 사실적인 비유로 생생하게 묘사한다. "한알의 낟
알을 심어 수천알로 주렁지우는", "너의 가슴은 투명한 비닐속에 파릇
파릇 돋아나는 랭상모 새싹이 하느적이는 가슴" 등의 표현은 싱그러운
서정의 묘미를 품고 있다. 북한문학은 서정시에서 서정이 발휘되는 요
건을 '생활정서'와의 밀접한 연관성에서 찾는다. 그 생활은 다름 아닌
주체사상으로 무장된 투쟁적인 생활이다. 이 시 역시 농장에서 열심히
일하는 처녀의 아름다운 마음을 곡식의 낟알과 채소의 새싹, 벼의 황
금 물결 등에 비유하여 시인의 이념적인 지향성을 분명히 드러낸다.
그러나 오영재는 북한의 다른 시인들에 비해 서정성의 형상화에 있어
깊은 관심과 상대적으로 뛰어난 역량을 보여준다. 이 시는 그러한 역
량의 일환으로 미학적 관점에서 적극적으로 평가될 만하다. 북한에서

────────────
12) 오영재, 위의 시집, 133쪽.

는 서정의 본질은 정서의 환기에 있으며, 서정시에서는 '감정선'을 조직하는 것이 가장 중요하다고 본다. 다음의 글은 북한문학에서 규정하는 서정시의 본질에 대해 유용한 참조를 제공한다.

서정적 체험에서 잡게 되는 종자는 정서적으로 파악된 것이라는 것, 정서적으로 파악된 종자란 시의 서정적 요소들이 뿌리내릴 바탕이 있는 종자라는 것—이것이 시적 종자의 특징이다.
서정적 요소를 내포한 종자를 바로잡기 위해서는 시인들이 우리 당 정책으로 튼튼히 무장하고 당정책적 안목으로 생활을 들여다보아야 하며 서정적 요소들이 뿌리내릴 바탕이 있는 생활소재를 바로잡아야 한다.[13]

시, 가사에서 서정을 표현하기 위하여서는 인물선, 사건선, 갈등선을 필요로 하지 않으며 오직 하나의 감정선을 조직한다. 여기에 시의 구성상 특징의 하나가 있다. 그러므로 감정선을 조직하는 문제는 서정을 기본으로 하는 서정적 표현방식에서 시형상의 운명과 직결되는 가장 중요한 문제로 나선다. 〔…중략…〕 서정적 방식으로 시형상을 창조하는 시인은 구성을 계획하지도 않으며 계산하지도 않으며 판단에 사로잡히지도 않는다. 시인에게서는 감정선이 스스로 흘러나와야 한다.[14]

위 글의 요지는 서정의 종자는 당정책적 관점에서 파악한 '생활'이자, 그에 대한 '정서적 파악'이라는 것으로 요약된다. 생활에 대한 정서적 파악은 시에서 '감정선'으로 조직되며, 이는 시인에게서 "스스로 흘러나와야 한다." 북한의 서정시는 사회주의 이데올로기의 구현과 자연발생적인 서정의 합일을 요구한다는 점에서 근본적인 모순을 안고

---

13) 장용남, 위의 책, 172~173쪽.
14) 장용남, 위의 책, 192쪽.

있다. 개인의 자유로운 내면을 표출하는 서정시가 일차적으로 이념의 틀로 재단된다는 것은 감정선이 시인의 내부에서 "스스로 흘러나와야 한다"는 자발성의 원리와 충돌한다. 그러나 북한의 문예이론은 서정시란 인민의 주도적인 감정을 형상화하는 것이며, 그 주도적인 감정은 바로 당과 수령에 대한 충성심과 혁명에 대한 신념이라고 단정한다.[15] 서정의 핵심인 인민의 주도적인 감정이 확정되어 있으므로, 창작방법 또한 다양해질 소지는 많지 않다. 서정성에 관심이 많은 오영재도 당의 정책적 요구를 시화하는 과정에서 자주 도식성의 한계에 매몰된다. 시집 『행복한 땅에서』의 후반부는 시인의 개인사와 분단된 현실의 질곡을 다루면서 이념성과 도식성이 더 심화되는 경향을 보인다. 하지만 이 시들에서도 오영재는 부분적으로나마 뛰어난 서정적 표현을 얻는다. 선주의 착취에 시달리는 아버지를 둔 두 형제의 이야기를 그린 「자유의 강산에서」, 오영재가 의용군에 입대한 과정과 북한에서의 삶을 그린 「어머니에게 보내는 편지」는 그 대표적인 예로, 다음과 같은 인상적인 장면을 제출한다.

> 끊임없이 밀려오는 검은 파도……
> 깨여져 뒹구는 이 한척의 고기배와 함께
> 우리를 감탕섞인 이 모래불에 내던진
> 저주로운 세상에 대한 원한 많은 도래굽이……
> 하늘에 빛나는 차거운 별빛……

---

15) "오늘 우리 시가문학이 자기의 주체적인 면모를 뚜렷이 하고 있는 가장 중요한 징표의 하나가 시대의 주도적인 감정을 풍부한 서정성으로 빛나게 구현하고 있는 것이다.
우리 시대 인민들의 주도적인 감정에서 정수를 이루고 있는 것은 당과 수령에 대한 념원과 의지, 신념이다. 다시 말하여 위대한 수령님과 친애하는 지도자 동지를 영원히 높이 우러러 모시고 따르며 충성과 효성을 다하려는 불타는 념원과 지향, 당과 수령의 현명한 령도를 따라 주체의 위업을 끝까지 수행하려는 철석 같은 의지, 그 어떤 풍파와 시련 속에서도 당과 수령께 모든 운명을 전적으로 의탁하고 혁명의 한길을 변함 없이 가려는 드팀 없는 신념, 이것이 우리 시대 인민들의 주도적인 감정에서 정수를 이루고 있다"(『주체문학의 새 경지』, 문예출판사, 1991, 124쪽).

철없는 동생의 높아가는 울음소리……

"그쳐라 썩 그쳐   '

니가 울면 나도 울란다"

나는 그만 참지 못해 동생의 여윈 잔등을 때렸다.

　　　　　　　　　　　—「자유의 강산에서」 부분[16]

아, 메밀꽃 하얗게 핀 고향의 밭머리

가물거리던 올이 굵은 그 머리수건이여!

어머니를 찾는 아들의 부름에

"왜야—" 나직이 대답하시던 정에 어린 고향의 사투리여!

다시금 느껴보고싶나이다, 어머니여!

어린시절 여름날의 강변에서

나의 몸을 씻어주던 그 손길을……

　　　　　　　　　　　—「어머니에게 보내는 편지」 부분[17]

　시인 자신의 유년의 이야기로 생각되는 「자유의 강산에서」는 선주에게 착취당하는 아버지의 힘겨운 삶을 어린 '나'의 눈으로 이야기한다. 거칠고 과격한 언어를 사용하기보다는 서정적인 언어로 비극적 현실을 더 효과적으로 환기해내고 있다. 「어머니에게 보내는 편지」는 월북하여 행복한 삶을 살고 있는 시인이 남한에서 고생하며 살고 있을 어머니에게 바치는 애달픈 사모곡이다. 어머니에 대한 한없는 그리움이 한 폭의 아름다운 그림을 연상케 하는 유년 시절의 추억과 잘 어우러져 있다. 이 시들은 모두 '미제 원쑤들'을 물리치고 남한을 해방하여 동생과 어머니에게 행복한 삶을 안겨 주겠다는 의지로 마무리된다. 오

---

16) 오영재, 위의 시집, 165~166쪽.
17) 오영재, 위의 시집, 185쪽.

영재의 시가 서정적인 표현을 적절히 획득하기는 하지만 시의 주제는 한결같이 사회주의 체제의 옹호와 자본주의에 대한 증오심으로 귀결되고 있다.

공동시집에 발표된 오영재의 다른 서정시들도 예외 없이 김일성과 김정일, 당에 대한 예찬을 내용으로 한다. 수령과 당에 대한 흠모의 정이 극에 달할 때, 오영재의 시는 북한문학의 고식적인 병폐인 과장된 수사(修辭)로 치닫는 양상을 보인다. 예를 들어, "위대한 수령 김일성동지"는 "흘러간 유구한 력사/흘러갈 영원한 세기가/서로 손을 맞잡고/20세기 하늘 높이 받들어올린분"(「만민의 태양」)[18]이고, '당'은 "거대한 생명의 모체"이자 "영생의 삶"을 주는 존재(「세상에 오직 하나」)[19]이며, "강철의 령장 김정일동지"(「아, 우리의 장군」)[20]는 "수령님 잃어 가벼워진 지구의 무게를 다시 찾아주시"고 "천리혜안의 예지로 력사의 키를 한손에 틀어쥐시고/세계를 움직이며 시대의 흐름을 이끄시는분"(「위대하여라 우리 령도자」)[21]으로 비약된다. 수령과 당의 절대성을 찬양하는 최고의 헌사를 찾는 데 몰두하는 북한 시인의 맹목성이 드러나는 부분이다.

오영재의 서정시에서 변화가 발견되는 것은 그가 서울에 와서 가족을 만나고 돌아가 쓴 연시 「아쉬워도 보람 있는 삶」[22]에서이다. '한 비전향장 기수에게'라는 부제를 달고 있는 이 8편의 '련시'는 "말없는 나무라도 썩어서 흩어질" 오랜 세월을 "모든 것을 다 잃었어도/가슴속 자물쇠만은 열어 주지 않은/혁명가의 량심"으로 버텨 온 비전향 장기수의 삶을 노래한다. 형제들과 50년 만에 감격적으로 상봉한 후 뒤늦

18) 조선로동당 창건 40돐 기념작품집, 『당은 우리 어머니』, 문예출판사, 1985.
19) 『문학작품집』(1988), 문예출판사, 1990.
20) 『환호성』, 금성청년출판사, 1993.
21) 「태양은 빛나라」, 『향도의 해발을 우러러』 총서 23, 문학예술종합출판사, 1995.
22) 『조선문학』, 2001. 5호, 53~55쪽.

게 어머니의 부음을 듣고 오열하던 북의 시인이, 북에 돌아가 정작 자신이 아니라 비전향 장기수에 관해 썼다는 것은 어딘가 석연치 않은 면이 있다. 그 정황을 구체적으로 파악하기는 불가능하다. 하지만 이 시는 절실하게 육화된 정서로 비전향 장기수의 삶을 통해 실상은 시인 자신의 내면을 드러내고 있다.

> 날카로운 발톱으로
> 가슴을 훑어내는 고독
> 창으로 찔러도 오고
> 칼로 베여도 오는 고독
>
> 그러나 그대는
> 먹장구름처럼 엉키여 밀려 드는
> 그 고독과 싸워서 이겼습니다
> 꿈마다 그려 보는
> 멀리 북녘땅
> 남대천 강뚝에 하느적이는
> 한오리 가는 실버들가지로
> ―길 조심해 가라
> 헤여질 때 하시던
> 눈물어린 어머니의 낮고도 조용한 목소리로
>
> ―「아쉬워도 보람 있는 삶」 부분

"날카로운 발톱으로/가슴을 훑어내는 고독/창으로 찔러도 오고/칼로 베여도 오는 고독"은 반 세기를 핏줄과 헤여져 살아야 했던 시인 오영재의 고독과 분리되지 않는다. 비전향 장기수가 평생을 그리워한 북녘땅의 어머니 역시 남한에 있는 시인의 어머니와 동일시된다. 오영재가 비전향 장기수에게서 발견한 것은 이념의 위대성과 그것을 지켜 온 자의 초인적인 힘이 아니다. 그것은 핏줄에 대한 그리움을 견디며 처절하게 고독과 싸워 온, 한 '인간'의 쓸쓸한 얼굴이다. 오영재는 장기수의 투쟁이 "우리 장군님께서 보내주시는/따사로운 그 어루만지심" 때문에 가능했다고 치하하면서도, 그가 단지 '평범한 인간'이었으며 그의 후원자들도 그의 인간미에 감동했기에 도와준 것이라고 쓴다.

만나보고
서로 안아 보고도 싶다
옥중의 장기수에게
그토록 진실한 마음의 고백을 적어 보낸
마음 착한 남녘의 녀대학생들

오랜 날을 변함없이
영치금을 넣어 주고
소포들을 보내 온
〈민가협〉의 인정 깊은 사람들

얼굴도 모르고 바쳐 온 지성
출옥하는 날
그 이름을 찾으며
혈육처럼 얼싸 안고
푸른 옷섶을 눈물로 적셔 준 사람들

리념을 알기전에

그 리넘을 위해 한생을 바쳐 온
그 량심을 존경하고
그 인간에게 반한 사람들

아름답구나
어디 가나 인간은 아름다워라
민족은 다 같은 혈육이구나
정의롭고
한없이 선량한 사람들이여

불행한 민족이
반세기 바라고 바라던 통일을
이미 정으로, 마음으로 이룩해 준
그네들앞에서

정견도 무색하여라
리념과 신앙도 더 말하지 말자
오직 다만
감사하노라

─「아쉬워도 보람 있는 삶」 부분

물어 보자, 동지여
어떻게 간직했던가
그 많은 눈물과
그렇듯 깨끗하고 선량한 웃음을
아, 세상이 알지 못하는

그 무서운 옥고를 이겨 낸것은

무쇠가 아니였구나

가장 눈물 많고 웃음도 많고

그렇게도 다정다감한 보통사람

평범한 인간이였구나

— 「아쉬워도 보람 있는 삶」 부분

비전향 장기수가 "다정다감한 보통사람"이며 "평범한 인간"이라는
것, "어디가나 인간은 아름답"고 "민족은 다 같은 혈육이"기에 "정견도
무색하"며 "리념과 신앙도 더 말하지 말자"는 것은, 지금까지 북한문
학에서는 발견할 수 없었던 전언이다. 북한이 추구하는 주체사상의 인
간관, 자연과 환경을 임의로 개조하는 공산주의적 인간관은, 인간은
인간 그 자체로 동등하다는 인본주의적 인간관을 철저히 배척하여 왔
다. 오영재는 이 시에서 비전향 장기수의 삶을 빌어 인간은 "눈물 많고
웃음도 많"은, 말 그대로 '인간적인' 존재라는 생각을 거침없이 토로
한다. 그 자신 당이 요구하는 모범적인 시를 창작하여 주체사상을 정
립하는 데 기여해 왔지만, 50년 만에 이룬 혈육과의 재회는 이념보다
'인간'이 우선이라는 생각을 갖게 했을 것으로 보인다. 오영재가 지닌
혈육에 대한 정과 그리움이 비전향 장기수를 투사가 아닌 '평범한 인
간'으로 보게 하고, 그를 후원해 준 "인정 깊은 사람들"에게도 뜨거운
동포애를 느끼게 한 것일 터이다. 따라서 '비전향 장기수'는 동일한 아
픔을 안고 살아온 시인 자신이며, 나아가 분단의 고통을 겪어 온 민족
전체로 확대 해석될 수 있다. 이 시는 분단 역사의 보편적인 의미망과
함께 육화된 감정의 절실함으로써도 독자의 공감을 유발한다. 오영재
가 자신의 체험을 쓴 것은 아니지만, 절실한 체험이 경직된 이념을 해
체하는 희귀한 장면을 이 시에서 발견할 수 있기 때문이다. 현재, 오영

재의 시는 너무도 압도적이었던 개인적이면서도 역사적인 체험과 더불어 새로운 국면을 맞고 있는 듯하다. 그의 서정시는 북한문학의 노선을 충실히 따르면서도 인간(주의)적인 시각을 반영하는 방향으로 전개될 가능성을 안고 있다.

3. 서사시로 구현된 수령의 위대한 형상과 주체조국 건설의 위업
—『철의 서사시』(1981), 『대동강』(1985), 『인민의 아들』(1992)

오영재의 시 세계의 본령은 서정시보다는 서사시에 있다고 할 수 있다. 서정시가 중심인 남한문학의 현실과는 달리, 북한에서 서사시는 그 스케일로 인해 서정시보다 더 중요한 양식으로 대접받는다. 오영재는 서정시에서도 좋은 평가를 받았지만, 그가 북한의 일급 시인으로 발돋움한 것은 서사시에서 탁월한 작품성을 받았기 때문이다. 다음의 글은 북한문학에서의 서사시의 위상과 함께 오영재의 서사시가 점한 수준을 단적으로 제시한다.

근로인민대중을 당의 유일사상으로 무장시키며 온 사회의 주체사상화를 다그치는 데 복무하는 시문학에서 가장 큰 형식인 서사시는 우리 시대가 제기하는 가장 의의있는 사회계급적인 문제성을 체현한 전형적인 성격창조와 생활화폭의 보다 넓은 제시를 중요한 형상과제로 하게 된다. 장편서사시 『대동강』(오영재)은 그러한 대표적 실례로 된다.[23]

---

23) 리원건, 위의 책, 123쪽.

오영재는 1966년에 첫 서사시집 『아메리카를 녹이라』[24]를 발표하였으나 시단의 관심을 불러일으키지는 못한다.[25] 그후, 1981년에 쓴 『철의 서사시』로 강인한 투쟁 정신에 입각한 작품성을 인정받게 된다. 『철의 서사시』는 1956년의 서부의 한 제강기지를 배경으로 위대한 철강 증산의 신화를 그린다. 주인공인 젊은 기사장 리광호는 어느 날 수령의 부름을 받고, 현재 6만 톤인 분괴 압연장의 강재(鋼材) 생산능력을 8만 톤으로 증산하라는 명령을 받는다. 전후의 현실은 새 조국 건설 사업에 쓸 철강이 절대적으로 부족한 실정에 있지만, 2만 톤의 강재 증산은 현실적으로 불가능하다. 수령은 2만 톤의 강재를 증산할 방법을 온실에 만발한 화초의 경이로움에 빗대어 이렇게 설명한다.

"밖에는 저렇게 나무잎이 다 지고
찬바람 부는 겨울이지만
보시오
여기는 새싹이 돋아나는 봄날이요"

뜻있게 광호를 돌아보시며
온실의 유리창을 손끝으로 가벼이 울리시여라
"이것은 이 한장 유리의 조화거던"
그이는 온실안을 거니신다
"사람의 지혜가 이것을 생각해냈소
사람! 그렇소 사람이말이요"

---

24) 이명재, 위의 책, 277쪽.
25) 『아메리카를 녹이라』는 현재 북한자료센타에 소장되어 있지 않다. 본 논문은 이를 제외한 세 권의 서사시집에 관해 논의하기로 한다.

그이의 안광엔

어느덧 깊으신 사색의 빛이 어리여라

"이것은 무엇을 말하는것이요?

자연의 법칙도

사람의 의사로 다스릴수 있다는 것이 아니겠소!

사회의 법칙도 마찬가지지

결국 이것은……"

광호를 다시 여겨보시는

그이의 안광엔 조용한 미소가 흘러라

"자연과 사회의 주인이며 지배자는

사람이라는 것이요"[26)

   수령이 광호에게 가르치는 것은 '온실 밖'(자연)과 '온실 안'(인공)의
세계를 나누는 '유리창'의 힘이다. '유리창'은 '사람의 의사', 즉 인위
적인 개발과 통제력을 의미한다. 인간이 자연과 세계의 지배자라는 생
각은 주체형의 공산주의적 인간관의 핵심으로, 이때 자연과 세계는 인
간의 정복 대상으로 정초된다.[27)] 『철의 서사시』는 작품의 서두에 '환경
을 지배하는 인간'이라는 주제를 선명하게 제시한다. 인간이 자연과
사회의 주인이며 어떤 상황에서도 환경을 개혁할 수 있는 주체적 존재

26) 오영재, 『철의 서사시』, 문예출판사, 1981, 12~13쪽.
27) "주체의 인간학은 인간을 사회적 관계 속에서 보면서도 그에 머물지 않고 한걸음 더 나아가서 자주성
의 요구에 맞게 자연과 사회를 개조하고 변혁하는 주체로 형상한다. 그러한 인간의 전형은 바로 자주
적인 인간, 주체형의 공산주의적 인간이다"(김정일, 『주체문학론』, 조선로동당출판사, 1992, 8쪽).
"공산주의적 인간학은 언제 어디서고 인간을 모든 것의 중심에 놓아야만 된다는 사상이다. 이것은 유
물론을 기초로 한 사회주의 사상의 자가당착적인 모순이기도 한데, 자연을 비롯한 모든 물질적인 것
은 결국 인간을 위해 존재해야만 한다는 생각이다. 그래서 자연은 정복의 대상으로서, 인간을 위해 끊
임없이 개조되고 발전되어야만 한다. 그 자연의 변화와 발전을 위해 모든 인민은 당과 수령의 영도 아
래 투쟁해야만 하는 것이다"(이명재, 위의 책, 277~278쪽).

라는 주장은, 물리적으로 불가능한 일을 인간이 불굴의 의지로 실현할
수 있음을 역설한다. 수령의 말로 권위를 얻은 이 주장은 시 전체에 걸
쳐 거듭 인용되면서 강재 증산이 성공할 것을 강하게 암시한다. 하나
의 목적을 향해 돌진하는 북한 시의 단순성과 도식성이 이 작품에서도
예외 없이 나타나고 있다. 그런데, 1년 안에 2만톤의 강재를 증산하는
데는 많은 어려움이 따른다. 그 어려움을 대변하는 인물은 직장장 최
문규이다. 최문규는 강재 증산이 실패할 것이라고 확신한다. 광호는
노동의 선봉장이 되어 왔던 문규의 활약상을 생각하며 실망하고, 분괴
압연장의 작업반장인 태성도 문규에게 분노한다. 한편, 가열공 최상도
는 광호에게 '수령님'이 원하는 생산량은 8만 톤이 아니라, 조국 건설
사업의 현황으로 보아 9만 톤이라고 말한다.

분괴 압연기의 생산력을 높이기 위해 노동자들이 철야작업을 하는
가운데, 광호는 지난날을 회상하며 수령의 자애로운 인간성을 예찬한
다. 결혼한 지 10년이 넘도록 철강 생산에만 매달린 광호는 둘째딸을
잃는 슬픔을 겪는데, 이 사실을 안 '수령님'은 맏딸 경옥의 색동옷을
선물로 들고 광호의 집을 방문한다. 광호의 가족은 수령님의 은혜에
말할 수 없이 감격한다. 수령의 자애로움은 강재 증산이 불가능하다고
믿는 최문규에 대한 배려에서도 나타난다. 수령은 광호에게, "문규 동
무가 보지 못한 것은" "바로 오늘의 공창능력엔 무한한 창조적 열의를
가진/사람이 꼭 포함되여야 한다는/우리 시대의 진리요/그에게 이것
을 깨우쳐 줘야 하오"(85쪽), "그 동무들을 나무라지 마시오/다 금싸래
기 같은 동무들이요"(86쪽)라고 말하며 관용을 베푼다. 최문규는 분괴
압연기 개조를 위한 설계에 몰두하고, 광호는 새 가열로 속에서 사람
이 얼마나 견딜 수 있는지를 시험하다가 화상을 입는다. 마침내 개조
된 압연기의 시운전의 날, 힘차게 돌아가는 압연기는 "이 세상 천만가
지 음향 중에서/가장 아름답고 엄숙하고/가장 그립고 환희로운/조선

로동계급이 창조한 새 음악—"(149쪽) 소리를 낸다. 다시 제강소를 찾은 수령은 몸을 아끼지 않고 일한 광호를 칭찬하고, 압연기를 성공적으로 개조한 문규도 따뜻하게 안아 주면서 '위대한 주체의 세계'에 대해 연설한다. 이에 감동한 문규는 1만 톤을 더하여 9만 톤의 위업을 달성할 것을 맹세한다. 이에 수령님은 강재 증산이 경제적인 성과에 한정되는 것이 아니라, 공산주의 혁명의 완성과 주체사상의 위대한 승리와 직결되는 것임을 깨우쳐 준다.

> 그이께선 좌중을 향해 말씀하셔라
> "동무들이 만톤의 강재를 더 하게 되면
> 한 몽둥이로 세놈을 함께 치는셈이요
> 그 하나는 수정주의이고
> 다음은 종파이고
> 또 한놈은 미제와 리승만이요
> 진실로 조선혁명을 책임질줄 아는
> 주인다운 자각을 가지고
> 자립경제의 돌파구를 열어갑시다"[28]

수령에 의하면, 주체조국 건설을 방해하는 세 적(敵)은 수정주의, 종파, 미제와 이승만이다. 적들을 물리치는 최선의 방법은 자립경제의 달성이며, 9만 톤의 강재 증산은 그 돌파구의 열쇠가 된다. 강재는 공장과 건물, 철도 등의 국가 기간산업의 핵심적인 자원으로, 전쟁 직후의 초토화된 나라를 재건하는 데 중요한 초석이 된다. 오영재를 비롯해 북한의 많은 시인들이 새 조국 건설의 가열찬 행보와 미제 타도를

---

28) 오영재, 위의 시집, 196쪽.

노래하기 위해 철강을 주요 제재로 사용하는 것은 이러한 이유에서이다. 쇳물이 끓는 '용광로'는 신성한 노동의 결정체이자 새 역사 창조의 풀무로서, 인민의 의식을 고무하는 효과적인 시적 재료가 된다.

『철의 서사시』의 대미를 장식한 '맺음시'는 이 제강소가 1956년에 9만 톤을 넘어 12만 톤의 강재를 생산해 새 역사의 발판을 마련했다고 회고한다. 시는 주체사상의 위대함과 조국의 밝은 미래를 격앙된 어조로 예찬하면서 마무리된다.

숨쉬자, 주체의 한뜻으로
높이 뛰자, 주체의 심장으로
주체는 우리의 노래, 우리의 영광
주체는 우리의 지조, 우리의 생명

영원한 미래를 밝히는
위대한 태양이
머리우에서 찬란히 빛난다.
가자, 인민이여
천리마에 속도전을 가한 기세로
세계는 우리의것이다
우리의 영광을 기록하기 위해
새 력사의 장은 펼쳐져있다

날으라, 천리마
조선의 천리마여
날으라 혁명의 천리마
위대한 새 세기의 천리마여![29]

시의 배경인 1956년은 『조선문학개관』(1986)의 시대 구분에 따르면 '제4기―전후 복구 건설과 사회주의 기초 건설을 위한 투쟁 시기'(1953. 7.~1960)[30]에 해당한다. "천리마 건설에 걸맞는 천리마 기수들의 생활을 형상화하는 데 성공하"여 "60년대의 북한 문단에서 주요한 몫을 차지했다고 평가받"[31]은 『철의 서사시』는 북한문학이 요구한 시대적 소명을 훌륭하게 달성한다. 여기에 이 작품은 작업반장 한태성과 제강소의 모범 노동자인 정금실의 사랑 이야기를 곁들여 서사적 재미를 더한다. 의지를 굽히지 않는 열성 노동자인 태성과, 태성에 대한 마음을 태성의 작업반 모두에게로 넓혀 나가는 금실의 사랑은 노동 의식에 기초한 동지애적 사랑의 모범을 제시하고 있다. 한마디로, 『철의 서사시』는 '철강'으로 상징되는 자립경제의 목표를 철의 강도에 맞먹는 강인한 의지와 열정적인 노동 정신으로 형상화하고 있다.

오영재의 장편서사시 『대동강』(문예출판사, 1985)은 대동강 유역을 여행하는 '시인'을 화자로 내세운 기행 서사시이다. 오영재 자신과 동일 인물로 여겨지는 '시인'은 대동강 상류의 발원지에서 하류의 남포갑문에 이르는 길을 여행하면서 대동강의 역사와 주변 사람들의 삶을 유려한 필치로 서술한다. 총 4편으로 구성된 이 시는 1편은 금성호, 2편은 공업도시 덕천땅, 3편은 남포갑문으로 향하는 길, 4편은 평양과 남포갑문 건설 공사장을 배경으로 삼는다. 이 작품에서 대동강은 새 조국 건설 이전과 이후의 모습으로 크게 구분된다. 대동강은 자연 상태에서는 살인적인 홍수가 거듭되던 수난의 강이었지만, 수령의 탁월한 영도에 의해 인민의 낙원의 강으로 변모한다. 대동강을 따라 건설된 금성호, 연풍호, 남포갑문 등과 덕천, 순천, 평성 등의 공업단지는

---

29) 오영재, 위의 시집, 214~215쪽.
30) 김윤식, 「주체사상에 기초한 사회주의적 문예이론」, 권영민 편, 『북한의 문학』, 을유문화사, 1989, 98쪽 참조.
31) 이명재, 위의 책, 814쪽.

그 낙원의 유익하고 아름다운 조형물로서, '주체적 인간학'의 승리를 증거한다. 북한문학이 형상화의 최종 목표로 삼는 '주체적 인간학'은 세계의 변화 발전의 절대적인 원동력으로서의 '사람의 활동'을 지극히 중시한다.

문학에서는 사람을 중심으로 하여 세계를 그린다는 것은 세계의 모든 것이 사람을 위하여 복무하는 한에서만 가치를 가진다는것을 보여주며 세계의 변화발전을 사람의 활동을 기본으로 하여 보여준다는 것을 말한다. 문학에서 사람을 중심으로 하여 세계를 그리려면 무엇보다도 세계를 대하는 사람의 태도를 깊이있게 보여주어야 한다. 다시말하여 세계를 숙명적으로가 아니라 혁명적으로, 수동적으로가 아니라 능동적으로 대하며 세계를 맹목적으로가 아니라 목적의식적으로 개조하는 사람의 모습을 진실하게 그려내야 한다.[32]

북한문학에서 문학의 진정성은 세계를 '혁명적'이고 '능동적'이며 '목적의식적'으로 '개조하는 사람의 모습'에 의해 결정된다. 『대동강』이 북한에서 최고의 서사시로 격찬을 받은 것은 이 점과 관련이 깊다. 수천 년간 수많은 인명을 빼앗은 강을 행복의 강으로 바꾼 혁명적이며 능동적이고 목적의식적인 '개조의 역사'가 이 시에 강도 높게 형상화되어 있기 때문이다. 이 위대한 역사의 중심에는 수령이 있어, 『대동강』의 서사는 수령에 대한 격찬으로 자연스럽게 이어지게 된다.

이것이 위대한 수령님의 의지입니다
백리호수는

---

32) 김정일, 위의 책, 26쪽.

지구의 중심에 억세게 뿌리내린 이 언제안
아니, 인간거인의 품에 안겨
지금 고요히 잠들고있습니다

〔…중략…〕

온순해진 물은
사람들에게 언제나
리로움과 기쁨만을 주게 되었습니다
대자연의 이 무자비한 개조는
인간의 무진한 힘을 처음으로 발견하고
그것을 계발시킨
위대한 사상의 승리입니다
동무들이 여기에 오르며
언제가 가득차게 씌여진
붉은 글발을 읽었을 것입니다

'위대한 주체사상 만세!'
그것은
이 언제가 세상에 웨치고 있는
고귀한 실천의 목소리입니다

—『대동강』 부분

오영재는 '대동강'을 자연을 인간에 맞게 개조하려는 수령의 의지와
주체사상의 혁혁한 실천의 장으로 해석한다. 대동강은 주체적 인간이
광포한 자연을 굴복시켜 인공의 낙원으로 새롭게 탄생시킨 장대한 혁

명의 전적지(戰迹地)이다. 대동강의 수위를 조절하는 인공 호수인 금성호와 연풍호, 대동강이 바다로 흘러드는 지점에 건설된 남포갑문은 홍수를 사라지게 했을 뿐 아니라, 농사와 공업 생산에 필요한 물을 안정적으로 제공해 준다. 이로 인해 인민의 삶은 몰라보게 윤택해졌고, 홍수의 상처로 얼룩졌던 강은 생활의 서정을 향유할 수 있는 강으로 바뀌었다. 수령의 위대한 구상과 실천에 의해 대동강은 혁명의 전적지이자 행복한 삶의 터전, 생활의 서정이 꽃피는 장소로 탈바꿈하게 된 것이다.

『대동강』의 화자인 '시인'은 여행을 하면서 많은 사람들을 만난다. 금성호 물가에서 낚시질하는 노인, 뛰어난 지리학자로서 대동강을 다섯 번째로 걸어서 답사하며 조국강산에 대한 충정을 되새기는 늙은 최 교수, 한국전쟁 후에 공사에 참여하여 30년의 세월을 연풍호에 바친 수리관리공 아바이, 연풍 관개 관리소의 지배인으로 있는 옛 전우 손동무 등 그 인물들은 헤아릴 수 없이 많다. 공간의 이동에 따라 새로운 인물과 사건이 출현하는 기행시의 특장이 잘 살려지고 있는 것이다. 이 중 가장 중요한 인물은 '대동강 처녀'라는 별명을 가진 리수옥과 그의 애인인 명훈이다. 시인은 제방이 건설될 때 알게 되었던 수옥을 여행의 출발지인 금성호에서 재회한다. 수옥은 수몰지 마을의 태생으로, 금성호의 제방을 쌓던 시절에 신호공으로 일하다가 지금은 남포갑문 건설현장에서 기중기 운전공으로 일하고 있다. 수옥은 금성호 건설현장에서 운전수로 일한 명훈과 애인 사이인데, 지금은 헤어질 위기에 처해 있다. 갈등의 원인은 두 사람의 가치관, 특히 계급의식의 차이에 있다. 명훈은 이름 없는 인민으로 살기보다 지식을 배워 출세하고 싶어하며, 수옥은 사회를 위해 개인을 희생하는 헌신적인 삶을 살고자 한다. 서로를 '생활을 모르는 철부지'라고 생각하는 명훈과 수옥은 각기 개인주의와 집단주의를 대변하는 바, 이는 자본주의와 사회주의의 우열 비교의 논리로 확대된다. 결국, 올바른 인민의식과 사회주의의 우월성을 드러내기 위한 장치였던 명훈과 수옥의 갈등은 시의 후반부에서 명훈의 자아비판을 통해 수옥의 '승리'로 결론지어진다. 이 지점에서 두 사람은 화해하며, 어긋났던 사랑도 다시 회복된다. 사상의 일치가 남녀의 사랑의 가장 중요한 본질이 되는 북한문학 특유의 가치관이 직선적으로 적용되고 있다. 수옥은 사회주의가 "높이 수양된 인간들"로 이룩된 "참다운 인간의 사회"라고 찬양하면서, 개인주의에 찌든 "동물의 사회"인 자본주의를 비판한다.

개인으로부터 집단으로
그 리해관계가 옮겨진 사회
여기서는 본능을 초월하여
높이 수양된 인간들이 필요한거예요

극단한 개인주의가 지배하는
자본주의사회가 동물의 사회라면
우리가 한생을 기꺼이 맡기고
생활을 펼쳐가는 이 사회는
참다운 인간의 사회예요

―『대동강』 부분

이 시각을 연장하면, '대동강'은 "참다운 인간의 사회"의 자랑스러운 현재이자 활기찬 미래의 상징으로 해석된다. 유유히 흐르는 대동강처럼 인민은 성장할 것이며, 주체조국의 역사는 영원히 발전할 것이다. 오영재는 김일성과 김정일 정권의 정통성을 강조하고 조국의 미래를 송축하면서 시를 마무리한다. 그는 "수령님의 사랑이 한방울도 새지 않게/굳건히 막아선 저 갑문"이 "살기 좋은 내 조국땅에/찬란한 번영의 꽃을 피워갈 것"이며, "친애하는 김정일 동지/그 이름과 함께/시대의 대기념비로/사랑하는 조국땅에/후손만대 인민들의 가슴속에 길이 솟아 빛날 것"이라고 예언한다. 이 시가 제재로 삼은, 수도 평양을 가로지르는 '대동강'만큼 북한 역사의 과거와 현재, 미래를 함께 아우를 수 있는 존재는 많지 않다. 『대동강』은 대동강의 흐름에 다양한 인물과 사건, 서정적 감흥과 서사적 흥미, 원만한 구성, 투철한 주체사상을 잘 융해시켜 북한문학이 요구하는 서사시의 요건을 훌륭하게 충족시킨다. 총 303쪽에 달하는 방대한 분량에서 시어의 밀도가 고르게 유지되고 있는 것도 빼놓을 수 없는 미덕이라고 할 수 있다.

『인민의 아들』은 『철의 서사시』나 『대동강』에 비해서는 분량이나 내용면에서 소품에 해당하는 작품이다. 『대동강』의 삼 분의 일에도 못 미치는 91쪽의 분량을 지닌 『인민의 아들』은 문고본 크기로 책의 판형에서도 왜소한 감이 있다. 서사시 『인민의 아들』은 불철주야 인민을 위해 투신하는 지도자 김정일에 대한 찬양을 목적으로 쓰여진 작품이다. 작품의 서두에서 오영재는 위대한 지도자 동지인 "그이 보내시는 단 하루나마 노래해 보려" 한다고 창작의 의도를 밝힌다. "하나의 문제를 놓고도 사색하고 또 사색하며 행동하는 수령의 풍부하고도 심오한 내부적 체험세계를 깊이 펼쳐보이"[33]기 위해서는 그이의 하루를 노래하는 것도 벅차다는 의미이다. 그렇다면, 수령 형상 창조와 지도자의 형상 창조는 어떤 관계에 있을까? 이에 대해, 북한문학은 "후계자는 선행한 수령과의 관계에서는 후계자이지만 인민과의 관계에서는 수령의 지위와 역할을 그대로 이어받은 지도자이다. 그러므로 문학에서 후계자의 형상을 창조할 때에는 수령 형상 창조의 기본원칙을 그대로 구현하여

---

33) 김정일, 위의 책, 134쪽.

야 한다"[34]고 규정한다. 이처럼 김정일의 정치적 정통성은 문학이론에서도 확고하게 정립되고 있다. 『인민의 아들』은 인민을 위한 김정일의 헌신과, 불가능을 가능으로 바꾸는 위대한 능력을 노래한다.

> 그이는 말씀하시여라
> ―세상에 그 어떤 총명한 존재도
> 그가 개인이라면 속여넘길수 있지만
> 결코 속일수 없는것은 인민의 눈
> 결코 우롱할수 없는것은 인민의 마음
> 왜냐하면 그것은
> 밝은 해와 같은 것이기에
>
> 진정으로 인민의 충복이 된다는것은
> 혁명가의 수양과 지성만이 줄수 있는
> 가장 깨끗하고 아름다운 마음
>
> ―『인민의 아들』 부분

인민을 위한 김정일의 노고와 실천에는 한계가 없다. 그는 5만 세대의 '최신식 살림집'의 건설을 독려하고, 인민과 똑같이 '강냉이 랭동국수'를 맛있게 먹으며, 한국전쟁 당시 미중앙정보부의 사주를 받고 동포들을 처단한 '대지주의 아들'을 색출하며, 몸소 인민의 가정을 방문하여 옷과 쌀독을 일일이 보살피는 등 하루 동안 셀 수 없이 많은 일을 한다. 밤이 깊은 후에도 그의 일과는 끝나지 않는다. 산더미처럼 쌓인 문건을 살펴보며, 군사분계선에 무장 도발이 있었다는 보고에는 철통

---

34) 김정일, 위의 책, 139쪽.

수비를 명령하고, 네 쌍둥이를 낳은 산모에게는 의료단을 보내라는 따뜻한 배려도 잊지 않는다. 이러한 김정일의 하루를 오영재는 "범상한 사람들의 한평생과도 비길 수 없는"것이라고 이야기한다. "그이의 하루는/평면으로가 아니라/립체로 흐르는 하루/보석으로 분초를 새기고/금으로 시간을 쌓으며/숭고한 정신의 상상봉우에 흐르는/위대한 하루"라는 것이다. 이와 같이 위대한 하루를 사는 지도자가 태양 같은 미래를 인민에게 선사할 것은 당연한 일이다. 오영재는 김정일이 조국의 아름답고 행복한 미래의 확고한 징표라는 것과 그의 존재가 '영원'할 것을 확신한다.

> 인민이여, 달려오라
> 이 아침 당중앙위원회에 높이 계시는
> 그이를 우러러
> 김정일동지의 만세를 부르자
> 열정에 불타는 이 아침을 안고
> 빛나는 미래에로 진군해가자
>
> 아 태양이 영원하고
> 인민이 영원하여
> 김정일동지
> 그이는 인민과 더불어 영원하리라!
>
> —『인민의 아들』 마지막 부분

『인민의 아들』은 김정일의 정권 세습을 정당화하고 그의 지도자적 자질을 높이 찬양하기 위해 쓰여진 서사시이다. 이 작품은 자신의 몸을 돌보지 않는 김정일의 희생적인 헌신을 강조하면서 '열성적이고 인간적인 지도자'의 상을 형상화한다. 그 속에는 권위보다는 품성과 내면을 앞세워 지도자의 자질을 설득력 있게 제시하고자 한 오영재의 의도가 투영되어 있다. 역사적 사건이 아닌 하루의 일상을 그린 것도 김일성에 비해 역사적 업적이 왜소한 김정일을 감싸안는 오영재의 시적 전략이었을 것으로 짐작된다.

4. 결론

이상에서 살펴본 바와 같이, 오영재의 시는 북한문학이 요구하는 공식적인 주제와 미학적 실천의 테두리를 충실히 지키면서 창작되어 왔다. 50년에 걸쳐 전개되어 온 오영재의 시 세계의 주제는 크게 두 가지로 정리될 수 있다. 주체사상을 구현해 온 조국의 위대한 역사에 대한 찬양과, 수령과 지도자의 위대한 형상 창조가 그것이다. 여기에 분단된 조국의 현실에 대한 고통스러운 인식과 미제국주의를 타파하겠다는 강한 의지가 중첩되면서 북한문학이 지향하는 '감동적인 시형상'이 창조된다. 오영재는 이러한 주제를 시화하는 과정에서, 특히 수령의 형상 창조에 있어 당이 제시한 미학적 법칙을 성실히 고수하는 경향을 보인다. 다른 시인들에 비해 서정성에 깊이 천착하고 개인의 절실한 체험을 진솔하게 표출하고 있음에도, 그의 시 역시 전반적으로 도식성의 한계를 면치 못하고 있는 것은 이 때문이다. 이는 정치적 이념과 예술의 미학적 실천을 동일시하는 북한문학의 피할 수 없는 숙명이지만, "도식성에 대한 문제를 깊이 고민하고 있음에도 수령에 대한 형상화라는 원칙이 지속적으로 관철됨으로써 쉽게 도식화에서 벗어나지 못하고 있"[35]는 점은 오영재의 시를 비롯해 북한문학이 당면해 있는 중요한 과제라고 할 수 있다.

한국전쟁 시기부터 주체조국 건설의 선봉에 서서 탁월한 시작품을 많이 창작한 오영재는 북한을 대표하는 계관시인의 면모를 남김없이 보여준다. 이는 특히 『철의 서사시』, 『대동강』 등의 역사적 스케일을 지닌 서사시에서 잘 발휘된다. 이 서사시들의 중심에 있는 것은 역시 위대한 수령의 형상 창조이다. 앞서 지적한 바와 같이, 오영재는 수령의 형상 창조에 있어 지나치게 도식성에 함몰되는 약점을 드러낸다. 그러나 수령과 인민의 깊은 연대를 중심에 두는 인간적인 관점을 취하면서 거기에서 어느 정도 벗어나는 것도 사실이다. 수령의 위대한 능력을 역설하기보다는 온화한 인품을 감동적으로 서술하는 미학적인 접근법을 택함으로써 작품의 파급 효과를 높이고 있는 것이다.

오영재는 자연과 사회를 완벽하게 인간 중심으로 개조하는 주체적 인간관에 충실한 작품을 써 왔지만, 최근 남한의 가족을 상봉한 후에 발표한 시에서는 인본주의적 인간관을 흡수한 흔적을 보여주고 있다. '이념보다 인간이 우선'이라는 명제로 요약될 수 있는 이 가치관은 북한을 대표하는 계관시인의 발언으로는 파격적인 것이 아닐 수 없다. 오영재의 이 시편들은 역사적 비극과 개인의 진실이 화해하는, 북한문학에서는 보기 드문 장면을 제시했다는 점에서 큰 의미를 지닌다. 북한문학의 변모의 가능성을 타진하기에는 성급한 감이 있지만, 오영재의 새로운 시각은 그의 시 세계는 물론 북한문학이 도식적인 한계에서 벗어날 수 있는 유용한 출구로써의 가치를 지니고 있다. 주체적 인간을 강조하면서 북한문학이 상실한 것은 다름 아닌 '인간' 자체이며, 오영재의 기존의 시들도 분명 예외는 아니었기에 그 출구로써의 가치는 더욱 크다고 하겠다.

---

35) 류찬열, 「90년대 북한 시—도식성 극복과 그 가능성」, 이명재, 『북한문학의 이념과 실천』, 국학자료원, 1998, 228쪽.

주체형의 혁명적 영웅 형상 창조 과정
― 석윤기론

김주성

1. 북한의 전후 신세대 작가 석윤기

석윤기(石潤基, 1929~1989)는 남한에서 출생하고 성장하여 6·25 전쟁 중 인민군으로 참전한 작가로, 특히 1970년대 이후 김일성 형상 창조에 매진하며 주체문학의 토대를 다지는 데 크게 기여한 북한 제2세대 작가군의 핵심 인물로 평가받고 있다.

석윤기는 1929년 10월 22일 경북 달성군 동촌면의 가난한 농가에서 태어났다. 어린 시절 한때는 부모를 따라 북간도에서 생활한 적이 있으며, 귀국하여 대구에서 중학교를 다녔다. 이때부터 문학에 관심을 가지기 시작했고, 1947년에는 성균관대학을 다니다가 중퇴하기도 하였다. 대학 중퇴 후에는 교통 운송업에 종사하기도 하고 『예술평론』의 기자로 활동하면서 반미투쟁을 했다고도 한다. 그러다가 6·25 전쟁 중 인민군에 의용군으로 입대하여 수송전사로 참전했다.

그가 작가로 인정받기 시작한 것은 휴전 이후 전상자병원에서 첫 단편소설 「두 번째 대답」(1956)으로 호평을 받고부터다. 그후 1950년대 후반에 「특수차 37호」「경쟁」 등을 발표하며 북한 문단에 모습을 나타냈고, 작가동맹출판사에서 기자생활을 하면서 전쟁 제재의 중편소설 『전사들』(1960)과 장편소설 『시대의 탄생』 제1부(1966) 등을 출간해 주목을 받았다. 이러한 활동을 계기로 그는 북한 문학사에서 『포화 속에서』의 작가 김재규, 『포성』의 작가 정창윤 등과 함께 참전 경험을 바탕으로 전쟁을 주제로 한 작품을 처음으로 창작한 젊은 세대 작가로 분류되고 있다.[1] 이 무렵 그는 단편 「행복」(1963)을 발표하고 「큰 문학에 대한 작은 의견」(1962), 「장편소설은 몇 개의 단편소설로 이루어지는가」(1965. 3) 등의 평론을 쓰기도 했다.

석윤기가 소설가로서 확고한 위치를 다지는 계기가 된 것은 6·25 전쟁의 기원을 20세기 초까지 거슬러 올라가 해석하면서 전쟁의 전모를 총체적으로 그려 보인 장편소설 『시대의 탄생』 제1부(1966)를 발표하면서부터이다. 이후 그는 주체문학 형성의 주요 작가로 인정받으며 1970년 항일 혁명투쟁 과정을 통해 완성되는 혁명가의 형상을 그린 장편소설 『무성하는 해바라기들』을 발표하였고, 1970~1980년대에 걸쳐 김일성의 항일투쟁과 혁명의 과정을 집대성한 총서 『불멸의 력사』 집필에도 깊이 참여해 총서 집필 참여 작가 중 최다 편수인 4편을 집필하기도 하였다.

또한 그는 북한 문학사에서 '불후의 고전적 명작'으로 평가받고 있는 혁명가극 『피바다』를 소설화한 작가로도 알려지고 있다. 이러한 성과를 바탕으로 그는 1982년 4월 노력영웅 칭호와 함께 국기훈장 제1급을 수훈했고, 1985년에는 작가동맹 대표단장으로 소련을 방문하기도 했다. 당시 그는 주체사상의 문학적 구현작업을 위해 만들어진

---

1) 박종원·류만, 『조선문학개관 2』, 인동, 241쪽.

4·15 창작단의 단장이었다. 1986년 9월 작가동맹 위원장에 올랐고, 그해 11월에는 최고인민회의 대의원 및 동 상설회의 위원이 되었다. 1988년에는 북한의 최고 훈장인 김일성 훈장을 받았으며, 이듬해인 1989년 4월 28일 59세를 일기로 사망했다.[2]

본고에서는 석윤기가 북한 문학사에서 주목을 받는 주요 시기의 대표작들을 통해 일관되게 그려 보인 '주체형의 혁명적 영웅'들의 활동상을 검토하고, 그 형상들이 어떤 변모를 거치는지와 그들이 각기 어떤 차이점과 공통점을 가지고 있는지를 살펴보고자 한다.

2. 전쟁영웅과 시대의 혁명가 창조

1) 『전사들』과 전쟁영웅

중편소설 『전사들』은 6·25 전쟁 당시 박대우 중대의 영웅적 투쟁 모습을 형상화한 작품으로, 박대우 중대가 일개 중대 역량으로 연대의 중요한 작전거점인 두무령을 사수함으로써 삼두봉에 진을 치고 있는 2개 연대의 적들을 격파한다는 줄거리로 되어 있다.

이 소설에서 주인공 박대우는 해방 전에 소학교도 마치지 못하고 어릴 때부터 제강소에서 고역에 시달리다가 해방 후 군민청 선전부장으로 새 조국 건설에 적극 참가하며, 전쟁이 일어나자 '원쑤 격멸의 격전장'에 자원입대한 인물이다. 전장에서의 그의 투쟁은 부상으로 다리를 수술하고도 곧바로 무리해서 중대로 돌아가려 할만큼 영웅적이다.

연대 거점인 두무령은 이곳이 점령되면 월하봉은 물론 현리계선까지

---

2) 이명재 편, 『북한문학사전』, 국학자료원, 1995. 참조.

내줄 수밖에 없는 중요한 전략 요충지이다. 이곳에서는 미군과의 끝없는 공방이 계속되고 있는데, 문제는 이곳이 분지 한가운데로 뻗어 나간 협소한 고지라 방어에는 결정적으로 불리한 위치라는 점이다. 박대우가 군의소에서 퇴원하는 날부터 두무령에 대한 적의 공격이 심해지고, 연대장은 박대우를 호출해 닷새 후 적의 총공격이 시작될 것이라는 소식을 전한다. 여기서 박대우는 자신의 중대병력으로 적의 연대공격을 막아낼 수 있겠느냐는 질문을 받고 능히 해낼 수 있다고 장담한다.

전투가 시작되고 적의 공격이 두무령에 집중된다. 박대우는 목숨으로 진지를 사수하던 중 위태한 지경에까지 이르지만 마침 적병 장교 한 명을 생포해 취조함으로써 승기를 잡는다. 결과는 여섯 대의 탱크를 앞세운 적들을 모두 죽이거나 생포하는 승리였다. 그러나 박대우 중대에도 다수의 사상자가 발생하고 박대우 자신은 중상을 입는다. 급히 군의소로 후송된 그는 다시 살아나 두무령 정상에 세워진 위령비 앞에서 "나는 전선으로 돌아왔네. 자네들 생각을 하면 죽을 수가 있어야지 남해 끝까지 가겠네. 조국을 통일하여 자네들의 원쑤를 갚고 이 땅 우에 자네들의 소원을 성취시키겠네"라고 다짐한다.

이 소설에서는 주인공 박대우의 높은 책임성과 대담성, 결단성, 그리고 조국 통일을 위해 끝까지 싸우겠다는 투철한 의지를 형상화하는 외에도 연대장 강표, 참모장 구본수, 군의관 구혜경, 무전수 한정숙 등을 비롯한 주요 등장인물들간의 강한 연대감과 동지애를 부각함으로써 전체 인민군 전사들을 참다운 영웅주의의 체현자로 그려내고 있다.

특히 두무령 사수가 위태한 지경에 놓였을 때 참모장 구본수가 우려를 나타내자 연대장 강표는 '전장에서 지휘관이 자기 전사들을 믿지 못할 때 오히려 더 큰 희생을 초래한다'면서 박대우의 두무령 사수를 '끝없는 신임'으로 지지하는데, 이러한 조직원 사이의 굳은 믿음이 연대감과 동지애를 북돋고 결과를 승리로 이끌게 된다는 것을 작가는 암시하고 있다. 그리고 '이러한 믿음은 김일성 장군님을 모시면서 배웠다'는 강표의 신념에 찬 진술을 통해 김일성의 영도방법이 혁명전사들로부터 얼마나 절대적으로 신뢰받고 있는지를 강조하고 있다.

이 소설은 전후 사회주의 건설 기초건설 과정에서 당원들과 근로자들의 계급교양을 강화하고 혁명발전을 다그치기 위한 당의 요구에 적절히 부응하는 소설로서, 어떠한 악조건하에서도 낙관적인 전망을 잃지 않고, 있는 힘과 지혜를 모아 과업을 달성해내는 혁명적 영웅의 한 전형을 제시한 작품이라 할 수 있다.

한편 이 소설에서는 박대우와 구혜경 사이에 작용하는 미묘한 이성적 관심에 대한 묘사를 비롯하여 살벌한 전장에서도 전사들이 고지 위에 짜리나무를 옮겨 심는 희망의 모습을 그리는 등 작품 곳곳에 서정적인 화폭들을 펼쳐 보이고 있다.

이러한 점에 대해서는 북한 문학사에서도 '전쟁 현실을 취급하면서 성격 창조에서나 언어문체적 면에서 랑만성이 풍부한 특성을 보여줌으로써 작가의 개성을 뚜렷하게 보여주었다'고 평가하고 있다.[3]

2) 『시대의 탄생』(제1부)과 혁명가의 전형

『전사들』이 작가 자신의 참전 경험을 바탕으로 6·25 전쟁의 한 단면을 반영한 작품이라면 이를 기초로 하여 6·25 전쟁의 전 과정을 다룬 작품이 장편소설 『시대의 탄생』(제1부)이다. 이 소설에서 주목할 점은 전쟁의 기원을 20세기 초인 1904년 노일전쟁 당시 일본측 관전무관으로 한국에 온 미국인들의 한국민에 대한 약탈행위 시점까지 거슬러 올

---

3) 박종원·류만, 『조선문학개관 2』, 인동, 1988, 202쪽.

라감으로써 6·25 전쟁의 성격을 '미국의 제국주의적 팽창 전략과 그에 맞선 조선 인민의 투쟁'으로 규정한 데 있다.

소설에서 미국은 호랑이의 기상을 갖는 조선에 일찍부터 눈독을 들이고, 일제의 식민지배를 뒤에서 조종하여 '일본인들로 하여금 위험천만한 호랑이의 발톱을 뽑아 던지게' 하도록 음모를 꾸미는 존재로 설정되고 있으며, 전쟁은 곧 제국주의 침략과 그에 맞선 투쟁사라는 긴 문맥 안에 놓음으로써 장대한 서사적 화폭으로 펼쳐지고 있다.[4]

소설의 서장에서는 검산 땅에 들어온 맥아더 일당이 조선의 금은보화를 약탈하고 인민들에게 고통과 불행만을 안겨 준 죄악상의 폭로와 이에 맞서 싸우는 젊은 농민 박억쇠의 활동상, 그리고 해방 후 박억쇠의 손자인 광산 노동자 세철의 생활이 그려지고 있다.

주인공 세철은 노력투쟁에서 인민경제계획을 초과수행하는 위훈을 세우면서 대학 진학을 준비하던 중 항일혁명투사이자 인민군 연대장인 전학민으로부터 자신의 형 세진이 항일유격대에서 용감히 싸우다가 희생되었다는 소식을 듣게 된다. 전학민은 17년 전 미국 선교사 골드빈의 아들과 싸운 끝에 세진이가 가지고 떠났던 칼을 세철에게 넘겨주며 미국의 침략적 본성에 대해 깨우쳐 주는 등 세철의 성격 발전에 중요한 영향을 끼치게 된다.

전쟁이 발발하자 세철은 불타는 증오심을 안고 인민군에 입대하여 참전한다. 세철은 남진의 길에서 미제 침략자들의 만행을 목격하고 수령님의 참된 혁명전사, 계급의 전사로서의 책임감을 깊이 자각하며 훌륭한 전사로 성장해 간다. 즉 처음에 소박하고 평범한 젊은이로서 복수심에만 불탔던 세철은 전장에서의 분별 없는 행동으로 위기를 겪는 과정을 통해 보다 냉철한 혁명전사로 변모해 가는 것이다. 이후 세철

---

4) 신형기·오성호, 『북한문학사』, 평민사, 2000, 252쪽.

은 여러 전투에서 용맹을 떨치며 특히 대전지구 전투에서는 원수인 골드빈을 죽이고 미 제24사단장 딘을 생포하는 위훈을 세운다.

이 소설에서는 주인공 박세철과 함께 항일유격대원이었던 인민군 연대장 전학민, 역사가 윤하웅 등을 비롯하여 덜레스와 무쵸, 신성모, 남한 매판자본가의 아들이지만 비판적 지식인인 민환규 등 긍정적 인물과 부정적 인물들의 활동상과 갈등관계를 폭넓고도 세밀하게 그려냄으로써 전쟁의 배경인 국제정세의 움직임과 계급적 역학관계, 나아가 인간의 깊숙한 내면까지 분석하고 있다.

이 소설의 플롯은 '조선 인민과 미제와의 적대적 갈등관계'를 기본 축으로 하고 있다. 서장에서 그리고 있는 바와 같이 미국은 이미 20세기 초에 조선을 침략했고 일제를 조종하여 그들의 제국주의적 목적을 추구해 온 터였으므로, 1950년에 발발한 전쟁은 20년 전 김일성의 지휘 아래 백두산 기슭에서 시작된 항일무장투쟁의 연장선상에 놓여지게 되고, 인민군대는 바로 이 항일혁명군의 전통을 잇는 것이 된다.

따라서 이 소설 역시 미제 침략자들을 물리친 김일성의 현명한 영도와 영웅적 투쟁에 대한 찬양을 기본 골격으로 하여 그를 닮은 새 시대의 대중적 영웅을 형상화한 작품이라고 할 수 있다.

한편 이 소설은 북한 문학사에서 '서장을 비롯한 여러 부분에서 화폭적인 환경묘사와 시적인 자연묘사, 작품 전반을 관통하고 있는 정론적인 문체와 철학적이며 풍자적인 묘사수법 그리고 세계적 판도에서 이루어지는 사건조직, 실감 있는 전쟁장면 등을 구사함으로써 작품의 높은 형상성과 예술적 품위를 보장한, 작가의 창작적 개성이 뚜렷한 작품'으로 평가받고 있다.[5]

---

5) 박종원·류만, 『조선문학개관 2』, 인동, 1988, 246쪽.

3. 주체적 혁명가의 전형 창조

1) 『무성하는 해바라기들』과 주체형의 혁명가

북한은 1967년 5월 당중앙위원회 제4기 15차 전원회의에서 주체사상을 북한 사회 전 분야에 걸친 유일·절대의 지도이념으로 확립하는데, 이를 계기로 북한의 문학은 주체사상을 더욱 철저히 구현하는 방향으로 나아간다. 즉 1967년 5월 김일성이 당사상사업 부문 일군들 앞에서 행한 연설과 1968년 11월 영화 부문 일군들 앞에서 행한 연설, 그리고 1970년 2월 과학교육 및 문학예술 부문 일군협의회에서 행한 일련의 연설들을 통해 당원들과 근로자들에 대한 당의 유일사상 무장 및 사회 혁명화, 노동계급화를 더욱 강화하기 위한 혁명전통 주제 작품의 창작 열기를 지속적으로 다그쳐 나간 것이다.

이에 발맞추어 북한 문단에서는 당의 유일사상과 혁명전통의 핵인 김일성의 영광찬란한 혁명역사와 영도의 현명성, 고매한 덕성을 형상화한 작품들이 대거 창작되었다. 그 초기의 대표적인 작품으로 단편소설 「력사의 자취」(권정웅, 1967), 「크나큰 사랑」(리영규, 1967), 「눈석이」(석윤기, 1968) 등을 들 수 있으며, 이런 주제의 작품들은 1970년대 이후에 더욱 활발하게 창작되었다.

특히 1972년부터는 『1932년』(권정웅)을 시작으로 이른바 김일성의 불멸의 혁명업적과 고매한 혁명가적 풍모 및 높은 덕성을 전면적으로 형상화하는 총서 『불멸의 력사』가 창작되기 시작하는데, 이 일련의 창작대열에서 중요한 위치를 차지하게 되는 석윤기는 총서 집필 참여 전인 1970년에 이미 총서 집필작업의 준비단계 성격을 띤 장편소설 『무성하는 해바라기들』(제1부)을 발표함으로써 항일혁명투쟁 과정을 통해 완성되는 주체형의 혁명가의 전형을 제시하고 있다.

이 소설은 1920년대 말에서 1930년대 초를 시대적 배경으로 하여, 노선도 없고 방법론도 없는 투쟁조건에서 거듭되는 실패로 표류하던 한 인텔리 청년이 모진 난관과 시련 끝에 김일성을 만나 올바른 혁명의 길로 나가게 된다는 줄거리로 되어 있다. 북한 문학사에서는 '사상적 내용의 심오성, 당대 사회역사적 환경에 대한 폭넓은 묘사, 시대를 대표하는 각계 각층 인물들의 전형적 성격의 창조, 생동한 생활 세부의 탐구와 개성적인 문체 등으로 하여 커다란 성과를 거둔 혁명전통 주제의 대표작'으로 높이 평가받고 있다.[6]

주인공 박진규는 현명한 수령의 영도를 받지 못한 상황에서 일경에 체포되어 감옥살이를 하게 된다. 그는 감옥에서 혁명 앞에 가로놓인 암담한 현실과 이를 효과적으로 타개해 줄 참된 노선, 그리고 탁월한 영도력을 가진 수령을 애타게 염원하며 괴로워한다. 4년 만에 출옥한 그는 혁명의 근거지인 간도로 건너가지만 일제의 유혈탄압 속에서 거듭 실패만 맛보게 된다.

그러던 중에 안골의 지주 토호들과 민족주의자들을 제거하기 위한 폭동 준비과정에 끼어든다. 앞서 간도폭동의 쓰라린 실패를 직접 목격했던 그는 폭동을 준비하는 간부들에게 노선 없는 좌경 모험주의의 한계를 지적하며 무모한 폭동을 중지하라고 설득한다. 그러나 올바른 노선을 제시해 보라는 그들의 요구에 대답을 할 수 없는 자신을 돌아보며 이제까지 헛된 길을 헤매고 있었음을 통감한다.

바로 이때 광명의 빛이 그에게 비쳐든다. 다시 감옥에 갇힌 박진규는 김기장 등으로부터 김일성에 대한 전설적인 이야기며, 그의 영도를 받는 공작원에 대한 이야기를 들으며 조선 공산주의 운동의 지혜롭고도 힘찬 새 단계가 열렸음을 깨닫게 된다. 무기징역의 감옥생활을 수령님

---

6) 박종원·류만, 『조선문학개관 2』, 인동, 1988, 302~303쪽.

의 품속에 안길 불타는 열망 속에서 보내던 그는 일제의 감형 조치로 석방되어 그 길로 김일성이 활동하고 있는 만주로 돌아간다.

이때부터 진규는 김일성이 제시해 주는 혁명노선에 따라 참된 혁명가로 성장해 간다. 김일성은 진규에게 조선 혁명에 관한 주체적인 노선인 항일무장투쟁노선과 당창건방침, 반일통일전선형성방침 등에 대해 상세하게 가르쳐 준다. 마침내 참된 투쟁방침으로 무장하여 김일성 수령의 혁명노선을 꽃피워 나가는 한 떨기의 해바라기로 자라난 진규는 김일성으로부터 안골마을 혁명과업을 부여받는다.

그는 정희겸의 집에서 마차꾼으로 일하며 마을 주민들을 김일성의 영도 밑에 들여세우는 데 혼신을 다한다. 특히 과거 독립군 소대장었으며 마을의 유지로 상당한 영향력을 가진 박병섭 노인을 자신의 실천적 모범으로 교양하여 혁명의 편으로 끌어들임으로써 혁명과업 달성의 결정적인 계기를 마련한다.

1933년 봄날, 드디어 백리허 반일 유격대 조직이 온 세상에 선포된다. 이후 유격대는 정대호가 지휘하는 중강지구의 무장소조와 합동하여 하강반일유격대로 발전하며 부대는 기병부대로 개편된다. 이 영광스런 유격 대오에는 진규와 함께 간고한 투쟁 속에서 태양(김일성)을 따르는 해바라기로 태어난 박두성, 로채숙, 김삼덕, 김치복, 지상덕, 쌍가매, 강봉이 등이 무성하게 서 있다.

이 소설은 혁명적 지조를 지키는 주인공이 희생적 투쟁과정을 통해 김일성의 혁명도구로 선택되는 과정을 뒤쫓는다. 소설에서 김일성은 그에 대한 소문과 그의 공작원을 만나는 것만으로도 사람을 변화시키고 그의 노선을 따르게 하는 절대적인 영도자로 그려지고 있다.

『무성하는 해바라기들』은 1930년대의 공산주의자가 1920년대 공산주의자에 의해 길러진 것으로 그렸다고 비판을 받은 『안개 흐르는 새 언덕』(천세봉, 1966)의 오류를 의식하고 씌어진 소설인 만큼,[7] 김일성

이외에는 진정한 영도자가 없다는 김일성 유일사상을 적극 뒷받침하는 작품이라 할 수 있다.

2) 민족의 태양으로서의 김일성 형상

주체사상의 문학적 구현작업은 김정일에 의해 주도되는 바 그 대표적인 활동이 1967년 6월 그에 의해 설립된 집체창작조직인 4·15 창작단의 총서『불멸의 력사』발간 작업이다. 총서『불멸의 력사』는 1972년부터 1994년까지 20권의 장편소설로 발간되었으며, 내용은 1925년 소년 김일성이 혁명의 길에 투신한 때로부터 1953년 휴전협정 담판에 이르는 과정을 총체적으로 담아내 하나의 방대한 김일성 영도사를 이루고 있다. 발간은 이야기 순을 따르지 않고, 28년 여의 배경 시간을 각 시기와 사건별로 여러 작가가 나누어 집필한 뒤 나중에 이들이 전체적인 흐름을 갖도록 하는 방식으로 진행되었다.

전 작품에서 중심인물은 김일성이며 여타의 모든 등장인물들은 김일성을 중심으로 배치되고, 모든 사건과 삽화들도 김일성의 행적을 통해 그려지거나 그 중심 줄기에 연결된 가지들로 뻗어 감으로써, 결국 총서『불멸의 력사』는 김일성이 이끈 투쟁과 승리, 그에 의한 민족 해방과 구원의 이야기가 되고 있다.[8]

석윤기는 이 총서 집필에 참여한 14명의 작가 가운데서도 천세봉, 권정웅, 리종렬 등과 함께 핵심적인 역할을 담당하면서『고난의 행군』(1976), 『두만강지구』(1980), 『대지는 푸르다』(1981), 『봄우뢰』(1985) 등 참여 작가 중 가장 많은 편수의 작품을 집필하였다.

1930년의 시기를 다룬『대지는 푸르다』에서는 종파분자들의 좌경

---

7) 신형기·오성호, 『북한 문학사』, 평민사, 2000, 298쪽.
8) 신형기·오성호, 『북한 문학사』, 평민사, 2000, 274쪽.

모험주의가 일제 '특무'의 공작에 놀아나고, 결국 무모한 폭동으로 파괴된 혁명조직을 김일성이 정력적으로 복구하는 과정과 '오가자'의 한 농촌 마을을 인민의 혁명무장투쟁의 근거지로 마련하는 과정을 그리고 있다. 또한 이 작품에서는 김일성이 손수 지었다는『꽃파는 처녀』의 공연을 통해 인민들의 정서적 일체화를 이룩하는 장면과 혁명동지들이 '위대한 민족의 태양'이 되어 달라는 뜻으로 그를 '김성주'에서 '김일성'으로 부르기로 결정하는 장면 등이 대미를 장식한다.

이어 1931년 말부터 1931년 초까지를 다룬『봄우뢰』에서는 김일성이 인민들의 광범한 추앙을 받는 영도자로 떠오르는데, 인민을 묶어 세우는 것만이 만주 침략을 시작한 일제와 맞서는 길임을 거듭 천명하며 돈독한 애정과 절대적인 믿음으로 결합된 동지들과 더불어 효과적인 무장투쟁의 기반을 다져 나간다. 이 과정에서 일제에 생포되어 모진 고문을 받는 김혁이 혁명조직을 지키기 위해 난로를 껴안고 죽음을 선택하는 숭고한 희생정신을 부각하기도 한다.

또한 김일성은 무장투쟁의 인민적 기반을 마련하기 위해 스스로 '부강촌'의 머슴으로 들어가 온몸과 정성으로 인민들을 감화시킨다. 철없는 아이들과 분수 모르는 여편네들의 시중까지 들어 주는 그는 '누더기를 쓴 성자'로 묘사되며, 바로 이 시간에 간도의 곳곳에서 유격대가 결성된다. 일제의 탄압은 더욱 거세지고 시련을 통해 투쟁의 의지도 단련된다. 때맞춰 김일성은 반공주의자인 군벌을 '햇볕과 같은 진심'으로 우리 편에 귀속시킨다. 마침내 1932년 4월 조선인민혁명군이 창건된다.

한편『고난의 행군』에서는 1938년 11월 남패자회의로부터 1939년 4월 북대정자회의에 이르는 시기를 배경으로 하여 일제의 발악적인 토벌공세와 그 총검의 숲을 뚫고 적들을 격파하면서 북부 국경 일대로 재진출하는 100여 일에 걸친 고난의 행군길이 그려지고 있다. 이 소설

에서는 살인적인 추위와 굶주림, 쉴새없는 적의 공격 등 험난한 악조
건을 김일성의 탁월한 영도와 천재적인 유격전술로 헤쳐 나가 승리를
이루는 과정이 극적으로 묘사되고 있으며, 적에게 포위된 긴박한 상황
에서도 대원들의 무기를 몸소 메고 부축하는 등 대원들을 육친처럼 사
랑하는 김일성의 인간미와 김정숙이 가져 온 『신동아』 등 책을 읽으며
민족개량주의 필진들에 대한 비판토론을 벌이는 등 육체적으로 뿐만
아니라 정신적으로도 강하게 무장된 김일성의 면모를 부각하고 있다.

　1939년 5월부터 1940년 백두산 동북부에서의 대부대선회작전 시기
까지를 다루고 있는 『두만강지구』에서는 유격대가 소멸되었다는 소문
을 퍼뜨리는 토벌대를 대상으로 국경을 넘어 무산지역까지 진출해 불
의의 타격을 가하고 두만강 일대를 중심으로 계속 지하조직을 확대하
는 과정을 그리고 있다.

　김일성이 이끄는 유격대는 백전백승이다. 일제로부터 온갖 착취와
수모를 당한 인민들은 유격대의 승리에 크게 고무된다. 자신들의 눈
앞에서 토벌대가 섬멸되는 모습을 지켜본 인민들은 '장군님'을 서로
모시고자 경쟁을 벌인다. 김일성이 이끄는 유격대는 포로를 잡으면 여
비를 주어 돌려 보낼 정도로 여유롭다. 일제는 수십만의 병력으로 땅
에 떨어진 위신을 만회하려 하지만 결과는 무덤을 파는 일일 뿐이다.
이 모든 작전의 구상은 오로지 김일성 혼자서 하게 되며 명령을 내릴
때까지 아무도 모른다. 대원들은 누구도 그에게 작전을 묻지 않고 오
로지 따르기만 하는 절대적인 신뢰와 복종을 보인다.

　이상에서 살펴본 석윤기가 집필한 일련의 총서 작품들은 앞서 살펴
본 작품들과 그 중심 주제면에서 크게 다르지 않다. 작품의 규모와 스
토리만 차이가 날 뿐 한결같이 김일성의 위대성을 찬양하는 주제들로
되어 있기 때문이다. 굳이 하나의 뚜렷한 차이점을 들자면 총서 이전
작품들과 총서 작품의 주인공이 김일성이냐 아니냐일 뿐이다.

그러나 항일무장투쟁의 전통을 교양하고 혁명적 영웅의 길을 따르도록 함으로써 전 인민을 주체사상으로 무장시키기 위한 것이 북한문학 제1의 목표라는 점을 염두에 두고 볼 때, 그리고 위에서 살펴본 석윤기 작품들의 주제가 필연적으로 김일성의 업적과 영향으로 모아지고 있음을 잊지 않을 때, 결국 그의 위 모든 작품의 실체적 주인공은 이름만 바꾸어 반복해서 등장하는 김일성에 다름 아님을 알게 된다.

4. 김일성 분신으로서의 영웅들

이제까지 북한 문학사의 주요 시기에서 주목받는 석윤기의 대표작들을 검토해 보았다. 그의 초기 대표작이라 할 수 있는 『전사들』과 『시대의 탄생』(제1부)은 6·25 전쟁을 부분 또는 전면적으로 다룬 소설인데, 두 작품 모두 김일성을 유일·절대의 혁명적 영웅 모델로 삼아 그를 닮은 제삼의 영웅을 그리고 있다. 『전사들』의 주인공 박대우가 표면적으로는 김일성의 직접 영향에서 비교적 거리를 두고 있어 보이지만 이 소설의 주제인 '불굴의 투쟁과 승리를 담보하는 올바른 혁명의 위대성'은 연대장 강표의 진술을 통해 김일성으로부터 교육받은 것으로 강조되고 있음을 감안할 때 박대우의 영웅적 형상은 김일성의 분신에 다름 아니다.

『시대의 탄생』(제1부)은 수많은 인물들의 항일투쟁 역정과 6·25 전쟁에서의 주인공 세철의 의지에 찬 투쟁 모습을 역동적으로 그리고 있으나 역시 이들의 영웅적인 활동 배후에는 항상 김일성의 현명한 영도가 작용하고 있다. 『무성하는 해바라기』에 이르면 김일성의 영향이 더욱 구체적이고 직접적으로 드러난다. 주인공 진규의 숱한 시행착오는 수령의 현명한 영도를 받지 못한 때문이라는 전제 아래 김일성의 영도를 받지 못하는 시기와 받는 시기의 활동상이 뚜렷이 대비되고 있다. 앞의 두 작품에서는 김일성이 직접 등장하지 않고 주인공을 원격조종 하는 식이라면 이 소설에서는 주인공이 김일성을 직접 만나고 김일성 이 등장하여 혁명투쟁을 이끄는 모습이 그려진다. 그리고 『고난의 행 군』, 『두만강지구』, 『대지는 푸르다』, 『봄우뢰』 등 『불멸의 력사』 총서 작품에서는 자연스럽게 항일혁명 투쟁과 주체사상을 직접 김일성 중 심으로 형상화하게 된다.

이상에서 살펴본 내용을 종합해 볼 때 석윤기의 소설은 '주체형의 혁명적 영웅의 형상 창조'로 일관되고 있으며 그 모델은 김일성이다. 특히 1970년대 이후 주체문학 형성의 주요 역할을 담당하게 되는 것도 그의 이러한 일관된 창작태도가 바탕이 된 것으로 보인다.

그가 1980년 2월 『로동신문』에 기고한 글에서 "당과 수령께 끝없이 충직한 주체형의 인간 전형을 창조하며 정치적으로 의의 있고 철학적 으로 심오한 종자를 찾아내기 위해 고심하는 우리 작가들에게 있어 숨 은 영웅들과 같은 공산주의적 혁명가들의 성격을 감동적으로 그려내 며 새로운 무수한 숨은 영웅들을 길러내는 것이야말로 영예로운 본분 으로 된다"고 강조하고, "남이 알아주건 말건 묵묵히 혁명을 위하여 자 신의 모든 것을 다 바쳐 나가는 새형의 인간 전형을 장편소설에서 진 실하게 그려내어 수많은 숨은 영웅들을 키워내는 데 이바지하겠다"(석 윤기, 「주체형의 인간 전형」, 『로동신문』, 1980년 2월 29일자 3면)는 각오를 통해서도 그의 이러한 입장은 확인되고 있다. 이는 비단 석윤기에 한 정된 것이 아니라 북한 문단에서 활동하는 모든 작가들의 입장일 것이 다.

참고문헌

김재용, 『북한문학의 역사적 이해』, 문학과지성사, 1994.

김종회 편, 『북한문학의 이해』, 청동거울, 1999.

돌베게 편집부, 『북한 조선노동당대회 주요 문헌집』, 돌베게, 1988.

로동신문, 1980년 1~2월 영인본.

『문학예술사전』, 평양: 사회과학출판사, 1972.

박종원·류만, 『조선문학개관 2』, 인동, 1998.

신형기, 『북한 소설의 이해』, 실천문학사, 1996.

신형기·오성호, 『북한문학사』, 평민사, 2000.

이명재 편, 『북한문학사전』, 국학자료원, 1995.

역사적 사실과 문학적 진실의 경계
―홍석중의 『높새바람』을 중심으로

백지연

1. 벽초 홍명희의 『임꺽정』과 홍석중의 작품 세계

홍석중은 북한에서 벽초 홍명희의 친손자로 잘 알려져 있는 작가다. 홍명희의 장남인 홍기문의 아들로 태어난 홍석중은 어릴 때부터 조부인 홍명희의 영향을 많이 받아 책읽기를 즐겨하였다. 소설가 홍석중에 대한 개인적 자료는 홍명희의 생애에 대한 연구를 통해 간접적으로 추정할 수 있으며 북한을 방문한 사람들의 후일담을 통해서 알려지기도 했다. 홍명희의 생애를 다룬 강영주[1]의 연구를 참조하면 홍석중이 태어난 해인 1940년에 아버지 홍기문과 식구들은 조부인 홍명희의 집에서 멀지 않은 경기도 양주군 노해면 방학동에서 살고 있는 것으로 기록되어 있다. 소설가 황석영의 북한 방문기에도 단편적으로나마 홍석중의 이야기가 언급된다.[2] 홍명희와 그의 일가족은 해방 후 월북을 권

---

1) 강영주, 『벽초 홍명희 연구』, 창작과비평사, 1999, 353쪽.
2) 황석영, 『사람이 살고 있었네』, 시와사회사, 1993.

유받고 서울을 떠나 평양에 정착하였다. 김일성은 사상가이며 문학적 거성인 홍명희를 평생 극진히 대우하였으며 그의 일가도 북한에서 고위직을 맡아 명문 가계로 인정을 받았다. 북한에서 홍석중이 갖는 작가적 위치가 이러한 가문의 힘에 어느 정도 힘입고 있는 것은 당연한 것인지도 모른다.

소설가 홍석중을 이야기할 때 그의 가계를 새삼 언급하게 되는 것은 그의 문중 사람들이 한국의 근현대사와 긴밀하게 맞물려 있는 상징적인 인물들이기 때문이다. 판서를 지낸 홍우길, 참판을 지낸 조부 홍승목, 군수로서 경술국치 당시 순국한 홍범식, 소설가이자 민족 지도자로 한국 근대사의 전개에 영향을 끼친 홍명희, 식민지 시기 사회운동가요 국어학자였으며 월북 후 사회과학원 원장을 지낸 홍기문 등을 아우르는 홍명희 일가의 역사 자체는 한국 근현대 지성사의 변천을 집약적으로 보여주는 하나의 축도로 평가된다.[3]

어릴 때부터 조부에게서 영향받아 소설가의 욕망을 가지고 있었으면서도 홍석중의 실제 작품활동은 뒤늦게 시작되었다. 40대에 이르러서야 『높새바람』(1983)이라는 작품으로 독자와 만난 그는 출발점에서부터 조부인 홍명희의 작품과 자신의 작품이 깊은 친연성을 갖고 있음을 드러낸다. 『높새바람』은 한동안 북한에서 홍명희의 숨겨진 유작이라는 소문이 떠돌 정도로 『임꺽정』과 유사한 면모를 보여준다. 유작 소문을 들은 홍석중이 마음을 상하자 아버지인 홍기문이 "어쨌든 네 작품이 할아버지가 쓰신 것으로 소문이 돌 만큼 세상에 인정이 되었다면 너로서도 기뻐해야 할 일이 아니냐?"라고 반색하였다고 한다. 실제 홍석중은 "내가 뒤늦게 문단에 첫발을 내딛으면서 력사소설을 쓰려고 생각한 것부터가 『림꺽정』을 떼어놓고 생각할 수 없는 일이며 내가 처녀작의

---

3) 강영주, 앞의 책, 12쪽.

소재를 『림꺽정』의 시대적 배경과 대단히 가까운 시기로 선택한 것도 우연한 일이 아니다. 나는 내 소설에서 벽초식의 조선적인 맛과 향기와 흥미를 이어 보려고 했고 풍부한 어휘와 성격적인 대사 묘사를 배우려고 했었다"라고 고백한다.[4] 홍명희의 『임꺽정』은 어린 손자였던 홍석중에게도 매우 인상 깊은 작품이었으며, 이후 조부의 작품을 넘어서 보고 싶다는 욕심을 품게 한 것이다. 이후 홍석중이 『임꺽정』의 축소판인 『청석골 대장 림꺽정』을 출간하게 된 것도 같은 맥락에서다.

홍석중은 조부인 홍명희를 회고한 글을 통해 자신의 유년 시절을 다음과 같이 이야기한다. "우리 집 가풍이 워낙 그렇다 보니 나는 형님들한테 졸경을 치러 가며 일찍 글을 깨쳤고, 글을 깨치자마자 곧 무서운 책벌레가 되어 버렸는데, 그 정도가 어찌나 지나쳤던지 온 집안의 미움받이 노릇을 하게 되었다. 서울 돈암정에 살고 있을 때는 아무도 모르게 다락에 올라가서 책을 보다가 그대로 잠이 드는 바람에 아이를 잃어버렸다고 온 집안이 밤새 거리로 뛰어다니는 소동을 빚어냈는가 하면, 전쟁이 끝난 직후 언젠가는 소설책에 미쳐 공부를 하지 않는다고 아버지가 화를 내시는 바람에 어쩔 수 없이 골방에 쌓아 두었던 백여 권의 책을 함실 아궁이 앞에 끌어내다 놓고 밤새 그 책들을 뜯어 불을 때야 했던 일도 있었다."[5]

어린 홍석중은 학교에서 쉬는 시간에도 『임꺽정』을 붙잡고 있을 정도로 조부의 소설에 심취해 있었다. 홍명희는 손자 앞에서는 자신의 작품인 『임꺽정』을 '잘난 이야기책' 정도로 이야기할 뿐 자신의 작품을 '소설'로 공인하지 않았다. 어린 시절 『임꺽정』을 통해 감동과 희열을 맛보았던 홍석중은 한편으로 '주인공의 성격에 대한 의혹과 불만'

---

4) 홍석중, 「벽초의 소설 『림꺽정』과 함축본 『청석골 대장 림꺽정』에 대하여」, 『노둣돌』, 1993. 봄, 329~333쪽 참조.
5) 홍석중, 앞의 책, 329쪽.

도 가졌다. 그것이 홍석중으로 하여금 훗날 『청석골 대장 림꺽정』을 쓰게 만들었던 것이다.[6]

홍석중에 대한 정확한 자료가 많지 않은 상황에서 그의 작품 세계를 언급하기란 녹록치 않다. 현재 구해 볼 수 있는 자료로는 『높새바람』과 『청석골 대장 림꺽정』인데 후자가 어린이를 독자로 생각하고 쓴 창작물이라는 점을 감안하다면 본격적인 작품으로 고찰해 볼 수 있는 것은 『높새바람』이다. 『높새바람』은 홍석중의 작품 세계를 보여주는 중요한 작품인 동시에 1980년대에 창작된 북한 소설이라는 점에서 최근의 북한 소설의 경향을 가늠할 수 있는 중요한 징표로서 가치를 지니는 작품이라고 할 수 있다.

2. 1980년대의 북한 소설

북한문학의 성격이 1967년을 기준으로 이전과 이후 시기가 확연히 구분된다는 것은 많은 연구자들에 의해 밝혀진바 있다. 1967년 이전의 북한문학이 일제 강점기와 해방기의 특성을 공유한 연속성을 지닌다면 그 이후의 작품들은 주체사상의 문학적 수렴을 목표로 한다는 차이점을 지닌다. 항일혁명문학의 전통을 내세우는 주체문예는 상당수의

---

6) 홍석중은 『청석골 대장 림꺽정』에 대해 다음과 같이 설명하고 있다. "『림꺽정』의 미완성 부분인 림꺽정 농민 무장대의 청석골과 구월산 싸움 장면까지를 더 보충하였으며, 이 부분에서 림꺽정을 비롯한 주인공들의 최후와 농민 무장대가 싸움에서 실패한 이야기를 담음으로써 작품을 내용상 완결시켰다. 실제로 벽초의 원래 구상을 따르면 림꺽정이가 죽은 다음에도 백손이와 황천왕동이의 운명선을 좇아 소설이 더 앞으로 나가야 했다(원작에 나오는 관상쟁이 마씨의 말을 상기해 보라). 그러나 나는 벽초의 구상대로 백손이와 황천왕동이가 살아남는 것으로는 만들었으되 그 이후 그들의 운명에 대한 이야기는 작품권 안에서 잘라 버리고 말았다. 왜냐면 주인공의 죽음으로 이야기는 이미 끝나 버리는 것이며 그 다음에 이어질 이야기는 군더더기로서 오히려 작품이 여운을 남기는 데 방해가 되리라 생각하였기 때문이었다. […중략…] 나는 지금도 내가 어린 시절 『림꺽정』을 읽으며 느끼지 않을 수 없었던 주인공의 성격에 대한 의혹과 불만을 잊을 수가 없다. 나는 림꺽정이가 깨끗하고 정의로운 영웅으로서 어린 독자들의 사랑을 받는 주인공이 되기를 원했다. 그래서 의도적으로 성격을 리상화시켰다.", 위의 책, 336~337쪽.

작가로 하여금 목표와 주제를 선명히 하는 창작방법론을 독려하였다. 이러한 창작원리가 일부 작가들에게는 강박으로 작용하여 인물과 구성의 도식화, 주제의 천편일률성이라는 문제점을 낳은 것도 사실이다.

1980년대에 접어들자 북한의 소설계에서는 주체사상 구현이라는 획일적인 도식을 일상적인 공간으로 끌어들이려는 시도를 보이기 시작했다. 새로운 인간을 창조하고 현실의 구체성을 확보하라는 당의 문예적 요구는 '사회주의 현실주제의 문학'으로 명명되어 '역사주제의 문학'과 변별되었다. 일상적 공간과 역사적 공간의 구분은 단편소설과 장편소설의 장르를 구분하려는 움직임과도 연결된다. 현실성을 띤 주제를 선택한 작가는 단편소설 양식을 선호하였고 역사주제를 선택한 작가는 장편소설에 관심을 기울였다.

소재의 변화뿐만 아니라 인물군상의 변화도 1980년대 북한 소설의 중요한 양상이다. 특히 '숨은 영웅'의 형상화는 이 시기 소설을 지배했던 주요 원리였다. 일상공간을 소재로 하는 만큼 비범한 인물보다는 일반인이 친근감을 느낄 수 있는 인물들을 주인공으로 내세우되 그들의 사상변화 과정을 세밀하게 포착함으로써 리얼리티를 확보하고 감동을 배가한다는 점이 이 시기 문학의 요구사항이었다.

최근 북한 소설에서의 인물은 "과거의 영웅적 인물이 아니라 일상생활 속에서 충분히 가능하고 존재하는 숨은 영웅이라는 점에서 이전 시기의 인물과 다르다. 이러한 인물은 막연한 지향이 아니라 현재 북한의 현실에서 추출해낸 인물의 모습"[7]으로 형상화된다. 예컨대 고병삼의 『대지의 아침』(1983)이나 최상순의 「나의 교단」(1982), 김봉철의 「나의 동무들」(1982)은 '숨은 영웅'의 한 예를 잘 드러내 준다. 김재용은 이러한 현상을 "주인공의 성격 변화가 80년대 북한의 현실 주제 소

---

7) 김한식, 「북한 소설에서 현실모순의 형상화 문제」, 최동호 편 『남북한현대문학사』, 나남, 1995, 484쪽.

설에서 예외 없이 드러나고 있는 것은 단순한 우연의 일치가 아니고 어디까지나 당의 문예정책에 크게 기대고 있음을 간과해서는 안 된다. 80년대의 북한 문예정책의 기본을 담고 있는 예의 편지에서 드러나고 있는 것처럼 이 시기에 들어서는 '숨은 영웅을 발굴하고 그들을 따라 배우자'는 운동이 일어나고 이것에 맞추어 소설에서도 과거와는 달리 숨은 영웅을 그리게 된 것이다"라고 해석한다.[8] 이러한 지적은 '숨은 영웅'을 형상화한다는 대전제가 주체적이고 긍정적인 이념형의 인간을 암암리에 상정하고 있음을 뜻하는 것이다.

긍정적이고 주체적인 '숨은 영웅'의 형상화와 더불어 역사 소재를 다룬 소설에서 핵심적인 소재로 부각되는 것은 '항일혁명투쟁'에 얽힌 이야기들이다. 1959년 이후 북한에서는 항일혁명문학 자료를 대대적으로 발굴하고 출판함으로써 혁명적 문예 전통을 공고히 하였다. 1961년 조선문학예술총동맹의 규약에서는 "우리 나라의 유구한 역사를 통하여 발전한 진보적인 민족문화 유산과 조선프롤레타리아문학예술동맹의 문학예술전통, 특히 1930년대 항일무장투쟁 시기의 혁명적 문학예술 전통을 발전시킨다"라고 선언하고 있는데 실제 많은 작품들이 이러한 창작지도에 힘입어 『피바다』를 비롯한 영화, 가극 형식으로 발전되기까지 하였다.

소설가 홍석중 역시 이러한 문학적 흐름을 직접적으로나 간접적으로 의식하고 창작에 반영한 것으로 짐작된다. 그의 『높새바람』은 시대, 인물, 구성의 역사적 특징을 통해 북한 소설의 한 경향을 반영한다. 지도력이 강하고 영웅적인 흡입력을 지닌 인물이 아니라 갈등하고 고뇌하는, 그러면서도 긍정적 주체성을 잃지 않는 '숨은 영웅'에 대한 형상화는 『높새바람』의 주제와 암암리에 연결된다. 흥미로운 지점은 '숨은

---

8) 김재용, 『북한문학의 역사적 이해』, 문학과지성사, 1994, 262~263쪽.

영웅'에 대한 홍석중의 형상화가 단순히 긍정적이고 주체적인 인물상을 부각하는 것으로만 치우치지 않았다는 점이다. 『높새바람』이 다루는 중종반정, 삼포왜란 등은 민초인 '놉쇠'와 양반계급인 '이우증'을 내세워 관찰되고 새롭게 해석된 역사다. 등장인물들은 역사적 흐름 속에서 자신의 계급적 정체성을 고민하고 갈등하는 인물들로서 리얼리티를 확보하고 있다. 그 점이야말로 『높새바람』을 북한 소설의 테두리에 고정시키지 않고 읽게 하는 힘이 된다.

3. 역사적 사실과 문학적 진실의 경계

『높새바람』[9]의 줄거리를 간추리면 다음과 같다. 몰락한 양반의 자식인 이우증은 중종반정을 도모하는 정치세력에 합류하여 움직이다가 우연히 천민 놉쇠를 알게 된다. 알고 보니 놉쇠와 이우증은 부모를 왜적에게 빼앗긴 공통적인 아픔을 안고 있다. 놉쇠에게는 순정한 사랑을 나누던 희영녀란 인물이 있었지만 그녀 역시 뇌영원에 끌려가고 놉쇠와 이우증은 폭군 연산군의 섭정을 뒤엎자는 대의를 함께 한다. 그러나 중종반정이 이루어지고도 관료세력과 왜인의 결탁은 은밀하게 진행된다. 특히 놉쇠와 이우증의 고향인 김해에는 거부인 주룡갑이 왜인에게 빌붙어 부를 축적하며 원성을 산다. 놉쇠는 정부의 관료들마저 왜인들과 밀통하여 부를 축적하는 현실을 강하게 비판하며 화적마을과 민중적 연대를 도모한다. 심정적으로는 양반의 집단에서 쉽게 물러날 수 없었던 이우증 역시 삼포왜란이 일어나자 장렬히 전사하면서 자신의 정체성을 깨닫는다. 고향인 밤내말을 지키려고 저항하던 놉쇠는

---

9) 『높새바람』의 텍스트는 1993년 연구사에서 총 4권으로 출간된 판본을 참조하였다.

희영녀와 함께 자신의 몸을 불살라 왜란 진압에 기여한다.

임규찬[10]은 『높새바람』의 해설을 통해 이 소설이 가진 자유로운 상상력과 민중적 생명력을 적극적으로 평가한다. 그의 의견에 따르면 이 소설은 "이조 중기 부패한 권력과 악랄한 왜적에 맞서 자기 한 몸을 불지른 놉쇠란 민중적 영웅을 위한 진혼제이자 민중적 역사의 복원"이라 평가할 수 있다. 그의 해석에 따르면 주인공인 놉쇠는 "민중의 한을 가슴에 안고 당대 현실을 향해 울부짖으며 자기 몸을 던지는 불화살 같은 삶을 통해 우리 민족사의 뿌리를 보여주"는 긍정적인 인물이다.

이와 달리 『높새바람』의 주제를 가장 적극적으로 재현한 인물 '놉쇠'에 대한 평가는 신형기와 오성호[11]에 의해 비판적으로 검토된다. 이들은 『높새바람』의 '놉쇠'나 '이우증'이 "설 곳이 없는 인물들" 즉 완전한 애국자이거나 혁명적인 인민도 아닌 그 틈바구니에 끼어 갈등하는 특성을 지니고 있다고 분석한다. 이러한 인물들이 자기 각성을 얻는 과정은 목적론적 역사 서술의 한 조건이라는 점에서 개연성을 지니지만 이 때문에 『높새바람』 역시 불안정한 역사소설이 되었다는 것이 이들 비판의 요지다. 즉 『높새바람』은 북한문학의 한 목적론적 특성을 구현하고 있는 작품임에 따라 역사적 진실의 구현이나 감동에서는 다소 미흡한 점이 있다는 것이다.

『높새바람』의 완성도를 따지는 가장 핵심적인 기준은 그것이 역사소설의 특성과 덕목을 어느 정도로 구현하고 있느냐에 관한 것이다. 일반적인 장르로서의 역사소설적 특징을 생각한다면 이 소설은 공적인 역사나 기록적인 사실성, 야사적 사실성을 따지는 역사소설들과 거리를 두고 있다. 『높새바람』이 추구하는 역사성은 "역사적인 사실에의 충실도와 함께 사적인 역사 및 허구적인 측면으로서의 가장적이고 창

---

10) 임규찬, 「민족사의 한가운데에서 솟구치는 '놉쇠'의 바람」, 『높새바람』 해설, 연구사, 1993.
11) 신형기·오성호, 『북한 문학사』, 평민사, 2000.

안적인 독립, 일탈적 요소가 적지 않게 융합된 합성형 역사소설"[12]에 가깝다. 소설이라는 장르의 허구적 상상력을 한껏 끌어들이고자 한 작가의 의도는 이 소설에서 '놉쇠'라는 인물을 새롭게 탄생시킨 것이다.

상상력의 영역이라는 측면에서 『높새바람』은 놉쇠와 희영녀의 애절한 사랑, 이우중의 번민 과정이라는 드라마적 갈등요소를 한껏 부각시키고 있다. 이 점은 여타의 북한 소설과 차별화되는 지점이기도 하다. 작가는 직접적으로 소설 속에서 자신의 창작관을 다음과 같이 밝히고 있다.

> 기록이나 사료가 곧 역사는 아니다. 진정한 역사는 민중들의 마음 속에 깃들어 대를 거쳐 마음으로 전해지는 것이니 우리의 주인공 놉쇠에 대하여 전해지는 노래와 전설과 이야기들이야말로 당시의 역사적 진실을 그대로 보여주는 산 자료들이요, 우리 민중들이 마음속에 간직하여 잊지 않고 있는 교훈을 여실히 증명하여 주는 것이다. 음력 사월초, 삼포왜란이 일어났던 그 계절이 돌아오면 매해 어김없이 바다에서 거센 북동풍이 터지곤 한다. 삼포 연안의 배꾼들은 그 바람을 가리켜 높새바람, 또는 녹새바람이라고 부르는데 바로 그 바람이 삼포왜란 당시에 희생된 밤내말의 배꾼 놉쇠가 죽은 원혼이요, 처음에는 놉쇠바람으로 불리우던 것이 차차 와전되어 발음이 변화된 것들이라고 전하고 있다.[13]

『높새바람』이 북한 소설의 도식성으로 비판되는 일정한 이념성을 띠고 있는 것은 사실이다. 1967년 이후 북한 소설의 당대 과제로 제시되었던 '항일혁명투쟁'의 이념은 작가가 '삼포왜란'의 민중적 항거에 대한 창작적 해석을 할 수 있는 지반을 제공했다고 볼 수 있다. 폭군인

---

12) 이재선, 『현대 한국소설사』, 민음사, 1991, 327쪽.
13) 홍석중, 『높새바람』 맺음말, 4권, 318~319쪽.

연산군에게 맞서는 화적들과 민중들, 그리고 연이어 터지는 왜적과의 싸움이야말로 '숨은 영웅'을 등장하게 할 수 있는 혁명적 서사의 배경이 된다. 그럼에도 불구하고 작가의 고백에서 엿볼 수 있는 것처럼 배꾼 '놉쇠'에 대한 구전적 이야기들은 역사를 넘어 허구적 상상력의 차원에서 재가공된 것이라 볼 수 있다. 그러한 의미에서 작가 자신이 단순한 도식이나 목적론적 이념에 의해서만 이 소설을 창작했다고 판단하기는 어렵다. 『놉새바람』이 내세우는 민중적 주인공들은 역사소설의 총체성을 구현하기에는 미완적인 인물들일 수 있으나 북한 소설의 전형적 도식을 무비판적으로 담아낸 인물들은 아니다. 주인공들의 생생한 내면묘사를 동반한 데서 오는 문학적인 흡입력이야말로 『놉새바람』을 여타 북한 소설의 형식적 진부성을 극복하게 하는 동인이 된 것이다.

4. 갈등하는 인물들

『놉새바람』의 인물들은 크게 실존인물과 허구적 인물로 나누어 살필 수 있다. 이우증과 류순정, 김세균, 삼포왜란을 일으킨 왜인들이 실존인물군에 해당한다면 놉쇠와 희영녀, 표 서방, 날치꾼, 개불이 등은 역사적 개연성에 허구를 가미한 인물군에 해당한다고 볼 수 있다. 여기서 특히 이우증과 놉쇠는 역사와 구전실화 속에 각기 등장하는 인물이지만 소설을 통해 완전히 새롭게 해석되므로 허구적 성격을 강하게 띤 인물들이라 할 수 있다. 이우증이 가막개 첨사로 부임하여 삼포왜란의 실질적 진압에 기여했다는 소설적 설정은 역사적 사료와 정면으로 대치된다. 더불어 삼포왜란의 결정적 승리가 되었던 것이 밤내말 사람들의 헌신적인 희생과 놉쇠라는 허구적 인물의 활약에서 기인했다는 것

역시 독특한 역사 해석이다.

소설 속에서 인물들간의 본격적인 갈등을 일으키는 구도는 지배계급과 피지배계급으로 나누어진다. 이우증, 놉쇠, 희영녀, 날치꾼, 개불이는 민중적 건강성을 지닌 선한 인물들이며 자신의 이득만을 챙기는 류순정, 김세균, 주룡갑, 왜구들은 전형적인 지배계층의 폭압성을 드러내는 사악한 인물들로 묘사된다. 지배계급 대 피지배계급의 구도를 악과 선으로 대치하는 설정은 도식적이라고도 볼 수 있다. 이러한 이분적 구도를 완화시켜 주는 인물이 바로 실존적 성격과 허구적 성격을 겸비한 이우증과 놉쇠다.

이우증은 몰락한 양반이지만 본질적인 측면에서 천민인 놉쇠와 같은 신분적 소외감과 박탈감을 맛보는 인물이다. 아버지 이 생원은 삼포에 사는 왜놈들을 쫓아내자고 임금께 글을 올렸다가 가덕섬에 끌려가 귀양살이를 하다가 왜놈의 칼에 맞아 불우한 일생을 마친다. 어린 아들과 두 조카아이가 굶어 죽고 역병으로 아내와 어머니, 형수가 죽으면서 서울에 올라온 이우증은 전이조판서인 류순정을 통해 반정계획에 참여할 것을 권고받는다.

이우증이 보평역말에서 우연히 만난 놉쇠는 왜인의 앞잡이인 장안이와 왜인 사부로를 죽인 죄로 쫓기고 있었다. 그는 이 생원과 함께 희생된 밤내말 김 서방의 아들이다. 아이러니컬하게도 왜인과 내통한 주룡갑의 하인인 표 서방이 부모를 잃은 놉쇠를 키운다. 파도에 휩쓸려 갈 때 놉쇠의 도움을 받으면서 이우증은 운명적인 연대감을 느낀다.

무엇보다도 강한 힘으로 우증이를 격동시킨 것은 왜놈으로 해서 빚어진 자기들 두 사람의 공통된 불행과 엇비슷한 운명이었다. 왜놈에게 죽은 아버지, 왜놈에게 죽은 김서방, 아버지와 김서방의 유다른 관계와 한날한시의 비참한 죽음.

비록 그들 사이에는 양반과 상놈이라는 하늘과 땅같은 엄청난 간격이 놓여 있었으나 그러한 공통성만으로도 손을 내밀어 잡기에 충분한 거리만큼 공간이 좁아진 듯싶었다.[14]

이우증과 놉쇠가 맺는 민중적 연대감은 핍박받는 민중의 궐기라는 소설적 테마를 더욱 공고히 한다. 부패한 정권과 왜곡된 지배계층에 의해 가족사적 아픔을 겪는다는 점에서 이들은 동일한 내적 갈등을 겪는다. 이우증이 부패한 정권에 반감을 표시하며 중종반정 도모에 참여할 수 있었던 것은 몰락한 양반이라는 자신의 신분이 불러일으킨 소외감과 박탈감이 중요한 역할을 하였다. 이우증은 이로 인하여 놉쇠에게 친밀감을 표현하고 그를 반정의 계획에 끌어들인다. 그는 놉쇠를 매개로 하여 계급의 차이를 초월한 인간적 동료애를 맛보고 흐뭇해 한다. "진정이 담긴 관심을 가지고 아랫사람의 말에 귀를 기울이"(1권, 267쪽)는 이우증의 변모는 놉쇠와의 연대감으로 인해 가능해진다.

왜인에게 가족을 빼앗기고 살인범으로 몰려 도주하던 놉쇠 역시 이우증의 양반답지 않은 겸손하고 소탈한 풍모에 이끌려 그의 말에 귀기울이게 된다. 그는 이우증의 설득을 통해 자신의 개인사적 아픔에서 벗어나 대의명분에 눈길을 돌린다. "너나없이 왜놈 때문에 불행과 고통을 겪어야 하는 사람들, 왜놈에게 부모를 잃고 아내를 잃고 남편을 잃고 자식을 잃은 참혹한 운명의 비극들, 오로지 왜놈 때문에 흘려야 했고 흘리고 있고 또 앞으로도 흘려야 할 가깝고 친근한 사람들의 피와 눈물……, 그것이 바로 자신과 이들 모두의 운명을 하나의 축으로 관통하고 있다는 것을 새삼스럽게 깨달은 놉쇠는 깜짝 놀랐다. 지금껏 자기에게 실린 무거운 마음의 짐 속에 눌리어 허덕이며 부모의 원수를

---

14) 『높새바람』 1권, 131쪽.

갚아야 할 자신의 의무 이외에는 더 다른 것을 생각할 수 없었던 그가 비로소 주위를 둘러본 것이었다"(1권, 249쪽)에서 볼 수 있듯이 놉쇠가 처음으로 신분의 차이를 넘어선 자기 각성을 일으키게 된 것은 이우증과의 만남에서 비롯된다.

이우증과 놉쇠의 관계는 이처럼 공고한 연대감으로 시작되지만 소설이 진행되면서 이들의 관계는 내면적 갈등과 더불어 많은 변화를 일으킨다. 이들의 갈등을 불러일으키는 원인 중의 하나가 바로 개불이와 날치꾼으로 대변되는 천민계층의 적극적인 반정 의지다. 지배계급의 권력을 빼앗기지 않으려는 양반들은 화적이나 백정이 반정세력에 포함되는 것을 거부하며 이로 인해 놉쇠와 이우증은 자신들이 참여하는 반정의 정당성을 조금씩 회의하게 된다. 이우증도 화적들의 반정의지를 거부하는 고위관료들을 이상하게 생각하며 놉쇠는 "반정이든 쥐뿔이든 양반놈들하구 짝짜꿍이를 노는 건 부림소 노릇을 하는 거나 다름이 없다는 거야. 실컷 부려먹구는 생일날 잡아먹는다던가?"(2권, 44쪽)라고 비아냥대는 동료들의 말에 공감하게 된다.

작가는 이우증과 놉쇠의 심경적 변화를 주목하면서 이들이 자신의 계급적 성분으로부터 완벽히 자유로울 수 없음을 주목한다. 이우증이 "복잡한 생각과 타산을 가진 양반"이라면 놉쇠는 "바른 세상을 만든다는 것 이외에 그 어떤 다른 것도 생각하지 못하는 올곧고 단순한 '상놈'"(2권, 101쪽)인 것이다. 결국 놉쇠는 왜인의 밀서를 발견하면서 폭리를 취하는 관료들의 음모를 알아채게 된다. 반정 직전에 새로운 깨달음을 얻는 놉쇠의 자기 변모는 소설의 매우 중요한 전환점이 된다.

반 년 전 옥 안에서 어린 대추나무를 바라보며 갱생의 새로운 계시를 받을 때처럼 놉쇠의 머리 속에는 또다시 크고 중대한 그 무엇이 섬광처럼 번쩍이고 있었다. 하지만 그것은 새로운 계시가 아니라 왜놈들의 칼끝과 마주서 있는 고향 사람들의 이지러진 얼굴들이었으며 그들의 목에서 터져나오는 울부짖음의 괴로운 재생이었다.[15]

반정에 성공하더라도 천민들은 지배계급에게 여전히 봉사해야 하며 고통과 부담을 견디고 가야 하는 피지배계급임을 명확히 깨닫는 놉쇠의 모습은 『높새바람』의 역사적 해석이 '민중적 봉기'로 향해 있음을 잘 보여준다. 결국 놉쇠는 훈련소의 외소부장이라는 벼슬을 거부하고 고향인 밤내말 마을로 돌아온다. 본질적으로 양반계층의 한계를 극복하지 못하는 이우증은 놉쇠를 설득하려고 하나 실패하고 그 이후로 놉쇠에게 거리감을 갖게 된다.

『높새바람』의 전반부가 이우증과 놉쇠의 만남, 두 사람의 연대와 갈등으로 꾸려진다면 후반부에서 삼포왜란의 시발점이 되는 사건들, 관료들의 부정부패, 그리고 놉쇠와 희영녀의 사랑이 핵심적으로 다루어진다. 소설에서 놉쇠와 희영녀의 사랑은 건조해지기 쉬운 역사적 서술에 낭만적인 분위기를 불어넣는다. '탐스러운 머리채, 유난히 반짝이는 검은 눈, 햇빛에 탔으나 선이 부드러운 갸름한 얼굴, 색시꼴이 잡혀가는 동그스름한 어깨와 탄력 있는 다리……, 그보다도 얼굴과 온몸에 넘쳐 흐르는 생기와 정열은 흰 눈 위에 갓 피어난 빨간 매화꽃' 같은 희영녀의 실루엣은 놉쇠의 마음 깊이 간직되어 떠날 줄을 모른다. 희영녀도 마찬가지로 '무뚝뚝한 놉쇠'에 대한 사모의 정을 쉽게 접지 못한다.

두 사람의 로맨스에 가장 큰 장벽으로 작용하는 존재가 왜인의 앞잡이인 거부 주룡갑이라는 점은 이 소설에서 매우 의미심장하다. 희영녀의 양부가 되어 놉쇠를 이용하려는 주룡갑의 음모는 소설의 절정부에

---

15) 『높새바람』 2권, 283~284쪽.

서 표 서방과 희영녀가 진실을 알게 되면서 수포로 돌아간다. 『높새바람』의 후반부는 놉쇠와 희영녀의 안타까운 로맨스가 '혁명'을 향한 숭고한 사랑으로 변화하는 과정에 중심을 두고 있다.

놉쇠의 자기 각성이 계급적 자각과 필연성을 동반한다면 갈등하는 양반계급인 이우증의 자기 각성은 소설의 후반부에서 급박하게 이루어진다. 이우증의 갈등은 왜인들의 침략에 정면대응하지 않고 밤내말 사람들만을 몰아냄으로써 자신의 이득을 취하려는 관료들의 행태를 보면서 절정에 달한다. 그러나 그는 자신이 품었던 이상적 정치가의 신념을 이루기 위해서는 현재의 직위를 쉽게 포기할 수 없다고 생각한다. "왜놈들을 찍어 누르고 나라의 기강을 바로세우는 것이 내 신념이라면 뉘라서 저 성실한 군사들이나 놉쇠네들이 손발을 묶여 꼼짝달싹을 못하는 첨사보다 작은 몫을 한다구 나무랄 수 있을 것인가?"(3권, 231쪽)라고 괴로워하던 이우증은 결국 자신의 나약함을 승인하고야 만다. 이처럼 자신의 신분과 지위를 포기하지 못하는 이우증의 내면 갈등에 대한 소설적 묘사는 비중은 약하지만 전형화된 인물을 탈피하여 상당한 실감과 사실성을 불어넣고 있다.

내면 갈등의 사실적 묘사에도 불구하고 소설의 결말부에서 이우증이 날치꾼을 풀어 주고 그가 왜인과 싸우는 과정을 보며 깨달음을 얻는 과정은 의도된 설정이라는 비판을 면하기 힘들다. 이우증이 관료의 부패상황을 보면서 서서히 내면 갈등을 일으키고 자신의 신분을 초월하여 민중적 대의에 뜻을 표하며 전사하는 장면이 상당히 급박하게 처리된 느낌을 준다. 그것은 작가가 이우증과 날치꾼, 희영녀와 놉쇠의 연대감과 민중적 봉기라는 주제의식을 강조한 데서 비롯된 설정이기도 하다.

태연히 웃으며 염초에 불을 다는 그의 모습에는 드센 파도 속에서 솟아오르는 해돋이와 같이 그 어떤 거룩하고 장엄한 것이 있었다. '바루 저것이다. 저것이 나를 그토록 괴롭힌 모든 번민과 후회를 깨끗이 정화시켜 주는 유일 무이한 것이다.' 그러자 우증은 불현듯 자신이 지금껏 몸부림쳐온 무서운 악몽의 세계로부터 순식간에 평범한 현실세계로 옮겨앉은 것 같은 마음의 안정을 느꼈다. 그는 이제야 비로소 자신을 당황하게 만들었던 놉쇠의 초연한 눈길이나 자신을 서글프게 만들었던 국아의 애련하고 지친 눈길의 참뜻을 속속들이 이해할 수 있을 것 같았다.[16]

소설의 절정에서 이우증의 깨달음은 작가가 강조하려는 역사적 해석과 일치된다. 그것은 역사가 '민중'의 힘에 의해 움직여지는 것임을 뼈저리게 자각한 지식인의 고백이기도 하며 소설적인 허구 속에서 확인되는 이념적 지향점이기도 하다. 이우증의 자기 각성이 갖는 필연성의 미흡함은 희영녀의 변화에서도 공통적으로 발견된다. 놉쇠만을 사랑했던 희영녀가 후반부에서야 진실을 깨닫고 대의명분을 각성하는 장면은 다소 어색하다. 날치꾼이 횃불을 휘두르며 장렬하게 전사하듯이 희영녀 역시 놉쇠의 뜻을 이어 왜인들이 모인 곳에 불을 지른다. 그녀는 놉쇠를 향한 단순한 사모의 감정에서 더 큰 동지애로 발전한 감정의 변화를 느낀다. "놉쇠를 바라보는 처녀의 얼굴에서 빛나는 것은 단순한 환희나 기쁨이 아니라 처음으로 하늘 높이 날아오른 어린 매의 도도한 긍지와 같은 것"(4권, 313쪽)이라는 묘사는 풍성한 심리 포착이라고 보기 힘들다.

궁극적으로 『높새바람』이 역사소설 양식 속에서 보여주는 문학적인 해석은 이우증과 높새, 날치꾼과 개불이, 표 서방과 희영녀의 삶 속에 담겨져 있었던 '숭고한 자기 각성의 정신'을 규명하는 데 집중되어 있

---

16) 『높새바람』 4권, 175~176쪽.

다고 할 수 있다. 『높새바람』은 '숨은 영웅'을 통해 독자의 감정몰입을 유도하는 북한의 문예정책적 방향을 반영하는 한편 문학적 허구를 활용하여 역사소설의 새로운 경지를 보여준 작품이라고 할 수 있다. 놉쇠의 계급적 자기 각성이 비교적 현실감 있게 포착되었다면, 이우중과 그 외의 인물들에서 자기 변화의 과정이 세밀하게 그려지지 못한 점은 이 소설의 약점이라고 할 수 있다. 그럼에도 불구하고 평범한 민중이 어떻게 자신의 사상을 변화시켜 나가는가를 세밀하게 포착함으로써 감정적 흡입력을 높인 점은 이 소설의 가장 큰 덕목이라고 할 수 있다.

5. 맺음말

홍석중의 『높새바람』은 '항일혁명투쟁'의 역사적 전통을 문학적으로 계승하려는 북한 소설의 한 흐름을 대변하는 작품이다. 역사의 뒤편에 서 있는 민중들의 존재 가치를 소중히 여긴다는 근본적인 전제는 『높새바람』이 발표되었던 1980년대의 북한 문단을 지배했던 창작원칙이다. 작가는 『높새바람』을 통해 역사의 독창적인 창조와 해석뿐만 아니라 주인공을 형상화하는 방식에서 개성을 보여주었다. 더불어 이 소설은 생생한 인물 내면묘사와 갈등구조를 동원함으로써 북한 소설이라는 고정된 틀거리를 넘어 소설적 재미와 독자의 공감을 불러일으키는 흥미로운 면모를 갖고 있다.

반복된 형식과 경직된 인물상을 그리는 다른 소설들에 비해서 이 소설이 가진 내면묘사와 흡입력은 상당한 수준을 지니고 있다. 물론 이 소설에서 민중적 주인공을 내세우려는 작가의 의도가 구성상에서 무리를 가져 온 측면도 없지는 않으나 홍명희가 선사했던 우리 말의 재미와 민중적 삶에 대한 애정적인 묘사는 홍석중의 작품에서 의미 깊게 계승되고 있는 것이 사실이다.

홍석중의 작품 세계는 홍명희의 『임꺽정』이 보여준 바 있던 민중성과 리얼리즘의 측면을 탁월하게 계승하고 있으며 지배층의 인물들이 아닌 다양한 유형의 하층민들을 역사의 주인공으로 내세우고 있다. 『높새바람』의 민중적 주인공들은 자신의 개인적 이익을 떠나 집단과 사회의 대의명분을 고민할 줄 아는 의인이기도 하지만 인간적인 약점도 노출하는 지극히 평범한 인물이기도 하다. 물론 등장인물의 폭이 그다지 넓지 못하고 각 계층을 대표하는 인물들의 전형이 대립구도 속에서 풍부하게 포착되지 못했다는 점은 이 소설의 한계라고 할 수 있다. 그것은 삼포왜란이라는 특정 시기의 역사적 사건을 한정적으로 다루는 데서 빚어진 문제이기도 하다.

결론적으로 홍석중의 『높새바람』은 정감 있는 어휘 구사와 민중적인 인물들에 대한 애착을 통해 독특한 역사소설의 면모를 보여준 작품이라고 할 수 있다. 인물들의 내면에 대한 치밀한 묘사와 민중계층의 삶에 대한 애정적 관심은 『높새바람』이 확보하고 있는 리얼리티의 수준을 입증한다. 무엇보다도 이 소설은 북한의 역사소설들이 도식적이고 경직된 이념에 의해 형상화되고 있다는 통념을 부수어 주는 모범적인 사례라고 할 수 있다. 이 글에서는 1980년대 북한 소설의 경향과 관련지어 『높새바람』의 의미를 해석하고, 등장인물의 내면성을 중심으로 작품의 완성도와 가치를 가늠하는 것으로 홍석중 연구의 한 발판을 마련하고자 하였다. 이후 홍석중의 소설 세계에 대한 본격적인 탐구 및 홍명희 소설과의 문학적 연관 관계에 대한 세부적 고찰은 다음 과제로 남겨둔다.

이근영 농민소설의 변모 양상

김종성

1

1988년 김시태가 엮어낸 『잊혀진 작가와 작품』(깊은샘)에 이근영의 단편소설 「고향 사람들」이 실려 있다. 유항림, 최명익, 구연묵, 박노갑, 이선희, 현덕 등과 함께 잊혀진 작가로 분류된 이근영은 백철의 『신문학사조사』에 다음과 같은 언급을 제외하고는 남한에서 출간된 문학사에서 철저히 배제되고 있다. 이근영은 남한 문단과 학계에서 잊혀진 작가였다.

李根榮도 取材面으로 보면 農村物과 함께 都市와 小市民에 取材한 작품들 「금송아지」(1935년), 「菓子箱子」(1936년), 「理髮師」(1939년), 「適任者」(1939년), 「日曜日」(1939년), 「少年」(1942년) 등이 있고, 그 중엔, 「理髮師」 같은 佳作도 있지만, 그러나 이 작가의 작품도 그 역량이 확증된 것은 그런 小市民物보다는 농민에 取材한 작품들이다. 초기의 작품으로선

「農牛」(1935년)가 이 작가 작품의 대표작의 하나일 뿐만 아니라 「堂山祭」 (1939년 1월 『批判』)와 「고향 사람들」(1942년 2월 『文章』) 등이 모두 이 작가가 역량을 기울인 重量 있는 작품들이다. 이 작품들이 傾向的인 데까지 나가지는 않았으나 그 대신 농민의 實生活을 이해하고 농민의 감정을 진실하게 파악해서 堅實한 作風을 보였다.[1]

윗 글은 이근영을 중량 있는 농민소설을 발표한 작가로 평가하고 있다. 이근영은 해방 직후에도 농민과 농촌에 대한 작가적 관심을 기울여 「고구마」 같은 작품을 발표하였으며, 월북 후 북한에서도 농촌과 농민에 대해서 취재하여 1953년 장편소설 『청천강』, 1955년 단편소설 「그들은 굴하지 않았다」, 1956년 중편소설 「첫수확」 등을 발표하였다.

소설가 이근영(李根榮)[2]은 1909년 전라북도 옥구군 임피면 읍내리 (지금은 군산시로 편입됨)에서 이집찬(李集贊)과 고성녀(高性女)의 2남 2녀 중 막내로 태어났다. 농업에 종사하던 아버지가 일찍 죽자, 가정 형편이 더욱 어려워졌다. 옥구에서 함라소학교를 마친 이근영은 어머니를 따라 서울로 이주했다. 중동중학교를 거쳐 1931년 보성전문학교 (지금의 고려대학교) 법학과에 입학한 이근영은 1934년 보성전문학교를 졸업했다. 그해 그는 동아일보사에 입사하여 사회부 기자로 일하기 시작했다. 1935년 『동아일보』의 자매지인 『신가정』에 단편소설 「금송아지」를 발표하면서 문단에 데뷔하였다. 1940년 『동아일보』가 폐간되자 『춘추』 편집 동인으로 활동하기도 하고, 서울에서 교편을 잡기도 했다. 8·15 직후에는 고향인 옥구에 머물다가 서울로 올라가 조선통신사, 서울신문사 등에서도 잠시 일한 것으로 전해지고 있다.

---

1) 백철, 『신문학사조사』, 신구문화사, 1980, 506쪽.
2) 이근영의 생애는 전흥남(「이근영의 문학적 변모와 삶」, 『문학과 논리 2』, 1992), 이연주(「이근영 소설 연구」, 연세대 대학원 석사논문, 1993), 최성윤(「이근영 연구」, 고려대 대학원 석사논문, 1999) 등을 참조하여 정리했다.

이근영은 1946년 조선문학가동맹의 농민문학위원회의 사무장을 맡아 문학단체에 적극적으로 가담한다.

이근영의 월북 시기는 대체로 1947년 겨울에서 1948년 남한 단독정부 수립 사이로 보이지만 1948년 말에서 1949년 초 또는 한국전쟁 중에 월북했을 가능성[3]도 배제할 수 없다.

본고는 이근영의 작품 가운데 논의 대상을 농민과 농촌에서 취재한 소설로 한정하여 그 변모 양상에 대해 그가 북한에서 발표한 「그들은 굴하지 않았다」와 「첫수확」을 중심으로 리얼리즘적 관점에서 논의를 펼쳐 나가고자 한다.

2

이근영의 농민소설은 크게 해방 전과 해방 공간 그리고 월북 이후로 나누어 살펴볼 수 있다. 해방 전에 이근영이 쓴 농민소설의 경향을 황폐화된 농촌사회와 이산의 정조로 본다면, 해방 공간의 경향은 이러한 연장선상에 있으면서도 보다 의식이 첨예해진 경향 즉 농민의 주체적 삶에 중심을 두고[4] 있다. 월북 후 이근영은 여러 편의 농민소설을 발표한다. 그 가운데 1950년대 농촌을 배경으로 하여 미군과 국군에 대항하여 싸우는 남한 농민들의 모습을 그린 「그들은 굴하지 않았다」[5]와 농업협동조합사업을 화두로 하여 사회주의 국가를 건설하기 위해 노력하는 북한 농민들의 모습을 그린 「첫수확」[6]에 북한 문학사들이 긍

---

3) 전흥남, 최성윤의 위 논문 참조.
4) 이명재 편, 『북한문학사전』, 국학자료원, 1995, 365쪽.
5) 박종원·류만, 『조선문학개관 2』, 사회과학출판사, 1986(인동 영인본, 1988), 203~204쪽. 사회과학원 문학연구소, 『조선문학통사 현대편』, 사회과학출판사, 1959(인동 영인본, 1988), 350~351쪽. 사회과학원 문학연구소, 『조선문학사(1945~1958)』, 과학백과사전출판사, 1978, 369쪽.

정적인 평가를 하고 있다.

해방 전에 이근영은 농촌 공동체의 해체 과정에 초점을 맞추어 여러 편의 농민소설을 발표했다. 「농우」「당산제」「고향 사람들」이 바로 그 것이다. 「농우」는 지주와 소작농민의 대립 구조를 얼개로 하여 착취당 하는 궁핍한 처지에서도 끝까지 양심을 지키고 분연히 단결하는 농민 들의 저항을 통해 사회구조적 변혁의 갈망을 그리고 있다. 「당산제」는 가난하나 성실하게 살아가는 덕봉이 일가를 중심으로 지주인 윤 참판 의 착취와 점점 자본주의화되어 가며 공동체 의식과 도덕성 등이 해체 되어 가는 1930년대 한국 농촌의 변화를 묘사하고 있다. 「고향 사람 들」은 일본 오사카(大阪)의 조선 술집으로 팔려 간 화선이를 만나기 위 해 궤짝 속에 숨어 밀항하였던 점쇠가 밀항에 실패하자 결국에는 생계 를 위해 북해도 탄광에 가게 되는 이야기다. 「최고집 선생」은 일제 말 기 궁핍한 현실에서 고향을 등지고 만주로 이주해 가게 되는 농민의 슬픔을 그리고 있다. 이 가운데 특히 주목되는 작품은 「고향 사람들」로 한국의 전통적인 농촌 공동체가 붕괴되어 가는 과정과 이농의 아픔을 묘사하고 있다.

우리들을 좋은 곳으로 인도해 주신 것도 고마운데 이렇게 잔치까지 하여 주시니 참말로 고맙습니다. 저만은 한 몸둥입니다만 다른 사람들은 부모형 제와 처자를 두고 떠나기를 누가 좋아하겠습니까. 노상히 말하면 누구를 물 론하고 고향을 떠나 낯선 대로 품 팔러 가는 것은 참말이지 슬픈 일입니다. 그렇지만 우리는 돈을 벌러 갑니다. 힘껏 일을 하여서 돈을 잔뜩 벌어 가지 고 와서 잘 살겠습니다. 하누님이 무심치 않으니 꼭 그리 될 것입니다. 여기 오신 여러 어른네들은 저들이 올 때까지 부데 평안히 계시고 농사를 잘 지

---

6) 사회과학원 문학연구소, 전게서, 323쪽.

십시오. 멀리 타향에 있는 우리들은 고향에 풍년이 들게 하여 달라고 항시 축원하겠습니다. 더 말씀드리고 싶지만 목이 메는 것 같아서 구만두겠습니다.[7]

보통학교를 졸업한 진수라는 농민이 답사를 끝내고 자리로 돌아와 보니 누구나 울상을 하고 있다. 논밭을 갈던 농민들이 고향을 등지고 일본 북해도 탄광으로 돈을 벌러 가는 과정의 이면에는 농촌의 궁핍화 현상이 숨어 있다. 한국의 전통적인 농촌사회가 붕괴되어 가는 과정을 근원적으로 파헤쳐 보여주고 있다는 평가[8]를 받고 있다.

해방 전에 발표한 이근영의 농민소설들은 현실의 모순을 비판하고 개인적 삶의 의미를 묻는 비판적 리얼리즘 단계에 머무르고 있다. 「농우」의 서 생원, 「당산제」의 덕봉, 그리고 「고향 사람들」의 점쇠까지 모두 그들이 처해 있는 상황이 구조적 모순에서 기인하는 불합리한 것임에도 불구하고 개인적인 대응방식을 택하는 것으로 결말을 맺고 있다.

이근영이 해방 공간에 발표한 작품 가운데 농민소설로 주목되는 작품은 「고구마」이다. 전형적인 소작인 박 노인을 주인공으로 등장시켜 해방 직후 농촌에서 가장 쟁점이 되었던 토지개혁 문제를 다루고 있는 「고구마」는 해방 공간의 농촌 현실과 변화 과정을 지주인 강 주사와 그의 땅을 빌려 고구마를 재배하는 박 노인과의 대립을 통해 구체적으로 보여주고 있다. 이근영은 해방 이전의 작품에서는 부자와 가난한 농민, 지주와 소작인 관계에 초점을 맞추어 작품의 얼개를 짜 나갔던 것에 비해 「고구마」에서 토지개혁 문제로까지 주제의식을 심화 확대하고 있는 점이 주목된다.

---

7) 이근영, 「고향 사람들」, 김시태 편, 『잊혀진 작가와 작품들 1』, 깊은샘, 1988, 133쪽.
8) 전게서, 133쪽.

박 노인으로도 이즘 얼마 동안 자기의 형편을 한탄한 나머지 경작하는 땅을 자기가 가져야 한다는 것을 확실히 느끼었다. 자기 소유의 땅이거나 말거나 소작료로 뺏기는 것만은 면하여야 옳고 이번 나라를 찾았으니까 고생한 자기들의 생활부터 해결해 주어야 한다는 것만은 굳게 믿었다.[9]

지주인 강 주사로부터 소작농인 박 노인이 당하는 횡포는 일방적인 도조(지세)의 결정에서 잘 드러난다.

"올 밭 도조는 미리 작정하지."
강 주사는 미닫이만 열고 박 노인을 뜰에 세운 채 이렇게 말하였다.
"어떻게 미리 작정한단 말입니까?"
박 노인은 불길한 예감이 들어 낯빛을 흐려 가지고 물었다.

"이 근방에서는 박 노인 감자가 아조 일등이야. 두 마지기마자 감자를 심는다니 일곱 마지기에 오백 가마니만 잡고 도조 백 가마니만 가져와. 한 관에 오 원 치면 한 가마니에 백 원 될게 아냐? 뭘 작고 생각하는 거야?"
박 노인은 너무도 어처구니 없는 명령이라 강 주사의 얼굴만 애원하듯 마주보다가 시선을 떨어뜨리고 속으로 한숨을 지었다.[10]

풍년을 예상해서 강 주사가 미리 일방적으로 결정해 놓은 지세는 농사의 결과에 관계 없이 갚아야 한다. 먹고 살기 위해 온 식구가 매달려 고구마 농사를 지었는데, 도둑까지 맞게 되었다. 박 노인은 소용 없는 일인 것을 알면서도 고구마 파 간 자리를 넋 놓고 보고만 있었다.

9) 이근영, 「고구마」, 신덕룡 엮음, 『해방 공간의 농민소설선집, 농민의 땅』, 시인사, 1989, 119쪽.
10) 전게서, 107~108쪽.

"아인게 아니라 신기한 노릇일세. 그럼 우리 조선도 나라를 차젓단 말이지?"

"그렷구 말구 우리 조선도 땅덩어리 차저 가지구 나라님도 들어안는단 말이네."

"땅덩어리를 차즈면 자네나 나나 땅 한 평이라도 차지할 상부른가?"

"그런 속이야 내 아나? 이 사람아."

"허긴 독립이 된다니까 반갑긴 하네. 허지만 자네나 나나 비렁뱅이 면하는 게 제일이야. 님금님 들어안는다고 우리를 먹여 살려 줄줄 아는가?"

박 노인은 우선 고구마 도적맞은 것이라도 찾는 것이 급한 문제였다. 이대로 가난과 분한 속에서 살 바에는 독립이라는 것도 별나게 기쁜 것도 아니었다.[11]

그러한 박 노인에게 해방을 실감나게 해준 것은 고구마 시세가 폭락한 것을 알고부터였다. 고구마 시세의 폭락은 박 노인의 생존을 위협하는 것이었다. 해방이 오히려 박 노인에게 생존에의 위협으로 다가오고, 강 주사네의 횡포는 해방 전이나 다름없었다. 결국 '해방축하회' 행사 뒤에 강 주사네집을 농민들이 습격했다. 이 사건으로 박 노인은 미군에게 체포되어 압송된다. 박 노인이 탄 자동차가 군산에 이르렀을 때 수천 명의 농민들이 삽과 괭이와 낫을 들고 고함 소리로 만세를 불렀다.

"조선 독립 만세!"

"노동자 농민 해방 만세!"

이 두 말은 박 노인이 귀에 싫증이 나도록 들어 왔건만 이날 이때처럼 반

---

11) 전게서, 113쪽.

갑기는 처음이었다.

"농군들도 저렇게 합하면 훌륭하고 무서운 것이고나."

박 노인은 옆에 앉은 사람에게 감탄하듯 말하였다.

"농민조합이 돼서 지금 축하하는 것입니다."

"그래? 우리 동리도 빨리 만들어야지."

"벌써 됐을 것인데 강 주사란 놈이 방해해서 그렇소?"

"참 그래. 암만 방해해도 되기야 할 테지만 이왕이면 다른 데보다 먼저 만들어야……."

"우리가 나가기 전에 될른지도 모르죠."

"난 오늘 죽어도 좋네. 좋은 세상 된 것을 알았으면 그만이지 꼭 내가 맛을 보아야만 하나. 자네들이 맛보면 그만이지."[12]

해방이 몰고 온 고구마 시세 폭락으로 해방을 생존에의 위협으로 받아들였던 박 노인이 '농군들의 합쳐진 힘'이 '좋은 세상'을 만들 수 있고, 농민조합 건설이 그를 비롯한 농민들에게 당면 과제라는 주체적인 자각을 보여주고 있다. 박 노인이 의식의 각성을 보이는 데까지 이르렀으나 실천적 행동으로 이어지지는 않고 있다. 이것이 「고구마」가 사회주의 리얼리즘 소설의 지향점에까지 나아가지 못하고 비판적 리얼리즘에 머무르고 있다는 근거가 된다. 사회주의 리얼리즘 소설에서는 주인공의 실천적 행동이 잘못된 환경을 개조함으로써 올바른 역사의 방향으로 나아가려는 목표를 가지고 있다.

---

12) 전게서, 123쪽.

3

1955년 『조선문학』 8월호에 발표된 「그들은 굴하지 않았다」는 북한 문학사에 등장하는 이근영의 작품 가운데 가장 많이 거론되고 있는 작품이다.

주인물 만술은 고향 마을에서 농사를 지으며 궁핍한 생활을 하고 있다. 토지개혁 후 자신의 논을 소유하게 되었으나 좀처럼 생활 형편이 나아지지 않고 있었다. 그러한 형편은 만술이뿐만 아니라 마을의 다른 농민들도 마찬가지였다. 오직 지주 김태호만이 계속 재산을 불려나가고 있을 뿐이었다. 그러한 농민들에게 그들의 생존을 위협하는 사건이 일어난다. 미군이 국군 예비사단의 훈련장을 만들기 위해 마을의 토지를 강제로 징발하려는 계획이 드러났다. 이 훈련장 건설에 적극적으로 찬성하고 나선 김태호는 일제 강점기에 도청을 출입하던 친일파이며 해방 후에는 관청, 미군과 관계를 맺고 있다. 지주 김태호는 자신의 땅이 줄어드는 것을 막기 위해 훈련장을 역전으로 옮기자는 운동을 앞장서서 한다. 이것은 결국 다른 마을에 피해를 주는 것이며 본질을 은폐하는 것이었다. 이 운동에 동참하지 않은 만술은 농토에 대한 애착과 긍정적 성격을 지닌 인물로 생계를 위하여 강바닥에 감추어 두었던 벼가마니를 지고 오다 순경과 민병대원에게 발각되어 빼앗긴다. 미군과 국군이 마을에 들어오고 마을 사람들은 농토를 빼앗기게 된다. 결국 김태호도 그들과 한통속이었음이 밝혀진다. 자신들의 농토를 눈앞에서 빼앗기게 된 마을 사람들은 처음에는 적극적으로 대응하지 못하나 박 영감의 죽음을 기화로 불붙게 된다. 만술을 중심으로 단결한 마을 사람들은 미군의 총탄 앞에서도 끝내 굴하지 않는다. 만술은 사회의 구조적 모순을 깨닫고 끝까지 고향을 버리지 않고 싸울 것을 다짐한다.

「그들은 굴하지 않았다」는 한국전쟁 후 남한의 현실과 농민들의 투쟁을 형상화해 보인 작품으로 토지개혁 이후에도 변함 없이 궁핍한 남한 농민들의 생활상을 핍진하게 묘사하고 있다. 한국전쟁 후 미군과 결탁한 매판 지주가 어떻게 순박한 농민들의 삶의 터전을 빼앗으려 하는가를 군사훈련장 건설이라는 사건을 통해 작가는 그려 보이고 있다. 북한 체제 속에서 작품활동을 하게 된 이근영이 농민들의 집단적 저항을 작품 속에 형상화하고 있다는 것은 그의 작품 세계가 변화하고 있음을 보여준다. 비판적 리얼리즘 단계에 머물러 있던 이근영의 소설이 응집된 집단과 공동체적인 신념에 초점을 둔 사회주의 세계관을 가지고 이상적 사회의 건설로 매진하는 인물들의 행동을 형상화하는 사회주의 리얼리즘의 지향점에 와닿은 것이다. 북한에서 나온 문학사들도 「그들은 굴하지 않았다」가 사회주의 리얼리즘에 충실한 작품이라고 높이 평가하고 있다.

「그들은 굴하지 않았다」에서 미제국주의자들의 남반부 인민들에 대한 식민지 략탈 정책 밑에서 신음하는 남반부 농민들의 처참한 생활처지와 이러한 생활처지에 덮쳐 농민들의 토지를 새로 생긴 '국군' 예비사단 훈련장으로 만들려는 원쑤들의 기도를 항거하여 일어선 농민들의 투쟁을 묘사하였다. 토지를 빼앗긴다는 사실 자체가 남반부 농민들에게 더 없는 비극이라면, 그것이 3년 동안 조선 사람들의 피를 그처럼 많이 흘리게 한 침략전쟁을 또다시 도발하기 의하여 빼앗는 것이라 할 때 농민들은 그저 주저앉을 수가 없었다. 보통 농민인 만술이와 그의 마을 사람들은 이렇게 하여 군사훈련장 용지로 강점당한 자기들의 토지를 버티고 서서 물러나지 않았다. 원쑤 앞에서 일보도 물러나지 않은 농민들의 항거는 그들로 하여금 피를 흘리게 하였다. 작자는 만술이와 그 동료들이 이와 같이 자기 토지의 군사화를 반대하고 끝까지 완강하게 항거하도록 고무한 것은 조국통일에 대한 리염에의 자

각이었다는 것을 등장인물들의 행동과 심리를 통해 강조하였다.[13)]

　단편소설 「그들은 굴하지 않았다」는 순박한 한 농민의 형상을 통하여 농토를 빼앗아 군사훈련장을 만들면서 새 전쟁 준비에 미쳐 날뛰는 미제와 그 앞잡이놈들의 반인민적 책동을 폭로하였으며 놈들을 반대하여 분연히 일떠선 남조선농민들의 투쟁 모습을 보여주었다. 작품은 주인공 만술의 성격을 형상하는 데 있어서 가정적 울타리를 벗어나지 못하던 소박하고 온순한 그가 어떻게 놈들을 반대하는 투쟁 대렬의 앞장에 서게 되었는가를 보여주고 있다. 미제와 그 앞잡이들의 식민지 략탈정책에 의하여 빈궁과 도탄 속에 빠져들어간 주인공 만술 일가를 비롯한 마을 농민들은 미국놈 때문에 얼마 안되는 농토를 빼앗기는 기막힌 처지에 놓이게 된다. 게다가 그들은 미국놈과의 "교제비"를 긁어모음으로써 자기 리속을 채우려는 주지 김태호놈의 교활한 술책에 걸려들어 더욱 막다른 처지에 빠지게 된다.

　작품은 계급의식이 미약하고 순박하기만 하던 만술이가 자신의 생활체험을 통하여 그리고 선진적 로동자들의 영향을 받아 미제 침략자들의 반동적 본질을 인식하게 되며 놈들의 악랄한 회유와 기만을 물리치고 마을 농민들과 함께 자기들의 농토를 고수하기 위하여 굴함 없이 싸우는 과정을 진실하게 그려내였다.

　작품은 마을 농민들의 투쟁모습을 통하여 그들의 투쟁이 비록 자연발생적이고 분산적이기는 하나 조국통일을 지향하는 강력한 힘으로 더욱 장성하리라는 것을 보여주고 있다.[14)]

　그밖에 『조선문학개관 2』에서는 「그들은 굴하지 않았다」를 "농토를

---

13) 사회과학원 문학연구소, 『조선문학통사 현대문학편』, 사회과학출판사, 1959(인동 영인, 1988), 350~351쪽.
14) 사회과학원 문학연구소, 『조선문학사(1945~1958)』, 과학백과사전출판사, 1978, 368~369쪽.

빼앗아 군사훈련장을 만들면서 새 전쟁 준비에 미쳐 날뛰는 미제와 그 앞잡이들의 책동을 반대하는 남조선 농민들의 투쟁을 반영한 소설"[15] 로 평가하고 있다. 해방 전에는 자신의 고향 마을을 무대로 하여 생동감이 넘치는 농민들을 등장시켜, 여러 편의 농민소설을 발표했던 이근영은 「그들은 굴하지 않았다」에서 농민을 생동감 있게 창조하는 데는 실패했다. 현장감이 떨어졌기 때문이었다. 그후 이근영은 여러 해에 걸친 현지 체험을 거쳐 중편소설 「첫수확」을 발표했다. 「첫수확」은 3부작 장편소설 『청천강』과 함께 이근영이 북한에서 발표한 대표적 농민소설이다.

「첫수확」이 창작된 시기의 북한의 농촌 상황은 '생산관계의 사회주의적 개조'라는 명목으로 농업 협동화 사업이 진행되고 있었다. 해방 직후에 토지개혁을 통해 토지를 재분배하기는 하였지만 아직까지 개인 소유의 토지제도가 남아 있었다. 그러므로 개인 소유제를 폐지하고 농업협동조합을 통해 '협동화'하는 일이 무엇보다 중요했다. 1953년부터 시작된 농업 협동화 사업은 1956년 말에는 거의 90퍼센트에 달하게 되었고, 1956년 8월에는 전체 농민이 모두 농업 협동조합에 소속되어 토지는 개인 소유가 없어지고 모두 협동조합화하게 된다.

이러한 농업 협동화를 소재로 한 소설들로는 강형구의 「출발」(1954), 김만선의 「태봉 령감」(1956), 천세봉의 장편소설 『석개울의 새봄』(1부 1955, 2부 1959) 그리고 이근영의 「첫수확」(1956) 등이 있다. 『석개울의 새봄』은 긍정적 인물인 창혁, 곽봉기, 억삼 등과 부정적 인물인 리인수, 권치도, 박병천, 서기표 등의 대립을 축으로 하여 당 위원장의 격려와 지도에 힘입은 난관 극복과 승리라는 패턴을 보여주고 있다. 『석개울의 새봄』은 사상 개조와 치열한 계급 투쟁을 중요한 문제

---

15) 박종원·류만, 전게서, 203~204쪽.

로 다루고 있다. 「출발」과 「태봉 령감」도 이러한 패턴과 주제의식에서 벗어나지 못하고 있다.

> 협동화운동이 심화발전되어 대중적 단계에로 넘어감에 따라 소설문학은 집단로동의 실천 속에서 사회주의적 근로자로 개변되어 가는 농민들의 사상의식 발전과정과 그들의 사이에 맺어지는 새로운 인간관계를 밝혀내는 데로 힘을 돌리였다.
> 단편소설 「태봉 령감」(김만선, 1956)은 이러한 창작적 지향과 로력에 의하여 이룩된 성과작의 하나이다.
> 작품은 집단로동을 싫어하고 건달을 부리면서 장사를 하여 돈을 벌어 보려고 생각하던 태봉 령감이 조합일군들의 인내성 있는 교향과 해설 설복에 의하여 자기의 낡은 사상적 병집을 고치고 개조되여 나가는 과정을 그리고 있다.[16)]

농업 협동화를 통해 북한 농촌의 사회체제가 점차 변모해 갔다. 이에 따라 이제까지의 개인 노동이 아닌 집단 노동 속에서 북한 농민들은 사회주의적 인간으로 개조되고 새로운 인간관계를 맺게 되는 것이다. 이근영의 「첫수확」도 이와 같이 북한 농민들의 의식 개조를 주제로 삼고 있는 작품이다.

입대하기 전에 고향 마을에서 이 서기장으로 일했으며, 제대 후에는 협동조합을 결성한 고향 사람들에 의해 조합 관리위원장으로 뽑힌 상진이는 사업 수완을 갖춘 유능한 농촌 일꾼이었다. 상진이가 조합을 이끌어 가는 데 난관은 한두 가지가 아니었다. 조합의 경제적 토대가 약했고, 영농을 위한 축우 문제는 긴급히 해결해야 할 문제였다. 소를

---

16) 박종원·류만, 전게서, 239~240쪽.

가진 일부 조합원들은 마을의 부농 안경하의 말에 귀를 기울여 동요했다. 안경하는 상진의 외삼촌이었다. 호경 영감은 조합을 탈퇴했다. 씨름쟁이 영감도 조합을 탈퇴하기 위해 청원했다. 뿐만 아니라 조합원들 가운데는 아직도 조합일을 자신의 일로 생각하지 않은 사람도 있었다. 소를 함부로 다루고, 곡괭이 자루를 하루에 두 개나 분지르고, 비싼 마차 기름을 개인농에게 나누어 주는 조합원도 있었다.

이 모든 난관 앞에서 상진은 당황했다. 세포위원장 영구를 비롯한 핵심 조합원들의 도움을 받아 강한 의지로 난관을 헤쳐 갔다. 먼저 조합을 조직적으로 강화하여 나갔다. 그리고 자기만 잘살려 하는 사상, 조합의 재산을 아끼지 않는 개인 이기주의 사상과 그리고 조합의 발전을 일부러 방해하려는 사상과 줄기차게 싸워 나가지 않으면 안 되었다.

상진이는 부족한 축력을 해결하려고 고심했다. 이른 봄의 영농계획서를 짜면서 조합의 첫농사를 혁신하자는 의견이 조합원들로부터 나왔다. 이것에서 상진은 육상모판을 대대적으로 차릴 것과 논에 보리를 심어 이모작을 할 것을 착안한다. 원래 사질이 전혀 없고 찰떡같이 차진 진흙땅인 이곳의 논에 육상모판을 차리기가 매우 어렵다는 것을 상진은 잘 알고 있었다. 상진이 육상모판을 차리기 위한 계획을 말하자, 조합원들은 반대했다. 핵심 조합원인 소 영감까지도 주저하였다.

낡은 사고방식으로 협동조합이라는 새로운 테두리에서 모든 문제를 해결하려는 조합원들의 보수성을 상진은 지적했다. 필요한 곳에서 온갖 가능성을 찾아냈다. 그 가능성을 현실성으로 만들기 위하여 육상모 해결의 구체적인 방법을 제기하였다. 상진의 확신과 고무는 조합 사람들의 가슴에 커다란 흥분을 불러일으켰다. 이 흥분은 노력 투쟁에서 거대한 물질적 역량으로 변하였다. 조합의 선봉부대인 민청원들은 육상모판을 위한 결수로 파기에 나섰다. 각 작업반에서는 이것을 계기로 하여 '5만보 운동'에 나섰다.

육상모판은 설치되었다. 그러나 일은 순조롭지 않았다. 모판의 관리를 맡은 호경 영감의 아들 병두는 아직도 치안대에 가담했던 자기의 죄과를 철저히 뉘우치지 않았다. 조합의 유안비료 한 가마니를 처갓집에 나눠 주기도 하고 자신을 비난했던 일남 어머니가 관리하던 모판의 나래를 거두어 모를 얼어 죽게 한다. 그러나 상진은 이러한 것에 굴하지 않고 조합을 이끌어 간다. 조합원들의 정성어린 노력으로 벼는 알알이 영글어 간다. 탐스러운 벼이삭들이 바닷바람에 우수수 소리를 내며 몸을 흔들었다.

김헌순은 「리근영 작품집 『첫수확』에 대하여」라는 글에서 다음과 같이 이야기하고 있다.

중편 「첫수확」이 발휘하는 예술적 힘은 종래 협동조합을 취급한 적지 않은 작품들이 조합이 조직되는 것으로 모든 문제를 해결해 치우거나 혹은 첨예한 갈등을 제기는 하면서도 주어질 결론을 조급하게 서둔 데서 표현되는 안일하고도 만세식 분위기와 자기를 날카롭게 대립시키고 있다는 점이다. 작가는 자기의 주인공을 시종일관 생활적 난관과 첨예한 계급적 갈등 속으로 내몰면서 낡은 것의 집요한 저항을 밀어 제끼고 힘 있게 자라나는 새것, 긍정적인 힘을 예술적으로 확인하려는 진정한 노력을 기울였다.[17]

이근영이 「첫수확」에서 '예술적으로 확인하려는 진정한 노력'은 여러 가지가 있다. 그 가운데 하나가 농민들의 생활 모습을 능숙하게 묘사하고 있다는 것을 꼽을 수 있다.

모판에는 三五리 밖에서 모래를 실어다 깔고 퇴비와 비료를 묻고, 할 수

---

17) 김헌순, 「리근영 작품집 『첫수확』에 대하여」, 『조선문학』, 1958. 6(『현대문학비평자료집 이북편』 8, 태학사, 1994, 201쪽 재인용).

있는 정성과 공력을 죄다 들였다. 종자로는 저항력이 강하며 중량이 많이 나가는 은구 六호로 하여 염수선을 거쳐서 호루마린 소독까지 하였으며, 이 지대에는 늦추위가 오래 계속되는만큼 방 안에서 미리 싹눈을 틔워서 四월 一二일에 락종한 데다가 햇볕을 흠뿍 받으라고 까만 구들재를 덮어 주었다. 차츰 싹이 자라 솟구치는 통에 습기로 죽까풀처럼 된 구들재에 거미줄 같은 가는 틈새가 벌어지고 그리로부터 연록색의 모가 바늘 모양으로 뾰죽뾰죽 돋아났다. 허실 없이 발아되어 마치 비단천을 깔아 놓은 것처럼 아름답고 탐스러웠다. 그렇게 불안하게 여겼던 류상모가 이렇게 되자, 조합원들은 상진의 예상대로 정당 평균 四톤 三백을 거두는가 하여 마음이 흐뭇하였다. 그래 조합원들은 닷새마다 서는 장에 나오면 의례 三리쯤 걸어서 모판에 다녀가군 하였다.[18]

윗 글은 모판을 설치한 뒤 종자를 심고, 그 종자를 싹 틔우고 육상모를 기르는 과정을 서술하고 있다. 이러한 서술은 농촌 현지 생활과 치밀한 관찰 없이는 불가능할 것이다. 실제로 이근영은 평안남도 문덕군 동림리 원동마을에 가서 현지 생활을 했던 것으로 알려져 있다.[19] 오랜 농촌 현지 생활에서 보고 듣고 경험한 것이 작품을 쓰는 데 커다란 자산이 되었던 것이다. 북한에서 농민작가라는 칭호를 얻은 이근영은 『첫수확』에서 일남 어머니와 같은 인간형들이 지니고 있는 구시대적 의식은 척결되어야 하며 새 시대에는 상진이와 같은 새로운 인간형이 필요하다고 역설하고 있다. 김헌순은 이근영의 탁월한 작가적 역량을 다음과 같이 말하고 있다.

형상 창조의 성과는 물론 농촌 현실의 진실을 탐구하려는 작가의 진지한

---

18) 리근영, 『첫수확』, 조선작가동맹출판사, 1957, 119쪽.
19) 리근영, 「농촌 현실의 기적에 대하여」, 『조선문학』, 1958. 10.

노력으로 이루어진 것이나, 이와 함께 그에게 이미 갖추어져 있는 훌륭한 예술적 솜씨—작중 인물의 정확한 초상과 개성적이요, 순탄한 대화, 인물 대화에서 사투리의 효과적이고 능숙한 이용, 짤막하면서도 효과적으로 삽입하고 있는 자연 풍경 묘사, 침착하고 간결한 필치 등이 적지 않게 작용하고 있음을 간과할 수 없다.[20]

봉건 잔재의 청산과 사회주의 이상향 건설이라는 주제를 형상화한 「첫수확」은 농악과 축제 장면으로 낙관적 전망을 제시하면서 결말을 장식하고 있다. 첫수확의 분배가 끝난 다음의 농악과 축제 장면은 「당산제」와 「고향 사람들」의 결말 부분을 연상시킨다. 이것은 이근영이 해방 전에 발표한 농민소설들과 북한 체제에서 발표한 농민소설들이 맥을 같이 하고 있다는 것을 시사해 주고 있다고 하겠다.

4

본고는 그 동안 우리 문학사에서 소외되어 왔던 이근영의 작품 세계를 농민소설을 중심으로 살펴보았다. 특히 월북 후 북한에서 발표한 「그들은 굴하지 않았다」와 「첫수확」을 중점적으로 분석했다. 현실의 모습을 비판하고 개인적 삶의 의미를 묻는 비판적 리얼리즘 단계에 머물러 있던 이근영의 소설이 응집된 집단과 공동체적인 신념에 초점을 둔 사회주의 세계관을 가지고 이상적 사회의 건설을 향해 매진하는 인물들의 행동을 형상화하는 사회주의 리얼리즘의 지향점에 와닿은 것으로 분석되었다. 특히 「첫수확」은 작가가 여러 해에 걸친 현지 체험을

---

20) 김헌순, 전게 논문, 207쪽.

바탕으로 작품을 써서 북한 농민들의 생활 모습을 능숙하게 묘사하고 있다.

그러나 본고는 농민들의 투쟁을 그린 3부작 장편소설『청천강』등을 평가하는 자리를 마련하지 못한 한계를 가지고 있고, 작품 분석에 있어 정치한 분석을 하지 못한 아쉬움이 있다.

인간학으로서의 문학, 그 예술적 특수성에 대한 신념
—엄호석론

강웅식

1

엄호석은 1940년대 후반부터 활동하기 시작한 북한의 대표적 문학 이론가이자 비평가이다. 그는 1912년 2월 22일, 함경남도 홍원에서 태어났다.[1] 그의 할아버지는 말총으로 갓을 만들어 파는 직업을 가지고 근근히 살았으나 아버지는 닭 장사와 소 장사를 하여 집안을 일으켜 세웠다. 자서전에서 "내가 출생하여 19살 때까지 아버지는 논 3000평을 소작으로 주고, 밭 3000평을 머슴 한 사람을 고용하여 소 한 마리를 매고 자작하였다. 그러므로 나의 미성년 시절에는 형의 아들까지 16명 내외였으나 계량(繼糧)은 되었다. 그 후에 아버지는 약 15리 떨어진 방진이라는 어촌에 배 한 척과 자금을 대주고 해사(海事)를 하여 잡은 명

---

1) 이 글에서 기술된 엄호석의 전기는 『조선문학』 2000년 5월호(통권 631호)에 실린 최길상의 글을 참고로 하여 재정리한 것이다.
  최길상, 「평론가적 재능과 열정, 예술적 감각」, 『조선문학』 2000년 5월호, 17~23쪽.

태를 판매하군 하였다"고 회상한 데에서도 알 수 있듯이 엄호석은 크게 넉넉하지는 않았지만 비교적 여유 있는 유년 시절을 보냈다. 서당에서 한문 공부를 하던 8살 때에 3·1 만세운동을 목격하였고 소학교 6학년 때에는 소년동맹에도 참가하였다. 중학교를 다니다 중퇴를 하였으나 그것은 경제적인 이유 때문이 아니라 아버지의 반대 때문이었다. 그는 아버지의 반대를 무릅쓰고 도장을 훔쳐 입학 청원서에 찍고 함흥공립고등보통학교에 입학했다. 1929년에 일어난 광주학생운동은 당시 젊은 학도들에게 큰 자극이 되었음은 이미 우리가 알고 있는 역사의 사실인데, 엄호석 역시 커다란 자극을 받았다. 그해 12월 엄호석은 학생군중 시위운동을 조직하는 모임에 참가하였다가 그로 인해 체포되어 20일 동안 갇혀 있다가 풀려났다. 그 사건으로 인해 퇴학당한 그는 서울로 가서 새로운 모색을 시도하였으나 여의치 않자 일본 도쿄로 건너갔다. 일본에서 그는 노동 운동가들과 관계를 맺으며 맑스―레닌주의 서적을 접하였고 1930년 7월에는 무산자 신문지국 사건과 관련하여 체포되어 구류당하기도 하였다. 일제의 탄압과 극심한 생활고로 인해 일본에서의 생활이 불가능하게 되자 그는 1931년 귀국하여 고향으로 돌아왔으나 아버지가 하던 사업은 모두 망하여 집안은 영락해 있었다. 그후 홍원노조에 가입하여 야학 운영과 계몽사업에 열중하면서 지하투쟁에 나서 출판 선전물을 제작하는 등 반일사상을 고취하는 데 앞장서다가 일경에 체포되어 서대문형무소와 대전형무소를 전전하며 4년 동안 감옥생활을 하였다. 출옥 후에는 소년 시절부터 애호하여 온 문학에 몸을 바칠 것을 결의하고 상경하여 6, 7년간 문학평론과 프랑스 문학을 공부하였다. 그러다 1945년 스스로 "8·15 광복은 일제 경찰에게 항상 쫓겨다니며 신변의 위협과 생활난으로 허덕이던 나에게 있어서 참으로 삶의 출로를 열어 준 사변이였다"고 회고한 광복을 맞았고, 1946년에는 함흥에서 발간된 함남도 문예총기관지 『예술』의 주필을 맡았다. 그후 1947년 평양으로 옮겨 문예총기관지 주간『문화선전』과 월간『문학예술』의 부주필, 1948년 말부터는 내각 서적출판지도국 단행본 부장 등을 역임하였고, 1954년 말부터는 조선작가동맹출판사 책임주필로 일하다가 당시 출판사의 개편에 따라『청년문학』주필로 일하였다. 엄호석은 1940년대 후반부터 평론활동을 시작하여 40여년 동안『문학소론』(문예총출판사, 1950),『문예의 기본』(국립도서출판사, 1951) 이 외의 많은 공동 저서들을 출간하였고 각종 신문과 잡지에 70여 편의 문학평론과 수필을 발표하였다.

이상에서 개괄적으로 살펴본 엄호석의 전기적 사실 가운데 가장 흥미로운 것은 사회운동의 좌절 속에서 문학에 헌신할 것을 결의하였다는 점이다. 6, 7년 동안 이루어진 문학수업의 내력은 정확히 파악할 수 없으나 구체적인 문학활동이 전무했던 그가 광복 이후 정치적 행보를 밟지 않고 평론가로서 열정적으로 활동했다는 것은 엄호석과 관련한 논의에서는 특별히 주목해야 할 대목이다. 우리는 그의 여러 평론들에서 문학의 사회적 의미에 대한 나름의 굳은 신념, 문학에 대한 뜨거운 열정과 폭넓고도 깊은 이해를 발견할 수 있기 때문이다.

2

1955년『조선문학』4월호에서 북한의 시인 홍순철은「근로자들의 계급적 교양과 문학평론」이라는 글의 서두를 이렇게 시작하고 있다.

사상 전선의 일익을 담당하는 문학평론의 전투적 과업은 무엇보다도 우리 당의 정책과 지시들을 실생활에 반영하며, 우리 문학의 가일층의 장성 및 융성을 적극적으로 촉진시키는 데 있다.

특히 오늘 전후 인민 경제 3개년 계획의 초과완수와, 장엄한 사회주의 건설을 지향하는 투쟁에 있어서 우리 문학평론이 놀아야 할 중심 과업의 하나는, 어느 때보다도 작가 및 광범한 인민대중의 사회주의적 계급적 교양의 무기로 되어야 하는 거기에 있다.

우리 문학평론은 당의 끊임없는 배려와 현명한 지도에 의하여 이런 또는 저런 형태로 발로된 무사상성, 정치적 무관심, 심미주의, 부르죠아 민족주의, 꼬쓰모뽈리찌즘 등 온갖 적대적 반동 사상을 분쇄 격파하였으며, 사회주의를 위한 적극적 사상적 정치적 투쟁에서 발전 강화되었다.[2]

위의 인용문에서도 확인되는 바이지만, 이미 다 알다시피 북한문학은 '인민대중의 사회주의적 계급적 교양'에 그 초점이 맞추어져 있다. 특수성과 전형성, 작가와 시대정신, 미학적인 것과 비속 사회학적인 것의 구분, 도식주의 극복, 생활 진실의 형상화와 관련한 다양한 논의들도 바로 '인민대중의 사회주의적 계급적 교양'의 효과적 실천을 위한 것이다. 홍순철의 글은 엄호석의 「사회주의 리얼리즘과 우리 문학」에 대한 비판을 목적으로 씌어진 것인데, 그는 자신의 글의 결미를 이렇게 장식한다. "그러므로 문학평론가들은 무엇보다도 당 정책과 결정에 정통하여야 할 것이며 이를 구현시키기 위하여 자체의 계급적 의식 수준을 부단히 제고하여야 할 것이며, 우리 문학평론은 무엇보다도 근로자들을 사회주의적 정신으로 교양하는 과업과 연결시켜서 사회주의 리얼리즘의 기치를 고수하며 이를 풍부화시켜야 할 것이다."[3] 홍순철은 엄호석의 글이 이른바 인민대중의 사회주의적 계급적 교양을 심화

---

2) 홍순철, 「근로자들의 계급적 교양과 문학평론」, 『조선문학』 1955년 4월호. 이 글에 인용된 부분은 이선영·김병민·김재용 들이 편한 『현대문학비평자료집』(태학사, 1993)에 근거하였다. 북한에서 발간된 잡지와 신문에 실린 글들을 인용한 경우, 모두 여덟 권으로 되어 있는 세 분의 공동편저에 근거하였으면 '자료집'이라 약칭하고 그 권수를 밝혀 전거를 밝히기로 한다.
  자료집 3, 381쪽.
3) 자료집 3, 392쪽.

시키는 데 문제가 있다고 보고 엄호석 자신부터 당성을 단련하여 제고해야 한다고 주장하고 있다. 1946년 5월에 후보당원으로 입당하였다가 그해 7월에 정당원이 된 엄호석의 글에서 간접적으로라도 사회주의 체제에 대한 회의의 기미가 발견되지는 않는다. 그는 인간의 생활을 가장 이상적인 상태로 이끌 수 있는 구체적인 실천 방법이 맑스—레닌주의에 있다고 믿었으며, 그러한 이상적 상태에 도달하기 위해 예술 분야에서 취할 수 있는 유일한 방법이 사회주의 리얼리즘의 통일적 지향에 있다고 확신하였다. 그의 문학관의 특질은 바로 그러한 믿음과 확신에 근거한 문학작품의 예술적 특수성의 옹호와 그것의 이상적 발현에 대한 모색에 있었다. 엄호석은 홍순철의 주장과 같은 것들을 교조주의적 도식주의 경향이라고 비판하였는데, 평론가로서 엄호석의 필생의 목표는 북한 사회 내부에서 문학창작 및 평론과 관련한 온갖 교조주의와 도식주의에 대한 부정과 저항이었다.

홍순철은 엄호석의 「사회주의 리얼리즘과 우리 문학」이 인민대중의 교양을 심화시키는 데 문제가 있다고 지적하였지만, 그러한 문제와 관련한 엄호석의 생각은 다음에서 볼 수 있는 것처럼 훨씬 폭넓고 섬세한 것이었다.

어휘의 정확성과 풍부성, 문장의 다양한 구성과 그 음악적 음영, 이것은 다만 작품의 형상에 예술적 생동성을 부여하며 따라서 작품의 사상성을 심오화하는 점에서만 중요한 것이 아니다. 그것은 또한 그 자체로서 인민들의 교양에 중요한 의의를 가지고 있다. 즉 문학작품은 그 형상을 통하여 인민들을 사상적으로 교양할 뿐 아니라, 그들의 미학적 취미를 배양하여 줌과 동시에 무엇보다 언어를 가르쳐 주고 있다. 인민들은 그 정치 문화적 장성에 따라 사색의 세계와 정서의 세계가 날로 풍부하여 가며 따라서 그에 알맞은 풍부하고 다양한 언어적 표현 수단을 문학작품에서 기대하고 있다.[4]

엄호석은 문학의 사회적 기능이 인민들의 사상적 교양에만 있는 것이 아니라 정서적 교양에도 있는 것으로 보았다. 필자가 볼 때 엄호석의 문학관을 집약해 놓은 글인 「문학평론에 있어서의 미학적인 것과 비속 사회학적인 것」(『조선문학』, 1957년 2월호)[5]에서 인민들의 교양의 문제와 관련하여 매우 흥미로운 생각을 보여준다. 그 글의 내용 가운데에는 '동맹 제17차 상무 위원회의 결정서'에서 "우리 문학이 계급적 교양의 무기로 되어야 한다"는 구호 아래 비판을 한 작품들에 대한 반성적 재고의 주장이 들어 있다. 특히 관심을 끄는 것은 이순영의 시 「노을」에 대한 엄호석의 평가이다. 이해를 돕기 위해 「노을」의 첫 절을 인용하면 다음과 같다.

하얀 목화 송이에
저녁 노을 붉게 물드네.
그 총각이 지날 때면
내 얼굴도 붉어지지만
그 총각은 몰라 주네.
노을에 물든 줄로 아는지
—그러니 그러니
노을을 원망할 밖에……

엄호석은 위의 시가 훌륭하다고는 할 수 없지만 그렇다고 타매의 대상이 될 작품은 아니라고 주장한다. 왜냐하면 "작품 전체를 가지고 특별히 흠잡을 수가 없을 뿐 아니라 반대로 우리 서정시가 종래에 노래하지 않은 감정 영역을 개척하고 있는 새로운 장르로서 우리의 주목을 끌고 있"

---

4) 자료집 3, 377쪽.
5) 자료집 4, 122~149쪽.

기 때문이라는 것이다.[6] 여기서 더 나아가 엄호석은, "우리 청년들은 유모러스하고 경쾌한 사랑의 감정과 인연이 없는 무미건조한 사람들이 아니며 정서적 문맹도 아니다. 무미건조한 정서적 문맹은 바로 이러한 감정 영역과 담을 쌓은 극단의 금욕주의자이며 도학자인 결정서뿐이다"라고 함으로써 '결정서'의 논리를 강하게 비판하고 있다.[7] 결정서의 논리는 "노력하는 젊은 청년들이 지지리 땀만 흘리고 유쾌한 사랑의 노래나 휘파람도 곁눈질도 하지 말아야" 한다는 논리와 같으며 그런 것이야말로 교조주의적 도식주의의 대표적 경우라고 엄호석은 생각한 것이다.[8]

당시의 북한 사회에서의 여타 다른 평론가들과 비교할 때, 인민 교양의 문제와 관련한 엄호석의 탄력적인 사고는 그의 문학관에 근거하고 있다. 엄호석은 문학예술의 기본 대상은 현실 일반이 아니라 '인간'이며 더 나아가 '인간의 생활'이라고 본다. 사회의 모든 생활 측면과 사회적 제반 관계를 자체 속에 구현한 역사적이며 구체적인 '산 인간'이 그가 생각하는 문학예술의 대상이며, 그것이 바로 문학예술이 갖는 특수성의 중요한 내용 항목이다. 엄호석이 볼 때, "작가는 무엇보다 현실에서 인간에게 중심 주목을 돌리면서 인간의 정치 도덕적 문제, 즉 인간 문제를 제기하거나 해결하는 데로 지향한다."[9] 엄호석은 문학에 대한 고리키의 규정을 받아들여 문학을 넓은 의미의 '인간학'이라고 지칭한다. 엄호석에 따르면, 문학작품에서는 "생산경제적" 분야만이 아니라 그것을 포함한 "정치도덕적", "문화생활적", "세태윤리적" 분야 등 복잡하고 다면적인 분야들에 관계된 인간을 기본 대상으로 삼게 된다. 따라서 '사회주의 투사'(새로운 유형의 인간)를 묘사할 때나 또는 지주나 자본가를 묘사할 때나 그들의 부정적이거나 긍정적인 성격이 순

---

6) 자료집 4, 146쪽.
7) 앞의 책, 같은 부분.
8) 자료집 4, 147쪽.
9) 자료집 4, 127쪽.

수하며 선천적인 '인간성'에서 기인한 것으로 묘사해서는 안 되며, 복
잡하고 다면적인 분야들이 얽혀 있는 제관계들에 대한 객관적인 관찰
을 통해 구축한 전형적 환경과의 관련 속에서 묘사해야만 한다.

　문학예술을 넓은 의미의 '인간학'으로 규정하는 엄호석이 가장 경계
한 것은 앞서도 언급했듯이 교조주의적 도식주의이다. 사회의 발전은
변증법적 법칙에 따라 발전하지만 문학작품에서 개별적 인물들의 성
격은 직접적으로 변증법적 법칙에 따라 발전하는 것이 아니다. 개별적
인물들의 성격은 자기의 개인적 운명의 복잡한 과정을 통하여 발전한
다. 변증법적 법칙은 그러한 개인적 운명 발전의 배후에서 거기에 작
용할 뿐이다. 엄호석은 개별적 인물의 성격 발전의 이러한 특성을 문
학예술의 특수성의 하나로 파악한다.[10] 또한 엄호석은 "예술작품은 작
가의 사상과 영혼, 정열과 기질이 흘러들어가 맺혀진 아름다운 생명체
이며 꽃다운 향기"라고 주장한다.[11] 유기적 문학관의 일단을 내비치기
까지 하는 엄호석은 문학에서 사상은 예술적 형식과의 "유기적 통일"
속에 있다고 믿는다. 따라서 문학작품의 사상은 내용과 형식의 혼연한
통일체로서의 형상에 대한 다면적 분석을 통해 복잡하게 파악될 수 있
을 뿐이다. 그런데 엄호석이 볼 때, 교조주의적 도식주의에 가담하는
문학평론가들은 그러한 특수성을 망각하고 작품에서 사상을 기계적으
로 떼어내는 것이 보통이다. 그들은 문학작품을 예술적 형상의 총체로
서 분석하지 않고 몇 가지 준비된 사회적·정치적 규범으로 갈래갈래
분해하여 버림으로써 작품에 '예술적인 것'을 전혀 남겨 놓지 않는다.
그러한 분해 앞에서는 작품의 '예술적 진수'가 짓밟혀지며 그 생활과
향기가 사라져 버리기 마련이다. 심지어 그들은 문학작품들을 '전투
적'인 것과 '비전투적'인 것, '호소적'인 것과 '비호소적'인 것으로 기

---

10) 자료집 4, 141쪽.
11) 앞의 책, 142쪽.

계적으로 갈라 놓는가 하면 '주제의 적극성'에 부합되는 작품, 즉 중요한 사회적 현상의 본질이 명백한 작품이라면 예술적 성과 여부를 막론하고 추켜 세운 반면에, 생활의 다른 측면을 묘사한 작품은 예술적 성과가 있을 때에도 작가의 사상성을 의심하기까지 한다. 여기서 '중요한 사회적 현상의 본질'이란 당시 북한 사회의 중요한 정치사회적 이슈였던 '노동의 새로운 관계', '그를 통한 인간의 새로운 장성', '새로운 형태의 증산 경쟁 운동', '새 것과 낡은 것과의 투쟁' 등과 같은 것들이다. 엄호석은, 문학작품의 평가가 중요한 정치사회적 이슈의 수용 여부에 대한 단순한 판단에 근거해서는 안 된다고 보았다. 그에게 있어 문학작품의 평가 기준은 작가가 제기한 문제의 예술적 심오성의 정도 즉 미학적 기준이었다. 엄호석은 문학작품을 평가하기 위해서는 언제나 개별적 작품의 미학적 분석에 근거해야 하며 그러한 분석을 통해 해당 작품의 "예술적 우수함"과 "예술적 졸렬함"을 변별해내야 한다고 믿었다. 이러한 신념에 근거하여 그는 문학의 성과를 역사적으로 서술하는 문학사 기술의 방법에 있어서도 사회학적 일반화가 아니라 개별 작품들의 충분한 미학적 분석을 보장하도록 하는 정당한 미학적 일반화의 방법이 제고되어야 한다고 주장했다.[12]

3

인민성과 계급성을 기반으로 하는 북한의 미학과 제반 예술은 사상성의 최고 심급인 당성에 의해 지도되며 일정 기간의 상황 변화에 따른 지침을 하달받는다. 그러한 상황에서는 예술의 특수성에 대한 집중

---

12) 자료집 4, 133쪽.

적이고도 섬세한 탐구나 주장은 아무래도 위축되기 십상이다. 그럼에도 부단히 개별 작품들에 대한 충분한 미학적 분석의 보장을 주장하고, 작품의 판단 기준으로 예술적 성과를 강조하며, 형식을 내용으로부터 분리하는 것과 내용을 형식으로부터 분리하는 것을 똑같이 형식주의로 규정하여 내용과 형식의 혼연한 통일체로서의 문학작품에 대한 다면적 분석을 요구하고, 시에 대해 언급하면서 '경쾌한 사랑의 감정'의 가치를 소중하게 여기며 작품의 아름다운 절주(節族)와 여운을 논하는 평론가를 만난다는 것은 분명 이채로운 일이다. 그런데 예술의 자율성의 이념에 육박하는 문학예술의 특수성에 대한 그토록 섬세하고 폭넓은 이해를 지녔던 엄호석이, 다음의 인용문에서도 보듯, 자신이 택한 사회의 체제에 대해 어떤 회의를 가졌던 것은 아니었다.

> 사회를 위하여 인간들의 개성을 희생시키는 것은 자본주의 사회의 제거할 수 없는 법칙이다. 거기에서는 인간들은 자본주의적 이윤 증식을 위한 생산의 한 자료로 취급되며, 모든 사회적 질곡 밑에서 자기의 개성을 발현시키지 못하고 반대로 변질되고 불구화된다. 그와 반대로 우리 사회에서는 인간들의 개성의 무한한 발전을 보장하고 촉진하고 있다.[13]

인류가 실험했던 사회주의의 이상은 현실 사회주의의 몰락과 함께 실패한 것이라고 역사는 기록하고 있지만, 1950년대 엄호석은 당시의 사회주의 실험이 "인간들의 개성의 무한한 발전을 보장하고 촉진"할 수 있다고 믿었던 듯하다. 그러한 그의 믿음은 '사회주의 리얼리즘'을 "사회주의를 건설하는 사람들의 문학인 동시에 사회주의를 지향하고 그 승리를 위하여 투쟁하는 사람들의 문학이다"라고 정의하는 데에서

---

13) 자료집 3, 374쪽.

도 잘 드러난다.[14] 엄호석은 인간들의 개성의 무한한 발전을 보장하고 촉진하기 위한 정치사회적 실험인 사회주의가 그 목표를 달성하기 위해서는 체제 안에 어떤 보안 장치를 마련해야 하며 그것이 바로 예술(문학)이라고 믿었던 것으로 보인다. 그는 사회과학은 사회적 모순과의 투쟁이라는 갈등만을 연구 대상으로 삼지만 문학은 인간의 사회적 생활이 복잡하게 얽힌 모든 분야에 걸쳐 있는 갈등을 대상으로 삼는다고 생각하였다. 따라서 문학에서 갈등은 그 어떤 사회적 현상의 본질의 천명뿐 아니라 동시에 선과 악, 정직성과 위선, 관후와 인색 등 다양한 인간 성품의 임의의 심리적 특징들도 천명해야 한다는 것이 그의 문학적 신념이었다. 어쩌면 앞에서 살펴본 것처럼, 엄호석이 교조주의적 도식주의를 그토록 경계한 것도 그와 같은 편협한 폐쇄주의 아래에서는 인간이 자기의 개성을 발현시키지 못하고 반대로 변질되고 불구화된다는 판단에 근거한 것이었는지도 모른다.

　이상에서 필자는 1950년대에 발표된 엄호석의 평론들을 중심으로 그의 문학관의 특질을 살펴보았다. 필자가 확인한 엄호석의 평론은 1963년까지 발표된 것들인데, 『조선문학』 1963년 12월호에 발표한 「계급 교양과 사회주의적 사실주의」라는 글에서 그는 "한 인간의 생명이 얼마나 존귀하며 그것을 구하기 위하여 모든 집단이 떨쳐 나설 수도 있고 그 죽음이 혁명에 막대한 손실을 줄 수도 있는 그런 가치를 가지고 있다고 인정하는 인도주의적 관점"에 근거하여 작품들을 분석하고 있다.[15] 그런데 1967년은 북한 사회에서 엄호석이 그토록 경계했던 교조주의적 도식주의가 팽배하기 시작하는 시점이다. 과연 엄호석의 그러한 '인도주의적 관점'과 '예술적 특수성에 대한 신념'은 어떤 모습의 굴절을 겪게 되었을까. 이 의문에 대한 탐색은 후고로 미루기로 한다.

---

14) 앞의 책, 360쪽.
15) 자료집 6, 191쪽.